Aimer,
ÉPERDUMENT
ROWAN SPEEDWELL

Aimer, ÉPERDUMENT

ROWAN SPEEDWELL

Publié par
DREAMSPINNER PRESS

5032 Capital Circle SW, Suite 2, PMB# 279, Tallahassee, FL 32305-7886 USA
www.dreamspinnerpress.com

Aimer, éperdument
Copyright de l'édition française © 2016 Dreamspinner Press.
Titre original : Love, Like Water
© 2013 Rowan Speedwell.
Première édition : juillet 2013
Traduit de l'anglais par J.N.

Illustration de la couverture :
© 2013 AngstyG.
www.angstyg.com
Photographe de la couverture:
© 2013 TomCoolPix
Modèle de la couverture:
© 2013 Nicko Morales
Les éléments de la couverture ne sont utilisés qu'à des fins d'illustration et toute personne qui y est représentée est un modèle

Édition e-book en français : 978-1-63477-656-1
Édition imprimée en français : 978-1-63477-655-4
Première édition française : mai 2016
v 1.0

Édité aux Etats-Unis d'Amérique.

Dédié à Vicki Childs, pour toutes ces conversations qui commencent par « Alors, as-tu écrit quelque chose dernièrement ? » et qui se terminent par « Continue d'écrire ! ». Un demi-siècle d'amitié avec toi ne me suffit toujours pas.

Remerciements

Muchas gracias à Manuel Elizondo de m'avoir donné des aperçus de la culture portoricaine et de la vie dans Humboldt Park ; à Lynda Fitzgerald, l'extraordinaire lectrice de mes versions beta ; et à J.P. Barnaby, le meilleur critique du monde. Et à Vic et Lin, qui n'ont rien lâché jusqu'à ce que je monte sur une selle.

No podria haberlo hecho sin su ayuda.

PROLOGUE

C'ÉTAIT TOUJOURS le même rêve. L'entrepôt puant la fumée de cigarette, le carburant et le désespoir ; les éclats de lumière jaune des gyrophares tournant sur le chariot élévateur et se reflétant sur le sol huileux ; le clapotis de l'eau contre la jetée ; les voix puissantes et courroucées des hommes autour de lui.

Et la femme – pas vraiment une femme, mais plutôt une fille, son tee-shirt moulant s'étirant sur son ventre arrondi où elle avait les mains posées. Quatre, peut-être cinq mois de grossesse qui commençait à peine à se voir.

Elle était à genoux devant l'homme le plus en colère.

— Petite pute !

Il la frappa avec la crosse du pistolet ; elle s'écroula, ses longs cheveux sombres tombant autour de son visage ensanglanté, se mélangeant aux flaques d'huile noire sur le sol.

— Combien est-ce que tu as pris ?

— Pas beaucoup, 'Chete, pleurnicha-t-elle en tentant de se relever.

Il lui donna un coup de pied dans la cuisse, la renvoyant au sol.

— Juste un peu, quelques billets – *para el niño* [1]...

— Conneries *el niño*, dit Machete Montenegro avant de la frapper à nouveau.

— Boss, dit doucement Joshua – José.

— Tais-toi, *pendejo* [2]. Lina, combien ?

— Deux mille, admit-elle en pleurant à chaudes larmes à présent. Juste deux mille. Pour le bébé...

— J'emmerde le bébé. Ce n'était pas pour lui sinon tu serais partie depuis longtemps. Où est l'argent ?

— C'est Adelicio qui l'a, avoua Lina. Je l'ai donné à Adelicio.

— Merde, jura 'Chete.

Il regarda l'endroit où José et le reste de ses hommes se tenaient.

— J'en ai marre d'elle. Finissez-en.

---

1 Pour le bébé

2 Idiot

1

— Boss...
— *Faites-le.*

JOSHUA SE redressa dans son lit, la sueur détrempant son tee-shirt et coulant le long de son cou au souvenir du coup de feu. Nom de dieu – ça faisait quatre mois et il continuait d'en rêver. Ce n'était pas comme si 'Chete n'avait jamais ordonné de tuer des gens auparavant. Ce n'était pas comme s'il n'avait pas lui-même tué des gens, d'ailleurs. Mais ça avaient toujours été des hommes avant – des membres de gangs rivaux, des traîtres, quiconque 'Chete ou les autres boss désignaient. Jamais une femme.

Jamais une femme enceinte. Il fit courir ses doigts sur le duvet de ses cheveux qui commençaient à repousser, se languissant d'une cigarette, se languissant d'un verre. Se languissant de l'héroïne qui bourdonnait autrefois dans son sang et l'avait gardé fort durant l'enfer qu'avait été sa vie pendant si longtemps.

— Tu vas bien ?

La voix grêle provenait du haut-parleur près de la porte.

Ils avaient mis sa chambre sous surveillance la nuit, après que ses derniers cauchemars l'avaient laissé brisé et hystérique. Ce n'étaient pas ses geôliers, se rappela-t-il. Ils essayaient de l'aider. Le problème était qu'il ne savait pas s'il restait encore quelque chose en lui à aider.

LE MATIN arriva finalement et avec lui, la visite hebdomadaire de sa mère. Il détestait l'allure qu'elle avait depuis qu'il était revenu : elle paraissait beaucoup plus vieille que ce à quoi il s'attendait après ses trois ans d'exil. Elle était devenue plus petite, sa belle silhouette grande et mince courbée comme si elle se préparait à recevoir un coup, ses cheveux lisses et noirs striés d'argent. Il savait qu'elle lui avait rendu visite les premiers jours, même s'il ne s'en souvenait plus. C'était peut-être pour cette raison qu'elle le regardait les yeux apeurés, même s'il faisait toujours attention à bouger doucement et à lui parler gentiment. Leur conversation traitait de choses simples – le nouveau petit copain de sa sœur, les soucis de travail de sa mère, le ranch de son oncle – les petits commérages habituels sans impact émotionnel. Une ou deux fois durant les dernières semaines, elle avait intentionnellement mentionné le procès, mais seulement en passant, comme si ça n'avait pas beaucoup d'importance. Ça n'en avait pas, vraiment. Son rôle dans tout ça était terminé. Ce n'était pas comme s'il devait aller au tribunal – la preuve qu'avaient les Fédéraux était plus que suffisante pour tous les envoyer derrière les barreaux.

Mais quand le procès serait fini, il en serait de même pour lui. Il n'y aurait rien après le procès. Ce serait comme si le monde s'était arrêté, laissant un grand vide derrière lui. Il ne pouvait pas imaginer quoi que ce soit après ça.

Ce matin pourtant, sa mère portait une veste printanière d'un jaune de primevère qui mettait en valeur ses cheveux sombres. Elle s'était teint les cheveux pour masquer le gris et ses ongles étaient parfaitement manucurés. C'était si beau qu'il ne pût s'empêcher de sourire, malgré sa fatigue.

— Tu es belle, dit-il.

— Merci, mon cœur.

Elle l'embrassa sur la joue et fit courir sa main dans le duvet de ses cheveux, exactement comme il l'avait fait durant la nuit.

— Ça repousse. C'est bien. Je n'aimais pas la boule à zéro. Ça te donnait un air mauvais.

— C'était le but recherché, dit-il doucement.

Il savait ce qu'elle entendait par là – ça lui donnait un air squelettique avec ses joues creuses et ses yeux caverneux. Il avait repris un peu de poids depuis qu'il était là, mais pas plus que quelques kilos. Il n'avait pas d'appétit. Il n'avait envie que de drogue. Il n'avait envie que d'oublier.

— Alors c'est à quelle occasion ? demanda-t-il.

— J'ai parlé à ton oncle Tucker hier soir.

Il sourit poliment et lui tira la chaise en bois destinée aux visiteurs avant de s'asseoir en face d'elle, au bout de son lit étroit.

— Comment va oncle Tuck ?

— Oh, il va bien. Il se plaint de devenir vieux, mais c'est son habitude.

Elle remua nerveusement avant d'ajouter :

— Les avocats sont venus me voir. Ainsi que M. Robinson.

Tout le plaisir qu'il avait eu de la voir s'évapora.

— Il n'est pas censé te voir, dit-il fermement. Il est censé te laisser tranquille.

— Tout va bien, Joshua, lui assura-t-elle. Il voulait me faire savoir – te faire savoir – que l'audition était terminée. Ta part dans tout ça aussi. Ce cauchemar est fini. La preuve qu'ils ont est plus que suffisante pour faire enfermer ces enfoirés pour toujours et le grand jury l'a accepté. Ils ne peuvent pas être libérés sous caution. Maintenant, c'est juste le procès et ça n'arrivera pas avant des mois.

Il la regarda fixement, le bonheur dans ses yeux, le soulagement et il ne ressentit qu'une sensation de vide.

— C'est bien.

— Bien ? C'est merveilleux. Dès que tu pourras sortir d'ici, tu pourras recommencer...

— M'man.

Elle s'arrêta. Il écarta ses mains – ces mains aux longs doigts, toujours larges, même si les tendons se voyaient clairement derrière la peau mince : les mains d'un junkie. Les mains d'un meurtrier.

— Je n'ai nulle part où aller.

— M. Robinson a dit...

— M. Robinson peut aller au diable.

Il n'y avait aucune animosité dans ses mots – c'étaient juste des mots.

— Est-ce que tu penses que j'ai l'ombre d'une chance là dehors ? Ouais, ils ont eu Montenegro. Mais le cartel existe toujours. Ils viendront me chercher, ils savent que je me suis échappé. À la minute où je mettrai un pied dans la rue, ils sauront que je suis celui qui a vendu Montenegro et je serai un homme mort.

— Ils ne te chercheront pas. Ils pensent que tu es en prison ici à Cincinnati. M. Robinson a dit qu'eux et toi avez fait très attention à ne pas nous impliquer. Ils ne connaissent même pas ton vrai nom, alors nous ne risquons aucunes représailles. Tu peux partir et être en sécurité.

Il pencha la tête et la regarda, ses mots n'ayant aucun sens pour lui.

— Quoi ?

— C'est ce que je voulais te dire. Quand M. Robinson a dit que tout était fini et que tu étais libre de partir, j'ai appelé ton oncle. Il veut que tu ailles au ranch, que tu restes là-bas et que tu finisses par le reprendre un jour si tu le souhaites. Ces hommes horribles ne te retrouveront pas là-bas. Tu peux retourner à ton ancienne vie. Tu peux redevenir mon Joshua et laisser tout ceci derrière toi. Cathy et les enfants peuvent venir te voir pendant les vacances – ils ne se souviennent même plus de toi.

Elle lui caressa la joue.

— Je te reconnais à peine. Je veux que mon Joshua revienne.

Il fixa ses yeux foncés et pétillants en pensant : *Ton Joshua est mort, très chère.*

I

Eli se pencha sur la clôture et regarda le gamin travaillant avec la jument alezane. Elle ressentait le temps frisquet que le mois de Septembre amenait. Elle gambada joyeusement autour du garçon patient. C'était bon de la voir aussi dynamique. Il se rappela quand elle était arrivée pour la première fois, la robe terne et hirsute, apeurée par les abus et la négligence, la queue emmêlée et tombante et les yeux enfoncés et désespérés.

Maintenant, sa queue flottait au vent comme un drapeau de soie rouge, tirée en arrière et rappelant son sang arabe, ses yeux noirs liquides étincelaient et sa robe était propre, bien brossée et saine, même s'il restait encore de petites traces blanches aux endroits où il y avait eu des cicatrices. Elle faisait partie des chanceuses ; un trop grand nombre des animaux sauvés qui arrivaient ici ne vivaient que très peu de temps avant que les années de négligence et de maltraitance n'aient raison de leur vie. Quand elle était arrivée, il lui avait donné environ une vingtaine d'années, au moins, et avait été surpris lorsque le vétérinaire lui avait dit qu'elle n'en avait pas plus de cinq. Maintenant, elle les faisait.

— Jesse, appela-t-il calmement, de sa voix la plus douce afin de n'effrayer ni la jument ni le garçon. Vois si tu peux arriver à lui faire porter la bride. Elle l'a acceptée hier et je veux qu'elle s'habitue à l'avoir.

— Monsieur, répondit Jesse avec un petit hochement de tête, la voix basse et calme comme Eli le lui avait appris.

Il se dirigea doucement vers la clôture où la bride était posée sans quitter la jument du regard. Quand il attrapa la bride, celle-ci tinta doucement et la jument bondit, pas vraiment effrayée, mais voyant plutôt ça comme un nouveau jeu. Seigneur, elle était si jeune – Jesse et elle feraient une bonne paire une fois qu'il aurait fini de s'entraîner. Le Pueblo n'avait pas l'équitation pour coutume, mais Jesse, un membre de l'Isleta Pueblo près d'Albuquerque, ne s'était pas laissé arrêter par ça. Il était talentueux et à seulement quinze ans, il était l'un des élèves les plus prometteurs d'Eli.

Jesse se mit à parler à la jument, très doucement. Celle-ci arrêta de bondir et pencha les oreilles vers l'avant, intéressée. Il ne bougea pas, mais la laissa venir vers lui, ce qu'elle fit en faisant de minuscules pas, faisant

5

mine de ne pas avancer même si elle laissait la voix mélodieuse du garçon et ses mots insensés – ou peut-être qu'ils étaient en Tiwa, Eli ne voyait pas la différence – l'attirer vers lui. Quand elle se mit finalement à renifler les cheveux de Jesse, le garçon leva lentement les mains et la laissa renifler et effleurer des lèvres la bride avant de mettre le mors dans sa bouche. Il le tint en place un moment avant de glisser doucement les courroies en cuir par-dessus sa tête, lui laissant le temps de s'accommoder par étape, jusqu'à ce que le mors soit fixé dans la brèche derrière ses dents. La seule chose qu'il lui restait à faire était de resserrer la courroie du menton. Il lui murmura doucement quelque chose en la caressant sous le menton jusqu'à la boucle et quand il l'eut attachée, il lui ébouriffa la joue à côté du cuir et de l'acier.

— Tu es magnifique, dit-il, assez fort pour qu'Eli puisse l'entendre. Vraiment, vraiment magnifique.

Elle bougea la tête comme pour manifester son accord avant de reculer. Le moment était passé. Ils la regardèrent attentivement, mais la bride ne semblait pas la déranger. Elle n'essaya pas de l'arracher en s'aidant de la clôture comme certains autres chevaux le faisaient, endommageant la bride et se faisant du mal.

— Bien, dit Eli à Jesse qui vint s'appuyer contre la clôture à côté de lui. Ça commence à venir.

— Elle est adorable, répondit Jesse.

— Ouais. Je pense que vous faites une bonne paire. Je vais voir si Tucker voudra bien te l'assigner une fois que tu seras prêt. Ça vous laisse un peu de temps pour vous habituer aux caprices de l'autre avant le prochain rassemblement des mustangs par le service forestier national.

Le Triple C, le ranch de Tucker Chastain, était l'un des entrepreneurs de ce service qui s'occupait des troupeaux de mustangs sur le sol fédéral.

— Tu ne peux pas monter pendant le rassemblement avant tes seize ans, mais si je me souviens bien, tu les auras d'ici l'été prochain. Entre-temps, tu devras quand même t'occuper d'autres projets comme Sallee, ici.

— Je suis prêt à le faire, dit Jesse.

— Je sais que tu l'es, *chico* [3].

Eli repoussa son chapeau et se gratta le front.

— Bien, laisse-la une autre vingtaine de minutes avec la bride, et puis je veux que tu lui mettes les rênes. Boucle-les haut pour qu'ils ne pendent pas, mais pose-les sur son encolure pour qu'elle soit habituée à les sentir.

---

3 Gamin

— Oui, m'sieur, dit Jesse.

— Eli !

Eli sourit au gamin.

— Je dois y aller. Le grand Boss m'appelle.

Jesse lui rendit son sourire avant de retourner s'occuper de la jument. Eli remit son chapeau en place et se dirigea vers la grange où Tucker attendait.

— Boss.

— Eli. Le gamin s'en sort bien.

— Ouais, il est doué.

— Il semble avoir une affinité avec cet animal.

— Oui monsieur. Sallee et lui forment un bon duo en terme de personnalité. Elle ferait une bonne monture pour lui. Il est devenu trop grand pour Charlie. Il est prêt pour quelque chose de plus dynamique, un plus grand challenge.

— Ouais.

Tucker pointa le banc à côté de la porte de la grange. C'était à l'ombre et Eli s'assit avec gratitude. Chastain se laissa tomber à côté de lui, étira ses longues jambes et croisa les bras.

Ils restèrent silencieux pendant un moment ; Eli n'avait rien à dire et Tucker, il le savait, prenait son temps avant de parler. Finalement, Tucker se tourna vers lui et lui dit :

— Qu'est-ce que tu penses de notre personnel ?

Eli fronça les sourcils.

— Ce sont de bons gars. Je n'ai jamais eu de problème avec aucun d'entre eux. Certains sont un peu grande gueule, mais depuis que nous nous sommes débarrassés de cet ivrogne de Leon, je pense que c'est un bon groupe. Pourquoi ? Tu penses renvoyer quelqu'un ?

Il n'aimait pas vraiment l'idée, mais Chastain était le propriétaire et il savait mieux qu'Eli quelle était leur situation financière.

— Non. J'embauche quelqu'un en fait.

Le froncement de sourcil s'accentua et Eli se mit à réfléchir. Il ne connaissait peut-être pas les finances, mais comme contremaître, il connaissait la charge de travail et elle ne nécessitait pas de main-d'œuvre supplémentaire. À moins que Chastain ait l'intention de leur donner plus de travail.

— Tu acceptes de nouveaux animaux ?

— Ce n'est pas pour tout de suite. Pas avant que la banque et moi ayons décidé du sort de la parcelle de terre supplémentaire. Mais ça prendra des mois.

— Alors nous n'aurons probablement pas assez de boulot pour un nouveau travailleur. Pas s'il doit mériter ce qu'on devra lui payer.

— Ce n'est pas exactement travailleur, souffla Tucker. Il s'agit de mon neveu. J'ai besoin d'aide du côté affaire et je pense le former pour reprendre le ranch après ma retraite.

— Tu ne penses pas déjà prendre ta retraite, dit Eli.

C'était une certitude. Tucker adorait le ranch, adorait le travail et était seulement en fin de cinquantaine. Il était beaucoup trop jeune pour penser à la retraite.

— Non. Mais je passe de plus en plus de temps à gérer le côté business et de moins en moins de temps à entraîner les chevaux. Josh est un garçon intelligent, un garçon de la ville et je suis certain qu'il saura quoi faire pour les réseaux sociaux comme Facebook et Twitter et toutes ces conneries.

— Je pensais que c'était un grand tireur d'élite du FBI, dit Eli nonchalamment.

— Il l'était. Je ne connais pas exactement les faits, mais je sais que sa dernière mission s'est mal passée, d'une manière ou d'une autre, et qu'il a démissionné. Ça fait quelque temps qu'il est à l'hôpital et Hannah veut qu'il sorte de la ville, qu'il aille dans un endroit où il peut prendre son temps pour récupérer.

— Il s'est fait tirer dessus ou quelque chose comme ça ?

— Je n'en sais rien. Tu sais ces Fédéraux, ils ne nous révèlent jamais ce que nous n'avons pas besoin de savoir.

Les seuls Fédéraux qu'Eli connaissait étaient les gars du service forestier national et ceux du Bureau des Affaires Indiennes, et c'étaient tous des hommes décents, alors il ne dit rien. Il hocha simplement la tête et fixa le paddock.

— Alors je me suis dit que nous ferions d'une pierre deux coups. Josh peut venir ici et recouvrer la santé et je peux, en même temps, lui apprendre ce qu'il faut pour gérer un ranch. Travailler dans un bureau ne lui fera probablement pas de mal non plus.

— Je ne pense pas l'avoir déjà rencontré, réfléchit Eli. Je connais ta nièce et ses enfants, car ils sont venus il y a quelques étés, mais lui n'est jamais venu si je me souviens bien.

— Pas depuis qu'il est gamin. Ils avaient l'habitude de venir chaque été. Hannah a déménagé à l'Est depuis l'université.

Il n'ajouta rien de plus. Eli savait qu'il n'y avait pas de Mr Hannah, Josh et Cathy portaient le nom de leur mère – même si Cathy était mariée et

8

divorcée, d'après ce que Tucker lui avait dit – mais il ne savait rien de plus. Ce n'étaient pas ses affaires de toute manière.

— Alors pourquoi m'as-tu posé la question sur les gars ? Tu penses qu'ils n'accepteront pas un Fédéral parmi eux ?

— Ce n'est pas un problème. Je pensais plutôt au fait que ce soit mon neveu et qu'il ne connaisse rien au mode de vie d'un ranch.

Eli secoua la tête.

— Je ne pense pas que ce sera un problème. Tant que ce n'est pas un enfoiré, je pense qu'il ira bien. Est-ce qu'il sait au moins monter à cheval ?

— Je n'en sais diablement rien, dit à nouveau Chastain. Il savait quand il était gamin.

— Alors il s'en sortira probablement. Il y aura quelques ajustements, les mêmes que lorsque nous embauchons une nouvelle personne, mais tout se passera bien. Tant que ce n'est pas une peste pointilleuse ou un trou du cul. Et puisqu'il a été agent du FBI, je doute fort qu'il soit une peste pointilleuse.

— Il ferait mieux de ne pas être un trou du cul, dit Chastain. Je ne veux pas de problèmes et je veux vraiment savoir si je laisse le ranch entre de bonnes mains. Bien sûr, je ne peux pas prendre cette décision avant d'apprendre à le connaître, n'est-ce pas ?

— Tu es malade ou quoi ? Parler de retraite et de laisser le ranch entre de bonnes mains... Bon Dieu, Tuck, tu m'inquiètes.

— Nan, je vais bien. Je suis juste... Merde, Eli, je vais bientôt avoir cinquante-neuf ans. L'année prochaine, j'en aurai soixante. En dehors d'ici, soixante c'est vraiment vieux.

— Ouais, ça l'est, dit Eli avant de sourire quand Tucker lui donna une bourrade.

— Dit le gars qui a la moitié de mon âge.

— Non, j'aurais la moitié de ton âge si tu avais soixante-six ans. Bon Dieu, vieil homme, pas étonnant que tu aies besoin d'aide du côté affaires si tu n'es même pas capable de compter correctement.

— Eh, je suis peut-être vieux, mais je peux toujours te virer.

— Non, tu ne peux pas, parce que tu ne trouveras personne d'autre qui pourra faire preuve d'autant de patience devant tes caprices.

Ils se sourirent pendant un moment avant que Tucker secoue la tête.

— Josh habitera dans la maison, alors tu n'auras pas besoin de lui trouver une place dans le baraquement. Tu es chanceux que je ne l'ai pas mis chez toi.

9

— C'est le cottage du contremaître, lui fit remarquer Eli. Je suis le contremaître. C'est non négociable.

— Je reste le boss.

— Ouais, et tu vis dans la maison du boss. Tu vas faire de ton neveu du FBI, qui n'a pas mis les pieds dans un ranch depuis je ne sais combien d'années, le contremaître ?

Tucker frissonna.

— Bien sûr que non. OK. Tu es à l'abri. De toute façon, Hannah ne sait pas quand il viendra. Elle avait besoin de lui parler et arranger les choses. Je te le ferais savoir aussitôt que je serais au courant. Tu n'as pas grand-chose à faire. Juste ton travail.

— Et je le fais de toute manière. Mais merci de m'avoir prévenu. Tu veux que je passe le mot aux *vaqueros* [4] ?

— Bien sûr. Autant les tenir au courant.

Chastain soupira.

— Je suppose qu'il y aura toutes sortes de spéculations à propos de ma santé après ça.

Eli sourit.

— Sans blague, vieil homme. Tu ferais mieux de t'assurer de sortir d'ici et de leur montrer que tu es toujours en vie, sinon ils ouvriront les paris sur le nombre d'années qu'il te reste.

— Petit malin.

Tucker se leva, lui donna un petit coup de pied dans la botte et se dirigea d'un pas nonchalant vers la maison.

---

4 Cowboys en espagnol

II

LE VOL en provenance de Chicago était tombé à la même heure qu'une réunion de propriétaires de ranch à Colorado Springs, ce qui fit que son oncle ne fut pas en mesure d'aller chercher Joshua à l'aéroport, comme il l'avait initialement prévu. Il avait proposé d'envoyer son contremaître à Albuquerque pour le prendre, mais Joshua ne voulait pas empêcher celui-ci de travailler pendant les quatre heures d'aller-retour. Au lieu de ça, il avait trouvé un autocar qui le conduirait à Miller, la ville la plus proche du ranch, et son oncle enverrait quelqu'un le chercher là-bas.

Cela convenait parfaitement à Joshua. Le long trajet en bus lui permit de se faire mentalement à l'idée d'être loin des rues de la ville, qui avaient été la frontière de son existence durant les trois dernières années, et de voir la campagne dans laquelle il vivrait bientôt. L'immense désert était un mélange intéressant de végétation desséchée – de nombreux petits arbustes inutiles dispersés comme des fibres de coton sur une couverture de poussière jaune – de quelques rares plantes plus grandes et même d'arbres le long des rives. La tâche sombre et lointaine de la forêt s'affichait occasionnellement sur les flancs ensoleillés des montagnes. Il faudrait des heures et des kilomètres avant de pouvoir voir des gens ou même d'autres voitures. Joshua, habitué à la présence constante, dans son champ de vision, de rues bondées, trouva la route et le panorama vides incroyablement reposants.

Les autres passagers du bus ne le dérangèrent pas non plus. Il semblait y avoir une grande majorité de natifs américains et d'Hispaniques, des mères semblant épuisées par des enfants agités et quelques ouvriers en chemises en jean et casquettes de baseball aux logos de tracteurs et d'entreprises de récolte. Certains d'entre eux regardèrent d'un air interrogateur la veste en jean noire qui cachait ses bras anormalement maigres, mais l'air conditionné était allumé au maximum et il avait toujours froid ces jours-ci.

La plupart des voyageurs descendirent à des arrêts poussiéreux et isolés le long de l'autoroute. Le bus était plus qu'à moitié vide quand il s'arrêta à l'entrée d'une petite ville poussiéreuse.

— Miller, l'avertit le chauffeur.

Joshua se leva, tira son sac à dos du porte-bagage au-dessus de sa tête et descendit les marches dans l'air chaud et sec. Ça lui fit du bien après la température glaciale du bus. Le chauffeur, qui était sorti en premier, ouvrit la soute à bagages et sortit le sac de sport avec l'étiquette de Joshua. Ce dernier lui donna un pourboire de dix dollars et passa la bandoulière du sac autour de son épaule, cherchant péniblement du regard la voiture que son oncle lui avait promise. L'unique personne qui attendait là était un véritable cowboy appuyé contre le hayon d'un pick-up immense et cabossé, la tête posée contre le flanc du camion, son chapeau gris tombant sur ses yeux. Malgré la chaleur, il portait une chemise à manches longues, des gants complètement abîmés et des bottines par-dessus un jean tellement poussiéreux qu'il était difficile de dire où les bottines s'arrêtaient et où le jean commençait. Il était apparemment habitué à la chaleur et paraissait détendu. Joshua le regarda un moment avant de se diriger vers le pick-up.

Il n'y eut qu'un homme qui descendit du bus à l'arrêt de Miller. Eli le regarda par-dessous le bord de son chapeau et pensa, 'Ça ne peut pas être lui'. Il savait que ses attentes étaient basées sur les incarnations d'agents du FBI à la télé et dans les films, et que ce n'était pas comme si le neveu de Tuck porterait un costume noir accompagné d'une chemise blanche, mais il l'avait en quelque sorte espéré. Mais ce gars – non. Il n'était, en aucun cas, du genre du gouvernement.

Bon, il était en noir en tout cas. Jean noir, tee-shirt noir, veste en jean noire malgré la chaleur. Eli y était habitué. Il avait pensé qu'un gars de l'Est ne le serait pas, mais il semblait s'être trompé. Ses cheveux coupés courts étaient tout aussi noirs. Sa peau était du même jaune délavé que celles des Mexicains lorsqu'ils étaient malades, mais il n'avait aucun trait mexicain. Hispanique, mais quelque chose de plus à l'est. Portoricain ou Cubain, peut-être.

Et il était *maigre*. Pas seulement élancé, pas seulement mince, vraiment maigre. Pour sa taille, il devrait peser environ 90 kilos, mais Eli ne lui en donnait que 70. Ses poignets étaient émaciés à l'endroit où ils sortaient des manches de sa veste, comme des bâtonnets et la forme de ses côtes était visible à travers le tee-shirt en dessous de son blouson ouvert. Il marcha vers le pick-up d'un pas lent, comme un vieil homme, mais la

12

partie supérieure de son corps était crispée et raide, comme s'il se préparait à recevoir un coup. Il marchait comme la version humaine des animaux maltraités que le Triple C recueillait parfois, comme un cheval battu depuis trop longtemps sans aucune raison.

Et puis Eli croisa le regard sans vie de l'homme et pensa, complètement ébranlé, *si je voyais un cheval avec un regard semblable à celui-là, je l'achèverais moi-même.*

— Triple C ? demanda l'homme.

Eli se redressa et tendit une main gantée.

— Elian Kelly, dit-il. Appelle-moi Eli.

La poignée de main du gars était ferme, mais sans réelle solidité.

— Joshua Chastain. Mon oncle m'a dit que tu étais le responsable du ranch ?

— Ouaip.

Eli prit le sac de sport, l'envoya à l'arrière du pick-up, ferma le hayon et pointa du doigt le côté passager.

— Monte. Nous sommes à plus ou moins quarante minutes de la ville. Nous serons sûrement arrivés pour le dîner. Désolé pour le trajet depuis l'aéroport. Tuck voulait vraiment venir te chercher en personne, mais la réunion dans le Colorado concerne des contrats gouvernementaux et il devait y être. C'est lui qui s'occupe de tout ce qui est business. Moi je m'occupe simplement du ranch.

— Pas de problème, dit l'homme.

Il boucla sa ceinture en jurant, les mains tremblantes avant d'agripper le sac à dos posé sur ses genoux et de se concentrer sur la route. Eli démarra le pick-up et le regarda.

— Tu vas bien ? demanda-t-il calmement. Tuck a dit que tu as séjourné à l'hôpital. Pas encore remis ?

— Non.

Le gars regardait devant lui sans expression.

— Eh bien, le Triple C est un bon endroit pour récupérer, dit joyeusement Eli. De l'air frais, beaucoup d'exercice et nous avons une cuisinière génialissime. Tuck se plaint toujours de prendre du poids. Je lui dis toujours de sortir et de travailler un peu plus avec le bétail. Son aide ne serait pas de refus. Tu montes à cheval ?

— Avant.

— C'est comme le vélo. Parmi tous les chevaux que nous avons, nous t'en trouverons sûrement un qui te correspond.

13

Joshua hocha la tête. Eli attendit qu'il dise quelque chose avant de se rendre compte qu'il ne le ferait pas. Merde. Ça allait être un long trajet.

— Je ne sais pas à quel point tu te souviens du Triple C, dit-il en tentant d'entretenir la conversation. Tuck m'a dit que tu étais encore gamin la dernière fois que tu étais venu.

— Oui.

— D'accord. Eh bien. Qu'est-ce que tu sais à propos du ranch ?

— Rien. C'est un ranch pour chevaux. Je ne pensais pas que les gens faisaient encore ça.

— Eh bien, nous le faisons. Je ne dis pas que c'est facile de garder la tête hors de l'eau, notamment dans cette économie, mais ton oncle Tuck a une excellente réputation dans la communauté pour ses méthodes d'entraînement. En particulier avec les chevaux à problème. Il dresse les gens aussi bien que les chevaux. Nous avons généralement une bonne poignée d'élèves sur le site à n'importe quel moment de l'année. Nous en attendons encore quelques-uns dans les semaines à venir.

Silence.

Eli continua sans se laisser démonter.

— Nous recevons les chevaux de propriétaires privés à dresser. Nous prenons aussi ceux qui sont sauvés par l'ASPCA [5] et les réhabilitons. Et nous participons aux sélections de mustangs que le gouvernement entreprend pour gérer la population des chevaux sauvages.

— Vous les débourrez pour le gouvernement ?

Eli grimaça.

— Nous ne débourrons pas les chevaux. Nous les apprivoisons, les dressons et – comment appelle-t-on ça ? – les socialisons. Ensuite, ils sont vendus à des personnes ou des organisations qui travaillent avec eux. Ne laisse pas Tuck t'entendre appeler ça 'débourrage'. Trop de personnes le font et c'est à lui de les corriger.

— Il n'y a pas l'air d'y avoir beaucoup d'argent là-dedans. Ça ressemble à un service social.

— Eh bien, pas dans ce cadre-là, non. Mais Tuck dresse aussi des chevaux pour le rodéo, principalement du saut d'obstacle, ce genre de choses. Nous fournissons parfois les films. Ces ventes-là financent pas mal

---

5 Association américaine pour la prévention de la cruauté envers les animaux.

14

les autres trucs. Et il y a aussi le dressage privé. Le ranch est plus un centre de dressage qu'un lieu où les chevaux travaillent.

JOSHUA ÉCOUTA l'homme à côté de lui parler, trouvant une lueur d'intérêt qu'il ne soupçonnait plus exister dans son esprit obscurci. Le cowboy avait une voix douce, reposante et lente comme s'il souriait en lui-même. Joshua se sentit comme dans un univers totalement différent, un univers où les gens se souciaient réellement de ce qui arrivait. Le sauvetage d'animaux ? Guérir des chevaux brisés ? Ce type donnait l'impression qu'oncle Tucker était le Saint Francis dont certaines des mamas des bodegas parlaient. Personne n'était comme ça. Joshua aurait parié que ledit saint avait des conseillers en communication qui travaillaient à plein temps pour lui. Il se demanda ce qu'il allait trouver au ranch et comment cet homme laconique à la voix douce faisait pour être contremaître.

Il se souvenait à peine de son Oncle Tucker. Il se souvenait seulement d'un grand homme avec un grand chapeau qui sentait toujours le cheval. Le grand-père de Joshua s'occupait toujours du ranch à cette époque-là. Joshua devait avoir onze ans la dernière fois qu'il y était venu, environ seize ans auparavant. Il n'y était pas retourné depuis la mort de son grand-père alors qu'il était toujours à l'école primaire. Ils n'avaient pas eu beaucoup d'argent pour voyager à cette époque-là et sa mère était retournée seule au ranch pour les funérailles. Quand elle était rentrée, elle n'avait plus évoqué le ranch pendant un bon moment. Ce n'était pas difficile de deviner qu'elle et Oncle Tucker avaient eu une dispute. Mais apparemment, la guerre était terminée maintenant, sa mère et Tucker ayant renoué le contact à un moment donné au cours des trois ans où Joshua avait été en mission. C'était tant mieux. Elle avait besoin d'un homme sur qui elle pouvait compter. Dieu savait à quel point elle ne pouvait pas compter sur *lui*.

Lorsqu'il y eut une pause dans le monologue, alors que le chauffeur prenait un virage serré vers une route sans nom, Joshua demanda :

— Pourquoi t'a-t-il envoyé ?

— Pardon ?

— Pourquoi t'a-t-il envoyé ? Tu es le contremaître et c'est un grand ranch. Pourquoi ne pas envoyer quelqu'un de moins important pour venir me chercher ?

15

Il n'était pas sûr de la raison qui l'avait poussé à demander. Peut-être que c'était la voix calme qui lui en avait donné l'envie. Ça lui paraissait simplement bizarre.

— Eh bien, tu es le neveu de Tucker.

— Et alors ?

— Et alors, tu es son neveu. Ça n'aurait pas été correct d'envoyer un gars quelconque venir te chercher comme si tu étais un étranger.

— Je suis un étranger, lui fit remarquer Joshua. Il ne m'a pas vu une seule fois en seize ans.

— Ça n'a aucune importance. Tu es de sa famille. Ça n'aurait pas été poli. Les gars le savent. Si Tuck avait envoyé l'un d'entre eux venir te chercher, ça aurait signifié que tu n'es pas important. Tu aurais commencé du mauvais pied.

Joshua réfléchit à la question en silence alors qu'ils roulaient. Le statut. L'honneur. Il comprenait ça. C'était important dans la rue aussi. Peut-être même plus important que tout le reste. À l'exception de la cupidité.

Il y avait des clôtures le long de cette portion de la route et un panneau flétri avec un J, penché sur le côté. Eli remarqua son regard et lui dit :

— Le Rocking J. Il a été saisi il y a quelques années lorsque le propriétaire est mort. Pas d'enfants, personne qui méritait de l'obtenir en héritage. Ça a secoué Tuck, je pense. Il a recommencé à parler à sa sœur – ta maman – plus souvent à ce moment-là. Je suppose qu'il voulait déjà te faire venir ici, mais qu'il pensait que tu t'étais déjà beaucoup investi avec le FBI.

Il prononça les lettres bien séparément, F-B-I, au lieu de le dire en un seul mot comme les gens de l'ouest le faisaient 'efbeye'.

— Tuck négocie avec la banque pour voir s'il peut acheter une parcelle de terre supplémentaire, mais il pense que le prix est trop élevé. Il y a de l'eau, cependant, et ça compte énormément. Il l'aura probablement s'il la veut vraiment. Il obtient généralement ce qu'il veut. Il pourrait convaincre un écureuil de ne plus avaler un seul gland.

Ils roulèrent quelques minutes avant que Kelly reprenne.

— C'est quand même triste pour le ranch. Je déteste le voir partir. Il y a de moins en moins de vieux ranchs. Trop difficile de s'en sortir ici. Je suppose que quelqu'un peut racheter ce qu'il en reste et en faire un ranch de tourisme ou un truc du genre. Ce ne serait pas si mal. Nous avons racheté une partie du bétail pour le Triple C. Je pense qu'ils ont mis le reste aux enchères afin de mettre de côté pour le solde hypothécaire.

— Il y a une hypothèque ?

16

— Au Triple C ? Non. Il y en avait une il y a quelques années, mais Tuck a vendu une poignée du bétail à un ranch de cinéma près de Cupertino et a pu la rembourser. Tuck n'aime pas être endetté.

Moi non plus pensa Joshua, *mais regardez où ça m'a mené.* Il haussa les épaules et se tourna vers la fenêtre, resserrant les bras autour de son sac à dos. Il commençait à être fatigué. Il y avait eu son vol de trois heures à partir de Chicago précédé de deux heures d'attente à l'aéroport et suivi d'un trajet de quatre heures en bus, et maintenant ça. Le soleil commençait à descendre et l'ombre du pick-up du côté passager s'allongeait. Joshua était fatigué, mais pas somnolent. Ses nerfs vibraient d'anxiété et il se sentait malade. Stressé à propos du voyage, stressé d'avoir à faire la conversation à un inconnu, stressé de déménager vers une partie différente du pays et vers un mode de vie différent. La fatigue et l'anxiété étaient mauvaises. Elles nourrissaient la faim et la faiblesse. Il voulait de la drogue. Il avait toujours envie de drogue, mais quand il était fatigué et anxieux, il en voulait encore plus.

Une part de son cerveau comprenait et assimilait ce que le chauffeur disait de la même manière qu'il l'avait toujours fait. Elle l'enregistrerait et lui permettrait d'y accéder quand il en aurait besoin. Cet aspect bizarre de son cerveau était en partie ce qui le rendait si bon dans les opérations sous couverture. Il n'avait jamais eu besoin de prendre des notes qui pourraient être trouvées, passer des appels qui pourraient être entendus ou télécharger des données qui pourraient être piratées. Tout ce qu'il entendait, tout ce qu'il voyait constituait ses propres données, même s'il ne faisait pas attention à ce qui se passait, même s'il était dans une situation qui nécessitait son attention pendant que des choses se produisaient en arrière-plan. Il pouvait entretenir une conversation, traiter avec des boss, des dealers, des junkies et des putes en étant José, et son cerveau le remarquerait et prendrait note de tout. Même lorsqu'il était dépendant, drogué ou à peine conscient, il continuait de rassembler des informations.

Le problème avec ça, c'était qu'il n'oubliait rien.

— Tu sais ?

Joshua retraça la conversation dans sa tête, trouva le 'On ne peut rien reprocher à Tuck' et répondit :

— Oui.

Ce fut suffisant. Le chauffeur continua de parler. Joshua continua de ne pas écouter. Mais la voix du contremaître était belle, basse, tranquille et douce. Le genre de voix qui pouvait pousser les animaux à lui faire

17

confiance. Dommage que Joshua n'ait pas été un animal et que toute trace de confiance qu'il avait eue ait été détruite.

Mais la voix était belle.

— ... ici.

Joshua ouvrit les yeux au moment où ils tournaient sous une voûte en bois similaire à celle avec le J incliné qu'ils avaient dépassée, mais celle-ci était fraîchement repeinte et semblait neuve. Les trois C du Triple C – pour le grand-père de Joshua, Charles et *ses* parents Claude et Catherine – étaient peints d'un vert foncé sur un fond brunâtre, les lettres tournées de façon à ce que les côtés ouverts des lettres se fassent face et forment une sorte de nœud Celtique. Il y avait une barrière en fils de fer sous la voûte, mais elle était ouverte pour les laisser passer et rouler vers la maison. Ils rebondirent sur le pont en bois qui surplombait l'un des ruisseaux qui fournissait de l'eau au ranch.

C'était plus petit que ce dont Joshua se souvenait, mais ça restait assez grand. Une maison à deux étages avec une entrée voûtée qui menait à une cour et un patio recouvert de tuiles, une fontaine centrale et un sillon de vieux peupliers. La fraîcheur des arbres fut un soulagement plus que bienvenu après le voyage sans fin dans le désert qu'il avait subi pendant la journée. C'était un endroit pittoresque à une époque, se rappela Joshua d'après les histoires que sa mère lui avait racontées, mais il pouvait voir à travers la voûte que la fontaine était vide. Le ruisseau s'écoulait toujours cependant, l'eau claire et étincelante, alors ce n'était pas un problème de sécheresse.

À l'endroit où l'allée bifurquait pour contourner la façade de la maison, Kelly garda le pick-up sur la droite et se dirigea vers l'arrière. Là, la maison avait un porche en bois qui donnait vue sur une cour poussiéreuse, un lot pavé où étaient parqués une poignée de voitures et de pick-ups, et les paddocks et corrals qui entouraient les écuries et les granges. Il y avait pas mal d'activités, même aussi tard dans la soirée. Deux cowboys sur des Appaloosas enfermaient un petit troupeau de chevaux poussiéreux dans un enclos pendant qu'un troisième tenait la barrière ouverte, faisant signe aux chevaux avec son chapeau, et quelques autres gars déchargeaient des ballots de foin d'un camion-remorque et les portaient jusque dans l'une des granges. Dans les écuries, un jeune garçon conduisait un cheval bleu-gris élancé vers l'entrée grandement ouverte. Il s'arrêta quand le pick-up ralentit quelques mètres plus loin et inclina son chapeau en les voyant.

— C'est Jesse, dit le contremaître en parquant le pick-up. C'est le plus jeune de nos apprentis et un natif. Sa mère est notre cuisinière, alors il a vécu ici la grande majorité de sa vie. Si tu as une question et que Tuck ou moi ne sommes pas là, va voir Jesse.

18

Il sortit du pick-up et Joshua en fit de même.

Le contremaître prit le sac de sport de Joshua et le passa par-dessus son épaule, attendant que Joshua sorte de la voiture. Il ne semblait pas être impatient, même s'il fronça légèrement les sourcils quand Joshua perdit l'équilibre pendant un moment et dut s'appuyer contre le pick-up. Toutefois, il ne dit rien et attendit simplement qu'il soit à nouveau sur pied avant de se diriger vers la maison.

— Tuck m'a dit qu'il t'a préparé la chambre d'amis au rez-de-chaussée pour l'instant, puisque tu es toujours convalescent. Plus tard, si tu le souhaites, lui et toi pourrez décider où tu veux être. Il y a une demi-douzaine de chambres à l'étage que personne n'utilise.

L'entrée de derrière menait à la cuisine, où une petite femme potelée s'activait entre la cuisinière et l'îlot central, préparant sûrement le dîner. Elle leva les yeux quand ils entrèrent et sourit de toutes ses dents.

— Señor Joshua !

— Sarafina ?

Il cligna des yeux. Comment avait-elle rétréci à ce point ? Dans sa mémoire, c'était une géante maniant sa cuillère en bois comme Petit John maniait sa perche.

— Sí ! Tu pensais que je partirais ? Non, je suis ici pour toujours, je pense. Viens, assieds-toi et mange. Tu es vraiment, vraiment trop maigre.

Son visage rond se plissa d'inquiétude quand elle prit conscience de la maigreur de junkie à l'héroïne de Joshua.

— Tu as été malade, dit-elle d'un ton accusateur.

Eh bien, c'était une manière de voir les choses.

— Oui, dit-il.

— Tucker me l'a dit, mais ça... dit-elle sévèrement. On va arranger ça.

Joshua lui sourit légèrement et s'assit à table sur la chaise qu'elle lui avait indiquée. Il déposa son sac à dos sur le sol à côté de lui et leva les yeux vers le contremaître, qui souriait, amusé.

— Je suppose que vous êtes amis tous les deux ? dit-il.

— Je me souviens d'elle, répondit Joshua.

— Ouais, je vois ça. Eh bien, reste assis là et avale un peu de nourriture. Je vais déposer ça dans ta chambre. C'est la deuxième porte à droite au bout du couloir.

— Dis à ces vaqueros que le dîner sera prêt dans une demi-heure, ordonna Sarafina à Eli. Donnez-moi un instant pour nourrir Joshua et le mettre au lit. Il est fatigué. Il ne voudra pas être dérangé lors de sa première nuit à la maison.

— Oui, boss, dit Eli.

Elle lui donna un petit coup sur l'épaule à l'aide de son tablier et il sortit de la cuisine en riant.

— Eli est un bon garçon, dit Sarafina en déposant une assiette en face de lui avant de lui couper une part d'enchiladas du plat en céramique qu'elle avait gardé au chaud dans le four. Mange ça et je vais te chercher une salade. Et du pain.

Il fixa la nourriture, se sentant un peu nauséeux, mais il prit quand même la fourchette et enfourna une bouchée. Cela avait un goût différent des choses qu'il avait mangées à Chicago, mais il ne savait pas en quoi, plus maintenant. Sa sensibilité aux saveurs était aussi morte que tout le reste en lui.

— C'est bon, dit-il avant de prendre une autre bouchée. Ne te fatigue pas à faire autre chose. Je suis trop fatigué pour manger grand-chose, de toute manière.

Il pouvait sentir son regard posé sur l'arrière de sa tête pendant qu'il mangeait quelques autres bouchées, s'assurant qu'elles étaient de la même enchilada afin qu'elle puisse conserver le reste. Quand il en finit une, il déposa sa fourchette.

— Merci, dit-il en se penchant pour prendre son sac.

— Joshua...

— Merci, Sarafina. Vraiment, je suis juste fatigué.

Il la gratifia de ce qu'il espérait être un sourire rassurant avant de se lever et de chercher sa chambre. Elle était juste là où Eli Kelly lui avait dit qu'elle serait. Il reconnut son sac de sport posé au bout du lit sur l'édredon. Joshua ferma la porte, puis alla jusqu'au lit et souleva son sac pour le déposer sur le sol pavé à côté du tapis. Il déposa son sac à dos à côté de son sac de sport et s'assit à l'extrémité du lit. La chambre était une amélioration par rapport à celle qu'il avait eue au centre de réhabilitation. Les murs étaient blancs, mais la couette, le tapis et les rideaux d'inspiration Navaho étaient de couleur vive et le sol chaud de grès était d'un miel profond qui luisait dans la lumière qui s'affaiblissait. Et le matelas était ferme. C'était bien. Joshua s'entoura de ses bras et se coucha sur le côté, toujours dans sa veste. Alors qu'il dérivait vers le sommeil, il entendit le bruit des portes et le son de voix, mais ils ne le dérangèrent pas et il n'y fit pas attention.

SARAFINA AVAIT attendu que le reste des hommes aient quitté la cuisine pour parler à Eli. Il savait qu'elle voulait lui raconter des potins, alors il prit son temps en sirotant son café. Quand ils furent seuls, les gars partis accomplir leurs tâches du soir ou dans le baraquement et Jesse faisant ses devoirs dans sa chambre, Sarafina se versa une tasse de café et s'assit à la grande table en face de lui.

— Alors, dit-elle, est-ce que Tucker t'a dit ce qui ne va pas avec Joshua ?

— M'a dit qu'il avait été blessé dans une mission avec le FBI. Assez gravement pour qu'il démissionne.

— Ça, ce n'est pas être 'blessé'.

Elle pointa avec indignation la direction de la chambre.

— C'est être malade. C'est un homme malade Eli. Il a voyagé toute la journée et tout ce qu'il mange, c'est une petite enchilada ?

— Peut-être qu'il a mangé dans l'avion dit Eli, mais même lui savait qu'il se dérobait et qu'il méritait le regard plein de mépris qu'elle lui lança.

— Non, il ne l'a pas fait, et pas non plus dans le bus ni dans ta voiture. Il a l'air de quelqu'un qui n'a pas mangé depuis des jours. Tucker ne va pas être content en rentrant demain matin.

— Eh bien, je ne saute pas vraiment de joie en ce moment, dit Eli. Je suis d'accord avec toi, ma belle. Il y a quelque chose qui ne va vraiment pas avec cet homme.

III

LA RÉUNION s'était déroulée à cinq bonnes heures de route de la maison et normalement, Tucker aurait passé la nuit à l'hôtel. Mais quand son groupe d'amis finit de dîner chez l'éleveur de bétail local, il était deux heures du matin, il était parfaitement éveillé et le message qu'il avait reçu d'Elian Kelly – *Josh est arrivé. Sarafina est inquiète pour lui* – l'avaient rendu assez anxieux pour dire rapidement au revoir à ses amis, monter dans son pick-up et se diriger vers la maison.

Il était au courant pour certaines des épreuves que son neveu avait traversées – du moins autant que ce que Hannah savait, ce qui n'était pas grand-chose. Il l'avait écoutée pleurer d'inquiétude durant les dernières années de la mission de Joshua, quand elle n'avait pas pu entrer en contact avec son fils, et à nouveau quelques mois auparavant, quand il était revenu et qu'elle avait vu à quel point il avait changé – pour le pire. Les drogues étaient impliquées, ce qui inquiétait Tucker, mais Hannah avait insisté sur le fait que ce n'était pas la faute de Josh, qu'il avait été forcé d'y toucher à cause des circonstances et qu'il faisait de son mieux pour décrocher. C'était l'une des raisons pour lesquelles Hannah avait voulu qu'il prenne Josh, pour l'éloigner de la drogue. L'autre raison était qu'apparemment, Josh était toujours en danger à cause des personnes qu'il avait fait mettre en prison, ou de leurs complices, même si Hannah lui avait assuré qu'elle, Cathy et les enfants étaient parfaitement en sécurité. Eux et le ranch n'étaient même pas dans la ligne de mire de ces hommes, ce qui était d'un certain réconfort. Hannah lui avait aussi confié que Josh avait subi une sorte de détoxication chimique et qu'il était convalescent. Il devait simplement réussir à gérer les effets psychologiques de l'addiction, et le ranch serait l'endroit parfait pour ça. Il pourrait apprendre un nouveau travail, se construire une nouvelle vie loin de tout le stress de la ville, et si tout se passait bien, laisser tout le reste dans le passé.

Tuck s'était attendu à quelqu'un qui serait prêt à faire des changements dans sa vie, mais le message d'Eli l'y fit penser à deux fois. Sarafina était une femme judicieuse.

Le soleil commençait à peine à se lever quand il entra dans la cour du ranch et gara la Silverado à côté de la maison. À l'intérieur, Sarafina travaillait déjà, pétrissant la pâte pour le petit-déjeuner des travailleurs. Elle leva les yeux vers lui quand il entra, surprise.

— Déjà de retour ?

— Je ne suis pas resté pour la nuit, dit-il. Je ferai une sieste cet après-midi. Comment se passent les choses ?

— Normalement. Elian se charge de tout, donc bien sûr que tout va bien.

— Je voulais dire à propos de Josh.

Elle ne répondit pas tout de suite, mais continua de travailler la pâte. Finalement, elle s'arrêta et mit sa préparation dans un bol et la recouvrit d'un torchon.

— Il fait de très mauvais rêves.

— Oh ?

— Oui. Ils l'ont réveillé. Ils *m'ont* réveillée alors que je suis à l'étage. Quand je suis descendue, il était debout et m'a dit qu'il allait bien. Mais il ne va pas bien, Tucker. Il ne va vraiment pas bien.

— Il est encore endormi ?

Elle haussa les épaules.

— Il est toujours dans sa chambre. Il n'a mangé qu'une enchilada la nuit dernière, Tucker. *Une.*

— Alors, il est malade Sarafina, dit-il sérieusement.

C'était vrai. Les enchiladas de Sarafina étaient le nectar des dieux. Quiconque pouvant en refuser, ou pire encore, n'en manger qu'*une*, avait quelque chose qui clochait.

— Je te l'ai dit.

Elle mit le bol dans le four et se dirigea ensuite vers le grand réfrigérateur.

— Va le voir, Tuck.

L'appeler 'Tuck' signifiait qu'elle était on ne peut plus sérieuse. Il hocha la tête et se rendit à la chambre qu'il avait choisie pour Josh.

Quand il ouvrit la porte, il faillit faire machine arrière et aller demander à Sara qui était donc cette personne, parce que ça ne pouvait pas être Josh. Josh avait à peine vingt-sept ou vingt-huit ans. La photo que Hannah lui avait envoyée pour sa remise de diplôme à l'Académie du FBI était celle d'un grand jeune homme souriant, large d'épaules et fort. Pas cette espèce d'épouvantail habillé en noir, les cheveux noirs coupés courts, des creux profonds à la place des joues et un nez semblable à une lame de couteau. Consterné, Tucker entra dans la chambre et resta debout à regarder

23

son neveu avec ahurissement. Josh ouvrit les yeux, et plus vite que Tucker aurait pensé qu'un homme dans cet état aurait pu se déplacer, se retrouva de l'autre côté du lit, un couteau à la main et une expression de rage et de peur sur son visage décharné. Tuck leva les mains d'un geste de reddition.

— Josh ? dit-il.

L'homme le fixa pendant un moment, puis l'adrénaline qui avait entraîné sa réaction s'écoula doucement. Il baissa les mains, jeta le couteau sur la couverture et dit sombrement :

— Bonjour, Oncle Tucker.

— Désolé de t'avoir effrayé, répondit doucement Tucker, marchant lentement vers le lit, avant de s'asseoir à l'extrémité et de récupérer le couteau.

Il ressemblait à l'un des couteaux à steak de Sarafina. Il avait dû le prendre dans la cuisine la nuit précédente ou une fois que Sarafina était allée se coucher. Tuck le posa sur la table de nuit.

— Assieds-toi, fiston, avant de t'écrouler.

Josh s'assit prudemment de l'autre côté du lit.

— Non. Je suis désolé. Je... Je ne réagis pas bien à certaines choses.

— C'est compréhensible. Ta mère m'a dit que les temps ont été durs.

Son neveu secoua la tête.

— Je suis désolé. Je ne...

Il s'interrompit et croisa les bras, ses mains prenant en coupe ses coudes.

— J'apprécie que tu m'aies laissé venir ici.

— Tu fais partie de ma famille. Cette maison est autant la tienne que la mienne, si tu veux qu'elle le soit.

Josh leva la tête et croisa le regard de Tuck.

— Ne fais pas de promesses, dit-il sans aucune expression. Tu ne sais pas encore tout ce qui s'est passé.

Lentement, comme il l'aurait fait avec le mustang le plus sauvage fraîchement arrivé au ranch, Tuck se leva et alla du côté du lit de Josh. Il tendit la main et prit l'une des manches de la veste de son neveu entre son pouce et son index et tira doucement dessus jusqu'à ce que son bras soit libéré. Il fit la même chose avec l'autre manche avant de lancer la veste sur une chaise dans un coin.

Josh recroisa immédiatement les bras, mais Tuck n'en avait pas fini. Il posa les mains, toujours avec autant de lenteur et de douceur, sur son poignet et tira sur son bras. Comme il s'y était attendu, la peau à l'intérieur de son coude était criblée de marques de piqûres.

— Héroïne ?

Josh hocha la tête et ferma les yeux.

— Hannah m'a dit que tu avais un problème de drogue, mais elle ne m'a pas dit lequel, dit Tuck en tentant de garder une voix stable. Elle m'a dit que tu as subi une sorte de désintoxication et de réhabilitation.

— Oui. Je suis clean.

Josh se tut un moment avant de reprendre amèrement :

— Aussi clean qu'un accro à l'héroïne puisse l'être.

— Eh bien, dit doucement Tuck, il y a très peu de chance que tu y aies accès ici. Le ranch le plus proche est à une vingtaine de kilomètres et la ville la plus proche est Miller. Nous avons eu quelques soucis, il y a quelques années, quand des gamins idiots ont créé un laboratoire d'amphétamines, mais ils l'ont fait sauter et se sont fait sauter eux-mêmes jusqu'au royaume des cieux. On peut trouver de la marijuana dans les alentours, et du peyotl dans la réserve, mais les shamans ne laissent pas n'importe qui y avoir accès. Alors je dirais que tu es coincé.

— Merci, dit Josh.

Il baissa les yeux sur son bras et Tuck le relâcha.

— Sarafina m'a dit que tu avais eu une nuit difficile. Ne te sens pas obligé de te lever. On dirait que tu as besoin de repos et elle peut t'apporter ton petit-déjeuner ici. As-tu un pyjama dans ton sac de sport ? Je ne crois pas que le jean soit très confortable pour dormir.

Josh secoua la tête.

— Elle n'a pas besoin de se déranger.

— Elle le fera de toute manière, même si je ne le lui demande pas. Tu fais partie de la famille.

— Tu l'as déjà dit.

— Et je continuerai à le dire jusqu'à ce que tu le croies. Écoute, Josh, ta mère m'a dit tout ce qu'elle savait, ce qui, je peux le parier, est loin d'être tout ce qui s'est passé. Tu peux me dire ce que tu te sens prêt à me dire, pas un mot de plus. Dès que tu te sens mieux et quand tu le désires, tu peux me donner un coup de main avec les réserves. Nous avons toujours besoin d'une paire de mains supplémentaire. Le fait est que ça fait un moment que j'ai besoin de quelqu'un pour m'aider du côté affaires. Je ne suis pas très intéressé par les réseaux sociaux, les sites internet et les blobs.

— Les blogs, dit Joshua.

25

Il leva les yeux et croisa à nouveau le regard de Tucker, qui ne put s'empêcher d'avoir l'impression d'avoir fait un petit pas en avant. Au moins, les lèvres du gamin frémissaient, comme s'il tentait de sourire.

— Les blogs. Peu importe ce que ça peut être. Et gérer la paperasserie du gouvernement pour les rassemblements des services forestiers est toujours une arête en travers de la gorge.

— Ton contremaître m'en a un peu parlé. Vous avez des accords avec le gouvernement fédéral.

— Oui, les services forestiers nationaux. Ils supervisent les troupeaux de chevaux sauvages dans le coin. Parfois, le BLM – Bureau de Gestion des Terres – s'en occupe, mais il y a eu des protestations à propos du fait qu'ils utilisent des hélicoptères pour recenser les mustangs, et ça dérange les animaux. C'est beaucoup plus difficile de dresser un cheval, qui est effrayé à mort par les bruits forts, à porter la selle. Alors la NFS en a repris une bonne portion. Nous les rassemblons à cheval, un moyen moins traumatisant.

Josh acquiesça.

— Mais ce sont des choses dont tu entendras parler plus tard.

Tucker ramassa le sac de sport et le déposa sur le lit, à côté de Josh.

— Allez, prends ton pyjama et dors un peu.

Joshua acquiesça à nouveau et ouvrit son sac. Tucker resta debout quelques instants à le regarder avant de sortir silencieusement de la pièce en refermant la porte derrière lui.

Dans la cuisine, Sarafina attendait avec un énorme mug de café. Eli était assis à la table, un mug identique en face de lui. Ses mains l'entouraient et il avait les yeux rivés vers le liquide noir.

— Combien en as-tu entendu ? demanda franchement Tucker.

Le regard d'Eli était grave.

— Assez.

— Alors tu sais qu'il est clean.

— Il est désintoxiqué, ou peu importe comment ils appellent ça, corrigea Eli. Peut-être qu'il est clean ou peut-être qu'il ne l'est pas. Il devra être surveillé, membre de la famille ou pas.

Tucker laissa échapper un soupir long et profond et s'assit en face d'Eli. Sarafina posa le mug sur la table et retourna au comptoir en granite où elle commença à découper des petits pains.

— Oui. Il a une volonté énorme et ça a toujours été le cas. Alors si quelqu'un peut vaincre ce truc, c'est bien lui. Mais tu as raison. Il devra être surveillé, ne fut-ce que pour sa propre sécurité.

— Tu es sûr de vouloir t'en charger ?

— Il est de ma famille.

Tucker avala une gorgée de café chaud comme de la braise et deux fois plus doux. Sarafina y avait peut-être ajouté quelque chose, de la chicorée ou autre chose comme ça.

— Je lui laisse le bénéfice du doute. En plus, il n'y a pas grand-chose dans quoi il peut se retrouver impliqué ici. Et je ne pense pas que l'un de nos travailleurs prendrait le risque de perdre un bon boulot en jouant les pourvoyeurs, ou peu importe comment ils appellent ça.

— C'est vrai. Néanmoins, le temps nous le dira.

Eli secoua la tête.

— Je déteste ce gâchis.

— Ouais, moi aussi.

Jesse entra dans la cuisine comme une tornade.

— Je suis en retard ! cria-t-il.

Sa mère lui tendit un petit sac de papier brun contenant son déjeuner et un burrito enveloppé dans un essuie en papier, et il se sauva vers le bout de l'allée où le bus scolaire le récupérerait.

— Nous devrons faire attention pour Jesse, dit Tucker.

— Joshua ne fera pas de mal à Jesse, dit fermement Sarafina. Il ne fera de mal à personne. Il a besoin d'être protégé, pas d'être suspecté.

— J'espère que tu as raison, Sara.

Tucker avala une gorgée de café.

Sarafina déposa deux assiettes remplies en face des deux hommes et ils plongèrent tous les deux leurs fourchettes dans la pile d'œufs et de saucisses sans un mot.

IV

LORSQUE JOSH se réveilla à nouveau, la lumière était devenue plus profonde, ce qui signifiait sûrement que c'était l'après-midi. Il avait mieux dormi que la nuit précédente. Il ne se souvenait d'aucun rêve et Oncle Tucker avait eu raison, le survêtement qu'il portait pour dormir était beaucoup plus confortable que son jean.

Les portes de la penderie étaient ouvertes et il remarqua qu'une partie de ses vêtements y avait été suspendue. Son sac de sport était posé sur le sol de la penderie et son sac à dos sur la chaise de bureau dans un coin. Une bouteille d'eau se trouvait sur la table de nuit. Il se tourna sur le côté et l'attrapa. Il ouvrit le bouchon et en but environ la moitié avant de s'arrêter. Malgré le fait que les lieux ne soient pas familiers – le gamin de onze ans qu'il avait été n'était pas du genre à se souvenir de l'intérieur de la maison, mais pourrait marcher entre les granges les yeux fermés – il commençait à se détendre, pour la première fois depuis... des années. Des années... Il l'avait certainement été avant le jour où, dans le bureau de son supérieur, on lui avait demandé de se porter volontaire pour une mission dangereuse, une qu'ils ne donneraient généralement pas à un agent aussi peu expérimenté, mais pour laquelle il était le seul à convenir. Entrer clandestinement dans le monde des gangs de la côte ouest de Chicago, s'infiltrer dans le plus grand d'entre eux et trouver des preuves de leur connexion avec le cartel qui produisait et revendait de la drogue dans la ville. Son père, un Portoricain, avait été membre durant longtemps d'un gang local qui avait été absorbé par l'un des nouveaux. Il ne s'était pas marié avec la mère de Joshua. Il s'était fait tirer dessus par quelqu'un qui passait en voiture devant lui un mois ou deux avant la naissance des jumeaux. Mais ses parents étaient tombés amoureux de Joshua et Catherine et avaient toléré leur mère. Par conséquent, il avait connu quelque chose de semblable à une famille.

Hannah avait fini l'école grâce à leur aide, trouvé un travail décent et déménagé du voisinage pendant que les jumeaux étaient encore petits, mais ils étaient restés en contact avec leurs grands-parents, les Rosales. Presque plus qu'avec les parents de Hannah, les Chastain qui vivaient loin. Il avait passé autant de temps à courir dans les rues du quartier de ses grands-parents que dans les rues du sien. En fait, la plupart de ses amis d'enfance étaient issus de cet endroit. Mais ses grands-parents étaient morts quand il était au lycée, et Hannah n'avait pas aimé qu'il traîne là-bas si souvent, alors que les gangs étaient si courants. À la place, ils avaient déménagé à Cincinnati quand Joshua et Cathy avaient quinze ans.

Alors, quand la mission était survenue et que le Bureau avait eu besoin d'un jeune Hispanique futé, Joshua avait été le choix le plus logique. Il connaissait la culture, parlait la langue et avait la tête de l'emploi. Il avait été impatient de commencer la mission et ses supérieurs avaient déjà pris connaissance de sa mémoire presque photographique.

Il avait été parfait.

Il repoussa le drap qu'il avait utilisé comme couverture – il faisait chaud dans la pièce, surtout en survêtement – et s'assit à l'extrémité du lit, la tête dans les mains. Il avait détesté qu'Oncle Tucker voie les cicatrices sur ses bras. C'était presque comme si, aussi longtemps qu'il pourrait les cacher, personne n'aurait su. Mais c'était ridicule, bien sûr. Tout ce que quiconque avait à faire était de le regarder pour savoir qu'il était un déchet. Au moins, ses cheveux repoussaient un peu et cachaient le tatouage de gang qu'il avait sur le crâne. Il ne se raserait plus jamais la tête. Ainsi ce tatouage resterait caché pour de bon.

Son ventre gargouilla et il cligna des yeux d'étonnement, puis se rappela qu'à part une enchilada, il n'avait pas avalé grand-chose la veille. Il n'avait pas mangé en vingt-quatre heures. Son manque d'appétit était principalement dû à la nervosité, et même s'il revenait petit à petit, le stress avait tendance à le couper à nouveau.

Sarafina devait être capable de lire dans ses pensées, ou alors le grondement avait été assez fort pour être entendu dans la cuisine, puisqu'elle apparut quelques secondes plus tard avec un plateau.

— Bonjour, Joshua, chantonna-t-elle. Je t'ai apporté le petit-déjeuner.

— Merci, dit-il en commençant à se lever.

— Non, non. Reste couché.

D'un pied, elle fit avancer le petit bureau vide – le genre qu'un enfant aurait dans sa chambre – jusqu'à côté du lit et déposa le plateau dessus.

— Tucker t'a dit de te reposer alors tu te reposes. J'ai des œufs, des toasts, des saucisses et du thé.

— Café... commença Joshua, mais elle secoua la tête.

— Pas encore. Du thé. Quand tu auras mangé, tu auras du café. Ton estomac ne sera pas prêt pour du café si tu n'as rien dedans.

Elle gloussa avec désapprobation.

— En particulier après avoir été vide si longtemps. Nous allons te rendre la santé afin que tu puisses prendre soin de Tucker et du ranch. C'est ton travail. Le mien est de t'aider à y parvenir.

Les odeurs émanant du plateau étaient divines et Joshua se sentit plus affamé qu'il l'avait été depuis des mois. Des années.

— Et quand tu auras fini de manger, tu prendras une douche et ensuite tu t'assoiras sur le porche pour prendre l'air. Demain, tu pourras commencer à travailler avec Tucker.

Elle finit de poser les assiettes sur le bureau avant de prendre le plateau sous le bras et le regarder d'un air prévenant.

— Tu as besoin de beaucoup de nourriture, mais pas en une fois, alors il n'y a pas beaucoup ici. Si tu as encore faim dans une heure, dis-le-moi et je t'en préparerai plus. C'est comme ça que ça marche avec les chevaux. On les nourrit souvent, mais par petites quantités, sinon ils attrapent des coliques et c'est quelque chose de vraiment, vraiment malheureux.

— Je promets de ne pas attraper de colique, dit Joshua posément.

Elle lui lança un sourire éclatant.

— Bien sûr que tu n'en attraperas pas.

Sa voix était confiante.

— Nous savons comment prendre soin des animaux négligés ici.

Avec un geste de la main, elle le laissa seul pour manger. Ce qu'il fit, lentement et rêveusement, une bouchée par-ci, une bouchée par-là jusqu'à ce que les assiettes soient vides.

ELI AVAIT fait le tour des clôtures à cheval, pratiquement toute la journée, s'assurant que la portion de route abandonnée qui était en bordure du Rocking J était dans un état convenable, maintenant qu'il n'y avait plus le partenariat d'entretien que les deux ranchs avaient toujours eu. Les clôtures, de fer et de bois, étaient sensibles à tous les types de temps et de dommages causés par la nature, et il y avait eu une tempête hors-saison un ou deux jours auparavant. Il avait trouvé deux endroits où les piliers des clôtures s'étaient affaissés, laissant les barbelés par terre, et les avait réparés.

Heureusement que le ranch n'avait pas d'autres réserves que le pâturage de ce côté-ci, sinon il y aurait eu des animaux perdus et des dégâts dans les sabots des chevaux à cause des barbelés. Ils auraient retrouvé le bétail perdu tôt ou tard, mais les dégâts causés aux sabots délicats des chevaux pouvaient conduire à des infections sérieuses si elles n'étaient pas traitées.

Heureusement qu'il n'y avait besoin de rien de plus que de creuser un nouveau trou pour les piliers et rattacher les barbelés avec les outils qu'il avait pris avec lui. Au moment où il dirigea sa monture vers la maison, il allait être l'heure du dîner, mais au moins, toute la longueur de la clôture avait été inspectée.

Le soleil commençait à descendre derrière les montagnes, le cheval et lui formaient une longue ombre qui ressemblait aux dessins de Don Quichotte sur son cheval, maigre et à bout de force, qu'il avait vu. Il avait toujours aimé l'histoire. C'était triste, mais c'était vrai sur plusieurs points. Les rêves avaient de l'importance et ils étaient facilement brisés. Il avait eu des rêves, un jour, de se faire un nom dans le rodéo, peut-être aller à l'université et devenir vétérinaire ou d'avoir son propre ranch, mais ceux-ci s'étaient brisés facilement lorsque son père était mort. Il avait dû quitter l'école pour travailler à plein temps, pour s'assurer qu'on prenait soin de Ma et que Jake et Samantha aient une chance d'accomplir leurs rêves. Ça lui convenait, malgré tout. Ma était heureuse à Portland avec son nouveau mari – pas si nouveau que ça, ils étaient mariés depuis dix ans maintenant – Jake travaillait dans les affaires à Cheyenne – il avait expliqué en quoi consistait son travail à Eli, mais celui-ci n'avait pas arrêté de s'endormir – et Samantha... Eh bien, il supposait qu'elle allait bien. Elle faisait ce qu'elle aimait et elle ne lui avait pas demandé un centime depuis qu'elle avait rencontré le groupe de rock avec lequel elle jouait de la guitare, et le pianiste du groupe. Ils ne gagnaient pas beaucoup d'argent, mais elle paraissait heureuse. Alors c'était tant mieux.

Mais parfois, ils lui manquaient. L'air pur et froid du Wyoming, les prairies vastes et les flocons de neige lui manquaient. Sa maison, sa famille et la compagnie des personnes qui le connaissaient et l'aimaient lui manquaient. Et même s'il avait trouvé sa place ici au Triple C, parfois c'était simplement le sentiment d'*appartenance* qui lui manquait.

Pas que tout était miel et sucre. Son père buvait parfois un verre de trop, et parfois Ma et lui se disputaient sur des tons calmes et posés qu'ils croyaient que les enfants ne pouvaient pas entendre. Mais tous les parents faisaient ça, et il ne connaissait aucun homme qui ne buvait pas occasionnellement. Cela ne voulait pas dire qu'ils n'étaient pas heureux. Cela ne voulait pas dire qu'ils n'étaient pas aimés. Il n'avait jamais douté de ça.

Par contre, il doutait que son père aurait bien pris le fait qu'il soit gay. Alors il n'avait rien dit. Son père ne l'aurait probablement pas jeté dehors ou battu, ni lui aurait fait l'un de ces trucs horribles qu'il avait entendus d'autres gars gay, mais cela aurait été difficile pour lui de s'y faire. Ça n'avait pas d'importance. Au moment où Eli avait su qu'il était vraiment gay, son père était déjà parti. Il ne l'avait jamais avoué à Ma.

Eli avait passé quelques années dans le rodéo, gagnant à l'occasion quelques billets en guise de récompense, mais détruisant surtout son corps. Quand il avait commencé à se sentir vieux et trop endolori pour se lever le matin, il avait arrêté. Il avait vingt-cinq ans.

Pratiquement le même âge que le neveu de Tuck, d'après ce qu'il lui avait dit, lorsqu'il avait commencé la mission qui l'avait bousillé.

Il chevaucha le long de la route principale vers la maison et puisqu'il y était, il s'arrêta pour récupérer le courrier qu'Henry avait déposé dans la boîte. Pas grand-chose : quelques factures, des flyers, le Miller Post-Dispatch – le journal de huit pages de la ville qui était principalement composé de publicités et d'annonces de naissance et de décès. À sa surprise, cependant, sur la couverture se trouvait une photo du ranch et un petit titre à propos du neveu de Tucker. 'Un célèbre profiler du FBI'. Il ricana de mécontentement. Ils avaient à nouveau tout faux. Au moins, ils n'avaient pas de photo de lui. Il n'y avait rien de notable sur l'état dans lequel il était.

Joshua était assis sur le porche, dans l'un des fauteuils à bascule, quand il arriva. Il inclina son chapeau dans sa direction pour le saluer avant de chevaucher jusqu'à l'écurie où il descella la jument et lui donna un bon brossage avant de la relâcher dans le paddock. Quand il sortit, Tuck était assis à côté de son neveu. Eli retira ses gants et les épousseta sur sa cuisse.

— 'Soir, Tuck. Josh. Content de voir que vous avez tous les deux l'air reposé.

Eli lança un regard à la fois indigné et moqueur à Tuck.

— Pendant que le reste d'entre nous était dehors à faire le tour des clôtures et tu sais, travailler.

— Privilège d'être le boss. Comment va la clôture ?

— Elle est réparée. Deux endroits où nous devrons remplacer les piliers endommagés, mais ils tiendront sûrement encore quelques semaines. Aussi longtemps que nous les remplaçons avant l'hiver. Bien sûr, si tu finis par acheter cette parcelle, nous devrons la déplacer de toute manière.

— Il est probable que j'achète au moins une centaine d'acres. Je pense pouvoir faire en sorte d'en prendre deux cents autres. J'aimerais étendre les infrastructures de dressage, peut-être prendre plus de chevaux puisque c'est un champ de pâture décent avec les ruisseaux qui s'y trouve. Et nous prendrons plus de bétail, de toute façon. Deux ranchers du Nord veulent arrêter de s'occuper de chevaux sauvages, alors ils se tourneront vers nous.

— Comment ça se fait ?

Tuck haussa les épaules.

— Plus beaucoup d'argent dans le bétail et c'est leur activité principale. Ce que le gouvernement paie pour les couvertures n'est pas fameux, et ils ne font pas dans le dressage, alors ils envoient les animaux ailleurs. Nous tentons de créer un accord pour reprendre une partie de leurs terres. Ils nous prêteront des hommes pour le rassemblement initial et pour le déménagement, mais nous en prendrons la responsabilité.

— Est-ce qu'on peut y arriver ?

— Très bien, surtout si Joshua récupère la comptabilité et que je peux revenir sur le terrain. Rodney m'a dit que la jument baie est pleine. Je pense que l'heureux père est cet étalon qui est arrivé dans le groupe que nous avons sélectionné en juin. Je savais que nous aurions dû le castrer plus tôt.

— Nous aurions eu à l'attraper plus vite. Il était agile et malin, ce garçon.

— Triste réalité.

— Qu'est-ce qui lui est arrivé ? demanda Josh.

Eli fut surpris ; il n'avait pas pensé que celui-ci prêtait attention à la conversation.

— Une fois qu'il a été castré, il s'est considérablement calmé. Un bon cheval. Un type qui fait des courses de barils l'a racheté le mois dernier. Je vais le dresser pendant l'hiver et l'inscrire dans le circuit du rodéo l'été prochain. Il sera bon pour ça, rapide comme l'éclair et agile comme un serpent. Les mustangs sont de bons chevaux de rodéo une fois qu'ils sont socialisés.

Eli se pencha sur la balustrade du porche.

— Alors Rodney a dit quoi d'autre ?

— Qui est Rodney ?

Joshua fronça les sourcils.

— Est-ce que je l'ai rencontré au déjeuner ?

— Non, c'est le vétérinaire. Il est venu ce matin pendant que tu dormais.

Tuck se retourna vers Eli.

— Bon bilan de santé pour le bétail qu'il a examiné aujourd'hui. Il reviendra la semaine prochaine pour voir le reste.

— Bien.

Eli hocha la tête.

— Oh, au passage, je me suis arrêté pour le courrier.

Il retira la pile de papiers de sa poche arrière.

— On a fait la couverture.

— Quoi ?

Tuck se saisit du courrier et ouvrit le journal.

— Profiler ? Euh. Joshua, savais-tu que tu étais un célèbre profiler du FBI ?

Joshua haussa un sourcil. Il avait quelque peu meilleure allure, pensa Eli. Il était toujours maigre, ça ne changerait pas en une soirée, mais un peu de l'ombre sous ses yeux avait disparu et alors qu'ils n'avaient toujours rien d'humain, ils n'avaient plus l'air si morts. Au moins, il semblait y avoir une âme derrière eux. Probablement parce que Sarafina l'avait nourri.

Seigneur, pensa Eli, *il aura une bonne allure quand ses os se seront recouverts de chair et que son visage aura retrouvé de la vie.* Il se réprimanda mentalement.

— Profiler ? dit-il. Eh bien, c'est mieux que la réalité.

— C'est quoi la réalité ?

Joshua le regarda.

— Un échec, principalement.

— Un échec ? Ce sont des conneries, mon garçon !

Tucker se mettait rarement aussi en colère et Eli ne se souvenait pas de la dernière fois où il était sorti de ses gonds de cette façon. Ça ressemblait tellement peu au dresseur de chevaux à la voix douce qu'il connaissait, qu'il recula sous la surprise.

— Ta mère m'a dit qu'ils ont pu mettre tout ce maudit gang derrière les barreaux et que tu n'as même pas eu besoin de témoigner parce que la preuve que tu as récupérée était solide. Alors, ne t'avise pas de dire que tu es un échec en ma présence, compris ?

Lançant un coup d'œil à Joshua, Eli remarqua que sa tête était penchée vers l'arrière, ses narines tremblaient et ses yeux étaient redevenus aussi sombres et dénués de vie que la première fois qu'il l'avait vu. Exactement comme un mustang fraîchement débarqué au ranch, confronté à un étranger avec une corde – effrayé, menaçant et sur ses gardes.

— Tuck, dit-il calmement.

Son boss s'interrompit, cligna des yeux et détailla sévèrement Joshua en soufflant.

— Merde, dit-il doucement. Désolé Josh.

Il tendit la main, lentement, prudemment. Joshua la regarda, le regarda, pencha la tête vers l'avant, puis relâcha un long soupir. Quand il releva la tête, ses yeux étaient fatigués.

— Ça va, dit-il, épuisé. C'est juste ta vérité. Mais tu dois te souvenir de quelque chose, Oncle Tucker. La fin ne justifie presque jamais les moyens.

Il se leva ensuite, et retourna dans la maison en traînant des pieds.

— Putain, dit Tucker.

Eli était surpris. Tucker ne jurait pratiquement jamais de cette façon.

— Tu vas bien ?

— Je survivrai. Merde. J'ai gâché celle-là, n'est-ce pas ?

— Il ne va pas être facile, Tuck.

Eli gravit les marches du porche et se hissa sur la balustrade.

— Il est intelligent, tenace et pas mal meurtri. Tu dois simplement espérer qu'il a un cœur en dessous de toutes ces blessures. Il me rappelle un des chevaux que nous avons eus de l'ASPCA. Peut-être qu'il obéira au même genre de traitement.

— C'est un homme, pas un cheval.

Eli haussa les épaules.

— Ce sont tous les deux des animaux au final. Tu es un homme intelligent, boss. Tu le perceras à jour.

— Ça m'aiderait de savoir ce qui lui est arrivé. Ce qui l'a conduit aux drogues. Je veux dire, merde, Eli, le garçon que je connaissais n'aurait jamais pu faire ça. Quelque chose a dû le faire changer drastiquement.

— Peut-être. Quoique ça ait été, il essaie de le résoudre maintenant, et c'est ce qui compte.

— C'est vrai.

Tucker soupira avant de reprendre :

— Autre chose, en parlant de cruauté animale.

— Merde, nous avons un nouveau cas ?

— Un ? Seigneur, nous en avons cinq. Du Kansas. Ils arrivent samedi. Trois juments et deux hongres. Un vieil homme est mort dans sa ferme et personne ne l'a su pendant des semaines.

Tucker secoua la tête.

— Mon pire cauchemar. Quoi qu'il en soit, ils ont dû en euthanasier deux, mais ils pensent que ceux-là pourront s'en sortir. Rod va revenir samedi matin pour les voir. Je vais dire aux gars de préparer la petite grange. Gardons-les ensemble pour le moment, jusqu'à ce qu'ils s'adaptent.

— C'est ce à quoi je pensais, dit doucement Eli. Mais j'avais une autre idée...

— Laquelle ?

— Ce dont ils auront principalement besoin pendant les premières semaines, ce sera simplement d'être soigné. Rien de compliqué. Se socialiser, peut-être. Une personne pour surveiller leur nourriture afin qu'ils ne mangent pas plus que nécessaire, s'assurer qu'ils aient de l'eau et qu'ils ne soient pas dérangés par les autres chevaux. S'assurer qu'ils ne tombent pas malades, ou s'ils sont blessés que les plaies ne s'infectent pas. Une baby-sitter.

Ils se tournèrent simultanément vers la maison.

— Tu penses qu'il peut y arriver ?

— Ouais, je pense que ça peut l'aider à se focaliser sur autre chose que sur lui-même, tu vois ? L'aider à penser à autre chose. J'attendrais pour voir quelles allures ils ont, malgré tout. S'il y a un risque que l'un d'entre eux ne s'en sorte pas, nous devrons peut-être y réfléchir à deux fois. Il n'y a aucun intérêt à ce qu'il s'attache à un animal qui n'a aucune chance de survivre. Ou qu'il ne s'attache pas en pensant qu'il ne survivra pas.

— Ouais, je vois.

Tucker se pencha en arrière et fixa le toit du porche. Eli le regarda et attendit. Finalement, sans regarder ailleurs, Tucker dit :

— Mettons Ricky avec lui pour l'assister. Il voudrait aller à l'école vétérinaire et ça lui donnera un peu d'expérience pour s'occuper des animaux.

Ricky était l'un des amis de Jesse et il travaillait pour eux à mi-temps.

— Il peut aider les après-midi, permettre à Joshua de prendre une pause et porter tous les trucs lourds dont Joshua ne peut pas encore s'occuper.

— Il est censé être là demain après-midi. Je peux lui parler à ce moment-là.

— Présente-le à Joshua, mais ne lui dis rien à propos du projet. Je veux être sûr que Joshua peut y parvenir avant de lui confier cette tâche.

Tucker semblait inquiet et Eli pouvait comprendre pourquoi.

— Je veux qu'il travaille dans le bureau, mais sa santé est tellement mauvaise que je préférerais qu'il soit en meilleure forme avant de lui confier un travail de bureau. Ouais, je sais que c'est contre-in... peu importe comment ils disent ça de nos jours, on disait simplement désagréable avant.

— Contre-intuitif, l'aida Eli.

— Ouais, ça. Mais il a besoin d'air frais et de reprendre des forces avant que je le mette au bureau.

— Je ne peux qu'être d'accord avec toi. De l'air frais, beaucoup de repos et la cuisine de Sarafina feront de lui un homme nouveau.

— J'espère que tu as raison, fiston, dit Tucker. J'espère que tu as raison…

V

LES JOURS défilaient à un rythme lent qui, d'une certaine manière, par leur simplicité, commençaient à soulager une partie de la douleur. Les cauchemars étaient toujours violents, mais Joshua réussissait à se rendormir plus facilement que jamais. Il dormait avec la fenêtre ouverte, et l'odeur de la terre, des plantes du désert et des herbes de Sarafina agissaient mieux que tous les somnifères qu'ils lui avaient donnés à l'hôpital. Et les sons ; le vent, les arbres, les hurlements lointains des coyotes et des loups – y avait-il encore des loups sauvages ? Et le matin, le caquètement des poules, le chant d'un coq, le fracas des casseroles dans la cuisine, et enfin, le bruit indubitable des travailleurs venant déjeuner.

Une poignée des employés vivaient au ranch, mais la plupart d'entre eux vivaient entre Miller et celui-ci. Malgré le fait qu'on soit au beau milieu du désert, il y avait un nombre surprenant de petits ranchs et de fermes le long de la portion de route jusqu'à Miller, hydratés par un bras du même Rio Galiano qui maintenait le ranch actif. Eli avait pris le temps de le présenter à la plupart d'entre eux, mais Joshua s'était contenté d'enregistrer leurs noms au cas où il en aurait besoin plus tard. Ils semblaient tous avoir des travaux qui les occupaient continuellement ; le ranch était en mouvement de l'aube au crépuscule. Ceux que Joshua voyait le plus étaient Eli et Jesse, le fils de Sarafina, qui étaient toujours dans les parages. Les autres ne semblaient pas avoir pris conscience de la présence de Joshua.

Il attendait toujours jusqu'à ce que le dernier d'entre eux soit parti pour s'aventurer en dehors de sa chambre. Il était resté au rez-de-chaussée. Avoir un couloir qui le séparait de la cuisine et sa propre salle de bain lui donnait un sentiment d'intimité qu'il n'avait pas ressenti depuis longtemps. Le fait qu'après le premier jour ni son oncle ni la gouvernante n'étaient entrés sans invitation y contribua fortement.

Même quand Sarafina voulait faire la poussière ou la lessive, elle demandait sa permission en premier. Il la lui accordait rapidement, aussi rapidement qu'il sortait lorsque le dernier travailleur avait fini son petit-déjeuner, pour pouvoir manger et laisser Sarafina nettoyer sans prolonger inutilement sa matinée. C'était déjà assez mal qu'elle le materne comme ça. Il n'avait jamais eu personne pour l'attendre comme elle le faisait, et ça le mettait mal à l'aise. Simplement, pas aussi mal à l'aise qu'il le serait en mangeant avec ces étrangers. Parfois, il proposait d'aider, mais elle l'envoyait toujours sur le porche ou dans le salon.

Tucker n'avait pas paru impatient de le laisser aider au ranch ou à la comptabilité non plus. Il était encore plus inflexible à ce sujet que Sarafina, disant à Joshua de but en blanc qu'il ne voulait pas le coller dans le bureau avant qu'il ait meilleure santé. Il avait promis qu'il lui trouverait quelque chose d'ici au weekend, et qu'entre-temps, il devrait se distraire en lisant ou en regardant des films sur Netflix.

Il avait essayé les films, mais sa capacité à se concentrer était inexistante et il finissait par les arrêter. Il était arrivé à regarder 'Le Secret de Brokeback Mountain' jusqu'à la fin, mais celle-ci était tellement triste qu'il était retourné dans son lit et avait fixé le plafond pendant des heures. Il n'avait pas pu se résoudre à regarder autre chose après ça. Les livres dans la maison parlaient pour la plupart de ranch, et il supposa qu'il devrait essayer d'en lire certains s'il restait ici. Mais quand il s'y essaya, les mots se mirent à flotter devant ses yeux et il finit par abandonner par frustration. Un livre sur la faune et la flore du Nouveau-Mexique attira son attention. C'étaient principalement des photos accompagnées de petites descriptions sous chacune. Ça irait, d'autant plus que quand il serait fatigué, il pourrait simplement fermer le livre et le reprendre après sa sieste. Il n'avait pas besoin de penser, de se souvenir ou d'analyser. Tout ce qu'il avait à faire était de collecter l'information et de la mettre de côté pour plus tard. Les livres sur le ranch semblaient être intéressants uniquement si le lecteur savait déjà des choses sur la vie qui s'y déroulait, alors les textes n'avaient aucun sens pour lui, mais le livre photo était facile.

C'était ce à quoi il était obligé de se rabaisser : la facilité.

Il n'avait jamais pris la vie du côté facile. Il avait été diplômé de l'université à vingt ans, était parti directement à l'académie de police et avait trouvé un travail au département de police de Cincinnati. Quand son lieutenant l'avait recommandé au FBI, il n'était pas seulement entré à l'académie là-bas, mais avait fini par être l'un des plus jeunes agents sur le terrain de l'histoire du Bureau. Sa mémoire bizarre l'avait aidée, mais sa volonté et son cerveau aussi. Il n'était pas habitué à la facilité. Il ne *voulait* pas la facilité. Mais son corps le combattait. Pas seulement par faiblesse, mais aussi par fatigue. Même s'il avait été en réhabilitation, même si les docteurs et les thérapeutes lui avaient dit qu'à ce stade son besoin d'héroïne était purement psychologique, il continuait d'en avoir envie. Parfois, il avait l'impression de vibrer, ses muscles et ses tendons palpitant de manière incontrôlable, comme un cheval tentant de déloger une mouche. D'autres fois, ses nerfs bourdonnaient dans sa tête, jusqu'à ce qu'il croie qu'il allait devenir fou. Et d'autres fois encore, il avait juste mal, comme un vieil homme souffrant d'arthrite.

Il savait que son oncle veillait simplement sur lui, qu'il voulait être gentil. Qu'il voulait que Joshua se repose. Il aurait voulu avoir l'énergie pour se disputer avec Tucker afin qu'il le mette finalement au travail, mais c'était trop difficile. Et si même demander à travailler était un trop gros effort, peut-être que Tucker avait raison de le forcer à se reposer encore.

Mais ce n'était pas reposant. C'était *frustrant*.

Il avait pris l'habitude de s'asseoir sur le banc muni de coussins sur le porche, à l'ombre, une grande partie de la journée. De là, il pouvait voir le ranch, mais pas interférer. Et s'il fermait les yeux et somnolait, personne ne semblait le remarquer ni n'avait l'air de s'en soucier. S'il ne dormait pas, il observait et analysait la manière dont le ranch fonctionnait, la manière dont les gens interagissaient entre eux, la manière dont ils réagissaient en présence de Tucker, la manière dont ils obéissaient à leur contremaître. Tucker était partout. Il travaillait avec les chevaux dans le grand enclos principal, faisait des allers-retours entre les différents bâtiments du ranch ou menait un groupe de cowboys pour rassembler ce qui semblait être des douzaines de chevaux.

Eli aussi était partout à la fois, mais là où Tucker avait le contrôle et s'imposait, Eli était plus calme, apparaissant dès qu'il était appelé, toujours présent, toujours avisé, mais discret. Simplement stable et fiable. Joshua avait aussi remarqué que quand l'un des hommes avait besoin de quelque chose, ou avait une question, il se dirigeait toujours vers Eli. Tucker et Eli faisaient une bonne paire. Tucker était le leader et Eli son efficace bras droit.

Tucker prenait toujours le temps de prendre des nouvelles de Joshua afin de s'assurer qu'il était à l'aise, se reposait et qu'il n'avait besoin de rien. Mais, c'était Eli qui s'arrêtait en passant, se penchait sur la rambarde de l'escalier et *parlait* à Joshua, lui expliquant ce qu'ils faisaient dans le corral, où les hommes allaient avec leurs chevaux, ce qui était livré, d'où le nouveau groupe de chevaux venait. Il regardait Joshua d'un regard patient, comme s'il calculait combien il pourrait assimiler à la fois, et semblait savoir exactement quand ça devenait trop. Alors il souriait doucement, touchait le bord de son chapeau et s'en allait.

Joshua se sentait toujours comme un outsider, mais un peu moins comme un non désiré.

Il était assis sous le porche un matin, le livre à images sur les genoux et les yeux fermés contre les rayons du soleil, quand il entendit le bruit de plusieurs moteurs, plus fort que celui des pick-up et des équipements du ranch, et avec un timbre bizarre. Il ouvrit les yeux et vit une Cadillac, grande et vieille, entrer dans la cour, suivie par une énorme remorque à chevaux. La porte de la voiture s'ouvrit et un homme en sortit. Il était habillé comme n'importe lequel des travailleurs ici, mais avait une mallette de docteur à la main. La remorque se gara de l'autre côté, et quand le chauffeur sortit de la cabine, plusieurs travailleurs, Tucker et Elian Kelly sortirent de l'une des granges. Le conducteur de la remorque serra la main de Tucker, suivi par celle d'Eli et ensuite les trois hommes et celui que Joshua présumait être le vétérinaire se dirigèrent vers l'arrière de la remorque, détachèrent la rampe qui servait de hayon et la firent descendre jusqu'au sol.

Eli grimpa dans la remorque, et une minute plus tard, la queue et les cuisses d'un cheval apparurent, descendant doucement la petite pente de la rampe jusqu'au sol. Joshua le regarda stupéfié. Le cheval avait la peau sur les os, les côtes visibles et les os iliaques évasés. Un cheval squelettique, comme s'il sortait des contes de fées effrayants que son *abuela* lui racontait. La tête du cheval s'affaissa et il bougea lentement, passivement, désespéré.

L'homme à la mallette – le vétérinaire ? – inspecta le cheval avec attention avant de dire quelque chose à Tucker, qui hocha la tête et appela l'un des travailleurs. Il mit les rênes que le cheval portait dans les mains du travailleur et lui donna des ordres. Celui-ci acquiesça et partit avec le cheval, marchant doucement, gardant le même rythme que l'animal.

L'action se répéta quatre fois. Chaque cheval était aussi décharné et désespéré que le premier. Mais quand l'un des travailleurs vint pour prendre les rênes du dernier, le cheval fit un bond, rejetant la tête en arrière comme s'il essayait de se cabrer, mais n'avait pas assez d'énergie pour s'exécuter. L'homme sursauta et recula, mais Tucker et Eli ne bougèrent pas. Eli posa doucement la main sur l'encolure du cheval et celui-ci se calma, mais refusa d'avancer. Le conducteur de la remorque dit quelque chose avant de monter dans son véhicule et de revenir un instant plus tard avec un objet dans les bras. Le cheval baissa la tête sur le tas gris pâle et le conducteur le tendit au travailleur qui attendait pour le conduire dans l'écurie. L'animal le suivit avec obéissance après ça. Tucker resta avec les deux autres hommes, tandis qu'Eli traversait la cour pour s'appuyer contre la rampe, son endroit préféré.

— C'était quoi ça ? demanda Joshua.

Eli rit doucement.

— Apparemment, le cheval est devenu ami avec l'un des chats de la ferme d'où ils viennent. Le chat a réussi à s'en sortir plutôt bien après la mort du propriétaire. Il ne manque jamais de souris dans les alentours d'une ferme. Heureusement qu'il était apprivoisé. Les chats de grange ne le sont généralement pas, alors ça doit être un chat domestique qui a eu la chance d'être dehors quand le vieil homme est mort. Le cheval ne voulait pas partir sans lui. Les aides aux animaux font particulièrement attention aux créatures qu'elles sauvent, et dans un cas comme celui-là, elles prennent les deux animaux.

— C'est bien, je suppose, que le cheval ait un ami. Il semble avoir un peu plus de vitalité que les autres.

— Ouais, dit doucement Eli. Parfois, les amis nous donnent la force que nous ne pensons pas avoir.

— Je ne sais pas.

Joshua regarda son oncle serrer la main du chauffeur de la remorque puis ce dernier prendre le virage près du paddock et se diriger vers la route. Son oncle et le vétérinaire se dirigèrent quant à eux vers la grange en discutant. Il ne regarda pas Eli exprès ; il savait que celui-ci serait en train de l'observer de ses yeux pétillants et patients. Il ne savait pas pourquoi. Il n'y avait aucun jugement dans ce regard, aucune condamnation. C'était plutôt comme s'il attendait, mais attendait quoi ? Que Joshua se lève et se mette à courir en bougeant les bras comme un fou ? Qu'il se mette soudainement à parler comme tout le monde, facilement, comme si les mots étaient ses amis et qu'il n'avait rien à cacher ? Il ne savait pas ce qu'Elian Kelly voulait, il savait seulement que cette attention et cette patience le rendaient nerveux, curieux et fou.

Cela lui donnait envie d'aller vers là où il se tenait, poser sa tête sur son épaule et attendre que ses bras patients l'entourent, le tapotent doucement et lui disent que tout irait bien.

Il se secoua mentalement et dit :

— Alors, qu'est-ce que vous allez faire de ces chevaux ? Ils ont l'air prêt pour l'abattoir.

— Pas ici, dit Eli, toujours de sa voix douce. Nous allons essayer de les faire aller mieux. Le doc va leur donner des vitamines. Nous allons leur octroyer un régime spécial, les surveiller, prendre soin d'eux, essayer de les faire redevenir des chevaux au lieu de squelettes sur pattes.

— Et après ?

— Après ça dépend. Nous trouvons des foyers pour certains d'entre eux. D'autres restent ici. Cette jument alezane avec laquelle Jesse est en train de jouer dans le paddock ? C'est Sallee. Elle avait aussi mauvaise allure que ceux-ci quand elle est arrivée, il y a quelques mois.

Joshua étudia le cheval. Il était attaché à une longe à côté de Jesse au centre de l'enclos et trottait autour du gamin.

— Il lui apprend à répondre aux ordres vocaux, dit Eli. La plupart des chevaux de l'ouest apprennent à répondre à la fois à la bride et à la voix. Utiliser une bride convient, sauf quand tes mains sont pleines, alors la plupart des chevaux de travaux doivent être capables d'obéir par l'autre moyen. Les selles que nous utilisons ne sont pas vraiment comme ces selles anglaises luxueuses, où le cheval peut sentir tes fesses et tes cuisses lui indiquer ce qu'il doit faire, alors nous devons être capables de parler à nos montures. Autrement, tu pourrais te retrouver à hurler sur un cheval de 150 kg qui refuse de coopérer parce qu'il ne comprend pas ce que tu fais et que tu n'as aucun moyen de le lui dire.

Il regardait le duo dans l'enclos, alors Joshua en profita pour lui voler un regard. Il était encore tôt, alors il n'était pas encore recouvert de la couche de sueur poussiéreuse qu'il avait généralement le soir – même s'il se présentait toujours au dîner douché et avec une chemise propre, ses boucles, éclaircies par le soleil, encore humides. Il semblait être sûr de lui, truculent et avoir du sens pratique. Joshua se remémora ces jours portant le même jean sale, le même tee-shirt maculé de sueur, ne se souciant même pas d'être propre, ne se souciant pas de savoir s'il s'était brossé les dents ou lavé les cheveux. Ne se souciant de rien. Il essayait de faire mieux maintenant, parce qu'il ne voulait pas décevoir Oncle Tuck, mais ce n'était pas parce qu'*il* voulait s'occuper de lui. Elian Kelly se souciait. Pas seulement de son travail et des chevaux, mais aussi de lui-même. Joshua se demandait ce que cela lui ferait d'être à nouveau fier de lui un jour. Il l'avait été avant, mais c'était il y a longtemps.

Parfois, les amis nous donnent la force que nous ne pensons pas avoir.

Est-ce qu'Elian Kelly se considérait comme son ami ? Il avait eu des amis, encore une fois, il y a longtemps. Des amis à l'université, des amis à l'Académie, des amis parmi les autres jeunes agents à Cincinnati avant d'être transféré à Chicago pour sa nouvelle mission palpitante. Il supposait que pour ses amis de la fac et de l'Académie, il avait simplement disparu de la surface de la terre ; les agents de terrain savaient peut-être ce qui lui était arrivé, mais il était plus probable qu'on leur avait dit que sa mission avait été un succès, d'après les critères du FBI, et qu'il avait démissionné directement après. Peut-être que certains de ses amis de l'université avaient essayé de le contacter, mais sa mère et Cathy avaient été maintenues dans le flou quant à sa position pour sa propre sécurité pendant la mission et maintenant... Maintenant, ça n'avait plus aucun intérêt. Il était au Nouveau-Mexique, et y resterait probablement. En plus, ses anciens amis ne le reconnaîtraient pas. Seigneur, il ne se reconnaissait pas *lui-même*.

Mais il commençait à connaître Elian Kelly et à l'apprécier. Cette pensée l'inquiéta, pour une raison qu'il ignorait. C'était comme si chaque fois que le contremaître le regardait, il voyait un Joshua différent, une personne qu'il aurait lui-même vraiment voulu voir exister. Il voulait être le Joshua qu'Eli voyait, mais il avait bien peur de ne pas l'être. Et un jour, Eli verrait le vrai Joshua et ce serait la fin de tout espoir d'amitié... si l'amitié était ce que c'était.

Tucker sortit de la grange avec le vétérinaire et ils gravirent les marches du porche, le vétérinaire s'asseyant dans l'une des chaises à bascule et Tucker sur la balustrade comme Eli l'avait fait l'autre nuit.

— Alors, dit-il, sans que ce soit le début d'une phrase, juste un commentaire.

— Je ne me souviens pas que tu aies rencontré Joshua, Rodney. Le neveu de Tuck, dit Eli.

— Je me disais bien, dit le véto.

Il tendit la main afin que Joshua la serre.

— Rodney Lathrop, vétérinaire local.

— Joshua Chastain, neveu local, répondit sérieusement Joshua.

Rodney sourit.

— Alors ? Est-ce que les chevaux vont survivre ?

— Oh, oui. Ils devraient. Ils ont été chanceux. Ils étaient dans un enclos et même s'ils ont souffert de l'exposition, ils ont eu le moyen de boire de l'eau de pluie et au moins l'eau n'est pas montée jusqu'à leurs chevilles. Mais ils ont dû euthanasier deux chevaux qui étaient dans des boxes dans l'écurie à cause de la putréfaction de leurs sabots. Ces bébés-ci ne sont qu'affamés.

Une pensée frappa Joshua.

— Vous devez enfermer le chat.

Trois paires d'yeux surpris convergèrent vers lui.

— Pardon ? demanda le vétérinaire.

— J'ai lu que les chats ont une sorte de mémoire pour rentrer chez eux. Que quand on entend que des chats ont voyagé pendant des kilomètres pour retourner dans des maisons que leurs familles ont quittées, c'est parce qu'ils continuent de penser que c'est chez eux. On doit garder un chat enfermé pendant quelques jours jusqu'à ce que son besoin de retourner chez lui s'atténue et qu'il reconnaisse le nouvel endroit comme étant sa maison.

— Hmmm, dit Rodney. Ça a du sens.

— Tu aimes les chats, Joshua ? demanda Tucker avec intérêt.

— Ouais. Ils sont cools.

Il les avait aimés par le passé. Il supposait qu'un jour, il y parviendrait à nouveau.

— Nous avons une ancienne niche qu'nous pouvons peut-être réparer pour ça, réfléchit Eli à voix haute. Nous pourrions la garder dans le box avec le cheval et ça devrait aller. Il faut simplement que nous trouvions quelque chose qui servirait de litière. Du sable, nous en avons des tonnes.

— Prépare ça et Joshua pourra s'occuper du chat, dit Tucker. Ce sera conforme au reste de son travail.

— La comptabilité ? demanda Joshua confus.

— Nan. Soigner nos nouveaux invités.

— Je ne comprends pas.

— Eh bien, pas grand-chose pour commencer. Ricky s'occupera de ça. C'est le petit roux que tu as vu avec Jesse. Mais je pensais que tu voudrais peut-être commencer un petit travail léger. Surveiller leur santé, t'assurer qu'ils bénéficient d'assez de soleil et d'exercice...

— Je ne connais rien de tout ça.

Joshua sentit sa gorge nouer.

— Je ne sais pas comment prendre soin de quelqu'un... de quelque chose. Je...

Sa gorge se noua de panique.

— Ça va. Tucker et toi pouvez en parler plus tard, n'est-ce pas Tuck ?

Josh les vit échanger un regard et se sentit stupide et impuissant. Puis Oncle Tucker dit :

— Bien sûr, Josh. Je ne voulais pas te jeter ça dessus. Et ce n'est pas comme si cela deviendra ta responsabilité à toi seul. Nous en parlerons après le dîner.

Joshua hocha la tête. Il se leva en fermant son livre et dit d'une voix aussi épaisse que du goudron :

— D'accord. À plus tard.

Avant de s'enfuir dans sa chambre.

La dernière chose qu'il entendit en laissant la porte d'entrée se refermer derrière lui fut le 'Merde !' de son oncle.

44

VI

Il faisait plus frais dans l'écurie. Protégé du soleil, l'air chaud était retenu loin au-dessus de sa tête sous les tuiles du toit. Les odeurs... Joshua ferma les yeux, inhalant l'odeur poussiéreuse du foin, celle plus piquante de l'huile pour les selles, celle moisie du vieux bois et bien sûr la puanteur des chevaux, malgré le fait que l'écurie soit très propre. Quand il ouvrit les yeux, Ricky, grand et mince, se tenait devant lui, appuyé sur sa pelle en souriant. Il y avait une brouette remplie derrière lui.

— C'est assez suffocant quand on n'est pas habitué, dit-il.

Joshua l'observa un moment. Il avait rencontré le gamin l'autre après-midi ; c'était un ami de Jesse qui travaillait à mi-temps au ranch. Le roux dégingandé aux oreilles décollées était l'exact opposé du garçon grand et sombre, mais adorable, mais d'après Sarafina, c'était les meilleurs amis du monde depuis la maternelle.

— Je me disais juste, dit doucement Joshua, que ça me rappelle quand j'étais gamin ici.

Ricky se gratta la tête.

— Tu es venu ici gamin ?

— Il y a longtemps.

Joshua hocha la tête dans sa direction et continua sa route jusqu'à la stalle où se trouvait la niche du chat.

Le hongre qui avait adopté le chat s'était avéré être un joli bai sous les couches de boue et de poils perdus, et ce malgré les os visibles sous la robe rouge bordeaux. Les deux garçons avaient travaillé toute la matinée à récurer les nouveaux arrivants, pas seulement pour des raisons esthétiques, mais pour que le vétérinaire puisse les inspecter afin de voir s'il ne restait pas des blessures ou des infections. Le bai était penché près de la niche métallique qu'ils avaient trouvée et nettoyée pour le chat, qui s'était roulé en boule de manière à ce que le souffle du cheval ébouriffe son long pelage emmêlé. Malgré les grilles entre eux, ils semblaient contents. Joshua se tint là pendant un moment, appuyé contre le mur de la grande stalle et il les regarda.

Cependant après un moment, le cheval leva la tête et observa Joshua, renâclant doucement.

— Désolé, mon pote, murmura-t-il, mais je n'ai rien pour toi...

— Bien sûr que si, dit Ricky à voix basse.

Joshua regarda par-dessus son épaule et vit Ricky tenir un seau. Il s'en saisit. Dedans, il y avait de l'avoine, des morceaux de carottes et de pommes coupés en petits bouts et quelques poignées d'herbes.

— Tuck m'a demandé de préparer un peu de tout ça, pour les habituer à nous, mais ils sont plutôt sympas. Pas comme certains qu'on accueille ici et qui ont peur de leur propre ombre. Ces gaillards sont juste affamés.

Bien sûr, le hongre s'avança doucement et avec attention vers eux, focalisé sur le seau. Joshua prit une poignée du mélange et écarta les doigts, paume vers le haut. Après un moment, le cheval s'approcha et nasilla la gâterie, ses lèvres humides bougeant délicatement sur la peau de Joshua.

Ce dernier avait pensé qu'il serait plus agressif, trop impatient de manger, mais le hongre était un gentleman.

— Est-ce qu'on connaît leurs noms ?

— Nan, répondit Ricky. Je pense que Tucker doit avoir une liste, mais je ne l'ai pas vue.

Il déposa la pelle et fit rouler la brouette vers l'extérieur, laissant Joshua avec son ami équidé.

— Tu as vu Josh ?

Tucker finit d'enlever la bride de Mary Sue, gratta sa joue et attacha la bride autour du clou à côté de sa stalle avant de répondre.

— Il est allé dans la petite écurie juste après le déjeuner. Je ne l'ai pas vu depuis. Ricky a fait des allers-retours là-bas, par contre. Peut-être qu'il l'a vu.

— Ricky est parti depuis un quart d'heure.

— Eh bien, si tu te fais du souci, c'est mieux que tu ailles regarder dans la petite écurie.

Tucker regarda longuement Eli.

— Tu le prends sous ton aile, Eli ?

Eli se sentit rougir.

— C'est ton neveu. C'est toi qui devrais le faire.

— Je pensais que c'était le cas.

Tucker s'appuya contre le mur et croisa les bras.

— Mais j'ai l'impression que tu aimes bien le garçon. Tu passes beaucoup de temps à discuter avec lui.

— Ce n'est pas un garçon, remarqua Eli. Il a presque mon âge. Eh oui, je l'aime bien.

Tucker l'étudia calmement.

— Je m'attendais à ce que ce soit le cas. Ce sera un bel homme quand il se sera un peu engraissé. Ça a toujours été un beau garçon.

— Seigneur, Tuck, je n'aurais jamais dû te faire mon coming-out.

Eli donna un coup de pied dans la botte de foin posée à côté de la stalle de Mary Sue.

— Qu'est-ce que tu es ? Un genre d'entremetteur ? D'abord Jack Castellano et maintenant Joshua. Tu n'aurais pas pu être un homophobe ordinaire et botter mon cul de fée rose ?

— Alors est-ce que tu es attiré par lui ?

— Ce n'est pas... Je ne suis pas... Merde, Tucker ! Ce n'est pas ça. OK. Je l'aime bien. Plus que ça, j'éprouve de la compassion pour lui. Il est perdu et plutôt esseulé, et ça me fend le cœur de le voir comme ça. Maintenant, tu peux penser ce que tu veux.

Eli passa la main sur son visage par distraction.

— Mais je ne pense pas à ça pour le moment. Seigneur. Il a trop de problèmes à régler.

— Eh bien, j'ai lu quelque part que les hommes pensaient au sexe toutes les huit secondes, et les gays toutes les cinq...

— Putain de merde, Tuck !

Puis il remarqua le sourire de Tucker et secoua la tête.

— Enfoiré.

Le sourire de Tucker s'évanouit.

— Mais sérieusement, fiston, je n'aime pas te voir vouloir quelque chose de voué à l'échec. Même si Joshua était gay, ce dont je n'ai jamais entendu parler, il a une tonne de 'bagages' qu'il transporte avec lui. Le peu que Hannah ait été en mesure de me confier est qu'il était profondément infiltré dans un gang Latino Hispanique et ces gars transpirent le machisme. Après, je ne sais rien à propos de ton 'gay dar', dit-il en prononçant le mot comme si c'étaient deux mots différents, mais je ne pense pas qu'il aurait pu être gay dans ce genre d'endroit. Ce qui veut dire que s'il l'est, alors il l'a tellement bien caché que je me demande s'il le sait encore.

Eli donna un nouveau coup de pied dans la botte de foin avant de s'y laisser tomber.

— Depuis quand est-ce que tu te prends pour un psychologue ? La plupart des hommes de ton âge et de ton statut ne me tolèreraient pas, sans parler de leur propre enfant. Et ils n'agiraient pas comme si ça ne leur posait aucun problème.

Tucker grogna avec dédain.

— Bon sang, Eli, je ne suis pas un connard comme ça et tu le sais. Je n'ai jamais ouvert de Bible de ma vie et je me fous des personnes avec lesquelles tu t'envoies en l'air quand tu vas à Albuquerque le weekend. Mais tu ne peux pas m'empêcher de m'inquiéter pour toi. Tu n'es pas juste mon contremaître, tu es aussi mon ami et le fils que je n'ai jamais eu.

— Je pensais que Jesse était le fils que tu n'avais jamais eu.

— C'est mon fils cadet. L'homme est habilité à avoir plus d'un enfant, n'est-ce pas ? Pour ce que ça vaut, Josh est mon fils aussi maintenant qu'il est ici. Alors si tu pensais te mettre avec lui, je verrais plutôt ça comme un inceste.

Il sourit et évita le coup d'Eli.

— Sérieusement, je n'en ai rien à faire de qui tu peux aimer, mais Josh est fragile, fiston.

— Merde, dit Eli, et moi qui voulais justement aller le chercher et l'allonger sur une botte de foin. Seigneur, Tucker, je sais qu'il est fragile. Je suis peut-être gay, mais pas stupide. Et je ne pensais pas du tout à lui de cette façon.

Menteur, sourit sa conscience. *Ouais*, pensa-t-il, *mais pas maintenant*. Pas tant qu'il n'irait pas mieux. Et seulement s'il s'avérait être gay, ce qui comme Tucker l'avait dit, était peu probable.

— Je suis juste inquiet à propos du garçon, c'est tout. Il se passe beaucoup plus de choses que simplement devoir récupérer d'une addiction. Et il ne devrait pas être aidé par quelqu'un ou quelque chose comme ça ? Et pas seulement vous docteur Chastain. J'ai lu que les anciens accros qui décrochaient devaient consulter quelqu'un régulièrement.

— Je n'en sais diablement rien. Je sais qu'il a suivi un genre de programme pendant quelques mois.

— Et il a toujours l'air aussi mal en point, fit remarquer Eli. Bravo au programme. Ouais, peut-être que ça l'a rendu clean, mais il ne le restera pas s'il ne bénéficie pas d'aide.

— Alors, aide-le, rétorqua Tuck. Je n'ai aucune idée de ce que je dois faire pour lui. Tu es plus proche de son âge, peut-être qu'il t'écoutera.

Eli secoua la tête.

— Je ne sais pas comment traiter les gens. Tout ce que je connais, ce sont les chevaux.

— Alors, traite-le comme un maudit cheval.

Tucker leva les mains.

— Si tu peux le convaincre de voir un psy à Albuquerque, alors je lui trouverai un maudit psy. S'il ne veut pas, je ne peux pas faire grand-chose pour le faire changer d'avis. C'est un adulte. Et un adulte fort pour avoir réussi à surmonter ce qu'il a traversé, pour le peu que j'en sais. Je ne peux pas le forcer.

Il parla d'une voix plus basse et secoua la tête.

— Je suis inquiet, Elian. Si tu peux l'aider, lui parler.

— Le prendre sous mon aile ?

Tucker ricana doucement.

— C'est ça, lui jeter les mots d'un vieil homme à la figure. Ouais. Tu vas faire ça, regarder si ça marche. Seigneur, au point où on en est, il a probablement besoin d'un ami plus qu'autre chose.

— Je n'ai pas d'objection à être son ami, s'il veut que je le sois, dit doucement Elian. Je ne suis simplement pas persuadé qu'il en veut un pour le moment.

— Hum, eh bien, un cheval qui débarque au ranch ne veut pas exactement être ami avec toi, non plus, mais tu sais qu'ils sont plus heureux une fois qu'ils le sont, remarqua Tucker.

— Tu marques un point.

Eli se leva de la botte de foin et s'épousseta les cuisses et le derrière.

— Je suppose que je serai dans la petite écurie si tu me cherches.

Tucker grogna en guise de réponse et ramassa l'étrille de Mary Sue.

Congédié. Eli sourit et se dirigea vers l'écurie. Elle était dans un bâtiment plus vieux que les grandes écuries et les granges qui abritaient le reste du bétail et le matériel de la ferme. La moitié du bas était faite de roche extraite et celle du haut de poutres grises. C'était probablement la première grange construite sur le ranch, celle qui avait été érigée en même temps que la maison dans les années 20. Cette grange était clairement de classe ouvrière. Si elle avait été peinte un jour, la peinture s'était décolorée en un brun terne, ça avait une certaine sorte de classe. Et elle était construite comme une maison en brique, solide comme un roc. Les portes étaient ouvertes, mais il faisait sombre à l'intérieur et, malgré la lumière du jour qui s'infiltrait par les portes ouvertes, il faisait au moins 20 degrés de moins qu'à l'extérieur. Et c'était plus calme. Eli pouvait entendre le bruit des pigeons du matin sur les poutrelles et celui de mastication des cinq chevaux négligés. Quatre d'entre eux étaient dans de simples stalles, mais il marcha jusqu'au cinquième en bas de l'allée, placé dans une grande stalle assez large pour la niche en ferraille surdimensionnée qu'ils avaient retapée pour le chat. Il se pencha par-dessus la porte et regarda à l'intérieur.

Josh était là, assis sur la botte de foin à côté du mur où se trouvait la niche, ses longues jambes étirées devant lui, ses doigts enroulés autour des fils de fer du cageot. Le chat était allongé contre le flan de la niche, la tête sous les doigts de Josh. Le bai renifla la botte de foin sous les jambes de Josh, mais celui-ci ne bougea pas.

Eli le regarda dormir. Toute trace de tension avait quitté son visage et il paraissait plus jeune qu'avant, plus proche de ses vingt-huit ans. Son visage avait l'air mince, mais pas maigre. Quelques jours de repos, de l'air frais et la cuisine de Sarafina avaient réussi à faire disparaître les traces jaunâtres de sa peau, même s'il fallait encore un peu de temps avant qu'il regagne tous ses kilos manquants. Mais ça arriverait, et pour le moment, ce qui était le plus important était probablement que Josh commence à se sentir bien là où il était.

Il ne pouvait pas penser à lui comme étant 'Joshua' même si Tucker lui avait dit qu'il préférait ça. C'était plutôt clair que si Joshua insistait pour être appelé par son nom entier, c'était pour se construire une autre barrière. Se faire appeler 'Josh' pourrait entraîner des choses comme, oh, de la conversation. Partager des blagues. Un sourire occasionnel. Et peut-être même quelque chose d'aussi horrible que l'amitié. Encore une fois, Eli se demanda ce qui avait vraiment été fait à cette pauvre créature pour qu'elle soit autant sur ses gardes.

Les chevaux étaient faciles. S'ils avaient été battus, ils affichaient des cicatrices et ils craignaient le contact d'une main ou la vue d'un fouet. Il en avait même connu un qui était devenu incontrôlable quand ils avaient essayé de balayer sa stalle. Ces signes étaient faciles à lire. Les problèmes n'étaient pas faciles à régler, mais une fois qu'ils avaient une idée de ce à quoi ils étaient confrontés, ils savaient ce qu'ils avaient à faire. Les gens, quant à eux ? Les gens étaient marrants. Ils étaient intelligents et particuliers. Alors il n'était pas aisé de savoir ce qui ferait exploser quelqu'un.

Prenez son vieux, par exemple. Il faisait plutôt preuve de bon sens, à moins que quelque chose ne déclenche l'une de ses rares beuveries. Il n'avait pas été un alcoolique méprisable, mais Eli détestait qu'il boive de toute manière. Il n'avait jamais pu découvrir ce qu'étaient ces éléments déclencheurs. Peut-être que s'il avait réussi, son père serait encore en vie aujourd'hui, au lieu d'avoir été enterré à 500 mètres de l'autoroute du Wyoming, au cœur de l'hiver.

Le cheval poussa légèrement la cage et le chat se réveilla, s'étirant. Le mouvement poussa la main de Joshua contre le fer et il se réveilla à son tour. Eli le regarda, observa la manière dont il cligna des yeux face aux rayons de soleil qui se reflétaient sur son visage, regarda comment il leva les yeux vers le cheval et sourit.

Seigneur, ce sourire, doux, un peu incertain comme s'il avait oublié comment s'y prendre. Une fossette creusa sa joue et Eli suspecta qu'elle serait toujours là quand il aurait retrouvé son poids. Les dents blanches et parfaitement alignées de Joshua apparurent contre sa peau bronzée.

Eli avait pensé qu'il aurait une allure passable après avoir récupéré, mais ce sourire lui fit comprendre que ce visage était fait pour briser des cœurs. Le sien pourrait être le premier...

Il dut bouger ou faire du bruit, parce que le regard de Josh se tourna dans sa direction, son sourire disparut et la tension regagna son corps. Il aurait donné n'importe quoi pour la voir repartir.

— C'est juste moi, dit-il calmement. Je venais voir si tout se passait bien. Les chevaux pourraient manger de la viande s'ils étaient vraiment affamés.

Les yeux de Joshua s'agrandirent.

— Ils le feraient ?

Eli rit.

— Nan, je déconne. Sara dit que tu ne dors pas très bien, tu as fait une bonne sieste ?

— Plutôt oui, répondit Josh en gardant ses distances.

Il se retourna pour regarder le chat qui se levait et faisait cet étirement de chat avec le dos arqué.

— Comment va le chat ?

Joshua haussa les épaules.

— Il s'ennuie et déteste être dans la cage.

— Tu es chanceux de ne pas avoir été mordu. Les chats sont toxiques. Un de mes amis a failli perdre son bras à cause d'une morsure de chat.

Joshua éclata de rire.

— Ils ne sont pas toxiques. Ils ont seulement énormément de bactéries dans la bouche. Certains plus que d'autres. Celui-ci, d'après la manière dont il a vécu, en a probablement plus.

Il tendit la main et caressa la tête du chat.

— Mais toi tu ne mords pas, n'est-ce pas ?

— Bonne chose pour toi. Alors, qu'est-ce que tu penses de Rory ?

— Rory ?

— Le cheval.

Il fit un léger mouvement en direction du cheval afin de ne pas l'effrayer. Celui-ci leva les yeux, intéressé.

— C'est son nom. Tuck m'a dit que c'est un ancien nom gaélique qui signifie 'rouge'. Même s'il pourrait me dire que c'est un ancien nom gaélique pour un palet de hockey et je le croirais.

— Non, ce serait 'nerfalon', dit sobrement Joshua.

— C'est vrai ?

— Non.

À nouveau, ce sourire doux, dirigé cette fois vers Eli. Il sentit ses genoux faiblir.

— Petite vengeance pour le commentaire sur les chevaux mangeurs de viande.

— Petit malin.

Ce fut la seule chose qu'Eli trouva à dire. Peut-être que le sourire de Joshua avait grillé tous ses neurones.

Lentement, prudemment, il ouvrit la porte de la stalle et entra. Rory leva la tête et renifla sa chemise. Eli lui donna une poignée du mélange du seau qui était suspendu à l'extérieur de la stalle.

Joshua s'assit dans son coin et les regarda.

Quand Rory eut fini, Eli repoussa doucement sa grosse tête.

— Tu as tout mangé, idiot, dit-il d'une voix apaisante.

De la même voix, il s'adressa à Joshua.

— On peut dire qu'ils étaient plutôt bien traités avant la mort du vieil homme. Ils ont chacun leur propre harnachement et c'est de la bonne qualité. Il paraît que l'homme avait un fils qui s'occupait de la ferme avec lui, mais qu'il a été tué en Afghanistan. Je suppose qu'il a perdu l'envie de vivre après ça.

Joshua ne dit rien, il se contenta d'écouter.

— Les gens qui les ont envoyés ici ont envoyé le harnachement aussi. Il a besoin d'être un peu huilé. On dirait qu'il n'a pas été utilisé depuis un bon moment. Mais quand ces petits iront un peu mieux, ils seront contents d'avoir à nouveau leur propre équipement.

Il lança un coup d'œil à Joshua qui regardait ses genoux qu'il avait ramenés contre sa poitrine.

— Si tu t'en occupes bien, je suppose que Tucker pourrait t'offrir ce garçon. Une fois qu'il se sera engraissé, il aura la bonne taille pour...

— Non.

Eli leva un sourcil, mais ne répondit pas. Il attendit.

— Je ne veux pas d'un cheval.

Joshua avait resserré ses bras autour de ses genoux. Il était si maigre que ses os semblaient se déplacer du haut vers le bas.

— Je ne vais pas avoir de cheval. Je n'en veux pas. Je ne veux pas de ce chat non plus.

— Personne ne t'a proposé le chat, lui fit doucement remarquer Eli.

— Eh bien, même si c'était le cas, je n'en voudrais pas.

Joshua prit une grande gorgée d'air avant de la relâcher.

— Je suis ici pour travailler, c'est tout. Si Oncle Tucker a besoin d'aide, je l'aiderai. Je ne veux rien d'autre.

Eli arrêta de caresser le cheval et fit trois pas pour se retrouver en face de Joshua.

— Si les gens veulent t'offrir des choses, fiston, tu les prends et tu dis 'merci'. C'est ce qu'on fait normalement.

— Il y a toujours un prix à payer, répondit Joshua en tremblant. Il y a toujours anguille sous roche. Tanstaafl.

Ça paraissait être de l'allemand pour Eli. Il fronça les sourcils et se gratta l'arrière de la nuque.

— Désolé, je ne connais pas ce mot. Je connais *mach schnell* [6] et *glasnost* [7] et c'est à peu près tout ce que je peux dire en allemand.

Le rire de Joshua fut léger et fragile cette fois.

— Ce n'est pas de l'allemand. Et *glasnost* non plus, c'est du russe. Tanstaafl, c'est l'acronyme de 'there ain't no such thing as free lunch'. Rien n'est gratuit dans la vie.

Eli réfléchit à la question. Ouais, c'était sans doute le cas.

— Eh bien, peut-être pas. Mais il y a des tas de façons de rembourser, fiston.

— Je ne suis pas ton fils.

— Nan.

Il tendit sa main gantée.

---

6 Plus vite, en allemand

7 Transparence, en russe

— Allez. C'est bientôt l'heure du dîner et tu dois te laver après avoir passé tout l'après-midi à dormir avec cette bête.

— Laquelle, le chat ou le cheval ?

— Choisis.

Eli attendit. Finalement, Joshua tendit la main à son tour et la posa dans celle d'Eli. Faisant attention à ne pas serrer ses os trop fort, Eli l'aida à se mettre debout.

Ses jambes avaient dû s'engourdir parce qu'il chancela un peu. Il posa sa main libre sur l'épaule d'Eli pour retrouver l'équilibre. Ils restèrent près l'un de l'autre pendant un moment, une main de Joshua dans celle d'Eli, et l'autre lui brûlant l'épaule, comme s'ils allaient se mettre à danser.

Joshua parut très calme tout d'un coup. Surpris, Eli croisa son regard. Les yeux de Joshua devinrent sombres et voilés pendant un moment et son souffle fut chaud et doux contre la joue d'Eli. Puis, les cils noirs s'abaissèrent, timides comme ceux de n'importe quelle fille, mais il ne s'éloigna pas. Eli noua ses doigts autour de ceux de Joshua.

— Josh... dit-il le souffle irrégulier.

Ce dernier sursauta comme s'il venait de se réveiller, fit un pas en arrière et retira sa main de celle d'Eli avant de s'enfuir. Eli calma le cheval pendant un moment avant de partir à sa recherche.

VII

JOSHUA SE força à marcher d'un pas léger en traversant la cour vers la maison, au lieu de courir comme il le voulait. Dieu merci, Oncle Tucker n'était pas aux alentours ; si c'était bientôt l'heure du dîner comme l'avait dit Elian, il était probablement à l'intérieur en train de se laver. Le reste des travailleurs aussi. La cour était déserte et c'était tant mieux.

Il se faufila dans la maison et passa derrière Sarafina qui s'occupait d'un plat dans le four. Une fois dans sa chambre, il se dirigea vers la salle de bain, verrouilla la porte et ouvrit le robinet de la douche. Il régla la température afin que l'eau soit aussi chaude qu'il pouvait le supporter avant de se déshabiller et d'entrer. Il se laissa glisser au sol et s'effondra, tremblant. Seigneur. Ce n'était pas bien. Ce n'était tellement pas bien. Il avait presque tout foutu en l'air, presque perdu le contrôle. Presque rouvert des blessures qu'il ne serait jamais en mesure de supporter.

Mais Eli avait été si doux, si calme. Si gentil. Cela avait semblé naturel de tendre la main pour le toucher, de laisser le contremaître l'aider à retrouver l'équilibre, de tendre la main vers sa stabilité, sa force. De laisser quelqu'un d'autre mener la dance, juste l'espace de quelques instants. De compter sur quelqu'un d'autre. De compter sur *Eli*. Joshua inspira longuement.

Et pour un moment épouvantablement merveilleux, de *voir* Eli. De laisser Eli *le* voir.

Seigneur... Mais ce n'était pas une prière. Il avait cessé de croire en Dieu depuis longtemps. Il aurait voulu y croire encore. Il aurait voulu qu'il y ait une puissance supérieure qu'il puisse prier. Alors, il ne ressentirait pas ce besoin de s'appuyer sur quelqu'un d'autre. Cela avait été suffisamment difficile, au centre de réhabilitation, de savoir qu'il dépendait de ces personnes pour sa santé d'esprit même si c'était des professionnelles, payées pour ce travail et les meilleures que le Bureau avait pu se permettre. Il n'oserait pas demander à quelqu'un de l'aider, en particulier à une personne comme Eli, qui avait un travail, une vie et qui n'avait pas besoin d'un parasite comme lui pour le tirer vers le bas.

Il avait paru tellement surpris quand Joshua l'avait touché. Bien sûr. Les hommes ne prenaient pas appui sur d'autres hommes comme Joshua l'avait fait. Même s'il n'y avait pas eu de contact de peau – Eli portait ses gants délabrés et Joshua lui avait seulement touché son épaule par-dessus le tissu de sa chemise – Joshua avait ressenti la morsure de l'attraction. Pour un cowboy, pas moins que ça. Pour le contremaître du ranch de son oncle. La seule chose qui aurait pu être pire aurait été que Joshua soit attiré par 'Chete Montenegro. Il laissa échapper un éclat de rire court et hystérique. Un ranch était un milieu tout aussi macho que les People ou les Folks ou n'importe lequel de ces gangs qui formaient ces deux nations de la côte ouest. Il était sûr qu'ils avaient des manières tout aussi brutales de s'occuper des intrus que les 'violations' dont il avait été témoin, auxquelles il avait participé et dont il avait été victime dans le gang.

Il n'avait pas sa place ici. Il ne pouvait pas rester.

Il étouffa un sanglot et tourna la tête en direction du jet d'eau brûlant. Il n'avait rien. Il n'avait nulle part où aller. Il avait passé trois ans dans un monde auquel il n'appartenait pas ; il ne pouvait plus supporter de ressentir ça à nouveau.

Il pensa au long trajet en bus d'Albuquerque. Pensa au trajet de la petite ville où le bus l'avait déposé. Pensa au désert vide s'étendant à perte de vue. Pensa au désert en lui, tout aussi vide. Encore plus vide.

L'eau devint froide et il se hissa hors du bain. Il s'assit sur le rebord et s'essuya le visage à l'aide d'une serviette complètement humide. Apparemment, la vapeur du jet d'eau avait mouillé l'ensemble de la salle de bain. Le miroir était complètement embué, mais ce n'était pas un problème. La dernière chose que Joshua voulait voir était bien son propre reflet.

— *TU AS trouvé Joshua* ? demanda Tucker quand Eli entra dans la cuisine.

— Ouais, mais il est parti. Je pensais qu'il était dans la maison.

— Je ne l'ai pas vu. Sara ? Josh est passé par ici ?

— Je ne sais pas. Je préparais le dîner, répondit-elle. Je ne l'ai pas entendu, mais il est vraiment silencieux. Regardez dans sa chambre.

Tucker hocha tête et il se dirigea vers le couloir. La porte de Josh était ouverte, mais celle de la salle de bain était fermée et il entendit le bruit de la douche. Il retourna dans la cuisine.

— Il est sûrement en train de prendre une douche. Pourquoi est-ce qu'il s'est enfui ?

— Je n'en sais rien, dit Eli en haussant les épaules. Il dormait dans la paille dans la grande stalle. Il s'est réveillé, nous avons parlé, je l'ai aidé à se relever et il a décampé. Avant que tu demandes, non, je n'ai eu aucun geste gay envers lui.

— Je n'allais pas demander, dit doucement Tuck. Ce garçon a sa propre façon de penser.

— Peut-être que tu devrais lui parler. Trouver ce qui ne va pas. Je n'ai rien fait.

— Je te crois. Je lui parlerai après le dîner.

Il s'apprêtait à ajouter quelque chose, mais la porte s'ouvrit en un mouvement brusque et plusieurs travailleurs entrèrent, parlant du film qu'ils regarderaient dans leur baraquement ce soir-là, alors il laissa tomber.

Josh ne se présenta pas au dîner, mais cela n'avait rien d'inhabituel. Avoir tous ces gens autour de lui semblait le déranger. Après que le restant d'entre eux fut parti, Sarafina prépara un plateau et le tendit à Tucker avec un Regard. Il hocha la tête et le porta jusqu'à la chambre de Joshua.

La porte était fermée. Il frappa doucement de sa main libre et au 'Entrez' de Joshua, il ouvrit la porte et fit entrer le plateau.

Son neveu était assis au chevet du lit, les coudes sur les genoux et les mains se balançant entre eux. Tucker posa le plateau sur son bureau.

— Sarafina a fait du poulet ce soir. Ce serait un crime si tu ratais ça.

— Merci, dit Joshua, sans pour autant faire le moindre geste pour se lever et le prendre.

— Tu devrais manger.

— Oui. Merci.

Tucker soupira et se laissa tomber sur le chevet à côté de Josh.

— Tu veux en parler ?

— De quoi?

— De ce qui t'as mis en colère à ce point ? Est-ce qu'Eli a dit quelque chose qui t'a mis mal à l'aise ? Parce qu'il ne le pensait probablement pas. C'est un bon gars. Il ne te veut pas de mal.

— Il n'a rien dit.

— Est-ce qu'il a fait quelque chose ?

Joshua leva les yeux vers lui, l'expression vide.

— Faire quoi ?

— Je ne sais pas.

Tucker leva les mains.

— Mais il a dû faire quelque chose pour que tu sois en colère contre lui.

— Je ne suis pas en colère contre lui. Ce n'est rien, Oncle Tuck... C'est juste... Je suis simplement fatigué.

Joshua baissa la tête et se mit à fixer le sol.

— Je vais bien. Je suis simplement fatigué.

Tucker posa une main sur son épaule et dit doucement :

— Eh bien, c'est pour ça que tu es ici, pour retrouver des forces. Mange ton dîner et couche-toi tôt. Les choses iront mieux quand le soleil se lèvera.

Joshua hocha la tête. Tucker serra son épaule avant de retourner dans la cuisine. Eli et Sarafina attendaient.

— Il dit qu'il est simplement fatigué. Je suppose qu'il faut juste le laisser en paix. Peut-être que demain matin, nous pourrons le faire commencer à superviser les repas dans la petite écurie, l'habituer à être là-bas et travailler.

Eli parut troublé, mais acquiesça.

— J'aurais aimé savoir ce qui l'a secoué comme ça.

— Qui sait ?

Tucker passa ses deux mains dans ses cheveux.

— Je suppose que ce n'est pas la dernière fois où nous ne saurons pas ce qu'il pense. Autant s'y habituer.

LE MÊME rêve, le même hangar au bord de la rivière, la même puanteur d'huile et de peur. Mais cette fois-ci, Joshua ne se réveilla pas au bruit du tir. L'odeur abjecte et ferreuse du sang emplit son nez, alors qu'il baissait les yeux sur la fille morte, regardant le sang, noir comme de l'huile, s'insinuer dans les crevasses du sol bétonné maculé de taches.

— Ça, c'est fait, dit 'Chete, même si le ton de sa voix était désapprobateur. Cependant, José, j'ai l'impression que tu doutes de moi ?

— Non, boss, dit Joshua calmement, sans lever les yeux de la jeune fille. Je ne doute pas de toi. Tu es le boss.

— Je pense, au contraire, que c'est le cas. Ça me rend heureux. Tu es un bon combattant, tu es le fils de mon bon ami Berto Rosales, que Dieu ait son âme, et tu exécutes les ordres la *plupart* du temps. Mais tu as raison. Je suis le boss et je ne peux pas laisser passer ça.

Joshua transpira dans son rêve. Il savait ce qui se passerait ensuite. La 'violation', la punition pour les membres du gang qui n'exécutaient pas les ordres ou qui les foutaient en l'air, mais pas assez pour en mourir. Il fallut seulement à 'Chete un hochement de tête en direction du coin du mur. Joshua déglutit et marcha jusqu'au mur. Il posa les paumes sur l'acier ondulé au-dessus de sa tête. Trois des brutes de 'Chete le suivirent.

Le premier coup projeta violemment sa tête contre l'acier et il eut un instant pour penser 'au moins ce n'est pas du béton' avant que la raclée ne reprenne avec ferveur. Il avait déjà été témoin d'une 'V' avant, avait déjà participé. Elles s'arrêtaient généralement juste avant que le fautif s'évanouisse, mais parfois, ce n'était pas le cas. Ce ne fut pas le cas.

Le rêve le transporta dans la pièce humide et étriquée dans laquelle il s'était réveillé, sur un lit d'acier sans matelas, menotté au cadre. Il pouvait seulement ouvrir un seul œil et sa vision était floue.

— Alors, dit la voix de 'Chete de quelque part, il ne savait pas où, tu es enfin réveillé. Je ne pensais pas que tu étais un *pendejo*, une tapette, pour t'évanouir à cause d'une aussi petite raclée. Mais bon, cette génération est plus faible que la nôtre. Plus faible dans le corps, plus faible dans l'esprit. Plus faible dans le cœur.

Josh ne comprit pas. Il se sentait flotter. Il savait qu'il avait été battu, mais il n'avait pas mal, pas de la manière dont il aurait dû après avoir été pilonné jusqu'à l'inconscience. Il se sentait vertigineux, ce à quoi il s'était attendu, mais aussi paralysé.

Et puis il entendit le tintement d'un verre et se remémora les morceaux des bribes rêve.

'Chete dit :

— C'est seulement parce que je t'aime et que j'aime la mémoire de l'homme qu'était ton père que je t'offre cette opportunité. Je ne veux pas te tuer, comme je le devrais, mais tu dois être pris comme exemple. Il y en a beaucoup dans la communauté qui pensent que ce sont seulement les faibles qui prennent les drogues que nous vendons, mais j'ai découvert quelque chose de très intéressant. Tu veux savoir ce que c'est ?

Il n'attendit pas sa réponse et continua.

— J'ai découvert que ce qui garde nos putes sur une bonne ligne de conduite marche aussi très bien avec certains hommes. Des hommes qui font preuve de la même faiblesse dans le manque de loyauté que les putes. Les putes ont leurs fonctions, les hommes ont les leurs, et c'est une perte de tuer quelqu'un pour une transgression mineure alors que je peux acheter sa loyauté si simplement. Bien sûr, tu perdras ton statut. Personne ne respecte un hype, n'est-ce pas ?

Joshua retint sa respiration à ce mot. Un hype, un accro à l'héroïne, l'échelon le plus bas dans les gangs Latinos. Le marcheur mort. 'Chete avait trois lieutenants comme ça, de ce que savait Joshua. C'était le seul chef de gang que Josh connaissait qui le permettait – non, qui s'en délectait. Il savait qu'ils étaient loyaux, fanatiquement loyaux envers l'homme qui contrôlait le cours de la drogue sur la côte ouest seulement parce qu'il fournissait ce dont ils avaient besoin. Méprisés par les membres du gang, ils étaient craints parce qu'ils n'avaient rien à perdre – excepté l'accès à la drogue.

— Mais parce que je t'aime, dit doucement 'Chete, parce que Los Peligros sont de la famille, je ne le ferai pas savoir publiquement. Mes lieutenants le sauront, bien sûr, mais nous n'en ferons pas une affaire publique. Sois fidèle, sois loyal, je ne le dirai pas et tu seras heureux.

Il caressa bizarrement la joue de Joshua.

— Parce que tu n'as aucune valeur sans moi. Tu es un tricheur et un parasite. Tu as certaines valeurs dans ton désir d'exécuter mes ordres, mais simplement parce que tu as été doux pour le cas de cette *puta*, tu as osé douter de moi. Je ne peux pas laisser passer ça.

La provenance de la voix de 'Chete ne changea pas, mais Joshua sentit des mains sur son bras, sentit quelque chose se resserrer autour de son biceps, sentit la pointe d'une aiguille et un liquide chaud s'écouler dans ses veines.

— Tu vas apprendre à aimer la sensation, murmura 'Chete dans son oreille, et tu vas apprendre à m'aimer et à m'obéir. C'est le seul moyen que tu as. Tu n'as aucune valeur, aucune utilité sans moi. Tu es à moi, José Rosales, fils de mon bien aimé Berto, et je t'aime pour l'âme de ton père. Parce que *tu* n'as aucune valeur. Parce que *tu* n'es *rien*.

Joshua se réveilla dans un sursaut, les yeux ouverts sur l'obscurité et la respiration douloureuse. La fenêtre était ouverte et l'odeur poussiéreuse des pins lui parvint, balayant celle du souffle de 'Chete. Elle ne balaya pas le son de la voix faisant écho dans la tête de Joshua: *tu n'es rien...*

Rien. Tu n'as aucune valeur.

Le dîner que son oncle avait apporté était toujours sur le petit bureau, la sauce aux piments rouges et verts se coagulant autour du poulet. La vue de tout ça le rendit malade, mais il ignora le plateau et ouvrit le tiroir de sa table de nuit. Un vieux bloc-notes devenant brun sur les bords. Un crayon mal taillé. C'était suffisant. Joshua les sortit et se mit à écrire.

VIII

— Pas de trace de Josh ce matin ?

Eli leva les yeux de son petit-déjeuner, tout comme les quatre autres ouvriers autour de la table.

— Je ne l'ai pas vu, répondit Ray en se grattant la nuque avec sa fourchette.

Sarafina lui donna un coup de spatule sur la main avant de la porter à l'évier et de la nettoyer bruyamment. Ray échangea un sourire avec Eli, qui se tourna vers Tucker.

— Je ne l'ai pas vu non plus, mais ce n'est pas inhabituel. Il est probablement encore endormi.

— Va le voir, Tucker, dit Sarafina, et rapporte les assiettes de son dîner. Je ne veux pas que de petites créatures viennent s'installer.

— D'accord m'dam. Est-ce que mon petit-déjeuner sera prêt quand je reviendrai ?

— Si je suis d'humeur à le préparer.

Tucker sourit et se dirigea vers la chambre de Josh. Alors que Josh avait évité les dîners, où tous les travailleurs se réunissaient en même temps, dernièrement, il était venu aux petits déjeuners matinaux, quand il ne restait plus qu'une poignée d'hommes dans la cuisine. Mais Eli avait probablement raison, Josh dormait encore. Il semblait avoir eu une nuit difficile ; quand Tucker était descendu pour prendre un verre d'eau, à environ une heure du matin, il avait entendu Josh faire les cent pas dans sa chambre. Apparemment, il faisait toujours des cauchemars. Il frappa contre la porte fermée.

— Josh ? Euh, Joshua ?

Rien. Il fronça les sourcils et frappa à nouveau avant d'ouvrir la porte.

La pièce était vide et la salle de bain également. La porte de la penderie était ouverte et la moitié de ses vêtements avaient disparu, tout comme son sac à dos. Un morceau de papier était posé sur le lit parfaitement fait. Secoué, Tucker ramassa le papier.

Oncle Tucker,

Je suis vraiment désolé. Tout ça ne marchera pas. Je ne suis pas à ma place ici.

Je suis désolé. Merci d'avoir essayé.

Je t'aime,

Joshua

— Merde !

Tucker se précipita vers la porte de derrière. Six paires d'yeux surpris le regardèrent sortir comme une furie. Il s'arrêta et compta les véhicules. La Silverado, la F150 d'Eli, les véhicules les plus grands du ranch, l'assortiment de voitures et de pick-ups qui appartenaient aux hommes : tous étaient garés les uns à côté des autres. Aucun ne manquait. Est-ce que ce gamin stupide avait... ?

— Jésus H. Roosevelt Christ, jura Tucker en rentrant dans la maison.

Il retrouva les autres à l'intérieur et leur dit :

— Josh est parti. Envolé. Il est sûrement à pied, puisque toutes les voitures sont là. Cet idiot pense qu'il peut arriver à Miller à pied. Putain de merde ! C'est à 25 kilomètres. Je vais aller le chercher. Sara, appelle Whitey à la station de police en ville et demande-lui d'envoyer quelqu'un le localiser. Il est probablement quelque part sur la route entre ici et Miller, mais il y a plusieurs sorties et il a dû partir avant le lever du jour.

— Tu es sûr qu'il est allé à Miller ? demanda Eli en se levant.

Il avala le restant de son café et de ses œufs et se dirigea vers la porte. Tucker tendit la main pour le retenir.

— Ce n'est pas pour te manquer de respect, fiston, mais je pense que je ferai mieux de gérer ça. Je ne sais pas ce qui s'est passé hier, mais ça l'a certainement touché, pour qu'il s'en aille comme ça.

Il ignora l'expression de stupéfaction d'Eli et continua.

— Et ouais, Miller. Il pense probablement qu'il peut y prendre un bus pour Albuquerque. Mais c'est une longue marche jusqu'à la ville et il n'est pas dans la meilleure des formes. Je veux le rattraper avant que le soleil ne soit trop haut dans le ciel. Il fait encore assez chaud pour qu'il attrape un coup de chaleur. Seigneur.

Il attrapa son chapeau accroché au porte-manteau et l'enfila.

— J'appellerai quand je l'aurai trouvé. Entre-temps, Eli, dis aux gars de travailler normalement.

— Si bien sûr il est parti vers... commença Eli.

— Si je ne le trouve pas sur la route de Miller, j'appellerais pour avoir de l'aide, le coupa Tucker. Je ne suis pas stupide, fiston.

Il ÉTAIT 10 h quand Tuck appela finalement Eli. Ce dernier déposa la fourche qu'il utilisait pour jeter de la paille dans le corral pour les chevaux et fouilla sa ceinture à la recherche de son téléphone.

— Ouais. Tuck. Qu'est-ce qui se passe ? Tu l'as trouvé ?

— Non.

La réponse de Tucker fut sèche et Eli put percevoir la tension dans sa voix.

— Whitey a impliqué la Police, ils envoient un hélicoptère.

Joshua avait disparu depuis l'aube et il faisait presque 32 degrés ce matin. Merde.

— Est-ce que tu as regardé...

— Fiston, des gens ont sillonné toutes les routes, les sentiers, les pistes et les ravins, entre ici et la ville. On a même regardé au Rocking J pour voir s'il ne se terrait pas là-bas.

Tucker semblait sur le point de pleurer, ou de jurer.

— Qu'est-ce que je peux faire ?

— Garde ton téléphone avec toi. Garde un œil sur tout ce qui pourrait nous donner un indice sur le lieu où il est allé. Merde, j'aurais aimé avoir un autre chien de chasse après qu'on ait perdu Rambo et Rosey. Whitey arrive au ranch avec ses Coonhounds [8]. Ils seront peut-être en mesure de le pister. Il dit que ce sont de bons traqueurs. Et la Sandia Search and Rescue emmène ses chiens, mais ils n'arriveront pas avant quelques heures.

Par cette chaleur, quelques heures étaient un laps de temps sacrément long.

— Tu veux que je t'envoie des travailleurs ?

Tucker répondit d'un ton abattu :

— Nous avons tous les hommes de Whitey, en plus des volontaires de la caserne locale, mais de nouvelles paires d'yeux ne nous feraient pas de mal. Envoie-les à cheval peut-être, ils couvriront plus de terrain de cette façon. La moitié du département du shérif est là. Voilà les coordonnées de notre position.

Il épela une série de coordonnées GPS que leurs téléphones satellites pourraient suivre.

— Mais je veux que tu restes là-bas pour donner les coordonnées à Paco.

---

8 Race de chiens de chasse

— Sarafina...

Mais Tucker avait raccroché.

Tenté de balancer son téléphone dans la cour de l'écurie, Eli le remit sagement à sa place avant de reprendre sa fourche.

La tête de Billy apparut à la porte de l'écurie.

— C'était Tuck ?

— Ouais. Ils n'ont toujours pas retrouvé Josh. Tuck veut que ceux qui le peuvent sellent un cheval et les rejoignent. Ça ne ferait pas de mal que vous vous sépariez et cherchiez sur votre chemin. J'ai les coordonnées.

— Passe-les-moi.

Billy sortit son propre téléphone et y entra les numéros.

— Je vais rassembler les autres gars. Tu viens ?

— Non.

Eli planta sa fourche dans une botte de foin avec beaucoup plus de force que nécessaire.

— Je suis coincé ici. Paco arrive avec ses chiens chasse pour essayer de pister Joshua à partir d'ici. Pas comme si Sarafina ne pouvait pas gérer ça.

Il tenta de ne pas paraître amer.

— Qu'est-ce qui s'est passé pour qu'il s'en aille comme ça ? demanda Billy. Est-ce que vous vous êtes disputés ?

— Non. *Rien* ne s'est passé. Josh a juste paniqué pour une raison inutile. C'est sans importance. Allez-y. Réunis les gars et allez-y. Il est de plus en plus tard et le soleil ne fait que monter.

Billy hocha la tête et partit en courant. Eli le regarda et tenta de ne pas le détester. Ou Tuck.

Il finit de mettre du foin dans le corral, remplit les abreuvoirs d'eau dans les paddocks où il y avait des chevaux et alla dans la petite écurie pour prendre des nouvelles de ses habitants. L'ombre de l'écurie était un réel soulagement après la chaleur grandissante de l'extérieur, et il essaya de ne pas s'inquiéter au sujet du fragile Joshua la subissant sûrement dans les vêtements noirs qui semblaient composer une grande partie de sa penderie. Il priait le ciel pour qu'ils le trouvent rapidement avant qu'un coup de chaleur n'ait raison de lui. Il y avait au moins plusieurs morts à cause de la chaleur chaque année dans la région, la plupart du temps des personnes qui n'étaient pas informées. Comme Joshua. Il avait remarqué, alors qu'ils sortaient des écuries à cheval, que tous les ouvriers avaient des selles volumineuses qui contenaient des bouteilles d'eau, un accessoire courant quand on sortait du ranch et nécessaire quand la chaleur était si intense. Merde, on était en septembre. Le temps aurait dû se rafraîchir, mais les quelques jours de fraîcheur du début du mois semblaient avoir été une fausse prévision.

Les chevaux secourus allaient bien, leurs stalles étaient propres et leurs abreuvoirs remplis. Il mit une pelletée de grains hauts en calories dans chacun d'eux et y rajouta de la paille. Deux des chevaux avaient déjà meilleure allure après seulement un seul jour. Un troisième le regarda les yeux vides et il nota mentalement qu'il devrait appeler Rodney. Le quatrième ne semblait pas aller beaucoup mieux, mais sa queue était en mouvement chassant les mouches et il leva la tête avec intérêt quand Eli ajouta le grain.

Le cinquième était dans la grande stalle. Eli fit claquer sa langue pour faire savoir au cheval qu'il était là avant d'ouvrir la porte et d'entrer. Comme pour les autres, il vérifia l'eau et rajouta de la nourriture avant de prendre une conserve de la nourriture pour chat que la ASPCA avait envoyée avec le chat et de s'accroupir pour ouvrir la porte de la niche.

Le chat battit en retraite dans le coin le plus éloigné et cracha un peu, mais sa queue n'était pas gonflée et son dos pas arqué, alors Eli comprit qu'il voulait juste lui faire passer un message. Il ouvrit la conserve et mit la nourriture dans un bol avant de s'assurer que sa gamelle était pleine.

Ce fut quand il retira sa main de la niche qu'il regarda à travers les fils de fer et vit quelque chose de noir posé derrière elle. Il fronça les sourcils et ferma la grille de la niche avant d'en faire le tour pour ramasser le paquet.

C'était le sac à dos de Joshua.

Il le fixa, confus, pas certain de voir correctement. Mais il était noir, exactement comme celui de Josh, et personne d'autre au ranch n'en avait un de similaire. Ceux qu'ils utilisaient pour les voyages de nuits étaient des sacs de toile kaki de l'épicerie de la ville. Celui-ci était un joli modèle North Face, pas un sac à dos de travail, et quand Eli l'ouvrit, il trouva des vêtements entassés dedans. Il y avait quelque chose de dur dans la poche avant, alors Eli l'ouvrit aussi et trouva le porte-monnaie de Josh.

Pourquoi aurait-il laissé son porte-monnaie ? Il le fixa. Puis, une réalisation lente et horrible le frappa. Quand elle atteint son cerveau, il se leva brusquement, effrayant le cheval et le chat, et courut vers la porte arrière de l'écurie. Il l'ouvrit sans aucune douceur et il regarda au-delà du petit corral à partir duquel le désert s'étendait sur des kilomètres à travers la forêt lointaine et la fumée bleue qu'étaient les montagnes du Sangre De Cristo. Le corral était principalement utilisé pour les chevaux secourus et les cinq chevaux qui l'étaient étaient dans l'écurie, alors ce n'était pas normal que la petite barrière arrière, celle qu'ils utilisaient quand ils conduisaient leur sélection de chevaux et qu'ils n'avaient plus de place dans les autres paddocks, soit ouverte.

Pour Eli, ce fut évident. Il se précipita vers la maison. Dix minutes plus tard, armé de packs réfrigérants et d'eau dans des sacoches de selle isolées, il finit de préparer Milagro, le plus rapide et le plus docile des mustangs du troupeau. Il avait appelé Tucker et lui avait laissé un message lui faisant part de sa découverte, avait dit à Sarafina que quand Paco arriverait avec les chiens, ils devraient commencer par le sac à dos dans l'écurie et qu'il laisserait des indices pour qu'ils aillent dans la même direction que lui, et s'était assuré qu'il avait un kit de secours complet avant de sortir Milagro du corral et de le seller.

Il fit le tour de la petite écurie jusqu'à la barrière et regarda le désert. Il n'avait pas la moindre idée de la direction exacte qu'avait prise Josh, mais les gens avaient tendance à se diriger vers quelque chose de précis, même si leur but ultime était de se perdre complètement. La psychologie gagnait toujours, et les habitudes d'une vie encore plus. Il aurait parié que Josh était le genre de gars qui avait toujours un but, s'il avait été agent sur le terrain du FBI à seulement vingt-cinq ans. Il priait pour que Josh soit comme ça, parce qu'à ce moment-là, c'était le seul moyen qu'il avait de s'en sortir.

Eli baissa encore plus son chapeau sur sa tête, s'accroupit un peu sur la selle et laissa Milagro partir. Le cheval se mit à galoper à toute vitesse et Eli le laissa faire, le laissant tendre les jambes et trouver son propre rythme. Ça ne faisait qu'un an qu'il avait été dressé et il avait toujours des traces de sauvagerie en lui qui le faisaient galoper vite et loin et lui permettaient de savoir quand il devait ralentir. C'était pour ça qu'Eli l'avait choisi. Le cheval penserait, alors lui n'aurait pas à le faire.

Tout ce qu'il voulait était regarder, scruter l'étendue du désert à la recherche d'une silhouette en noir. Il priait pour que quand il l'aurait trouvé, tout se passerait bien, mais il craignait que ce ne soit qu'un espoir vain. Alors il se contenta de regarder. Aussitôt que Milagro ralentit, il détacha les jumelles de leur pochette sur la selle et les tint à une main pour regarder à travers. Il ne savait pas quel chemin Joshua avait emprunté, mais celui sur lequel il était semblait être le plus facile, celui avec le moins de ravins, le moins de rochers et de cactus. Le sentier pour lequel il fallait le moins de résistance. Il essaya autant que possible de comprendre la manière de penser de Joshua. Ce dernier aurait sûrement voulu s'éloigner le plus vite et le plus loin possible du ranch avant de dévier vers là où il voulait aller et...

66

Il arrêta de penser et se mit simplement à espérer. Il avait déjà parcouru 8 kilomètres quand Eli remarqua la veste. Elle était à quelques mètres du sentier et semblait avoir été jetée plutôt qu'être tombée. Eli fut tellement soulagé qu'il faillit pleurer.

Mais ce ne fut qu'une demi-heure et 8 autres kilomètres plus tard qu'il trouva Joshua.

IL S'ÉTAIT quelque peu éloigné de la route qu'Eli avait empruntée, et s'il n'avait pas eu ses jumelles, il l'aurait sûrement manqué. Mais grâce à elles, il avait remarqué le noir au milieu de la terre brune, de l'obscurité au milieu d'un monde monochrome, et il avait lancé Milagro au galop vers le ravin peu profond dans lequel se trouvait Joshua. Aussitôt que les rochers disparurent et qu'Eli fut près du neveu de Tuck, il glissa de la selle, déposa les rênes à terre et mit un rocher dessus afin de garder Milagro en place. Ensuite, il s'accroupit à côté de Joshua et tendit la main pour palper son pouls au niveau de la nuque.

Sa peau était chaude et sèche et son pouls battait rapidement contre les doigts d'Eli. *Merde*. Coup de chaleur. Probablement de la déshydratation. Eli se leva et détacha les sacoches de selles contenant l'eau et les packs réfrigérants et se mit au travail. Il pressa les packs sous ses aisselles, son aine et derrière sa nuque, puis il déposa un linge humidifié sur sa poitrine. Son visage était écarlate à cause des coups de soleil et de son coup de chaleur, et Eli mouilla un mouchoir pour l'éponger doucement. Ensuite, il sortit son téléphone satellite et appela d'abord Whitey, le chef de la police afin que l'hélicoptère soit envoyé là où il était, avant de rappeler Tucker.

— Putain, t'es où, Elian ? exigea de savoir Tucker quand il répondit. Si tu t'es embarqué dans une poursuite sauvage et idiote...

— Ferme-la, Tucker, cria Eli en retour. J'ai retrouvé ton putain de neveu et il a eu un coup de chaleur. Si je ne m'étais pas embarqué dans une putain de poursuite sauvage et idiote, il serait mort à l'heure où je te parle. Il n'y a aucune garantie qu'il reste en vie si le putain d'hélicoptère n'arrive pas genre, maintenant.

Tucker resta silencieux un moment avant de jurer.

— Jésus H. Roosevelt Christ. Où es-tu ? Est-ce que tu as appelé Whitey ?

— Il y a quelques secondes. Je viens à peine de le trouver. Seigneur, Tuck, il est en train de se consumer.

Eli avait coincé son téléphone entre son oreille et son épaule et fouillait dans le kit de premier secours. Quand il le trouva, il mit le thermomètre dans l'oreille de Josh.

— Merde, il est à 40 degrés. J'ai des packs de glace et de l'eau, et aussi une couverture réflexive que je pose sur lui... maintenant.

Il sortit la couverture argentée du fond du kit et la déplia les mettant tous les deux à l'ombre. Sous leur abri de fortune, il pouvait sentir la chaleur émaner de Josh et il essuya à nouveau son visage. Il entendit Tucker parler à quelqu'un avant de revenir sur la ligne.

— Ray est au téléphone avec Whitey. L'hélicoptère arrive. Nous avons tes coordonnées et ils vont chercher la couverture réflexive. Ne bouge pas. Garde simplement Joshua au frais.

— D'accord.

— Je vais raccrocher. Le staff de l'hélico va avoir ton numéro de téléphone alors je veux laisser la ligne libre. Ils devraient être là dans moins de dix minutes d'après ce que Ray m'a dit. On se retrouve à l'hôpital.

— Tu retrouveras Josh à l'hôpital. Je vais devoir ramener Milagro.

— OK.

Il y eut un silence pendant quelques instants et Eli s'apprêtait à raccrocher quand il entendit à nouveau la voix de Tucker.

— Eli ?

— Ouais ?

— Merci. Tu as bien fait.

— On verra, répondit Eli avant d'appuyer sur le bouton.

Il remit le téléphone dans son holster et se retourna vers Joshua.

Il déplaça les packs de glace afin que sa peau ne gèle pas et essaya de les mettre aux endroits où l'écoulement du sang était le plus abondant. Quand ce fut fait, il tenta de soulever la tête de Josh pour lui mettre une bouteille aux lèvres afin de voir s'il pourrait avaler. L'eau coula des deux côtés de sa bouche et il ne réagit pas. Eli déposa la bouteille prudemment et tint Josh sur des genoux, sous la couverture argentée, attendant désespérément, son cœur se brisant.

— Oh, bébé, murmura-t-il, ne me fait pas ça. No me hagas esto, mijo. S'il te plaît, ne le fais pas.

Le bruit de l'hélicoptère le prévint de son arrivée et il attrapa le coin de la couverture avant qu'elle puisse s'envoler. Il entendit Milagro bouger nerveusement, mais ensuite la voix de Billy lui parlant.

— Doucement Milo.

Milagro renâcla en guise de réponse. Billy leva la couverture.

— J'étais avec Whitey quand tu as appelé. J'ai pensé que tu serais prêt à faire une pause, mon vieux.

Les ambulanciers arrivèrent et retirèrent la couverture avant de prendre Josh.

Ils enroulèrent Josh dans une couverture réfrigérante et le portèrent jusqu'à l'hélicoptère. L'un d'entre eux revint et tendit la main à Eli pour l'aider à se relever. Ce dernier se sentait comme un vieillard, comme s'il était resté assis là pendant des heures au lieu d'une dizaine de minutes.

— Bon travail avec les packs de glace, mec. Bien pensé.

Eli hocha bêtement la tête.

— Va avec eux, Eli. Je vais ramener Milo. Tu as l'air d'une épave, dit Billy.

Eli passa une main toujours mouillée sur son visage et hocha à nouveau la tête. Il ramassa les gants qu'il avait enlevés quand il avait commencé à s'occuper de Josh et les glissa sous sa ceinture. Ses mains tremblaient. Silencieusement, il suivit l'ambulancier jusqu'à l'endroit où l'hélicoptère attendait.

IX

— TEMPÉRATURE : 38,8. En baisse, annonça l'un des ambulanciers. Et la perfusion ?

— Presque prête, mais Seigneur, les veines de ce gars sont complètement défoncées. Il a les bras semblables à ceux d'un junkie. Ça va être difficile d'en trouver une avec la déshydratation.

— Continue d'essayer.

— Il l'était, dit Eli d'une voix tremblante. Il est en train de récupérer. C'est pour ça qu'il est venu ici.

La voix de l'infirmier s'adoucit.

— Nous ferons au mieux pour nous assurer qu'il ait une chance... Eli c'est ça ? Eli, qu'est-ce qui s'est passé ? Il n'a pas l'air d'être particulièrement en forme pour faire de la randonnée.

— Je ne sais pas exactement. Il a pris son sac à dos, alors je suppose qu'il marchait vers la ville et qu'il s'est perdu. Il a dû perdre son sac quelque part.

Il ne savait pas pourquoi il avait menti, mais ça semblait être la chose la plus appropriée à dire à ce moment-là.

— Je sais à quel point ça peut être troublant. Le rapport disait qu'il avait disparu depuis l'aube. C'est facile de se perdre dans le noir et sans panneaux de signalisation.

L'infirmier finit de préparer la perfusion et prit le bras de Joshua pour la piqûre.

Mais au moment où l'aiguille toucha la peau de Josh, il se réveilla et se mit à crier en espagnol en balançant les bras frénétiquement. Les ambulanciers essayèrent de l'immobiliser, mais il continua à crier.

— *No ! No lo quiero ! No lo quiero !* [9]

Eli le prit dans ses bras et murmura :

— *Basta, chico. Basta mijo. Mijo valiente. Mijo bonito. (Ça va mon garçon. Mon brave garçon. Mon beau garçon.) Confía en ellos, yo nunca dejaría que nadie te hiciera daño. Yo nunca dejaré que nadie te haga daño.*

---

9 Non je ne veux pas !

Nunca te harán daño. (Fais-leur confiance, je ne laisserai personne te faire du mal. Je ne laisserai jamais personne te faire du mal.)

Les mots lui vinrent automatiquement, aussi facilement qu'en anglais. Grâce au ranch dans lequel il avait grandi, où se trouvaient beaucoup de cowboys hispaniques, et dix ans passés dans le Nouveau-Mexique, l'espagnol d'Eli était aussi bon que son anglais.

Les infirmiers attendirent patiemment alors qu'Eli parlait doucement à Joshua, essayant de masquer sa propre peur et se focalisant sur le fait de le calmer. Josh gémissait et pleurait, le corps pris des soubresauts de contestation à moitié conscients, les jambes bougeant faiblement. Finalement, Josh se retrouva haletant, les yeux vides et le corps tremblant. Il gémit un peu quand ils lui posèrent la perfusion, mais l'endura passivement.

— Joshua ? l'appela Eli.

Il ne répondit pas. Il était simplement dans les bras d'Eli, affaibli et inerte ; s'il n'avait pas eu les yeux ouverts, Eli aurait pensé qu'il était à nouveau inconscient. Mais au moins, il respirait et c'était peut-être son imagination, mais Eli le sentit se refroidir. Il le dit à l'infirmier qui hocha la tête et tendit la main pour fermer les yeux de Joshua.

— Pourquoi avez-vous fait ça ?

— Afin que ses yeux ne s'assèchent pas, répondit l'infirmier. Il n'est pas encore tout à fait conscient.

Il vérifia que la solution saline s'écoulait normalement et sortit plus de packs de glace d'une boîte.

— Il va plutôt bien, même si en considérant son état général, il est loin d'être sorti d'affaire. L'hôpital a été prévenu et attendra pour l'admettre.

Il mit une main sur l'épaule d'Eli.

— Je dois vous prévenir, votre ami est dans un sale état. Il va être malade pendant un moment, et il peut y avoir beaucoup d'effets secondaires à cause d'un coup de chaleur aussi sévère que celui-ci. Soyez préparé. Je suis vraiment désolé.

Son regard était rempli de compassion.

— Ça va être difficile. Il a de la famille ?

— Son oncle est en route vers l'hôpital. Je suppose que nous attendrons pour voir ce qui se passe avant d'appeler sa mère.

Eli se sentait engourdi, beaucoup plus épuisé depuis le quart d'heure où il avait appris que l'état de Josh n'était pas garanti, qu'après une heure de chevauchée. Il voulait se blottir à côté de Josh sur la couverture réfrigérante et simplement s'endormir, mais à la place, il tira la couverture sur Joshua et s'assit sur le sol de l'hélicoptère à côté de lui.

TONIO CONDUISIT Tucker à l'hôpital dans la Silverado. Tuck était assis dans le siège passager les yeux fermés, l'air conditionné soufflant sur son visage et il ressentait chaque secousse, chaque virage, chaque petite déviation, la texture de la route sous les pneus. Il se sentait malade, de ce sentiment étrange et horrible qu'on ressent quand les choses arrivent trop vite pour qu'on puisse les encaisser. Ce n'était pas difficile de savoir que Josh ne s'était pas perdu sur la route vers la ville et avait juste erré loin de celle-ci. Les coordonnées qu'Eli lui avait communiquées étaient à presque 20 kilomètres au nord-ouest du ranch, et à une bonne trentaine de kilomètres de la route, dans une direction complètement opposée. Où est-ce que Josh pensait aller ? À Santa Fe ? Au-delà des montagnes ?

L'hélicoptère était en train d'atterrir sur le toit de l'hôpital de Miller quand ils entrèrent dans le parking. Certains des locaux s'étaient opposés à l'augmentation des taxes du comté afin d'étendre et améliorer l'hôpital, mais Tucker n'en avait pas fait partie et il en était heureux. Il descendit du pick-up, pratiquement avant qu'il ne soit à l'arrêt, et se précipita dans le lobby, ressentant chaque parcelle de ses cinquante-neuf ans et demi.

— Tucker ?

L'infirmière responsable était Ellen Pacheco, elle avait été à l'école avec Hannah.

— Qu'est-ce qui ne va pas ? L'un de tes travailleurs s'est blessé ?

— Non, mon neveu. C'est lui sur le toit, dans l'hélico. Est-ce que tu peux me dire où ils vont l'emmener ?

Elle tapota sur le clavier de l'ordinateur.

— Il a été pré-admis aux Urgences. Ils vont l'emmener directement au Centre des Coups de chaleur pour le soigner. Attends, je vais voir si tu peux y aller. Ça dit qu'Elian Kelly est avec lui ?

— Ouais, c'est Eli qui l'a trouvé.

Tucker passa la main sur son visage et son chapeau tomba. Il se pencha pour le ramasser et le tint maladroitement dans ses mains.

— Est-ce que ça dit comment il va ?

Elle secoua la tête.

— Non, désolée. Mais c'est le Dr Castellano qui s'occupe des urgences aujourd'hui, il est entre de très bonnes mains.

Elle décrocha le téléphone et murmura quelque chose avant de raccrocher avec un sourire.

— Monte au quatrième, tourne à gauche en sortant de l'ascenseur et passe les portes. Il y a un comptoir où Graciela t'attendra. C'est l'infirmière en fonction dans ce département.

— Merci, dit Tucker avant de se diriger vers l'ascenseur.

GRACIELA ÉTAIT une femme souriante d'une cinquantaine d'années qui fit le tour du comptoir pour prendre son bras.

— Ils viennent d'arriver et évaluent la situation, M. Chastain. M. Kelly est dans la salle d'attente. Voudriez-vous du café pendant que vous attendez ?

— Oui, s'il vous plaît, répondit-il mollement, la laissant le conduire dans la petite salle couverte de moquette un peu plus loin que le bureau.

Eli était là, pliant et dépliant son grand chapeau gris. Quand il vit Tucker, le chapeau tomba sur le sol. Tucker le regarda.

— Ça arrive souvent ces derniers temps, dit-il en jetant son propre chapeau sur l'une des chaises.

— Tuck...

— Eli, je te dois des excuses, le coupa-t-il. Je sais que j'ai été dur parce que j'étais inquiet à propos de Joshua et je cherchais quelqu'un à blâmer. Je suis désolé. J'ai juste...

Il agita les mains, à court de mots.

—Si tu n'avais pas été là, il serait peut-être mort à l'heure qu'il est.

Eli secoua la tête. Il ramassa son chapeau et le balança à côté de celui de Tucker.

— Comment va-t-il ?

Eli haussa les épaules, mais son visage était tendu, apeuré.

— Inconscient. Quand il ne l'était pas, il a commencé à délirer. Il pensait que les infirmiers essayaient de lui donner de l'héroïne, à mon avis. Il n'a pas cessé de crier 'no lo quiero, no lo quiero'.

Il se tourna vers Tuck.

— Tu penses que c'est comme ça qu'ils l'ont rendu dépendant ? Ils l'obligeaient à le faire ?

— C'est ce qui me paraît le plus plausible. Je ne vois pas Josh chercher à se droguer. Tu ne le connaissais pas gamin, Eli. Il avait une volonté de fer. Je n'oublierai jamais l'été où il avait environ huit ans. Il y avait un cheval qu'il voulait monter, mais mon père ne voulait pas le laisser faire. Il pensait qu'il était trop grand pour lui. Trop sauvage. Josh se réveillait tous les matins à l'aurore et passait du temps avec ce cheval, à lui parler, il l'habituait à lui jusqu'à ce que ce foutu cheval fasse absolument tout ce qu'il lui demandait. Un matin, il l'a fait sortir du corral et s'est dirigé vers mon père, la monture le suivant comme un chien et lui a dit 'Il ne me semble pas très sauvage, à moi, grand-père'.

Tucker rit avec amertume.

— Mon père s'est juste mis à rire à n'en plus pouvoir et a dit que c'était la preuve vivante que le gamin était un vrai Chastain.

— Qu'est-ce qui est arrivé au cheval ?

— On a dû le vendre. L'un de nos clients amateurs de rodéos cherchait un cheval et il répondait parfaitement à ses critères. Ça a brisé le cœur de Joshua, mais il l'a pris comme un homme. Mon père lui a expliqué que c'était un ranch de travail et qu'ils ne pouvaient pas se permettre de garder un cheval juste comme animal de compagnie, surtout lorsqu'ils avaient tout le bétail dont ils avaient besoin et que Josh ne venait que deux mois par an. Il lui avait promis que l'année suivante, il lui apprendrait à dresser des chevaux. Et il l'a fait, pendant les deux années qui ont suivi. Puis il est mort, et Hannah n'est plus revenue. Mais c'est plus que ça, Eli. Il a fini l'université avec une année d'avance, était agent du FBI sur le terrain à vingt-cinq ans et a passé trois ans infiltré dans ce qui semblait être une situation plutôt dangereuse. Et quand il en est sorti, il est directement allé en réhabilitation. Il a peut-être quitté le bureau, mais ce n'est pas quelqu'un qui abandonne facilement. Il n'est pas faible. C'est pour ça que... C'est pour ça que...

Il s'arrêta, la gorge remplie de larmes.

— C'est pour ça que rien, Tuck. Il s'est juste perdu. Il se dirigeait vers la ville et il s'est perdu.

Le ton d'Eli était sévère.

— Et si les docteurs demandent, c'est ce que nous leur dirons.

Il baissa d'un ton.

— S'ils pensent qu'il voulait délibérément se perdre, ils le feront interner. Josh n'a pas besoin d'un hôpital. Il n'est pas fou. Il est fatigué, triste et il a besoin de temps et de travail pour passer au-dessus de tout ça. Ouais, peut-être qu'il a besoin d'un psy ou quelque chose du genre. Je ne pense pas que ça te dérangerait s'il avait besoin d'aller en ville une fois par semaine. Seigneur, je le conduirai si tu veux. Mais il ne doit pas être enfermé. Rien de bon ne ressort jamais de garder un animal enfermé.

— Toi et tes comparaisons aux animaux, grogna Tucker, mais au moins il n'était plus à deux doigts de pleurer comme un bébé.

Eli haussa les épaules.

— Je suppose que les animaux sont plus faciles à gérer que les gens.

Ils restèrent là dans un silence pas du tout pesant, exactement comme ils l'auraient fait sous le porche lors d'une soirée d'été, n'ayant rien à dire, ni besoin de dire quoi que ce soit.

Le docteur arriva une demi-heure plus tard, le petit masque en papier autour du cou et un presse-papier sous le bras.

— Salut, Tuck. Salut, Eli.

— Jack, répondit Eli.

— Jack, qu'est-ce qui se passe ? Comment va Josh ?

— Pas aussi mal que cela aurait pu l'être, et mieux que ça le devrait compte tenu de l'état dans lequel il est. J'ai appris que ton neveu venait vivre au ranch, mais je ne pensais pas qu'il serait dans cet état.

Jack Castellano leur serra les mains.

— Que lui est-il arrivé ?

— Une mauvaise mission avec le Bureau.

— Vraiment ? Parce que ce que j'ai vu là-dedans ressemblait plus à un voyou qu'à un agent du gouvernement américain. Ce tatouage qu'il a sur le bras est le symbole de l'un des pires gangs du pays.

— C'était sa mission. Il a dû s'infiltrer dans un gang, récolter des informations sur eux. Il a réussi. Nous sommes tous fiers de lui.

Tucker ne put s'empêcher d'être sur la défensive et Jack leva les mains en souriant.

— Je te crois, je te crois. Je n'en aurais pas attendu moins d'un Chastain.

— Alors comment il va ? interrompit Eli.

— Eh bien, il est dans un état stable, et conscient. J'ai entendu dire que ça ne s'est pas très bien passé lorsque les infirmiers lui ont placé la perfusion, mais il semble bien maintenant. J'ai fait quelques examens sanguins, quelque chose d'habituel quand on admet des personnes à l'historique médical inconnu, et à part un peu d'anémie, ce qui n'est pas inattendu compte tenu de son poids, il n'a pas de pathogènes apparents, le nombre de ses globules blancs est bon et il n'y a pas de trace de drogue. Nous analyserons tout ça plus en profondeur, à cause des marques de piqûres, mais il n'y a pas de signe du virus du VIH ou du SIDA. Alors c'est une bonne chose. Il est plus ou moins en bonne santé, juste anémique

75

et d'un poids insuffisant. Nous devrons surveiller ses reins et ses organes vitaux pendant quelques jours. Les coups de chaleur ont beaucoup d'effets secondaires.

Il croisa les bras et regarda Tuck.

— La dépression est un des effets courants de l'anorexie. Y aurait-il quelque chose que je devrais savoir à propos de ce qui s'est passé ?

— Il *était* dépressif. Il n'avait pas le sentiment de pouvoir être utile au ranch et il a décidé de partir, répondit Tuck. Je ne pense pas qu'il se soit rendu compte de la distance qu'il y avait jusqu'à la ville ou à quel point il était facile de se perdre. Je pense qu'il n'a même pas atteint la route. Il a dû déambuler et s'est retrouvé à faire le tour du ranch. Il a laissé une note et pris son sac à dos, alors ce n'est pas comme s'il avait prévu de disparaître.

Merde, son ton défensif était de retour. Il se tut avant de causer encore plus de dégâts.

— J'ai retrouvé son sac à dos à mi-chemin, pratiquement à l'endroit où on se serait attendu à ce qu'il le perde s'il s'est éloigné de la route comme Tuck l'a dit, continua Eli à sa place.

Il mentit avec un tel naturel qu'on aurait dit qu'il s'y était entraîné.

—Il n'est pas du genre suicidaire, il est trop tenace. Mais têtu comme un Chastain, il a dû continuer de marcher au lieu de s'arrêter et d'attendre jusqu'au coucher de soleil pour voir vers où il allait.

Castellano les regarda chacun à leur tour, puis soupira.

— Vous jouez bien. Je ne suis pas convaincu, mais je la jouerai à votre manière, pour le moment, à une condition. Vous le faites aller voir un bon psychiatre ou psychologue. Qu'importe ce qu'il avait prévu de faire, il l'a fait parce qu'il est dépressif et ce n'est pas bon. L'anorexie m'inquiète. Depuis combien de temps a-t-il été en réhabilitation pour l'héroïne ?

— Quelques mois.

Jack secoua la tête.

—Il devrait aller mieux à ce stade. Aucune des marques n'est nouvelle, alors il n'a pas fait de rechute, mais sa santé devrait être meilleure. C'est pour ça que la thérapie doit l'aider. Êtes-vous sûrs de vouloir maintenir votre histoire ? Il serait mieux à l'hôpital.

— Non, dit Tuck en frissonnant. C'est un Chastain. Ça ne nous réussit pas très bien d'être enfermés.

Le docteur le regarda avec méfiance.

— Eh bien, je vais devoir lui parler de toute manière avant de le laisser sortir et je me ferai ma propre idée à propos de la décision à prendre.

— Quand pouvons le voir ? demanda Eli.

— Aussitôt que j'aurais obtenu les réponses de cette routine administrative, répondit Castellano en pointant son presse-papier.

— Alors qu'est-ce que nous attendons ?

Tuck fit un signe en direction d'une chaise.

— Assieds-toi, pose tes questions, et fais-le vite. Je veux voir mon neveu.

X

JOSHUA ÉTAIT couché, les yeux fermés, écoutant les bips, les gémissements et les murmures de la chambre d'hôpital. Il avait passé assez de temps dans l'une d'elles pour reconnaître les sons sans avoir à ouvrir les yeux. Il ne le voulait pas, de toute façon. Le sang battait dans ses tempes, lui donnant la pire des migraines possibles et le rendant malade. Malgré tout, il ne ressentait pas le besoin de vomir, ce qui était pas mal. Il l'avait déjà fait une fois, répandant de la bile sur le sable du désert qui l'avait absorbé aussitôt. Ça s'était produit environ une demi-heure avant que sa vision ne devienne floue et qu'il ne s'effondre dans le ravin, ou peu importe ce que c'était. Il savait juste que sa chute lui avait fait un mal de chien et qu'il était presque certain de s'être cassé le genou. Puis, il ne s'en était plus soucié. Ça n'avait plus eu d'importance.

Maintenant, oui, ça faisait un mal de dingue.

Il se demanda vaguement comment ils l'avaient trouvé ; il était presque certain d'avoir été à au moins douze kilomètres du ranch. Le ranch n'avait aucun chien, mais il supposait qu'ils avaient emprunté ceux de quelqu'un d'autre afin de le traquer après avoir remarqué qu'il n'était pas sur la route de la ville. Ni son oncle ni son contremaître n'étaient stupides. C'était pour ça qu'il avait fait semblant d'avoir pris le sac en le cachant dans l'écurie. Il n'avait jamais pris qui que ce soit pour quelqu'un de stupide – même le plus bête des enfoirés pouvait vous surprendre si vous le sous-estimiez. Sa mauvaise directive était simplement destinée à les ralentir pendant un moment. Il aurait dû savoir que quelqu'un le découvrirait.

Des mains le déplacèrent sur le lit, le déshabillèrent avec efficacité et le recouvrirent de coton froid. L'humidité noyait son genou et des mains fermes, mais douces le bandèrent. Il sentit une aiguille piquer le dos de sa main gauche et le tiraillement du cordon alors qu'il était sécurisé. Il se contracta, mais mis à part cela, il ne réagit pas. Puis, la douleur commença à s'estomper, lorsque la substance se trouvant dans l'aiguille commença à faire effet.

— Non, marmonna-t-il avant d'ouvrir les yeux.

Tout était toujours flou, mais ça ne l'empêcha pas d'essayer de retirer l'aiguille. Quelqu'un attrapa son bras.

— Non, Joshua, ça va. C'est juste un calmant, rien de mauvais. Tout est sous contrôle, dit une voix masculine.

Clignant des yeux, il tenta de se concentrer sur l'homme au-dessus de lui. Il y eut un océan de blanc, puis le brun d'une peau et de cheveux.

— Je suis le Dr Castellano et vous êtes au Centre Traumatologique de Miller. Vous avez eu un coup de chaleur plutôt impressionnant et vous allez être malade pendant quelques temps. Votre tête vous fait-elle mal ?

— Oui, répondit Joshua, la voix râpeuse. Vois flou.

— Oui, ce n'est pas anormal. Ça devrait s'arranger. Vous sentez-vous nauséeux ?

— Plutôt.

Une longue inspiration, puis Joshua continua.

— Plus à cause du mal de tête. J'ai vomi, avant. J'ai soif.

— Sans aucun doute. Nous vous avons mis sous perfusion, mais si vous pensez ne pas vomir, nous pouvons vous donner un peu d'eau. Elle aura un goût étrange. Elle contient des électrolytes, mais vous en avez besoin. Vous étiez déshydraté.

Joshua hocha la tête, et celle-ci l'avertit de ne plus le faire.

Quelqu'un d'autre apporta un verre contenant une paille et la mit dans la bouche de Joshua. Il ne se soucia pas du fait qu'elle avait un goût horrible, il l'avala en entier.

— Encore.

— Dans une minute. Attendons d'abord que votre estomac s'y ajuste.

Joshua ferma à nouveau les yeux. La lumière le dérangeait, mais le trouble devant ses yeux encore plus.

— Qui m'a trouvé ?

— Eli Kelly.

La manière dont il prononça son nom donna l'impression que le docteur le connaissait.

— Il a appelé l'hélicoptère de la police. Il a fait le voyage avec vous et il est ici. Votre oncle est là aussi. Je vais aller leur parler dans la salle d'attente et quand j'aurai fini, ils pourront venir vous voir. Y a-t-il quelque chose que vous voudriez que je leur dise ?

— Non.

— D'accord.

Le docteur hésita avant de continuer.

— J'imagine que votre oncle est très inquiet pour vous. Je sais que je le serais à sa place. Je ne sais pas ce qui s'est passé, mais souvenez-vous-en.

Je crois être mort. Joshua ne répondit pas. Le docteur soupira et il entendit la porte se refermer derrière lui.

Je crois être mort. La phrase se répétait en boucle dans sa tête, contrastant avec la douleur lancinante de sa migraine. Son mal de tête s'atténuait, aidé par ce qui se trouvait dans la perfusion, mais la pensée restait présente. Il n'était pas sûr de son sentiment par rapport à la mort. Après tout, ça avait été son projet quand il était parti avant l'aube ce matin. Mais s'il l'était, pourquoi était-il revenu ? Ou avait-il simplement imaginé être mort ? Il n'y avait pas de long tunnel ou de lumière étincelante, mais il n'y avait jamais cru de toute façon. Il y avait juste de l'obscurité et une voix.

Mijo.

Ça avait été le mot de son grand-père, la contraction de *mi hijo*, mon fils, mon garçon. 'Chete l'avait employé, mais sur un ton condescendant. Il n'y avait pas eu d'amour comme dans la voix d'Abuelito. Il n'y avait jamais eu la pointe de tristesse de celle d'Abuelito quand Joshua avait fait quelque chose de mal. Pas de condamnation. Jamais de condamnation. Juste de la tristesse, ce qui donnait envie à Joshua de faire mieux. Cette voix-là réunissait les deux, l'amour et la tristesse. *Mijo. Mijo bonito. Mijo valiente.*

C'était pour ça qu'il pensait être mort. Parce que personne d'autre ne l'aimait comme ça. Aucun autre homme, en tout cas, et c'était nettement une voix d'homme. Elle l'avait ramené de l'obscurité, l'avait empêché de trouver le calme et la paix qu'il recherchait. Si c'était Abuelito, alors ça signifiait qu'il ne voulait pas que Joshua meure. Alors il y avait sûrement une raison pour laquelle il devait continuer.

Il inspira longuement et profondément. L'air conditionné fut froid et sec dans ses poumons et il eut à nouveau soif. Ouvrant les yeux, il chercha l'eau et à la place, croisa l'expression surprise de son oncle.

— Oncle Tuck, dit-il de sa voix râpeuse.

— Josh ! Dieu merci, tu vas bien ! J'étais tellement inquiet. C'était tellement idiot de t'en aller comme ça. Si tu voulais partir, tu aurais simplement dû le dire. Je t'aurais conduit à Miller en personne.

Tuck lança un regard en direction de la porte.

— Ça n'a aucun sens de s'en aller et de se perdre comme ça.

Il regarda à nouveau Joshua, les yeux déterminés, comme s'il essayait de lui faire passer un message.

Oh. C'est comme ça qu'il voulait la jouer. Le docteur lui avait probablement parlé. Il venait à peine de sortir de l'hôpital et il n'avait pas franchement envie d'y retourner.

— Non, c'est vrai. Je suis désolé, Oncle Tucker. Je suppose que je n'avais pas les idées claires. C'est stupide de se perdre comme ça.

Un souffle d'exaspération leur parvint de la porte et Joshua se tourna pour voir le Dr Castellano appuyé contre l'encadrement, les bras croisés. Cependant, il ne dit rien. Il se contenta d'observer Joshua avec scepticisme.

— Est-ce que tu peux me passer l'eau, Oncle Tucker ? demanda Joshua.

— Oh, bien sûr.

Heureux d'avoir quelque chose à faire d'autre que de rester là, visiblement mal à l'aise, son oncle obéit. Une fois que Joshua eut fini, Tucker prit le verre et le déposa sur le plateau qui faisait office de table pour que Joshua puisse l'atteindre facilement. Ensuite, il s'assit précautionneusement au bord du lit de Josh et attendit que le docteur parte.

— OK, dit-il doucement, arrêtons de tourner autour du pot. À quoi diable pensais-tu, Josh ? Est-ce que vivre au ranch était *si* pénible que ça ?

— Ça n'avait rien à voir avec le ranch, Oncle Tucker.

— Alors cette dispute avec Eli. Il y a eu une dispute, n'est-ce pas ?

Surpris, Joshua cligna des yeux.

— Une dispute ? Il n'y a eu aucune dispute. Kelly a été très bien.

— Mais quelque chose a dû se produire dans l'écurie, hier. Tu étais en colère à cause de ça.

L'écurie. Être si proche d'Eli qu'il avait pu sentir son odeur, la sueur et le doux parfum de moisi de la paille et de l'herbe. La manière dont son regard s'était assombri quand il avait croisé celui de Joshua. La manière dont son sourire s'était adouci. L'intensité de son expression. Joshua avait posé sa main sur son épaule et ressenti la chaleur de son corps, les muscles puissants sous sa chemise de coton usée. Il s'était brièvement demandé ce que ça aurait été sans le coton. Et aussi quel goût aurait sa peau, ce que ça aurait été de se coucher à côté de ce corps puissant et solide, de l'avoir autour de lui, en lui. Il n'avait pas osé prendre d'amant durant ses trois ans de mission, et le choc soudain de son désir pour Eli l'avait secoué. Alors il s'était enfui.

— Il n'y a rien eu, dit-il bêtement. Nous avons simplement parlé. Il est... C'est quelqu'un de bien, Oncle Tucker. Il fait partie de ce monde. Ça m'a juste rappelé que ce n'est pas mon cas.

— Ce sont des sottises, Josh. Tu n'es pas ici depuis assez longtemps pour savoir si tu fais partie de ce monde ou non. Tu n'as pas encore eu le temps de trouver ta place. De plus, j'ai besoin de toi ici. J'ai plus de travail que ce que je peux gérer et hier, un ranch près de Boulder m'a appelé parce qu'ils ont un cheval à problème. Je leur ai dit qu'il n'y avait pas de chevaux à problèmes, simplement des chevaux perturbés. Mais les chevaux perturbés nécessitent du travail. Alors ils veulent que je sois là-bas la semaine prochaine et je croule sous la paperasse. C'est sûr que ça m'aiderait si tu pouvais t'en occuper un peu.

— Je ne sais pas comment on tient un ranch, dit Joshua.

— Je sais, fiston. Nous avons une semaine pour que tu t'y fasse.

Tucker passa la main sur son front et Joshua se rendit compte qu'il n'avait pas son chapeau.

— J'espère que tu sortiras rapidement d'ici.

— Où est ton chapeau ?

— Quoi ? Oh, euh, c'est Eli qui l'a, en bas dans la salle d'attente.

— Eli est ici ?

— Bien sûr. Il a fait le trajet en hélicoptère avec toi.

Oui, le docteur l'avait dit. Joshua maudit sa tête douloureuse. Il n'aurait pas dû oublier ça. Une erreur aussi bête que celle-là pouvait lui coûter... Il s'arrêta et respira un grand coup. Ça n'avait pas d'importance. Il n'avait plus besoin de faire attention à chacun de ses mouvements. Il pouvait oublier des choses. Il ferma les yeux.

— Désolé, dit-il. Le docteur me l'a dit. J'ai juste oublié.

— C'est rien, Josh. Tu as eu une journée difficile.

— Pas aussi difficile que la tienne. Je suis vraiment désolé, Oncle Tucker.

— Non, tu ne l'es pas, pas encore.

Il y avait une pointe d'amusement dans la voix de Tucker, et elle rassura Josh d'une certaine manière.

— Mais ça va. Je suis juste heureux que tu ailles bien. Tu ne le réalises peut-être pas, mais je suis content que tu sois là. Peut-être que je ne t'ai pas accordé assez d'attention. Peut-être que j'ai fait quelque chose de mal.

Il leva les mains, et Joshua qui était prêt à protester se tut.

— Je m'en sors mieux avec les chevaux qu'avec les hommes. C'est en partie pourquoi ta mère et moi nous sommes embrouillés il y a quelques années. Je pensais qu'elle devait revenir à la maison afin que je puisse prendre soin d'elle. Elle avait besoin d'une indépendance que je ne pouvais pas lui donner. Ça s'est bien terminé. Cathy et toi êtes de bons enfants, des enfants forts. Mais je suis rouspéteur et têtu, et je veux un peu trop que les choses soient faites à ma manière. Alors si je te tape sur le système, fais-le-moi savoir. Simplement, ne...

Il respira un grand coup.

— Simplement, ne t'en va pas sans m'avoir parlé.

Les larmes montèrent aux yeux de Joshua. Putain, il n'avait pas pleuré depuis plusieurs années et il n'allait pas commencer maintenant.

— Je ne le ferais plus, promit-il.

Tucker lui prit la main qui n'était pas perfusée et la tint dans les siennes.

— J'espère bien, dit-il durement avant la serrer.

QUAND TUCKER revint dans la salle d'attente une demi-heure plus tard, il paraissait démoli. Eli lui tendit son chapeau sans un mot et attendit que son boss s'assoie dans l'une des chaises. Finalement, Tuck leva les yeux.

— Nous avons parlé. Il dit qu'il ne le fera plus.

— J'en suis content, dit simplement Eli. Comment se sent-il ?

— Groggy. Il a une vilaine migraine et la vue fatiguée. Ils attendent les résultats des tests sur son foie et ses reins. Il s'est endormi. Jack m'a dit qu'il dormirait probablement tout le reste de la journée et que je devrais revenir aux heures de visite du soir.

Il leva des yeux injectés de sang vers Eli.

— C'est le seul garçon de ma sœur, Eli. Ce que j'ai de plus proche d'un fils, en ce qui me concerne. Et je l'ai presque perdu. Je viens à peine de retrouver ma sœur et je l'aurais à nouveau perdue. Je te dois beaucoup, fiston. Je te dois énormément.

— Tu ne me dois rien du tout, Tuck. Je suis juste heureux de l'avoir retrouvé et j'espère qu'il ira bien. Mais j'ai réfléchi, pendant que j't'attendais. Jack a raison. Il a probablement besoin de voir quelqu'un. Il doit avoir gardé en tête beaucoup des choses de sa mission, ainsi que le tatouage dont Jack nous a parlé. Mais c'est plus profond que ça.

Eli se gratta la nuque.

— Tu te souviens de Roscoe ?

— Roscoe ?

— Ouais, ce poney secouru qui nous a donné beaucoup de mal il y a quelques années.

— Ah, merde, bien sûr que je me souviens de ce petit bâtard. Je pense que j'ai encore des cicatrices qu'il m'a causées. Il y a quoi à propos de lui ?

Toutes les réflexions qu'Eli avait évitées d'avoir pendant la recherche de Joshua étaient revenues en force pendant que Tucker était avec son neveu. Pendant un moment, il avait tourné en rond, mais d'une manière ou d'une autre, le mot 'Roscoe' lui était venu à l'esprit et ses pensées s'étaient focalisées là-dessus, même s'il n'avait pas pensé à ce cheval au mauvais tempérament depuis des années.

— Eh bien, je pensais à la petite merde qu'il était, mordant toujours les autres chevaux.

— Et les dresseurs, intervint Tucker.

— Et les dresseurs, lui accorda Eli. Se battant et ruant contre les boxes. Et comment après avoir récupéré et que nous ayons commencé à travailler avec lui, il s'est calmé et rangé. Je veux dire, je n'ai jamais rien vu de pareil au moment où j'ai ramassé sa bride et qu'il s'est arrêté. C'était bizarre, la manière dont il fixait ce truc et attendait patiemment pendant que je la lui mettais. Et comment, une fois que j'étais sur la selle, il devenait parfait. Seigneur, c'était l'un des meilleurs chevaux avec lesquels j'ai pu travailler. Mais à la minute où il était détaché, il redevenait ce bâtard de cheval.

— Ouais, je m'en souviens. Nous nous relayions pour l'épuiser afin qu'il soit trop fatigué pour nous poser problème.

— Le fait est que certains animaux n'ont cure de s'ennuyer alors que d'autre si. Je pense que le jeune Joshua fait partie de ceux à qui ça pose problème.

— Le jeune Joshua. Tu parles comme si c'était un enfant et toi un vieillard à la barbe grise.

Tucker fit mine de sourire.

— Il a quoi, cinq ans de moins que toi ?

— Quelque chose dans le genre. Mais ce n'est pas le problème. Le problème est qu'on a fait fausse route depuis le début en le laissant se relaxer et en ne le mettant pas au travail jusqu'à ce qu'il ait récupéré. On en a parlé, mais on a laissé tomber. C'était plus facile de continuer à faire notre boulot et d'oublier qu'il était là. Il n'a pas besoin de temps, Tuck. Il n'a pas besoin de repos. Il a besoin de quelque chose à faire. Tu lui laisses du temps et tout ce qu'il fait, c'est broyer du noir. Ça ne fait de bien à personne. Tu as parlé de la manière dont il a fait ci et ça, a été le plus jeune et a fini avec de l'avance. Ce n'est pas le genre d'homme qui aime s'asseoir sur un porche et fixer le ciel. C'est un homme qui a besoin d'un but. Qui a besoin de travailler. Et d'un vrai travail, pas de baby-sitter un chat en cage.

— Quelqu'un comme toi, dit Tucker.

Eli rit doucement.

— Je n'ai pas la moitié du cerveau de ce garçon. C'est pour ça que je suis si facile à vivre. Je suis heureux d'être sur le porche quand je le peux, mais quand il faut travailler, ça me va aussi. Mais je ne suis pas celui qui a des problèmes.

— C'est vrai.

Tucker s'enfonça dans son siège et Eli fut soulagé de voir une partie de la tension quitter son visage.

— Alors, je suppose que nous allons rentrer et que tu reviendras ce soir après le dîner ?

— C'est ce qui est prévu.

Tucker se leva, mit son chapeau et regarda Eli.

— Je pensais lui emmener à dîner. Ça doit être meilleur que la nourriture de l'hôpital. Puis, je lui parlerai peut-être de mes attentes. Je veux dire, s'il va travailler pour moi, c'est mieux que je sache quelles sont ses compétences et que lui sache ce que j'attends de lui, n'est-ce pas ?

— Comme n'importe quel autre employé, reconnut Eli.

Il se leva et suivit Tucker hors de la pièce.

XI

— EST-CE QUE je peux le voir ? demanda Eli.

Jack Castellano leva les yeux de sa lecture approfondie du presse-papier et regarda le thermos qu'Eli portait.

— Tu peux y aller, mais il dort.

— Encore ? Ça fait deux jours.

— Il dormira beaucoup pendant les prochains jours. Son corps a beaucoup à récupérer, et il n'était pas très en forme quand il est allé dans ce désert.

— Vous ne lui avez pas donné de morphine, ou ce genre de chose, n'est-ce pas ?

— Non.

Jack lui lança un regard égal.

— Nous ne sommes pas stupides, Eli. Nous savons ce que ces cicatrices représentent. Il ne recevra aucun antidouleur à base d'opium. Je ne pense pas qu'il en aura besoin. Il semble être surtout épuisé et déshydraté. Même s'il sera mal à l'aise pendant quelques jours, il n'aura pas réellement mal. En ce qui concerne son sommeil, il dormira probablement beaucoup de lui-même, mais s'il a du mal, nous avons des alternatives pour ça.

— Merci. J'ai juste... Il est plutôt fragile.

— Eli Kelly, sauveur de chevaux et d'anciens agents du FBI.

Le sourire de Jack était rempli d'affection et il tapota doucement le bras d'Eli.

— Sois prudent, Eli. Ce n'est pas un de tes mustangs habituels.

— C'est le neveu de Tuck. On doit garder un œil sur la famille.

— Mm hmm, dit Jack avant de tapoter à nouveau le bras d'Eli.

LES CHEVEUX noirs de Joshua étaient ternes contre la pile de coussins blancs et malgré le coup de soleil, son teint était terreux. Il avait deux intraveineuses : une qui contenait de la solution saline, Eli supposa, contre la déshydratation, et une autre qui contenait peut-être du glucose ou autre chose pour maintenir son taux de sucre élevé. Eli se rappelait que ça faisait partie du traitement des coups de chaleur, mais il ne se souvenait pas de grand-chose d'autre. La brûlure n'était pas assez grave pour plus que de la pommade et les traces blanches étaient toujours visibles sur ses joues et son nez. Joshua avait cette peau fauve, qui ne brûlait pas facilement, et le soleil n'avait été haut dans le ciel que pendant deux heures environ quand Eli l'avait trouvé.

Ils avaient été chanceux qu'il n'ait pas atteint son point culminant avant. La seule chose qu'ils attendaient maintenant était les résultats des analyses de sang pour voir s'il n'avait pas été déshydraté trop longtemps pour que son foie et ses reins soient affectés. Joshua pouvait tout aussi bien dormir. Eli déposa le thermos sur la table de chevet, tira la chaise à côté du lit et utilisa un mouchoir pour essuyer les restes de pommade inutile au niveau du nez de Josh.

Tucker était revenu, comme promis, la nuit précédente, mais Josh n'avait pas mangé plus de quelques bouchées du dîner qu'il avait apporté. Tuck avait dit que Jack lui avait confié que c'était normal, qu'il n'aurait pas beaucoup d'appétit pendant un jour ou deux et de réessayé dans quelques jours.

'Dans quelques jours'. Cette phrase semblait être un mantra ici, comme si tout ce qui n'allait pas avec Josh s'arrangerait dans quelques jours. Eli était un homme patient, il l'avait toujours été, mais il commençait à devenir frustré par le refrain 'dans quelques jours'. Il voulait que le jeune homme aille bien et qu'il puisse sortir maintenant, pas dans quelques jours.

Mais Jack avait raison à propos de l'appétit. D'après Graciela, l'infirmière de l'étage, Josh avait à peine goûté la farine d'avoine et le Jell-O qu'ils lui avaient servi au petit-déjeuner. Bien sûr, la farine d'avoine et le Jell-O étaient loin des petits déjeuners bourrés de protéine de Sarafina, mais Eli supposa que Josh n'avait jamais dû en manger beaucoup non plus. C'était l'un des problèmes majeurs de Josh. Il ne mangeait pas assez pour maintenir un chaton en vie.

Eli roula d'une main le mouchoir en boule et de l'autre, il tira le drap sur la poitrine de Joshua. Il était si fragile. Si maigre. Si beau, même malgré le coup de soleil, la pommade et les poches sous ses yeux. Son menton, ses sourcils et son nez ne correspondaient pas à ses os frêles. Une fois qu'il aurait repris du poids, il serait trop beau pour qu'Eli puisse le supporter. Eli espérait que le psychologue ou quiconque finirait par aider Joshua pour qu'il y parvienne. Il savait quoi faire avec les chevaux brisés, mais les hommes mal en point, c'était une autre histoire. Il ne voulait pas que Joshua soit brisé. Il voulait que Joshua soit entier, en bonne santé et... merde. Il voulait simplement Joshua.

D'où est-ce que ça venait ? Bien sûr, il avait toujours trouvé Josh attirant, malgré ses problèmes de santé évidents. Il pensait qu'il avait un joli sourire, bien que rare, de beaux yeux. Mais ce n'était qu'au moment où Josh l'avait fui dans l'écurie, ce moment où ils avaient été près l'un de l'autre, les mains sur l'autre, qu'il avait réalisé qu'il n'admirait pas juste l'apparence de Joshua, mais ressentait aussi quelque chose pour lui. Est-ce que Joshua l'avait remarqué ? Est-ce que c'était ça qui l'avait fait fuir dans la maison, et plus tard, dans le désert ?

Il jeta le mouchoir dans la petite poubelle et passa les mains dans ses cheveux, il s'assit les coudes sur les genoux et la tête baissée, comme si ses mains le retenaient. Merde.

— Qu'est-ce que tu fais ici ?

La voix de Josh était faible et rauque. Eli se força à détendre ses traits avant de lever les yeux.

— Sarafina a envoyé le déjeuner. Elle s'est dit que tu aurais faim après les variétés variées de carton qu'ils servent pour le petit-déjeuner ici.

— Variétés variées ?

— Ouaip. Une véritable variété de variétés variées.

Le coin de la bouche de Joshua se déforma, mais ensuite, il ferma les yeux.

— Pas faim.

— Hmm Hmm.

Eli ouvrit la glacière et sortit le thermos. Il l'ouvrit et le tint sous le long nez de Joshua. Ses narines frémirent puis se dilatèrent quand il inhala l'odeur. Eli rit doucement. Josh ouvrit les yeux.

— *Sopa de salchichón* ?

Souriant, Eli ouvrit la glacière et déposa le thermos sur la table à côté des assiettes et les bols de soupes en grès. Sarafina avait fait assez de soupe pour deux, ainsi que de nombreuses saucisses et patates mixées avec des poivrons et des oignons. Eli mit le tout sur les assiettes. Ça sentait merveilleusement bon.

— Ouais, Sara a appelé ta maman pour avoir la recette. Elle s'est dit que ça réveillerait peut-être ton appétit. Je vais lever ton lit pour que tu puisses manger, d'accord ?

Joshua haussa les épaules, mais il regardait la nourriture, ce qu'Eli prit pour un bon signe. Il ne dit rien d'autre, alors Eli poursuivit.

— Tuck a appelé ta mère hier soir pour lui faire savoir ce qui se passait et que tu allais bien. Elle a voulu directement prendre un avion, mais

Tuck lui a dit de ne pas s'inquiéter. Il m'a demandé de te demander si tu voulais qu'elle vienne.

— Non. Elle n'a pas à le faire. Je vais bien.

— C'est ce que Tuck lui a dit. Il lui a dit que t'étais allé faire une promenade, que tu t'es perdu et que t'as eu un petit coup de chaleur. Que l'hôpital te garde uniquement en observation.

Les lèvres de Joshua se tordirent, mais il ne dit rien. Il se contenta de prendre la cuillère et de la plonger dans le bol de soupe sur la table en face de lui.

— C'est bon ? demanda Eli.

Joshua acquiesça.

LA SOUPE était bonne, les saucisses bien relevées de la manière dont il les aimait et les courges et les poivrons pas trop détrempés. Joshua remua le contenu du bol en écoutant Eli parler de sa voix douce et légèrement grondante qui n'avait pas besoin de dire quelque chose de pertinent afin que Joshua se sente à l'aise et en sécurité. Il était en train de parler des autres dresseurs du ranch et de la manière dont Oncle Tucker voulait étendre les aménagements de dressage, peut-être mettre en place une école pour toute l'année... Ce dont il parlait n'avait aucune importance, c'était juste bien de l'écouter.

Il goûta à nouveau la soupe puis s'essaya à une bouchée de pommes de terre. Il n'avait pas réellement faim, mais tout avait l'odeur de la maison d'Abuela. Il pouvait presque l'entendre dans la cuisine avec la station radio espagnole en arrière-plan. Elle aurait aimé Eli, pensa Joshua, aurait aimé sa courtoisie et sa force. Il ne l'aurait sûrement pas beaucoup impressionné, lui-même, actuellement. Faible, idiot, lâche. Ses yeux le piquèrent et il prit un morceau de chorizo afin de camoufler la sensation.

Eli parlait maintenant du fils de Sarafina, Jesse, et de la manière dont le bus scolaire était tombé en panne à 20 kilomètres de Miller. Des potins sans intérêt, mais la voix patiente, douce, la même voix avec laquelle il parlait aux chevaux était tellement reposante que Joshua n'avait cure de ce dont il pouvait parler. Il aurait pu lire l'annuaire et Joshua aurait aimé ça. Puis il pensa à quelque chose.

— Est-ce que Jesse est le fils d'Oncle Tucker ?

La voix s'arrêta et Joshua leva les yeux de sa soupe pour voir Eli cligner des yeux.

— Le fils de Tucker ? Jesse ? Pas du tout. Sarafina a un époux. Il travaille pour le casino, le Hard Rock, un peu plus loin qu'Albuquerque. Ils viennent d'Isleta Pueblo. Elle a vécu là-bas jusqu'à ce que Jesse ait trois ou quatre ans, avant de décider que le ranch lui manquait et de revenir.

Il réfléchit quelques secondes puis ajouta :

— Je pense que Tuck le considère comme le sien malgré tout. Il va à tous ses trucs d'école et tout ça.

— J'aime bien Jesse, dit Joshua avant de retourner à sa nourriture.

Eli parla de Jesse pendant un moment, puis passa aux dresseurs avec lesquels ils avaient travaillé par le passé, puis à... autre chose. Après un moment, sa voix s'arrêta et Joshua leva les yeux. Il fixait l'assiette en face de Joshua.

— Quoi ? demanda Joshua avant de suivre son regard.

Les deux assiettes et le bol étaient vides. Quand il regarda Eli, celui-ci souriait.

— Tu as tout mangé, fiston, dit Eli. Je parie que tu n'avais même pas remarqué.

— Je... Non. C'était bon, répondit Joshua sans conviction avant de repousser les assiettes.

— Je dirai à Sarafina que tu as aimé ça. J'ai bien aimé aussi. Peut-être qu'elle l'ajoutera au menu.

— Ce serait bien.

Joshua regarda Eli ranger avec précaution les assiettes sales et les remettre dans la glacière.

— Tu veux que Tuck t'apporte le dessert avec le dîner ce soir ?

— Est-ce que vous comptez m'apporter tous les repas ?

— Nan. Tu devras survivre au petit-déjeuner. Ça ne te tuera pas. Ce qu'ils servent au déjeuner et au dîner, par contre...

Il sourit à nouveau.

— D'accord. Merci. Dis merci à Sarafina aussi.

Eli toucha son front avant de prendre la glacière, mettre son chapeau et s'en aller.

Son oncle apporta le dîner, cette fois du riz et des haricots rouges. Joshua avait dormi une grande partie de l'après-midi et n'avait pas pensé avoir faim, mais à la minute où Tucker ouvrit le plat et qu'il sentit les oignons et les poivrons, son estomac se réveilla. Tucker rit.

— On dirait qu'une part de toi se sent mieux. Eli m'a dit que tu avais mangé tout ton déjeuner et que tu aurais mangé le sien aussi, s'il ne l'avait pas englouti avant que tu le puisses.

— Je suis surpris qu'il ait mangé. Il n'a pas arrêté de parler.

— Eli ?

Les sourcils broussailleux de Tucker se levèrent.

— Eli Kelly ?

— Je pense qu'il essayait de me distraire.

— C'était le cas ?

Joshua réfléchit un moment.

— Oui, je suppose que oui.

— C'est un bon gars, Eli.

— Il m'a sauvé la vie, je suppose.

— Tu supposes bien.

Tucker servit le riz et les haricots et tendit une cuillère à Joshua.

— Je ne pourrais pas tenir le ranch sans lui. Si je l'étends comme je le voudrais, j'aurai besoin de lui. J'aurai besoin de toi aussi pour gérer la partie administrative. Quand tu reviendras à la maison, nous devrons commencer à travailler sur ça.

— Pourquoi veux-tu étendre le ranch ? demanda Joshua.

Il prit une grande cuillerée de son plat et ferma les yeux d'extase. Tucker ricana.

— Eh bien, je ne sais pas réellement. Mais j'ai plus de travail que je ne peux gérer et avec certains ranchers qui doivent rassembler les mustangs, j'en aurai encore plus. Et les maisons de production font de plus en plus de films fantaisie et ont besoin de chevaux qui sachent faire plus que de s'arrêter et démarrer sur commande.

Il soupira.

— Et il y a le rodéo aussi. Franchement, il y a de plus en plus de gens qui achètent des chevaux dont ils ne peuvent pas s'occuper et quand ils les ont détruits, ils veulent que je les soigne. Ou bien, ils les jettent quelque part et l'ASPCA vient me voir. Alors ouais, j'ai plus de travail.

Tuck planta une seconde cuillère dans le bol et prit une bouchée.

— Hm. C'est bon. Je pense déménager le niveau de dressage le plus élevé – le truc des films et le dressage privé – au Rocking J, sous la supervision d'un manager et garder les mustangs et les opérations de secours ici. En tout cas, le Rocking J a encore des bâtiments décents que je peux utiliser et plus important encore, de l'eau. Il y a une bonne mare alimentée par une source sur la propriété. Alors même si le pire se produit et que le Galiano s'assèche, il y a toujours une source d'eau.

Tucker secoua la tête.

— Ça n'est jamais arrivé puisque la rivière prend sa source dans les montagnes et jusque-là il y a toujours eu assez de neige. Mais le Triple C dépend des ruisseaux du Galiano et, je me fiche de ce que les gens disent, le climat est en train de changer et nous subissons des sécheresses de plus en plus longues. Il se pourrait qu'un jour il n'y ait peut-être plus assez de neige. Il pourrait venir un moment où tout dépendra de cette mare.

Joshua mangea lentement, réfléchissant. Il avait grandi dans des villes urbaines près de l'eau, d'abord Chicago puis Cincinnati. Il n'y avait jamais eu de question à propos de l'accessibilité à l'eau, pas quand on avait des lacs et des rivières pratiquement derrière la porte. Ça n'avait été que lorsqu'il s'était retrouvé dans le désert qu'il avait réalisé ce que c'était que d'avoir réellement soif.

Ça n'avait pas juste été la soif. Même pendant les heures précédant l'aube, glissant sur la terre poussiéreuse et rocailleuse, il avait senti la transpiration sécher aussitôt qu'elle se formait, avait senti son visage et ses lèvres s'assécher alors que l'humidité était aspirée. Il avait senti la poussière lui coller à la peau alors que ses pieds en créaient continuellement. Plus il s'éloignait du ranch et de son eau, plus il se sentait déshydraté et à chaque pas, la sécheresse absorbait l'énergie de ses muscles.

Au moment où il s'était écroulé dans ce ravin, il ne s'était pas senti être grand-chose de plus qu'un grain de poussière et s'était demandé pourquoi le vent sec du désert ne l'avait pas balayé.

Tucker avait été en train de parler et Joshua se concentra sur quelque chose qu'il avait dit pendant qu'il était perdu dans ses pensées.

— Alors, si tu vas passer plus de temps au dressage, qu'en sera-t-il des mustangs et des animaux secourus ?

Son oncle fit une pause dans sa diatribe sur les méthodes de financement de la banque.

— Oh. C'est vrai. Eh bien, ça fera partie de la zone de juridiction d'Eli. Il a plus de patience avec les animaux qu'avec les hommes et la moitié des trucs de commission nécessitent de traiter avec des gens. C'est pourquoi il est meilleur pour dresser les animaux et moi meilleur pour dresser les dresseurs. Il y a deux autres gars dans l'équipe qui sont comme ça. J'emploierai les autres au Rocking J.

— On dirait que tu as déjà pensé à tout.

— Oui, si ça arrive. Mais si ça se produit vraiment, demain ou dans deux ans, j'aurai besoin de quelqu'un de confiance pour gérer les livrets, les horaires et ce genre de truc. Pas simplement un manager de bureau, Seigneur ! Je peux en trouver un n'importe où. Mais, quelqu'un capable de faire des projets et des estimations et de voir le futur du ranch comme je le vois. J'ai besoin de toi, Joshua. J'ai besoin de quelqu'un qui sera aussi dévoué au Triple C que moi. Est-ce que tu peux être cette personne ?

Joshua eut un nœud dans l'estomac.

— Je ne sais pas, Oncle Tuck. Peut-être qu'un jour je déciderais de retourner dans les forces de police. Ou, quelque chose d'autre. Peut-être que je détesterais travailler au ranch. Peut-être...

— Peut-être, peut-être, peut-être. Peut-être que les Mayas se sont trompés de date et que le monde partira en fumée mardi prochain. Peut-être que je ne serais pas en mesure d'acheter la propriété parce que le 'Département des Achats de Propriétés Qu'ils n'Utiliseront Jamais' l'achètera en premier. Je ne te demande pas de te décider maintenant. Je te demande si tu peux être le genre de gars dont j'ai besoin. Est-ce que tu veux essayer ?

Le nœud se détendit un peu et pour la première fois depuis longtemps, Joshua vit un futur. Pas le futur, mais un futur. Des possibilités. Rien de trop exigeant, rien qui ne nécessiterait son âme, ce truc sec et fané, mais un travail, un futur, quelque chose pour garder l'obscurité loin de lui.

— Je veux bien, s'entendit-il dire, et le poids lourd, sombre et froid du nœud s'estompa.

XII

— Nous avons quatre pick-ups qui appartiennent au ranch, ma Silverado, deux -450 F s et la -150 F qu'Elian conduit, dit Tucker. La Forester appartient à Sarafina, mais nous couvrons son assurance aussi.

Il ouvrit le tableur qu'il utilisait pour suivre les payements.

— Nous payons les frais d'assurance mensuellement, mais je pense que tu peux négocier un meilleur prix si nous les payons par trimestres ou même semestres à la place. J'ai toujours l'intention de le faire, mais quelque chose m'en empêche chaque fois.

— Quelque chose à l'extérieur comme travailler avec les chevaux, tu veux dire ? demanda sèchement Joshua.

Tucker n'essaya même pas de cacher son sourire.

— Je déteste cette merde, admit-il avec un fort accent. Mais je me suis dit qu'avec tes études...

— Seigneur, Oncle Tuck, tu ressembles au stéréotype du cowboy de chaque film que j'ai vu. Est-ce que tu t'entraînes à parler comme ça ?

Tuck secoua la tête en riant.

— Ton grand-père était le stéréotype du cowboy. Je suppose que je tiens ça principalement de lui. Bien sûr, à son époque, c'était comme ça que tout le monde parlait. Nous avons encore de nombreux gars ici qui parlent comme ça.

— Eli a pratiquement mon âge, mais il parle comme ça aussi.

— Eli travaille dans les ranchs depuis qu'il sait parler. Il ne peut pas s'en empêcher. Même s'il est allé à l'université et aime insérer de grands mots dans la conversation de temps en temps.

— Qu'est-ce qu'il a étudié ?

— L'agriculture animale, comme moi. Ça sonne un peu bizarre, mais ça ne l'est pas. Il pensait à l'école vétérinaire, mais c'était un peu trop d'études pour lui. Mais il a quand même eu un certificat.

Tucker secoua la tête.

— On dirait qu'il faut avoir un diplôme ou un certificat pour tout de nos jours. Quoi qu'il en soit, ça devient utile pour tout ce qui concerne les trucs du gouvernement. C'est un garçon intelligent, Eli. Les gens pensent que parce qu'il bouge lentement il est stupide. Mais rien n'est stupide chez lui.

— Je ne le trouve pas stupide, dit Joshua.

Le regard que son oncle lui lança fut prévenant. Joshua se dit qu'il voyait peut-être en lui plus que ce que lui-même ne voulait montrer, mais il dit simplement :

— Nous payons les assurances des pick-ups de Ramon et de Manolo aussi. Ils vivent dans le baraquement et ils utilisent leurs véhicules pour les affaires du ranch. Ce sont ces deux-ci. Tous les autres que ce soit les gars qui vivent ici ou ceux qui vivent à Miller payent leurs propres charges. Alors, ne leur demande pas d'utiliser leurs propres véhicules pour les affaires du ranch, ils peuvent utiliser les nôtres. Nous sommes assurés pour ça. Donc ça fait sept voitures pour lesquelles nous sommes assurés et quatre que nous possédons.

Joshua écouta son oncle lui expliquer en quoi consistait son nouveau travail, gérer le bureau du ranch. Il avait été surpris quand ce matin, sa première matinée à la maison après six jours à l'hôpital, son oncle l'avait réveillé à 6 h et entraîné dans la cuisine pour prendre le petit-déjeuner avec les six travailleurs qui vivaient sur le ranch, Jesse, Eli et lui-même. Ensuite, Tucker l'avait emmené dans le bureau, fait asseoir en face de son ordinateur et avait travaillé avec lui pendant les trois dernières heures.

Le ventre de Joshua gargouilla et son oncle regarda l'heure sur l'écran de l'ordinateur.

— 11h30, dit-il, tu penses pouvoir tenir jusqu'à midi pour le déjeuner ?

— Je suppose, dit Joshua.

Le fait d'avoir faim le surprenait encore. Ça avait fait longtemps qu'il n'avait pas eu réellement faim. Même avant sa balade dans le désert, il n'avait pas eu beaucoup d'appétit. Les déjeuners et les dîners que Tuck et Eli avaient réussi à faufiler à l'hôpital, alors que les infirmières et les docteurs fermaient les yeux, avaient été tellement bons, après la nourriture sans goût de l'hôpital, que Joshua avait retrouvé l'appétit.

Il avait parlé au psychiatre de l'hôpital, aussi, et même s'il n'avait pas admis que le fait qu'il se soit 'perdu' était délibéré, il avait au moins fini par s'avouer que c'était probablement une bonne idée d'avoir quelqu'un à qui parler occasionnellement. Quelqu'un qui ne faisait pas partie de sa famille ou qui n'était pas un employé du ranch, ou... Ou quoi ? Qu'était Elian Kelly de toute manière ? L'objet d'un désir non partagé ? Ou était-il simplement une légère attirance que l'état mental de Joshua, et trois ans sans relation sexuelle avaient amplifiée en un désir plus profond ?

Il n'était pas certain à ce stade de savoir quoi faire, même s'il n'y avait que de vagues chances qu'un cowboy pur et dur comme Elian soit, ne fut-ce qu'un peu gay.

Le radar de Joshua ne l'avait certainement pas détecté. Joshua avait eu des petits amis au lycée (secrètement), au collège (ouvertement) et à l'académie (à nouveau secrètement), sans parler des coups d'un soir qui faisaient partie de la vie sociale de n'importe quel homme gay. En général, c'est lui qui se faisait choisir. Même avant sa mission d'infiltration, il ne se rappelait pas une seule fois où il avait dû faire le premier pas et pas non plus avoir été attiré par quelqu'un qu'il n'était pas sûr être intéressé aussi. Il n'arrivait pas à déchiffrer Eli.

Mais il était attiré par lui. Il n'y avait aucun doute là-dessus.

Au cours de ses brèves conversations avec le psy, il avait réalisé que sa peur d'être rejeté, d'être blessé, traumatisé, abîmé comme 'Chete l'avait abîmé, avait déclenché cet horrible dernier cauchemar et le 'plan d'évasion' qui en avait résulté. C'était un plan d'évasion, en quelques sortes, évasion des cauchemars, de son désir émotionnel et physique (c'était terriblement physique aussi) pour l'héroïne, de ces sentiments d'inutilité et de désespoir. De la peur d'être mis à nu dans cet environnement machiste, d'être rejeté par son oncle, méprisé et peut-être même attaqué physiquement par Eli. Il secoua la tête à cette pensée. Peut-être par un autre des travailleurs du ranch, ou par tous, cependant il ne voyait pas le gentil Eli à la voix douce être celui qui le ferait.

— ... suivre ?

Tucker avait continué de parler pendant que Joshua était perdu dans ses réflexions.

Ça ne prit qu'un rapide retour en arrière mental à Joshua pour reprendre le fil.

— Oui. Les plaques sont enregistrées à la même période chaque année. Est-ce que le ranch paye pour celles de Manolo et Ramon aussi ?

— Nan.

Tucker continua de parler et Joshua de réfléchir.

Le séjour à l'hôpital lui avait fait du bien, se dit-il. Il avait peut-être gardé ses cicatrices secrètes en face du psy, même s'il se demandait s'il avait caché autant qu'il le pensait, mais le reste de l'équipe avait accepté son état sans sourciller. Il s'était attendu à recevoir des regards en coin sur les marques de piqûres sur ses bras ou sa malnutrition évidente ou encore les tatouages de gang qu'il avait, mais personne n'avait semblé dérangé.

Le nutritionniste s'était arrêté pour le questionner à propos de ses habitudes alimentaires (ou son manque d'habitudes alimentaires) et pour lui recommander divers suppléments et vitamines. Le laborantin était revenu faire de nouveaux tests sanguins, probablement pour confirmer qu'il n'avait pas contracté le VIH ou le SIDA par les aiguilles. Le psy lui avait donné une liste de psychologues recommandés à Albuquerque et Roswell, les deux plus grandes villes près du ranch. Et le Dr Castellano lui avait parlé du suivi pour s'assurer qu'il n'y avait pas de dégâts persistant au niveau de son foie et ses reins à cause du coup de chaleur et de la déshydratation.

Son mal de tête s'était atténué après quelques jours, ce pour quoi il était reconnaissant, mais les docteurs ne l'avaient pas laissé partir avant presque une semaine, jusqu'à ce que sa vision se soit éclaircie, que les vertiges sporadiques aient disparu et qu'il ait été capable de marcher facilement dans la chambre. Il devait toujours se rendre aux bilans de santé hebdomadaires jusqu'à ce que tout le monde soit persuadé qu'il allait bien et Castellano lui avait posé un ultimatum à propos de sa reprise de poids. Tout le monde était amical et commode avec lui. C'était tellement différent de ce qu'il avait vécu en réhabilitation, tout le monde tendu, obsédant et pointilleux, les surveillant lui et les autres drogués comme des faucons. Ça avait été le meilleur centre de réhabilitation que le Bureau avait pu trouver. Robinson avait été tellement reconnaissant envers Joshua pour le succès de sa mission qu'il avait tiré sur toutes les ficelles qu'il avait pu atteindre pour le placer dans un endroit où il avait les meilleures chances de récupérer.

Ouais, ils l'avaient désintoxiqué physiquement pour retirer toutes les substances chimiques de son organisme et il avait refusé tous les programmes impliquant d'autres drogues telles que la méthadone. Il était déterminé à en avoir fini avec les drogues. Mais ils avaient continué à le surveiller. Tuck le surveillait aussi, pas comme s'il était suspicieux, mais plutôt comme s'il avait peur, comme si le fait de ne pas avoir un œil sur Joshua pendant quelques secondes, quelque chose lui arriverait. Eh bien, il avait raison, n'est-ce pas ? Il avait laissé Joshua seul une seule nuit et Joshua avait failli mourir. Pas que ce soit la faute de Tuck.

Il n'avait pas beaucoup vu Eli depuis son retour, la nuit dernière. Tucker était venu le chercher, mais ça avait été après le dîner et tous les travailleurs étaient déjà rentrés chez eux quand ils étaient arrivés. Il l'avait croisé brièvement au petit-déjeuner et Eli lui avait décoché l'un de ses sourires lents et un 'Bienvenue à la maison, Joshua', mais ça avait été tout. Il était venu le voir à l'hôpital quelques fois, lui apportant le déjeuner ou le dîner et parlant de tout et n'importe quoi pour combler les silences de Joshua. Chaque fois qu'il était parti, il avait posé sa main sur celle de Joshua et dit d'une voix douce, 'Tu te sentiras mieux et tu reviendras bientôt à la maison' et Joshua avait ressenti la chaleur de l'attention dans ce simple geste.

La seule chose qui avait dérangé Joshua à propos des visites d'Eli était quand le Dr Castellano apparaissait au milieu de l'une d'entre elles. Ils avaient l'air d'être amis, mais Joshua avait ressenti entre eux quelque chose qu'il n'était pas sûr d'aimer. Le sourire d'Eli était-il une once plus chaleureux quand il regardait le docteur ? Quand le docteur passait à côté de la chaise d'Eli, il lui tapotait brièvement l'épaule, qu'est-ce cela signifiait ? Avaient-ils une histoire ? Eli était-il gay après tout, mais en couple avec le docteur ? Joshua hallucinait-il ? Ou était-il simplement paranoïaque ? Ou jaloux qu'un étranger puisse toucher Eli si facilement alors que lui était terrifié de faire la même chose ?

— ... Eli.

Joshua cligna des yeux. Quoi ? Il avait perdu le fil du monologue de Tuck. Ça n'arrivait jamais. Une sueur froide le parcourut en pensant à ce qui aurait pu se passer si ça lui était arrivé pendant sa mission.

— Quoi ? haleta-t-il.

— Hé, calme-toi !

Tucker posa la main sur l'épaule de Joshua.

— Ça va. Dieu sait que moi aussi j'ai déjà laissé mon esprit décrocher pendant que quelqu'un parlait. Ça va. Je disais juste que cet après-midi, après le déjeuner, Eli va te faire visiter le ranch, te montrer où tout se trouve, peut-être te faire monter l'une de nos créatures et voir ce dont tu te rappelles de l'équitation. Rien de stressant, mais nous voulons te montrer le plus rapidement possible comment le ranch tourne. Je veux que tu travailles avec certains de nos travailleurs aussi, et les chevaux. Ton grand-père avait commencé à t'apprendre et j'aimerais voir si tu en as retenu quelque chose.

L'après-midi entier avec Eli ? L'appétit de Joshua disparut.

IL REVINT, cependant, immédiatement quand ils s'assirent à la grande table de la cuisine et que Sarafina déposa un énorme sandwich en face de lui, dégoulinant de sauce au piment rouge et vert. Il avait été surpris, au début, par le penchant pour mettre de la sauce au piment dans tous les plats, cela semblait apparemment un truc du Nouveau-Mexique. Le premier matin où il avait mangé son petit-déjeuner à table, Sarafina lui avait demandé,

'Rouge ou vert ?' et il n'avait pas eu la moindre idée de ce dont elle était en train de parler. La nourriture qu'il avait reçue sur le plateau dans sa chambre quand il était arrivé ne contenait aucune sauce piment. Sarafina lui avait dit qu'elle lui donnait de la 'nourriture pour malade' en ces temps-là et maintenant qu'il allait assez bien pour s'asseoir à table, il allait assez bien pour profiter de la sauce. Ça lui avait pris quelques jours, mais il aimait bien maintenant, même s'il lui avait fait promettre de lui faire quelques autres plats mythiques de la culture portoricaine dans laquelle il avait grandi.

Il était à la moitié de son sandwich quand Eli entra, ôta son chapeau gris feutré et s'assit en face de lui.

— Juste rouge aujourd'hui, Sara, dit Eli. Je suis d'humeur puriste.

Sarafina rit et lui servit son sandwich.

— Pourquoi es-tu en retard ?

— Je nettoyais la putain de niche du chat. Seigneur, ce truc pue.

Joshua rit, ce qui le surprit lui-même, ainsi que le reste des travailleurs à table.

— Désolé, c'est juste marrant. Tu travailles au milieu de la mer... de la bouse des chevaux…

Il lança un regard d'excuse à Sarafina.

—Et tu penses que les crottes de chat puent ?

— Eh bien, c'est le cas, dit raisonnablement Eli. Mais le veto a dit qu'il peut probablement être libéré aujourd'hui. Je me suis dit que tu aimerais faire cet honneur au chat vu que tu as été celui qui a suggéré de l'enfermer.

— OK, dit Joshua.

— Alors je suppose que nous pouvons seller Avery et faire un tour dans le ranch. Te montrer ce pour quoi tu tiendras les livrets. Avery est une bonne monture facile, alors pas d'inquiétude pour ça.

— Avery est une limace, dit Jesse en souriant. Ne t'attends pas à aller plus vite qu'au pas à moins que sa nourriture soit à l'autre bout du trajet.

— Ça me semble être ma vitesse. Est-ce que tu as déjà trouvé un nom au chat ?

Joshua se tourna vers Tucker.

— Ou l'ASPCA avait-elle un nom pour lui ?

— Trouver un nom au chat ? Pourquoi ?

— Vous ne donnez pas de noms aux chats ici ?

Tucker secoua la tête.

— On a environ une demi-douzaine de chats d'écurie, mais aucun d'eux n'a de nom.

— Celui-ci n'est pas un chat d'écurie.

— Vrai, mais les autres chats sont passés le voir, dit Eli. Ils sont assez curieux de savoir pourquoi il est en cage. Le veto l'a ausculté et il a dit qu'il avait été stérilisé, donc nous n'avons pas besoin de nous inquiéter de voir des chats aux longs poils débarquer dans quelques mois, mais je ne sais pas s'il voudra rester là-bas avec le cheval.

— Alors le cheval devra s'y habituer, dit Joshua. Et s'il veut être un chat domestique...

Il y eut des regards déconcertés autour de la table.

— Quoi ? Personne ici n'a jamais entendu parler de chats domestiques ?

— Si, mais je ne pense pas réellement connaître quelqu'un qui en a un, dit Sarafina après réflexion. Il y avait une femme dans le *pueblo* [10] quand j'étais petite, qui avait plusieurs chats qui venaient se faire nourrir, mais qui vivaient à l'extérieur. Les chats ont des puces.

— Les chiens également, mais les gens les laissent à l'intérieur.

— Si tu veux le chat dans la maison, fiston, tu l'auras. Mais voyons d'abord ce qu'il veut. Peut-être qu'il aime l'écurie.

— Le vétérinaire a conseillé qu'on rase sa fourrure. Elle est tout emmêlée et je suppose qu'elle est plutôt chaude pour lui, dit Eli.

— Est-ce qu'on est sérieusement en train de parler de raser un chat ? demanda Ryan, l'un des travailleurs. Ne sont-ils pas des parasites ?

— Ce ne sont pas des parasites, grogna Joshua, menaçant.

Ryan leva les deux mains.

— Désolé, mon pote ! Je n'ai jamais connu quelqu'un qui les aimait bien.

— Je les aime bien, dit Joshua avant de se rendre compte qu'il avait inconsciemment imité leur accent.

Il déglutit, puis reprit son explication.

— On avait toujours un chat quand j'ai grandi, ma mère les aimait bien. Ma sœur les habillait avec des vêtements de poupée. C'était vraiment stupide. Mais ce sont de bonnes créatures.

Il repensa au dernier chat que sa famille avait eu avant qu'il ne parte pour l'université, un calicot appelé Tennille d'après un chanteur des années 70 que sa mère aimait. Ce chat avait vécu presque jusqu'à 18 ans, mais était mort quand il était à l'université. Il avait adoré ce chat.

---

10 village

— Le chat est à toi, fiston. Tout ce que tu voudras.

— Aussi longtemps que tu nettoies sa litière toi-même, ajouta Eli.

Les travailleurs rirent. Joshua sourit à Eli, qui parut surpris quelques instants avant de lui rendre son sourire.

XIII

AVERY ÉTAIT peut-être une limace, mais Joshua paraissait nerveux en montant sur la selle.

— Ça fait des années, dit-il en s'excusant alors qu'il essayait de se stabiliser. Je crois que j'avais onze ans la dernière fois que je suis monté à cheval.

— Ça va revenir, lui assura Eli en enfourchant sa propre monture, Button.

Elle était plus vive qu'Avery, mais calme, pas susceptible d'effrayer Josh et assez patiente pour garder un rythme lent. Il fut surpris de voir Joshua tenir convenablement ses rênes dans sa main gauche et supposa qu'il se souvenait encore de certaines choses. Une fois certain que Joshua était prêt, il les dirigea en dehors de l'écurie.

À l'air libre, il fit ralentir Button afin que Josh puisse se mettre au même niveau et étudia sa position.

— Tu n'as pas oublié grand-chose, dit-il. Ta posture est bonne, tu tiens tes rênes correctement et tes talons sont baissés. Bonne conformation. Tes bottes sont confortables ?

— Oui. Un peu grandes, mais Sarafina m'a donné des chaussettes épaisses et assez chaudes quand même. Pareil avec les gants, ils sont chauds.

— Tu vas t'y habituer. Le chapeau te va bien.

Josh leva la main et toucha le bord du vieux chapeau de paille de Tucker.

— Je suppose. Je peux te poser une question ?

— Fiston, si tu n'poses pas de question, ça va être un après-midi étonnamment court.

— OK. Pourquoi est-ce que tu ne portes pas un chapeau de paille ? La plupart des gars en portent ou des casquettes de baseball, pas un Stetson en feutre. Ça ne te donne pas chaud ?

— Premièrement, c'est un Resistol, pas un Stetson même si je suppose qu'aujourd'hui ils sont fabriqués par la même entreprise. Deuxièmement, je porte un chapeau de paille de travailleur les jours où il fait chaud.

Il rit à l'expression perplexe de Joshua.

— Nan, je me suis juste habitué à le porter. J'en ai d'autres, mais quand j'en cherche un, celui-ci est généralement celui qui me tombe sous la main. Pas de mystère.

— Ah, ok.

— Ça répond à ta question ?

Au sourire rapide et timide de Joshua, Eli sentit son cœur se réchauffer. Pour le cacher, il dit :

— Bien dans ce cas, je vais te faire faire le tour de la partie la plus importante du ranch. Nous avons des corrals un peu reculés, mais je ne vais pas t'y emmener aujourd'hui...

JOSHUA SUIVIT Eli, enfin, chevaucha en quelque sorte à côté de lui, pas derrière lui, l'écoutant parler de la composition du ranch, ce que les différents bâtiments étaient, quelles étaient les utilités des différents corrals et paddocks, d'où les sources d'eau provenaient, pourquoi ils avaient certains champs où étaient plantés des herbes appelées 'teff' et 'timothy' avec des systèmes d'irrigation élaborés et pourquoi ils avaient un troupeau bétail dans un champ plus éloigné. Eli portait sa chemise en coton habituelle, mais avec les manches retroussées, découvrant des bras forts et musclés recouverts de poils blonds. La plupart des travailleurs, comme ceux avec les casquettes de baseball et les chapeaux de paille, portaient des tee-shirts ou des débardeurs quand ils travaillaient, mais les instructeurs portaient des chemises comme Eli. Il se demanda comment les bras d'Eli pouvaient être bronzés alors qu'il en portait tout le temps.

Il n'avait jamais pensé aux avant-bras comme à quelque chose d'érotique, mais c'était sans compter la vue des muscles forts, le reflet des poils dorés contre le teint hâlé, la force et la stabilité d'Eli. Il se demanda ce que cela lui ferait d'avoir ces bras autour de lui, comment ils seraient sous ses propres mains si Eli était au-dessus de lui, bougeant en lui, la tête renversée en arrière, sa poitrine dégoulinante de sueur.

Joshua ne dit rien, mais Eli le surprit à le regarder.

— Tu te demandes pourquoi je porte une chemise à longues manches aussi, n'est-ce pas ?

Eli interrompit son propre monologue sur les moulins à vent et rit doucement.

— Eh bien, quand tu travailles avec des chevaux qui sont plus ou moins sauvages, tu fais attention à ne pas être mordu. Certains des mustangs que nous retirons des plaines ont tendance à mordre. Si tu portes des chemises près du corps ou sans manche, il n'y a rien entre les dents et toi. Et même s'ils ne sont pas réellement carnivores…

Il sourit à Joshua lui rappelant la blague.

— … ces dents font un mal de chien quand elles t'attrapent. C'est mieux de les laisser attraper ta manche. Et puis, ça les habitue à avoir du tissu en bouche. Ouais, ça les effraie au début, mais ils s'y habituent. J'ai pris l'habitude d'en porter et je m'y suis fait.

Son sourire s'évanouit.

— En plus, eh bien, c'est plus sûr pour toi d'être un peu couvert au soleil. Le soleil du désert est difficile à supporter pour toi, et pas seulement à cause des coups de chaleur. Nous avons trop de cas de cancer de la peau ici. C'est le problème principal qu'ils rencontrent à l'hôpital de Miller, les coups de chaleur et les cancers de la peau.

Il pointa le tee-shirt à longues manches de Joshua.

— Ouais, c'est chaud, mais c'est plus sûr. Les chapeaux aident pour ça, et un chapeau de cowboy, en paille ou en feutre, protège mieux qu'une casquette de baseball. Les casquettes ne protègent pas les oreillers et la nuque. Les cowboys ne s'habillent pas de la manière dont ils le font pour être tendance, Josh. Chaque partie de l'accoutrement d'un cowboy, comme celui du harnachement d'un cheval, a de bonnes raisons d'être.

Non, pensa Joshua, *cet homme n'est pas stupide*. Il hocha la tête.

— Bien sûr…

Il y eut à nouveau un sourire lent et doux.

— … les cowboys de rodéo et de show exagèrent un peu leurs tenues, d'après moi.

— Comme ces grosses boucles de ceinture que certains gars portent ?

— Tu les as remarquées, n'est-ce pas ?

Eli lui lança un regard que Joshua n'arriva pas à déchiffrer.

— Ouais, deux de nos gars ont passé quelque temps dans le circuit du rodéo. Nous avons dû les débarrasser de certaines de leurs mauvaises habitudes.

— Je pensais que vous ne débourriez pas les animaux.

Eli grogna.

— Certaines créatures du genre humain ne répondent pas à autre chose. Mais ils n'ont pas été trop difficiles à discipliner. Ils sont juste plus têtus que d'autres sortes de créatures.

— Est-ce que tu as prévu de me dresser aussi ?

Joshua ne savait pas d'où venait sa question, mais une fois qu'elle fut sortie, il retint sa respiration, pas certain de la réponse qu'il voulait entendre.

— Fiston, dit calmement Eli, dressé est la dernière chose que tu aies besoin d'être.

ILS N'AVAIENT rien dit de plus sur le sujet. Eli avait réorienté la conversation sur le ranch et ses opérations, mais ses mots et son regard au moment où il les avait prononcés trottèrent dans l'esprit de Joshua pendant les jours suivants. Même quand Joshua se concentrait pour apprendre tout ce qu'il pouvait à propos de sa nouvelle maison, le son de la voix d'Eli ne cessait de se répéter dans sa tête. Les mots avaient été gentils, mais Joshua savait à quoi ressemblait la gentillesse et ce n'était pas ça. C'était plutôt comme... de la tendresse. Il ne se rappelait pas en avoir déjà fait l'expérience, certainement pas venant d'un autre homme. Il ne savait pas quoi en penser, alors il essayait de ne pas penser, de ne pas laisser chacune de ses pensées tourner autour d'Eli et de la tendresse qu'il avait vue dans son regard et sa voix.

C'était plus facile à dire qu'à faire. Le contremaître calme et réservé était tellement intégré dans chaque part du ranch que cinq minutes ne pouvaient pas passer sans que Tucker ne commence une nouvelle phrase avec 'Eli se dit' ou 'Eli dit' ou 'Tu devrais demander à Eli, mais...'. Tucker ne le remarquait même pas. Joshua ne savait pas si c'était normal pour le rôle d'un contremaître, mais il avait déjà vu les compétences d'Eli et son amour pour le ranch. Parfois, Joshua pensait que Tucker ferait mieux de laisser le Triple C à Eli. Au moins, il serait dans de meilleures mains.

LES JOURS suivirent le schéma que Tucker avait dessiné. Les matinées avec lui, dans son bureau à classer la paperasse et la remplir (Joshua se dit que son oncle n'avait probablement pas passé beaucoup de temps là-dessus au cours des derniers mois, alors lui apprendre faisait d'une pierre deux coups), et les après-midi à l'extérieur, à apprendre les aspects physiques du ranch. Il se sentit devenir plus fort, il se fatiguait moins facilement et dormait mieux. Et son appétit s'améliorait. Ses deux appétits. Alors qu'il reprenait du poids et des muscles et se sentait mieux, il avait plus d'énergie pour regarder et penser à Eli.

Malgré la lenteur et la douceur qui le caractérisaient, Kelly pouvait réagir aussi vite que n'importe quel agent entraîné du Bureau. Plus d'une fois, Joshua l'avait vu s'avancer pour attraper la bride d'un mustang au mauvais tempérament tenté de mordre l'un des travailleurs. Il bougeait vite, mais sans être violent. Il arrivait simplement, soudainement, prenant soin de ce qui devait l'être, parlant de sa voix basse et mélodieuse qui rassurait à la fois les hommes et les chevaux. Il ne parlait pas beaucoup plus que Joshua, et en rétrospective, Joshua réalisa combien il avait fait d'effort pour son monologue le soir où il l'avait conduit au ranch, essayant de le mettre à l'aise. Il était comme ça avec tout le monde, prompt à dissiper les tensions qui naissaient inévitablement quand des hommes travaillaient dans des quartiers proches, prompt à tourner une confrontation furieuse en une conversation raisonnable, prompt à intervenir et aider même avant d'être appelé. Prompt à s'assurer que le ranch tournait normalement, sans rien pour stresser Tucker.

JOSHUA ÉTAIT appuyé contre la barrière, tard, un après-midi, son pied dans l'une de ses nouvelles bottes, posé sur la barre du bas et ses bras sur celle du haut. Il avait fini ses tâches de l'après-midi. Comme sa santé s'améliorait, Tucker lui donnait un peu plus de travaux physiques – comme nettoyer les boxes, *hourra*. Alors, il se détendait un peu avant d'aller dîner. Eli travaillait avec l'un des mustangs de leur rassemblement de l'été. Le cheval avait traversé ce que Joshua pensait être l'entraînement basique, c'est-à-dire se calmer, s'entraîner à porter la selle et apprendre des comportements simples et basiques. C'était généralement suffisant pour les cavaliers de plaisance, et la plupart de leurs mustangs étaient entraînés jusqu'à ce niveau avant d'être vendus. Celui-ci faisait cependant partie de ceux qu'un ranch dans le Colorado voulait comme cheval de cutting, alors Tucker avait demandé à Eli de s'en occuper.

Il faisait chaud ce jour-là, malgré que ce soit bientôt l'automne. Tucker avait dit à Joshua qu'ils auraient occasionnellement des journées chaudes en octobre et ce cheval était assez apprivoisé pour qu'Eli ne porte pas sa chemise en coton à longues manches habituelle. Au lieu de ça, il portait un tee-shirt noir sans manches et un chapeau de paille. Joshua le regarda travailler, admirant les muscles de ses bras et la manière dont son tee-shirt couvert de sueur collait à sa poitrine endurcie par le travail. Ses bras étaient bronzés, même s'ils n'étaient pas aussi foncés que ceux de certains autres, tels que Ryan et Billy qui portaient en général des débardeurs ou ces tee-shirts déchirés sur le côté pour montrer leurs muscles, comme des coqs se pavanant. Eli n'était pas intéressé par cette apparence de monsieur muscle. Son corps était destiné au travail, pas au spectacle.

Ses muscles se tendirent quand il retint le mustang, mais son attitude resta la même que d'habitude, calme et tranquille. Ils attendaient pendant que Billy ouvrait la barrière pour laisser entrer deux poulains qui se mirent immédiatement à galoper dans le corral en cherchant leurs mères et en hennissant pathétiquement. Eli tint le mustang pour qu'il reste calme, puis d'un mouvement presque imperceptible il relâcha son emprise autour des rênes et parla doucement, trop doucement afin que Joshua puisse l'entendre. Le mustang, qui avait été tendu et nerveux à la présentation des nouvelles variations du corral, se détendit visiblement et avança en guise de réponse à l'ordre d'Eli.

— C'est l'un des meilleurs instructeurs avec lesquels j'aie pu travailler, dit Tucker à côté de Joshua.

— Il est impressionnant, Joshua acquiesça.

— Tu penses que ça pourrait t'intéresser ?

Tucker bougea la main en direction du duo dans le corral. Pendant un moment, Joshua crut que son oncle avait remarqué son attirance grandissante envers Eli, avant de réaliser qu'il parlait de l'entraînement des chevaux.

— Je ne sais pas si j'ai les compétences ou la patience pour le dressage, répondit-il.

— Eh bien, les compétences nous pouvons te les donner. La patience... c'est une autre histoire. Tu sembles être quelqu'un de plutôt patient. Ça n'a pas pu être facile, ce que tu as fait à Chicago.

— Non.

Joshua résista à l'envie de passer sa main sur sa tête. Sentir ses cheveux repousser était l'assurance que les jours où il avait été chauve et tatoué étaient derrière lui, mais c'était devenu une habitude. Il devait apprendre qu'il n'avait plus besoin de cette assurance.

— Ce n'était pas facile, dit-il finalement.

— Je me disais bien. J'ai appelé ce psychologue à Albuquerque. Nous t'avons planifié un rendez-vous mardi soir. Je me disais que nous nous mettrions en route tôt. Il y a un restaurant sur la Route 66 qui est plutôt pas mal. Bonne bouffe et beaucoup de conneries qui servent de souvenirs.

Tucker lui lança une bourrade.

— Tu pourras jouer un peu au touriste.

— Bien sûr.

Joshua déglutit.

— Le psy, est-ce que c'est celui qui a un passé dans l'addiction ?

— Ouais. Celui près de l'université. Je t'y déposerai et reviendrai te chercher quand tu auras fini. Il y a quelques courses que je peux faire pendant que je suis en ville. Ça m'arrange plutôt bien.

— Je peux aussi conduire seul.

Tucker secoua la tête.

— Nan, je dois de toute manière faire les courses et de cette façon, tu n'auras pas à t'inquiéter de te perdre. Ou de trouver une place de parking, ce qui n'est pas facile dans ce coin-là de la ville. Il y a des garages de parking, mais ils ne sont pas manifestes.

— Tu me conduis parce que tu penses que je vais me défiler.

Tucker secoua à nouveau la tête.

— Non, fiston. Je ne pense pas que tu te défileras. Mais je suppose que tu ne seras pas dans la meilleure des formes, après, pour conduire jusqu'à la maison.

Joshua y pensa en regardant Eli. Le contremaître retira son chapeau et essuya la sueur de son front. Ses chevaux blonds étaient devenus sombres à cause de la transpiration et Joshua put voir sa peau briller au soleil de l'après-midi. Assis droit sur ce cheval puissant, complètement aux commandes de l'animal et de lui-même, il ressemblait à ce que Josh imaginait être l'un de ces dieux grecs de l'Antiquité. Virulent et assuré. Fort, mais calme. Les doigts de Joshua se resserrèrent autour de la barre de la clôture. Eli était tout ce que Joshua désirait. Il était propre, fort et honnête. Sincère. Doux.

Il s'imagina parler d'Eli au psy. S'imagina être honnête et sincère à propos de son désir pour le contremaître de son oncle. Il priait Dieu que ça ne dérange pas le psy qu'il soit gay. Est-ce que les psychologues ne devaient pas s'entraîner pour ce genre de choses ? Il ne savait pas. C'était l'ouest, après tout, et même si le Nouveau-Mexique avait la réputation d'être plus libéral et de mieux accepter les gays que les autres états occidentaux, ça restait l'Ouest.

— Oui, dit-il finalement. Je ne le serais probablement pas.

XIV

LE CABINET était au cinquième étage, juste en face de l'ascenseur, et décoré dans le style local, avec de la poterie Hopi et des tissages Navaho sur le mur. La réceptionniste, une femme âgée au regard doux, le salua en lui proposant du thé ou du café. Joshua déclina et accepta uniquement un siège dans la salle d'attente.

Le psychiatre, quand il sortit, escortait une jeune femme au visage baigné de larmes, malgré son sourire. Josh espéra être dans une forme aussi bonne quand il aurait fini. Le psy hocha la tête en direction de Josh, mais continua de parler à la fille à voix basse alors qu'il l'accompagnait jusqu'au comptoir où la réceptionniste prit le relais. Ensuite, il traversa la pièce jusqu'à Joshua, la main tendue.

— Joshua ? Je suis Ken McBride.

Joshua de leva et serra sa main. L'homme avait une demi-tête de moins que Josh, mais ses épaules étaient larges et solides. Sa poigne aussi était solide, mais pas agressive.

— Venez afin que nous puissions commencer la paperasse. Ellen, tu peux y aller une fois que tu auras donné un rendez-vous à Gerri. Gerri, je vous vois la semaine prochaine.

— Merci, Ken, dit Gerri en lançant un sourire timide à Josh.

Joshua se retrouva à lui sourire aussi. Euh. C'était bizarre.

L'intérieur du cabinet avait le même type de poterie et de tissages sur les murs en stuc, avec du mobilier en cuir brun clair. Il y avait des plantes aussi, mais pas de bureau, ce qui faisait que ça ressemblait plus à un salon qu'à un cabinet. C'était calme et paisible.

— Asseyez-vous où vous voulez, dit McBride.

Josh regarda le canapé, mais s'assit dans l'un des fauteuils à la place. Il passa la main sur le cuir soyeux du bras du fauteuil.

— Je suis déjà passé par tout ça. Alors ce n'est pas exactement nouveau.

— Non, mais moi je lui suis, alors nous devrons nous habituer l'un à l'autre. Nous devons remplir la paperasserie, mais avant ça, pourquoi ne pas parler un peu ? Voudriez-vous un peu d'eau ou de thé ?

— Non, merci.

— D'accord.

McBride s'assit dans l'autre fauteuil. Un presse-papier était posé sur la table basse entre eux, mais il ne fit aucun geste pour le ramasser.

— Pourquoi ne me parlez-vous pas de vous et de ce que vous aimeriez que la thérapie vous apporte ?

Joshua prit une grande inspiration.

— Je fais de mauvais rêves.

— Comme Hamlet.

— Hamlet ? Comme la pièce ?

— Oui. Shakespeare. Hamlet dit ça, à propos des rêves.

— Il faisait de mauvais rêves ?

— Acte 2, scène 2: 'Je pourrais être enfermé dans une coque de noix, et m'estimer roi d'un espace infini, n'était que j'ai de mauvais rêves'. Avez-vous déjà lu Hamlet ? Ou vu la pièce ?

— Je ne pense pas. Ce n'est pas vraiment mon truc. Jamais eu le temps pour ça.

Joshua réfléchit un moment.

— Je pense savoir ce qu'il veut dire par le truc de l'espace infini, malgré ça. Je ne me suis jamais imaginé avoir de limites quand j'étais petit.

— Ce n'est le cas pour personne. De quoi rêvez-vous ?

— De souvenirs, dit-il en passant un doigt sur le bras de la chaise. De mauvais souvenirs.

Le psy ne dit rien.

— Vous voulez en savoir plus à propos de moi ?

Josh leva les yeux et vit McBride le regarder avec attention.

— Je suis gay. Je suis accro à l'héroïne. Je suis un ancien du FBI. J'ai tué des gens.

— Continuez-vous d'en prendre ?

— Non.

Il attendit une remarque sur le reste de sa déclaration, mais il n'y en eut aucune. Il inspira et leva les yeux. L'expression du psy était douce et curieuse, pas critique.

— Je suis passé par une détoxication chimique après la mission puis quelques mois en réhabilitation. Je suis clean. Mais je...

Il déglutit.

— J'en rêve encore. Je... J'en veux encore. Dans mes moments de faiblesse. Je n'en veux pas comme tel, mais j'en veux.

— Ce n'est pas inhabituel, en particulier avec l'héroïne, dit McBride. Nous pouvons travailler sur des moyens de gérer ça. Le désir ne s'en ira peut-être pas complètement, mais il y a des choses qui pourront aider. Continuez.

Joshua haussa les épaules.

— Qu'est-ce qu'il y a d'autre ? Ma mère et mon oncle ont organisé ce plan où je viendrais travailler ici pour lui et apprendre les affaires du ranch. Il n'a pas d'autre famille, alors il pense probablement que je finirai par le racheter ou quelque chose de ce genre. Si je m'y plais.

— Est-ce le cas ?

— Je suppose.

Joshua se tut. Le psy ne dit rien pendant une minute avant de reprendre.

— Vous m'avez envoyé la permission d'accéder à vos antécédents médicaux à l'hôpital de Miller. J'ai quelques questions à propos de ce qui vous y a envoyé.

— Ma stupidité, dit Joshua avec amertume.

— Pensez-vous que ce soit aussi simple ?

Joshua fut incapable de répondre. Il fixa le mur derrière McBride. Le tissage à motifs était dans les tons chauds ; miel, sauge sombre et un brun presque rouge. C'était chaleureux et ça ressemblait à la maison.

— Est-ce que quoi que ce soit l'est ?

— Pas souvent. Alors. Si ce n'est pas seulement par stupidité, quoi d'autre ?

Quand Josh ne répondit pas, le psy changea de sujet.

— Parlons de ces rêves.

Il était tard quand Josh et Tuck rentrèrent de la ville, mais Eli avait trouvé des raisons de rester sur le porche de la maison jusqu'à ce qu'ils arrivent. Jesse était venu là une demi-heure plus tôt et parlait à Eli de... quelque chose. Eli ne lui prêtait pas vraiment attention ; il écoutait le bruit du moteur de Tuck.

Quand ils sortirent du véhicule, Joshua marchait de la même manière que quand il était arrivé au ranch, tendu et bizarre. Eli se leva à moitié, mais ensuite Tucker fit le tour du pick-up et prit le bras de Joshua, alors il se rassit.

— Tu vas bien ? demanda-t-il quand ils gravirent les marches du perron.

Jesse s'était tu.

— Oui, répondit Joshua, la voix quelque peu tremblante. C'était difficile, mais bien.

Il leur lança un sourire fragile et Eli eut envie de pleurer. Merde.

— Bien, dit-il sans le penser.

Ce qu'il voulait était de traquer les personnes qui avaient fait du mal à Josh, le psy ou les types de Chicago, ou qui que ce soit, et leur donner une bonne raclée. Mais il n'y avait rien qu'il puisse faire. Il ne se rappelait pas s'être déjà senti aussi impuissant de toute sa vie. Même lorsque son père était mort, il avait instinctivement su comment réagir, quoi faire, pour prendre soin de sa maman et des enfants. Mais ça. Josh était un homme, pas un gamin, et un homme devait régler ses propres problèmes, au bout du compte. Ouais, il pourrait être là pour l'aider si Joshua lui demandait, mais Joshua devait demander. Et il ne le fit pas. Il sourit à nouveau à Eli et Jesse, de ce sourire fragile et impersonnel et il entra dans la maison avec Tucker.

— Merde, il a l'air dévasté, dit Jesse à voix basse. Je pensais que ce gars était censé l'aider.

— Ouais. Je suppose que parfois, on doit passer par les mauvais trucs avant d'aller mieux, répondit Eli. Comme quand on enlève un sparadrap, ça fait un mal de chien, mais ça va mieux après.

— Euh, j'espère ne jamais avoir à traverser ça.

Eli observa le visage doux et serein de Jesse.

— Je doute que ça t'arrive, fiston. Ta mère bottera le cul de tous ceux qui essayeront de te chercher des ennuis.

— Ouais, elle est petite, mais elle est coriace.

Jesse sourit.

— Eh bien, je ferais mieux de monter et de finir mon devoir d'anglais sinon ce sera mon cul que ma petite maman coriace bottera. Nuit, Eli.

— Nuit, fiston.

La nuit devint silencieuse. Eli se balança sur sa chaise, pensant au ranch, à Josh, au travail du lendemain, à Josh. Après un moment, la lumière apparut dans la chambre de Joshua, puis s'éteignit à nouveau et en soupirant, Eli se leva de la chaise et traversa la cour en direction de sa propre maison et de son propre lit.

XV

ELI N'ÉTAIT pas sûr de savoir si Joshua serait partant pour la longue chevauchée qu'il avait prévu, après le traumatisme de sa visite chez le psy, mais il semblait aller bien le lendemain matin au petit-déjeuner. Eli le salua lui et les autres comme tous les matins, puis, quand il fut assis et eut mangé un peu, il se tourna vers Tucker.

— Je pensais emmener Josh au canyon aujourd'hui. Lui montrer quelques limites de la propriété.

— C'est une bonne idée, répondit Tuck. Vous feriez mieux de partir tôt, dans ce cas. Il est prévu moins de 25°C et il y aura quelques nuages cet après-midi, mais pas beaucoup. Demande à Sara de vous emballer votre déjeuner et j'en finirai avec Josh dans mon bureau vers 9h.

— À quelle distance est cet endroit ? demanda curieusement Joshua.

— Oh, à quelques heures de chevauchée à travers les montagnes. Nous suivrons la Las Lunas Creek – c'est le bras principal qui fournit nos trois criques – jusqu'au Galiano comme ça nous aurons de l'ombre et un accès à l'eau pour les montures une bonne partie du chemin. Ça te donnera une idée de la taille du ranch et du genre de terrain dont nous nous occupons.

— Manny et moi allons dans cette direction aussi, dit Billy, pour contrôler le bétail du canyon. On chevauchera avec vous, mais on en aura pour longtemps. Vous voudrez rentrer des heures avant qu'on ait fini.

— Du bétail ? répéta Joshua.

— Ouais, on a un petit troupeau de mustangs que l'on garde dans le canyon. Ce sont des juments du dernier rassemblement qui ont des poulains. Le canyon est assez grand pour qu'ils puissent s'éparpiller, mais l'entrée est fermée par une barrière et le reste du canyon est trop abrupt pour qu'ils grimpent alors on n'a pas à les chercher partout quand on est prêt à les ramener. Et, ils sont généralement plus en sécurité là-bas avec les poulains que s'ils essayaient de survivre dans les montagnes. Meilleure nourriture, plus d'eau et protégés.

Billy se versa une autre tasse de café.

— On va les contrôler chaque semaine, s'assurer qu'ils ne se sont pas attiré des ennuis, qu'ils sont toujours en bonne santé et que des animaux tels que des couguars ou des coyotes ne se sont pas établis dans les environs.

— Bien, dit Eli. Nous serons prêts à partir vers 9h. Josh, Avery te va toujours ?

— Oui.

— Avery ? grogna Manny. Ce cheval est une limace.

— Il est assez bien, dit distraitement Tucker. Juste paresseux. Josh le poussera, n'est-ce pas ?

— Comme tu voudras, Oncle Tucker.

Eli regarda Joshua. Il avait l'air nerveux et il se demanda pourquoi. Puis, Josh se leva et suivit Tucker dans son bureau et Eli finit son petit-déjeuner avant de se rendre aux écuries.

C'ÉTAIT UNE bonne chose qu'il ait passé un peu plus de temps sur la selle ces derniers temps et Joshua se sentit prêt pour une pause au moment où ils atteignirent le haut plateau où était situé le canyon. Il leur fallut deux bonnes heures de chevauchée pour y arriver. Joshua se douta que les autres seraient arrivés beaucoup plus vite sans lui, mais ils n'avaient pas l'air de s'en soucier. Les deux hommes étaient venus chevaucher à côté de lui, à un moment ou à un autre du trajet, et avaient engagé la conversation. Billy avait travaillé dans un nombre incalculable de ranchs depuis qu'il s'était enfui de chez lui à quinze ans et avait un tas d'histoires drôles à raconter sur ses expériences. Manny était un natif d'Albuquerque et était fasciné par les différences entre son espagnol d'origine mexicaine et celui de Joshua d'origine portoricaine. Le voyage se passa beaucoup plus vite pour Joshua grâce à eux. La terre le long du Rio Galiano était devenue plus dure vers le dernier kilomètre et ils durent abandonner la petite zone d'ombre pour chevaucher sous le soleil, la route serpentant dans les contreforts.

— On dirait un décor de film, dit Joshua alors qu'ils passaient devant un affleurement de rochers immenses. Je m'attends presque à voir un gang de voleurs de bétail masqués et à cheval au tournant.

— Ils conduisent des pick-ups de nos jours, et les masques ne sont plus à la mode, dit Eli sérieusement avant de lancer un sourire rapide à Joshua. En plus, c'est trop loin pour les voleurs, il n'y a pas de bétail et les mustangs n'en valent pas la peine tant qu'ils ne sont pas apprivoisés. Et il n'y a pas de routes. Ces gars volent parce qu'ils sont paresseux. Trop de boulot pour ceux-ci.

Joshua acquiesça.

Ils s'enfoncèrent dans le plateau rocheux, jusqu'à ce qu'ils arrivent dans une vallée étroite, assez étroite pour qu'ils durent chevaucher en file indienne tout le passage. Les rochers surgissaient dangereusement au-dessus de leurs têtes et Joshua leva les yeux pour les étudier consciencieusement.

— Les Apaches attiraient l'Armée par ici et jetaient des pierres à la tête des soldats pour les tuer. Bon endroit pour un massacre, dit Billy par-dessus son épaule.

— Comme si l'Armée avait l'habitude de chevaucher jusque dans les villages Indiens et apporter des bonbons et des gâteaux aux gamins, rétorqua Manny sèchement.

— Eh, je ne défends pas l'Armée ! J'admirais Geronimo. Et j'ai grandi près de Fort Sumner, alors je suis au courant de ça aussi. Je disais juste que c'est ce qu'ils faisaient ici.

Ils se chamaillèrent encore un peu avant que la vallée ne s'élargisse juste assez pour deux chevaux. De l'autre côté de la route se trouvait une grande barrière métallique, avec un loquet forgé bloquant le passage. Au-delà, Joshua voyait la route serpenter à nouveau et disparaître derrière encore plus de rochers. Billy déverrouilla la barrière et l'ouvrit afin qu'ils puissent passer avant de la refermer. Joshua entendit le bruit du loquet quand il se verrouilla automatiquement.

— Le canyon est un peu plus loin, dit-il à Joshua.

— Les mustangs ne peuvent-ils pas juste sauter au-dessus de la barrière ? demanda Joshua. Ce n'est pas si haut.

Ce n'était pas non plus plus haut que les barrières qu'il y avait au ranch.

— Ils pourraient s'ils avaient assez d'espace pour prendre de l'élan, mais la route bifurque, lui fit remarquer Billy. Ils ne peuvent pas sauter aussi haut sans élan.

Joshua acquiesça et suivit à nouveau le reste d'entre eux à travers les rochers.

APRÈS UNE quinzaine de minutes, ils arrivèrent sur une saillie donnant sur un petit canyon. Joshua en eut le souffle coupé. De l'autre côté de la route, une chute de 30 mètres s'écoulait dans un petit lagon limpide entouré

115

d'herbe et bordé d'arbres. Pas seulement les éternels peupliers dans la région, mais aussi des chênes, des frênes et des sorbiers. C'était l'endroit où Joshua voyait le plus de verdure depuis qu'il était arrivé dans l'Ouest.

— Putain de merde, souffla Joshua.

— C'est beau, n'est-ce pas ? dit Eli avec satisfaction.

— Où sont les chevaux ?

— Probablement plus haut, dit Manny en pointant l'est, où le ruisseau qui rejoignait la chute s'écoulait hors du petit lac et disparaissait derrière les arbres. Il y a une prairie là-bas. Ils y sont en général pour voir qui arrive. C'est là que Billy et moi allons. Après le déjeuner, bien sûr.

— Comment fait-on pour y arriver ?

Les trois hommes éclatèrent de rire.

— Le sentier, idiot, dit Billy en pointant le chemin étroit serpentant à travers la falaise en dessous d'eux.

Joshua déglutit. Fort.

Il y alla bien sûr en dernier, mais avant qu'Eli ne démarre, il se pencha en arrière et dit doucement à Joshua,

— Avery est adroit. Détends-toi et laisse-le se débrouiller. Il connaît le chemin. Ce n'est pas si difficile que ça en a l'air.

Joshua acquiesça et fit ce qu'Eli lui avait suggéré même s'il fallut encore quinze minutes de stress intense avant qu'ils ne posent le pied – ou le sabot – sur une surface plane. Il se sentit reconnaissant quand ils s'arrêtèrent sur une petite montée en haut du lac et descendirent de leurs montures. Billy conduisit les chevaux vers les arbres pour les attacher alors que les autres déchargeaient leur déjeuner des sacoches de selle.

Quand ils eurent fini de manger, ils se couchèrent dans l'herbe baignée de lumière du jour, profitant de la brise fraîche de la source.

— Comment se fait-il que ce ne soit pas le désert ? demanda Joshua en baissant son chapeau sur ses yeux. On a suivi ce ruisseau presque durant toute la route pour arriver ici.

— Le vent est en partie ce qui maintient le désert écumé, dit Eli. Même si les arbres avaient assez de place pour s'implanter dans les nappes phréatiques, le vent les assécherait et les renverserait. C'est seulement le long des rives que les arbres peuvent suffisamment s'enraciner pour lutter contre le vent, et même dans ce cas ce sont les peupliers parce qu'ils ont de longues racines. C'est protégé ici et les chutes maintiennent l'air frais.

— C'est comme un air conditionné naturel, dit Manny l'air endormi.

— Mmmm, répondit Joshua.

116

QUAND IL se réveilla, Billy et Manny étaient partis et les restes du déjeuner avaient été ramassés et rangés.

— Bonne sieste ? demanda Eli avec humour.

Il avait enlevé ses bottes et sa chemise et trempait les pieds dans le lac, mais les retira quand Joshua s'assit. Ses orteils étaient bleus.

— Froid, hein ?

Joshua regarda les pieds d'Eli. C'était les pieds les plus blancs qu'il ait jamais vus, sauf là où ils étaient bleus. Le reste du corps d'Eli, ce qu'il pouvait voir, était pratiquement brun à cause du bronzage. Non, pas brun, bronze. Josh avait vu ses bras et s'était attendu à ce que ce qu'ils appelaient 'le bronzage du fermier', où seuls les bras et le cou étaient colorés, mais la poitrine d'Eli et ses épaules étaient tout aussi dorées. Ses cheveux d'un doré un peu plus clair créaient un petit contraste. Ils faisaient encore plus ressortir ses yeux bleus.

— Ouais, c'est un bras de la rivière de la montagne. Il ne s'écoule pas assez pour se réchauffer.

Eli essuya ses pieds avec l'un des essuies dans lesquels leurs sandwichs avaient été emballés.

— Pourquoi personne ne vit-il ici ? Je veux dire, c'est beau...

— Ouais, mais la seule manière d'arriver ici à part en hélicoptère c'est par cette barrière. Je suppose qu'on pourrait probablement construire une route à travers la falaise, mais c'est toujours la terre du Triple C et je vois mal Tuck vouloir dévaster un canyon aussi bon et aussi utile. Mais tu as raison, c'est magnifique. Tuck m'a dit que ses parents venaient passer des weekends en amoureux et camper ici.

— Je suppose que c'est bien quand on est du genre romantique, dit Joshua.

Il ne regarda pas Eli, mais remit son chapeau et s'étira pour effacer les traces de sa sieste.

— Ouais.

Joshua serra ses bras autour de ses genoux et regarda la cascade pendant un moment. L'endroit était paisible, avec seulement le grondement des chutes et le bruit des éclaboussures des poissons bizarres dans le lac. Il se demanda distraitement d'où venaient les poissons, s'ils descendaient des montagnes ou si quelqu'un – les parents de Tuck, peut-être, ou ses grands-parents – avait un jour rempli le lac pour pouvoir pêcher pendant les vacances.

Il jeta un coup d'œil et vit Eli allongé sur ses coudes, ses longues jambes étendues devant lui, les pieds croisés au niveau des chevilles. Il avait abandonné son chapeau, l'éternel Resistol gris, qui traînait près des sacoches et ses cheveux clairs bouclaient autour de ses oreilles. Son visage était détendu et il avait l'air heureux et plus jeune, plus proche de l'âge de Joshua au lieu de sa trentaine. Bien sûr, pensa Joshua, il faisait probablement lui-même plus que ses vingt-huit ans. Dieu savait qu'il se sentait souvent plus vieux. Mais pas à ce moment-là. Pas à cette seconde précise où la brise était fraîche et le soleil ne tapait pas trop fort et où il y avait de l'ombre, du calme et Eli aussi près. Après un moment, Eli renversa la tête en arrière et regarda le ciel.

— Je suppose qu'on doit penser à rentrer. Il est au-delà de midi. J'ai quelques trucs à faire cet après-midi et les nouveaux stagiaires débutent aujourd'hui. J'aimerais les évaluer un peu avant qu'ils commencent sérieusement.

— Et Manolo et Billy ?

— Ils reviendront quand ils auront fini. Ils vont mettre du temps à prélever les échantillons d'eau, d'herbe et d'excréments de chevaux, et tout ça pour les envoyer au labo, sans parler de vérifier la faune et la flore sauvages de la zone. Ça prend quelques heures en général.

Eli mit ses bottes, son tee-shirt et sa chemise, se leva et porta les sacs de selles là où les chevaux attendaient avant de les remettre en place. Joshua le suivit, s'assurant que les sacs étaient bien fixés avant de remonter en selle.

— La prochaine fois, dit Eli, on t'emmènera pour tout le processus, mais c'est vraiment ennuyeux et je n'ai pas envie de te faire déjà fuir.

Il sourit à Joshua et fit avancer Button.

— Je n'ai pas envie de te faire partir du tout.

— Je n'ai pas envie qu'on me fasse partir, dit Joshua en donnant un petit coup à Avery avec son talon.

— Aucun homme ne le souhaite, *mijo*. Aucun homme.

Joshua se figea et son cheval s'arrêta. Ça semblait si familier. *Mijo bonito. Mijo valiente. Nunca te haran daño.*

— Tu parles espagnol ? demanda-t-il surpris.

Eli se retourna sur sa selle.

— Ouais, j'ai grandi dans le Wyoming, mais il y avait beaucoup de Latinos dans le ranch là-bas aussi. Et ça fait dix bonnes années que je suis au Nouveau-Mexique, où plus de personnes parlent espagnol qu'anglais. C'est plutôt difficile de ne pas finir par l'apprendre. Il est peut-être différent de celui que tu connais ; c'est mexicain, pas portoricain. Mais les bases sont les mêmes.

Il étudia Joshua, le regard gentil.

— Ça va, *chico* ?

— Ouais, répondit Joshua la voix rauque. Je vais bien.

Il donna à nouveau un petit coup à Avery et le cheval alla de l'avant. Alors ça n'avait pas été la voix de son grand-père qu'il avait entendue quand il était mourant dans le désert, mais celle d'Eli. Mais il ne pouvait pas se tromper sur l'émotion. *Mon beau garçon. Mon brave garçon. Je ne te ferais jamais de mal.* Pourquoi Eli aurait-il dit ces choses ?

Eli ne le dit pas et Joshua ne demanda pas.

ILS AVAIENT presque atteint les écuries du côté du corral le plus éloigné où des peupliers avaient été plantés des années auparavant. Le cours d'eau qu'ils avaient suivi arrosait les arbres avant de se diviser dans les trois bras qui maintenaient la continuité du ranch pendant les années les plus sèches. L'ombre de ce côté était plus profonde, et les arbres assez touffus pour que le ranch ne soit pas visible.

Joshua poussa Avery à aller un peu plus vite et ils se mirent à côté d'Eli qui leva les yeux, regardant Joshua curieusement.

Joshua tendit la main et la posa sur l'avant-bras d'Eli.

Eli s'immobilisa, regardant la main avant que son regard surpris croise celui de Joshua. À l'ombre, ses pupilles étaient grandes et sombres. Joshua attendit une seconde avant de laisser tomber sa main.

Eli passa la langue sur ses lèvres, puis, aussi doucement que s'il tendait la main pour toucher un mustang nerveux, il retira son gant et posa la main sur la joue de Joshua. Ses doigts étaient calleux et durs, mais doux contre la peau de Joshua et celui-ci ferma les yeux un moment, savourant le contact. Ça avait fait si longtemps depuis que quelqu'un, un autre homme, l'avait touché de cette manière. Il entendit Eli murmurer 'Josh...', tellement doucement que si le vent avait soufflé à ce moment-là, il l'aurait manqué.

— Là-bas, dans le désert. Tu m'as trouvé. Tu m'as cherché. Tu as dit 'ne me fais pas ça'. N'est-ce pas ? Pourquoi ?

— Tu ne poses pas les questions les plus faciles, hein fiston ?

— Je ne suis pas ton fils.

La brise se leva, soufflant dans les feuilles des peupliers.

— Non, dit finalement Eli. Tu ne l'es pas.

Joshua tourna la tête et laissa ses lèvres effleurer la paume d'Eli. La voix d'Eli fut rauque quand il parla.

— Seigneur Joshua...

Et il retira brusquement sa main.

Joshua s'agita sur sa selle.

— Oh, dit-il bêtement. Désolé... J'ai mal compris... Peu importe. Désolé.

Il tourna la tête d'Avery en direction du ranch.

— Je suis fatigué. On se voit au dîner.

— Joshua, attends.

Il ne le fit pas. Il poussa Avery au galop et s'en alla.

ELI LE rattrapa quand il entra dans la grande écurie et descendit de son cheval avant que Joshua ait retiré ses pieds des étriers. Il attrapa la bride d'Avery et dit à voix basse,

— Tu ne vas pas me fuir à nouveau, Joshua Chastain. Toi et moi allons parler.

— Tu n'as aucun droit de me dire ce que je dois faire, rétorqua Joshua.

— Conneries. Je suis le contremaître. Je suis responsable de la sécurité et du bien-être de toutes les maudites personnes de ce ranch et ça t'inclut aussi. Et ton oncle, qui va être inquiet et en colère contre moi si tu retournes dans la maison en courant comme tu l'as fait la veille du jour où tu es parti.

Joshua descendit du cheval. Quand il atteignit le sol, ses genoux se dérobèrent un peu et Eli attrapa son bras.

— Doucement. Nous avons plus chevauché aujourd'hui que ce à quoi tu es habitué. Avant d'aller te coucher ce soir, prends un long bain chaud et mets un peu de pommade. Sarafina en a.

— Il t'a accusé pour mon départ, dit Joshua en l'ignorant.

Il repoussa la main d'Eli.

— Ouais. Et il n'avait pas tort. Je n'aurais pas dû te laisser partir. Et je ne vais pas te laisser partir maintenant. Tu vas t'asseoir sur cette botte de foin jusqu'à ce que je finisse de prendre soin de ces chevaux, puis nous allons aller à la maison et nous allons parler.

Il s'empara à nouveau du bras de Joshua et le conduisit jusqu'à la botte en le poussant doucement à asseoir.

— Et je veux dire parler sérieusement.

120

Seigneur, pensa Joshua, *je suis un idiot*. Bien sûr qu'Eli ne voulait pas de lui. Il avait commencé à reprendre un peu de poids, mais il était encore squelettique et accro à la drogue, en plus. Il était dégoûtant et la seule raison pour laquelle Eli avait été aussi gentil avec lui c'était parce qu'il se sentait désolé pour lui. Et parce que c'était un homme gentil. Au moins, il n'avait pas été cruel ni ne s'était moqué de lui et au moins la curiosité de Joshua sur ses préférences sexuelles était satisfaite. Il souleva les pieds sur la botte et posa la joue sur ses genoux. Il était fatigué, c'était tout. Il avait travaillé dur depuis l'aube et n'était pas habitué à ça. Mais ça allait être sa vie à partir de maintenant et ça lui allait. C'était bon de travailler dur et l'endroit était bien. Ce n'était pas comme si quelqu'un allait s'attendre à ce qu'il tire sur quelqu'un d'autre ici.

Il se demanda vaguement où était parti son revolver. Il avait remis son arme de service quand il était allé en mission. Au moment de son arrestation, il avait été débarrassé de celle qu'il avait eue en tant que José Rosales. Il ne voulait plus voir d'autre revolver. Des fusils et des carabines, si. Ils étaient au milieu du désert après tout et devaient probablement tirer sur des coyotes, des loups et des serpents à sonnette pour protéger les chevaux. Il avait vu des fusils dans l'armoire en bois du bureau de Tucker. Il n'avait pas de problème avec ceux-là. Il ne voulait simplement plus voir de pistolet pour le reste de sa vie.

On ne pouvait pas exactement être agent du FBI si l'on avait peur des revolvers. Pas qu'il ait vraiment peur. Il ne voulait juste plus en voir.

Eli fut silencieux quand il retira le harnachement des chevaux et passa une étrille sur leurs robes. Ils n'avaient pas chevauché rapidement, mais c'était une longue route depuis le canyon. Joshua le regarda, lui et les mouvements délibérés qui paraissaient lents, mais qui étaient un chef-d'œuvre d'efficacité. Pas de mouvement inutile, pas de négligence. Grâce à cette efficacité, il finit de s'occuper des deux chevaux beaucoup plus vite que Joshua aurait pu le faire pour un seul, même s'il n'avait pas été aussi fatigué, et les laissa tous les deux aller dans le corral. Puis il se tourna vers Joshua.

— Prêt ?

Joshua se leva et le suivit dehors.

TRANSPIRANT, ELI essaya de garder un rythme raisonnable en traversant la cour vers le porche même s'il avait envie de se précipiter. À côté de lui,

Joshua était silencieux, mais Eli pouvait ressentir la tension qui émanait de lui. Putain. Qu'est-ce qu'il était censé faire ?

— Ça ne voulait rien dire, dit Joshua.

Eli s'arrêta et le fixa, le regard vide.

— Quoi ?

— Ça ne voulait rien dire. Joshua haussa les épaules. Ça n'a aucune importance. Ça n'arrivera plus. J'ai juste merdé, encore une fois. Je voulais juste... Je ne sais pas. Te remercier. Ou quelque chose du genre. Oublie ça.

— Seigneur, Josh !

Eli soupira profondément.

— Écoute, je ne voulais pas te mettre en colère. Putain, on dirait que c'est la seule chose que je sais faire, c'est de te mettre en colère.

Il repoussa son chapeau et passa la main sur son front.

— Je suis désolé.

Joshua haussa à nouveau les épaules, mais le regard dans ses yeux était revenu, le vide qu'Eli n'avait pas revu depuis les premiers jours de son séjour. Il avait l'impression d'avoir tué quelque chose.

— Josh, dit-il, mais celui-ci secoua la tête et gravit les marches vers la maison, laissant la porte d'entrée claquer derrière lui.

— Putain, jura Eli.

Il prit son chapeau et se donna une tape avec sur la cuisse avant de le suivre.

La cuisine était vide et la maison silencieuse, ce en quoi Eli était reconnaissant. Au moins personne ne l'entendrait crier sur Josh. Et puis, quel était son problème pour qu'il veuille crier sur Josh ? Il ne criait pas. Ce n'était pas dans ses habitudes. Non, il était calme et patient, celui qui attendait que les choses sauvages viennent à lui. Il ne ressortait jamais rien de bon de la poursuite, disait toujours Tuck. Peut-être avait-il raison cette fois aussi.

Peut-être que ce n'était pas le cas. Peut-être que certaines choses devaient être poursuivies.

Il frappa à la porte de la chambre de Joshua, mais ce dernier ne répondit pas. Inspirant un grand coup, Eli ouvrit la porte et entra.

Josh, debout près de la fenêtre, se tourna.

— Qu'est-ce que tu fais là, putain ? demanda-t-il furieusement. Sors d'ici, tout de suite ! Qui t'a donné le droit... ?

Eli traversa la pièce, prit le menton de Joshua dans sa main et l'embrassa fort.

— Ne t'avise plus, siffla-t-il, les doigts maintenant Josh en place.

Son regard se fixa sur les yeux sombres et effrayés de Joshua.

— Ne t'avise plus de me fuir quand je n'en ai pas fini avec toi, Josh. Je t'ai presque perdu dans le désert et je ne vais pas te perdre à nouveau, tu comprends ça ?

— Qui a dit que je t'appartenais ?

Josh se recula brutalement, sa main venant toucher l'endroit où Eli l'avait attrapé.

— Pour qui te prends-tu ?

— Tu sais qui je suis et tu sais que tu m'appartiens. Putain, je pense que je savais que tu étais à moi à la minute où tu es descendu de ce bus. Et je ne vais pas te perdre.

Joshua fixa Eli, les yeux grands ouverts. Eli était plutôt surpris lui-même. D'où étaient venus ces mots ? Était-ce réellement comme ça qu'étaient les choses ? Si c'était le cas, il ne l'avait pas réalisé. Mais les mots, les mots semblaient tellement vrais.

Tuck savait. Eli en était sûr. Il ne l'avait peut-être pas réalisé lui, mais Tuck l'avait vu et l'avait prévenu. Lui avait dit de faire attention à Joshua. Mais Joshua était à lui.

— Alors, dis-moi maintenant, dit Eli, la voix tendue et anxieuse. Est-ce que c'était seulement parce que tu voulais me remercier ? Parce que si c'est tout ce que c'était, dis-le-moi maintenant.

— Je voulais te remercier...

Pendant une seconde, Eli pensa que son cœur venait d'exploser. Il sentit la douleur se répandre jusque dans ses orteils. Puis le froid s'abattit sur lui. Il recula, hocha la tête et se tourna, sortant de la chambre, de la maison et marchant à travers la cour vers chez lui. Il entendit Joshua l'appeler, mais il l'ignora. C'est bon, pensa-t-il, moi aussi je peux m'en aller, même s'il était aveuglé par le chagrin, la colère et la déception. Ce furent uniquement les dix ans d'avoir parcouru cette distance entre la maison du ranch et son cottage, ces dix ans d'habitude qui lui permirent d'arriver à son propre perron.

Il entendit des pas derrière lui et, malgré tout, il s'arrêta, posa la main sur la rampe d'escalier et attendit.

XVI

LE COTTAGE du contremaître était à l'opposé de la maison principale, en face de la route, sous encore plus de peupliers. Joshua pouvait entendre le bruit des éclaboussures de l'eau du ruisseau. Il y avait un petit porche, pas même la moitié de la taille de celui de la maison principale, mais assez grand pour une chaise à bascule blanche et une petite table en osier. Eli attendait sur ce porche, dos à Joshua. La porte intérieure était ouverte et quand Joshua gravit les marches du perron, Eli l'ouvrit et le poussa à entrer dans la maison où il faisait sombre et frais.

Eli alluma les lumières et Joshua remarqua que toutes les tentures du petit salon étaient fermées contre la lumière du jour. Il n'y avait pas grand-chose dans la pièce : un canapé en cuir abîmé, un fauteuil de type Laz-E-Boy recouvert d'un morceau de tissu et une vieille télévision. Une bibliothèque remplie de livres et de bibelots se trouvait contre l'un des murs. C'était scrupuleusement propre.

— Sarafina nettoie pour moi, dit Eli en lisant apparemment à nouveau dans les pensées de Joshua. J'ai une cuisine, mais je n'utilise que le frigo pour la bière la plupart du temps. Tu en veux une ? Ou un Coca.

— Un Coca, merci.

Il suivit Eli dans la minuscule cuisine. Les murs étaient peints dans un jaune éclatant et il y avait des rideaux carrelés jaune et blanc devant la fenêtre. Il faisait plus chaud ici, mais plusieurs genévriers assombrissaient la fenêtre et l'empêchaient de devenir trop chaude. Eli prit deux verres et servit les Cocas.

— 'Sied-toi, dit-il.

Joshua s'exécuta.

Eli se pencha contre le comptoir et l'étudia un moment.

— Le fait est que, dit-il finalement, je suis gay. Je suppose que tu l'avais compris. Tout le monde n'est pas au courant. Tuck sait, et Sarafina et Jesse aussi. Mais ce n'est pas le cas du reste des travailleurs et ça ne regarde personne. Alors voilà. Je préférais que ce ne soit pas divulgué, mais si tu ressens le besoin d'aller blablater à ce sujet, tu peux y aller. Je préférais faire face aux conséquences de ça, plutôt que tu cherches à te venger ou quoi.

— Qu'est-ce que tu racontes ?

Joshua commença à se lever, mais Eli pointa un doigt dans sa direction.

— Assieds-toi. Je n'ai pas fini. Je voulais juste qu'on en finisse avec tout ça et qu'on passe à autre chose. Je ne te connais pas aussi bien que je connais Tuck, Sara et Jesse alors je ne suis pas sûr de la manière dont tu réagiras à certaines choses.

— Écoute, dit Joshua, ça va. Je ne vais pas aller t'afficher auprès d'un groupe de gars que je ne connais pas mieux que toi. Je ne sais pas pourquoi tu es parti au milieu de la discussion, après m'avoir crié dessus pour avoir fait la même chose. Alors, arrêtons juste de nous en aller et essayons de savoir ce qui se passe.

— Bonne idée. Toi en premier.

— Quoi ?

Eli secoua la main.

— C'est toi qui as commencé ça. Dans les bois. Alors, dis-moi. Qu'est-ce que tu veux ? Une baise rapide ? Quoi ?

— Merde, je ne sais pas. Ça fait trois ans que je n'ai plus eu de relation sexuelle, mais ma vie a été foutue en l'air donc je suppose que ça compense. Je ne te cours pas après parce que tu es disponible. Si je voulais juste une baise rapide, je suppose que je pourrais la trouver ailleurs. Tucker me prêterait des roues si je lui demandais.

Eli prit une gorgée de coca en roulant des yeux.

— Ouais, il y a quelques endroits à Roswell, Albuquerque et Santa Fe. Ces villes sont assez grandes et cet état est un peu moins coincé que le Texas et l'Arizona, alors ils sont aussi sûrs que n'importe où. Il y a pire. En tout cas, ce sont des bars, pas des clubs, et pas le genre d'endroit où tu te sentiras à ta place...

— Qu'est-ce que tu racontes ? demanda Josh à nouveau. Où crois-tu que je me sente à ma place ? J'ai passé trois putains d'années dans Darwin Park, l'un des quartiers les plus miteux et les plus mal famés de Chicago et tu penses que je ne pourrais pas m'en sortir dans un bar de cowboy ?

Eli resta silencieux un moment.

— Désolé à propos de ça, dit-il finalement. Je me suis habitué à penser à toi comme 'le neveu de Tucker de l'Est' et l'agent du FBI. Je ne sais pas ce qu'ils font, c'est juste ce que je vois à la télé. Tuck aime bien cette série, Bones, et l'agent ne fait qu'enquêter sur des trucs sur son ordinateur. J'oublie que tu as traversé des choses que personne ne devrait avoir à traverser.

— Je ne suis pas un gamin, je ne suis pas un putain d'employé de bureau et je ne suis pas tendre. Je suis un vieux junkie avec un tas de problèmes qui foutent ma tête en l'air, et l'un d'entre eux est que je n'ai pas baisé depuis un putain de moment. Alors ouais, je veux savoir où je peux aller trouver du cul.

Le visage d'Eli se vida de son sang.

— Eh bien, si tu avais prévu de te faire un étranger, je te conseille de te remettre vite en forme, parce que ces endroits ne laissent entrer que des personnes à l'allure décente. Tu ressembles à un maudit junkie.

— Je t'emmerde, Kelly.

Joshua eut l'impression qu'Eli lui avait coupé la respiration.

— Je t'emmerde profondément.

Il repoussa brutalement sa chaise et se leva, voulant partir sur-le-champ.

— Merde.

Plus rapidement que Joshua s'y attendait, Eli prit son bras et le poussa à se retourner.

— Je suis désolé, murmura-t-il dans l'oreille de Josh. *Mijo*, je suis désolé. Je ne le pensais pas.

— Si, dit Joshua. Et c'est vrai. Je ressemble à un junkie et personne ne me laissera entrer dans ce genre de club.

— Chuut.

Eli lui caressa le dos, le réconfortant.

— Tu as l'air en meilleure santé de jour en jour, niño, et quand tu iras mieux, tu les battras tous à plate de couture.

C'était tellement facile d'être là debout, dans les bras d'Eli. Joshua posa le menton sur son épaule, inhalant les odeurs de cheval, de savon, de sueur et d'homme. Il leva les bras et les passa autour de la taille d'Eli.

— Josh, murmura Eli. Oh, Josh.

Il sentit la tête d'Eli se tourner et il tourna la sienne pour aller à sa rencontre. Leurs lèvres s'effleurèrent une fois, doucement, puis l'un d'entre eux, Joshua ne savait pas exactement lequel, se pencha en avant et pressa plus fort. La langue d'Eli toucha les lèvres de Joshua, puis il s'invita à l'intérieur, l'explorant tendrement. Eli goûtait la menthe et le Coca. Joshua soupira doucement avant que ses bras ne se resserrent autour d'Eli, l'attirant plus près et bougeant les hanches contre lui. C'était tellement bon, même

126

ce petit contact, le premier depuis très, très longtemps. Quand il sentit les mains d'Eli descendre pour empoigner ses fesses, il sourit dans le baiser qu'ils partageaient toujours et il se balança en avant, assoiffé de contact.

Mais quand Eli recula et tomba à genoux, Joshua faillit tomber à la renverse, choqué.

— Qu-Quoi... ?

— Chut, dit à nouveau Eli, et aussi délibérément, aussi efficacement qu'il avait débarrassé les chevaux de leur harnachement, il prit soin du jean de Joshua et le glissa jusqu'à ces genoux.

Puis, il se pencha en avant et embrassa la hanche mince de Joshua.

— Oh, *mijo*, souffla-t-il avant de tourner la tête pour lécher la base du membre de Joshua. Il est beau, dit-il, la voix pleine d'émerveillement. Si fort, si beau.

Sa langue s'enroula autour de son gland. Joshua plongea les mains dans la chevelure blonde et s'appuya contre la porte pour garder l'équilibre.

— Seigneur, Eli, dit-il la voix rauque.

— Chut.

Eli lécha à nouveau avant que Joshua laisse échapper un cri quand sa bouche le prit plus profondément. Eli le suça, sa langue caressant son sexe alors que ses mains s'occupaient de ses testicules.

Puis, il laissa Joshua se retirer de ses lèvres et celui-ci cria presque.

— Chambre, dit Eli avant de se lever en relevant le jean de Joshua sur ses hanches.

Il le laissa déboutonné, prit la main de Joshua et le conduisit à travers le petit salon jusqu'à la chambre tout aussi minuscule avec son lit double qui prenait presque toute la place.

Près du lit, Eli enleva les bottes et le jean de Joshua avant de tendre la main vers son tee-shirt. Joshua recula brusquement, mais le regard d'Eli était patient, même lorsqu'il était brûlant de désir.

— Ça va, *mijo*. Je sais à quoi tu ressembles.

Alors Joshua le laissa passer son haut au-dessus de sa tête, dévoilant sa poitrine et ses bras maigres et tatoués. Il trembla un peu, de peur que ça calme les ardeurs d'Eli, mais tout ce que l'intéressé fit fut de se pencher et de conduire sa langue talentueuse vers l'un de ses tétons. Joshua gémit.

— Lit, dit Eli en repoussant la couverture et poussant Joshua dessus.

Joshua regarda Eli retirer sa propre chemise, la passant au-dessus de sa tête sans la déboutonner avant de se débarrasser de son propre jean et de ses bottes, les laissant tomber sur le sol. Il alla à la table de nuit et en sortit du lubrifiant et des préservatifs.

— Tu ramènes des hommes ici ? demanda Joshua, la voix tremblante d'anticipation.

— Nan, répondit Eli.

Il déchira l'emballage d'un préservatif avec ses dents et le déroula sur le membre de Joshua.

— Je les utilise quand je me masturbe, c'est plus facile à nettoyer. Sarafina fait le ménage pour moi, c'est simplement poli.

Il se pencha et prit l'un des testicules de Joshua dans sa bouche et la conversation perdit tout intérêt pour celui-ci. La sensation de chaleur et d'humidité était bien plus intéressante.

Quand Eli se déplaça vers le sexe de Joshua, qui était maintenant si dur que Joshua pensa qu'il mourrait par manque de sang dans le cerveau, il enroula une main autour de la base. Puis, il commença un lent mouvement de va-et-vient en léchant à la base et en suçant à l'extrémité. Encore et encore et encore, la même sensation intense, le même rythme lent.

— Eli, gémit Joshua. Seigneur, Eli...

La vibration du rire d'Eli lui fit presque perdre la tête.

Finalement, Eli accéléra un peu, assez pour que Joshua se balance d'avant en arrière pour aller à la rencontre de sa main, voulant désespérément éjaculer. Quand il atteignit finalement l'orgasme, il sentit ses fesses quitter le lit alors qu'il arquait le dos et l'explosion de sensation assombrit sa vision pendant un moment. Il mit sa main devant sa bouche pour retenir son cri.

ELI SENTIT la chaleur se répandre dans le préservatif et laissa Joshua se libérer de sa bouche. Il retira le préservatif usagé et le noua avant de le jeter dans la poubelle près de son bureau.

— Je reviens, murmura-t-il en embrassant doucement la hanche de Josh avant de se lever et de se rendre dans la salle de bain au bout du couloir et de fermer la porte.

Là, il se masturba rapidement à l'aide d'une main, l'autre posée contre le mur derrière les toilettes pour soutenir ses jambes faibles.

— Putain, grogna-t-il silencieusement.

Il se regarda dans le miroir en se lavant les mains. Le visage qui le regarda était rougi par l'excitation, mais à l'intérieur, il se sentait grisé par la fatigue.

— Oh, fiston, dit-il à son reflet, dans quoi est-ce que tu viens de t'embarquer ?

Ça n'avait aucun sens de s'inquiéter maintenant. Il trouva un gant de toilette propre sur l'étage et le trempa dans de l'eau chaude avant de se débarbouiller et de le rincer pour l'emmener dans la chambre.

Josh somnolait, mais il ouvrit les yeux quand Eli s'agenouilla sur le lit et se mit à le nettoyer. Pas qu'il y avait grand-chose à nettoyer. Ils avaient été plutôt propres. Malgré tout, Eli entendit un soupir de satisfaction quand il essuya les testicules de Joshua pour lui.

— Ça fait du bien, murmura Josh.

— Ouais, je sais.

Eli jeta le gant sur le tapis et se glissa sous les draps à côté de Joshua.

— Je ne peux pas rester longtemps. Je dois retourner travailler. Mais tu peux rester aussi longtemps que tu veux. Je dirai à Tucker que tu as décidé de faire une sieste.

— Ici, au lieu de ma chambre ?

L'expression de Josh était ironique.

— Je pense qu'il découvrirait tout.

— Il ne sait pas que tu es gay, répondit Eli.

— Ce ne serait pas difficile à comprendre s'il me retrouvait endormi dans ton lit.

— Hmmm, dit Eli en s'appuyant sur un coude et en étudiant minutieusement Josh.

Sous son regard, Josh rougit et tendit la main vers le drap pour s'en recouvrir, mais Eli l'arrêta.

— Non, laisse-moi te regarder.

— Il n'y a rien qui en vaille la peine, dit Joshua.

Il bougea inconfortablement, mais laissa Eli regarder.

Il y avait un tatouage sur un côté de sa poitrine, un grand cœur entouré de fleurs et d'un ruban noir. Sur le haut du ruban était marqué 'Hannah' et sur le bas, 'Catherine'. Un étranger qui le regarderait penserait que ce n'était qu'un seul nom, 'Hannah Catherine'.

— Les deux seules femmes que j'aie jamais aimées, souffla Joshua.

— Mm, acquiesça Eli.

— Mon père appelait toujours ma mère 'Ana', alors tout le monde dans le gang pensait que Hannah Catherine était une petite amie à Cincinnati. Ils pensaient que j'avais fait partie d'un gang là-bas. Le Bureau m'avait fabriqué un faux mandat d'arrestation tellement réaliste que parfois j'avais peur de vraiment finir en prison, qu'ils oublieraient que tout ça était faux.

Eli passa un doigt sur les contours du tatouage sur son biceps. Celui-là était moins commode. C'était un squelette tenant une machette au-dessus de la tête d'un autre squelette agenouillé devant lui. En dessous, sur un drapeau était marqué le nom 'Los Peligros'.

— Les dangereux ? traduisit Eli.

— Le nom du gang auquel j'appartenais à Chicago. Ils n'étaient pas juste dangereux, ils étaient le Danger en lui-même.

L'humour qui avait égayé sa voix quand il avait parlé de l'autre tatouage était parti et avait été remplacé par un ton plat.

— Alors ils n'ont pas fini par oublier et t'envoyer en prison ?

Eli changea de sujet.

— Non. Robinson, celui qui s'occupait de ma mission au Bureau, s'est assuré que lui et les autres agents sur le terrain de Chicago soient sur le coup quand le guet-apens a éclaté. Robinson a dit, lors de la mise en accusation, que j'avais une série de mandats dans l'Ohio et puisque j'étais 'arrêté' pour du racket fédéral, ils n'ont pas eu à attendre l'extradition pour m'y ramener. Robinson m'a sorti de là et conduit droit en réhabilitation.

— Est-ce que le procès est fini ?

Joshua ricana avec amertume.

— Tu connais le système judiciaire. Ou peut-être pas. Sinon, tu es chanceux. Ça prendra des années avant que ça n'arrive au procès à moins que certains d'entre eux n'abrègent les choses et comptent les preuves de l'état. Il y a eu un appel, malgré tout, et une fois que les acteurs principaux n'ont pas été autorisés à être libérés sous caution, Robinson s'est dit que je serais assez en sécurité pour récupérer ma véritable identité.

Il baissa les yeux vers l'endroit où Eli était paresseusement en train de tracer les contours du cœur sur sa poitrine.

— La préoccupation principale était pour Maman et Cathy, mais pendant tout le temps de mon infiltration, il n'y a eu aucun signe que quelqu'un connaissait mon vrai nom. J'étais José Rosales, fils d'Alberto Rosales. Mes grands-parents étaient déjà morts à ce moment-là, mais même quand ils étaient en vie, le courant n'était jamais passé avec 'Chete Montenegro, le leader du gang. Il avait grandi avec mon père, ce qui m'a permis d'entrer chez Los Peligros, mais mes grands-parents l'accusaient d'avoir embarqué mon père dans les ennuis. De ce que m'a dit Maman, Papa dépensait beaucoup de sa propre énergie pour s'attirer des ennuis tout seul. Qu'importe. J'ai travaillé dur pour trouver des preuves à Robinson qui pouvaient être vérifiées indépendamment pour que je n'aie jamais à témoigner, parce que ça mettrait ma famille en danger.

— Qu'est-ce qui se serait passé si tu l'avais fait?

— Protection des témoins, sûrement. Mais j'ai joué tout le jeu avec cette pensée en tête. Avoir la preuve, les faire arrêter, et le faire sans jamais me faire attraper. Ni pendant, ni après.

Il se contracta quand Eli fit glisser ses doigts le long de son bras jusqu'aux marques guéries de son avant-bras, mais ni lui ni Eli ne dirent quoi que ce soit. Au lieu de ça, Eli entrelaça ses doigts avec ceux de Joshua et embrassa son épaule au-dessus du tatouage de Los Peligros.

Ils somnolèrent ensemble pendant quelques minutes, mais quand la respiration de Joshua ralentit et qu'il s'endormit, Eli se glissa silencieusement hors du lit et s'habilla. Puis il se pencha sur Joshua et déposa un baiser sur son front avant de retourner dehors.

XVII

LA TEMPÉRATURE avait quelque peu baissé depuis qu'ils étaient rentrés du canyon et ça faisait du bien. Joshua s'était réveillé de sa sieste seul, le froissement du papier quand il s'était retourné vers le côté d'Eli le prévenant de son absence. 'Retourné au travail', avait griffonné Eli. 'On se voit plus tard'.

Il n'avait pas eu besoin de dormir plus alors il se leva, prit une douche rapide dans la minuscule salle de bain d'Eli et s'habilla à nouveau.

Quand il quitta le cottage, il s'assura que personne n'était dans les parages pour le voir. Puis, il alla chercher Eli.

Il était dans l'arène derrière les écuries, en train de travailler avec les nouveaux instructeurs qui étaient arrivés la nuit précédente. Joshua ne les avait pas encore rencontrés. Ils étaient debout à la périphérie de l'arène et regardaient Eli.

L'un d'entre eux était un homme plus vieux, dans la quarantaine au moins, qui avait déjà entraîné des chevaux, mais qui voulait apprendre de nouvelles compétences en ce qui concernait les chevaux à problèmes. Un autre avait la vingtaine, venait d'une famille qui faisait des courses de chevaux dans le Kentucky et avait décidé qu'il préférait les entraîner plutôt que de les regarder courir. Et le troisième était, bien sûr, Jesse.

Tous les trois étaient fascinés, le regardant travailler avec l'un des chevaux qui avait été tellement maltraité qu'il avait été pratiquement inapprochable. Alors que Joshua s'appuyait contre la barrière, il vit le cheval, à la robe pie, mettre un terme à sa danse nerveuse et fixer Eli, qui était complètement immobile au milieu de l'arène, les mains posées sur les hanches, le licol pendant, parlant d'une voix douce et patiente. La tête du cheval était toujours levée, ses yeux blancs, ses narines dilatées, mais il se tenait tranquille, les jambes écartées. Eli continua de parler.

— Les chevaux sont des proies, dit-il de cette voix basse et calme. Ils sont faits pour fuir le danger, mais ce sont aussi des animaux de groupe qui se battront pour défendre leur troupeau. Ou s'ils se sentent coincés. Techniquement, cet animal est coincé. La clôture est juste assez haute pour qu'il doive prendre un élan conséquent pour sauter par-dessus, mais il devrait passer devant moi et il ne veut pas faire ça. Alors il se sent coincé. Ça va.

Ce que vous ne voulez pas, c'est qu'il se sente menacé parce que sinon, il se battra. Ne faites pas de mouvements brusques, ne parlez pas fort et ne le regardez pas dans les yeux. C'est un challenge et une menace. Pour le moment, il ne se sent pas menacé parce qu'il ne sait pas qui je suis. Je ressemble à la chose qui l'a maltraitée, mais je n'ai pas la même voix et n'agis pas comme elle. Ce qui est intéressant, c'est que plusieurs fois, particulièrement quand nous travaillons sur des cas de maltraitance, une femme a plus de chance de s'en sortir avec l'animal qu'un homme, simplement parce que les femmes ne ressemblent pas et n'ont ni la même voix ni la même odeur que les hommes. Statistiquement parlant, les hommes sont beaucoup plus souvent coupables de maltraitance animale que les femmes, alors elles ont plus de chance en travaillant avec des animaux maltraités. J'aurais aimé que Jenny soit toujours là pour vous montrer. Elle est partie dans le Kansas pour y travailler, mais c'était l'une de mes meilleures instructrices. Peu de femmes vont sur le terrain, malgré tout, alors il est possible que vous n'en rencontriez jamais. C'est mieux d'apprendre à s'occuper d'eux vous-mêmes. Nous avons travaillé avec les mustangs de la sélection, mais nous n'avons pas eu l'occasion de le faire avec des animaux apprivoisés qui ont été maltraités. Donc Spot ici présent – ne me regardez pas, ce n'est pas moi qui lui ai trouvé ce nom – a été à un moment un cheval de selle décent jusqu'à ce qu'il soit battu. Son propriétaire a été dénoncé auprès de l'ASPCA locale, et c'est comme ça qu'il a atterri ici. Ce n'est pas un mauvais cheval, pas abîmé, pas agressif, juste apeuré. Ça ne fait qu'une semaine qu'il est ici, alors il n'est toujours pas certain de ce qui se passe. Il est toujours effrayé.

Tout le temps où il parlait, Eli garda son attention sur le cheval. Il n'illustra pas son discours par des mouvements de main, il ne tourna pas le dos et il ne changea pas le ton apaisant de sa voix. Joshua regarda avec approbation la manière dont le cheval réagit. Son corps passa d'un état d'alerte maximale à de la prudence. Il baissa la tête, ses yeux redevinrent bruns au lieu de blancs et ses narines ne furent plus aussi dilatées.

Eli continua de parler et s'accroupit. Il avait l'air de pouvoir se renverser facilement, mais Joshua suspecta qu'il était en fait aussi solide et stable que s'il était assis.

Le cheval secoua la tête, mais resta en place.

Eli s'assit doucement, repliant ses jambes en tailleur.

— Comme vous le savez tous, si vous vous faites plus petit que l'animal, il a moins peur de vous. Je vais vous dire quelque chose que vous devriez tous savoir à propos de la manière dont un cheval voit le monde.

Vous voyez la manière dont leurs yeux sont situés sur les côtés de leur tête, comme pour leur donner un plus grand champ de vision ? Ça fait qu'ils ont un point où ils sont aveugles en face d'eux. De plus, cette déformation signifie que quand ils voient quelque chose en face d'eux, cette chose paraît disproportionnellement grande. Alors, ne les surprenez pas en apparaissant juste devant leur nez et faites-vous assez petit pour qu'ils n'aient pas peur de vous. L'ennui est que vous ne devez pas le faire si vous pensez que vous pouvez vous faire piétiner, parce qu'un cheval peut vous tuer, alors c'est une décision que vous devez prendre sur base de votre expérience avec l'animal. Spot, je ne l'ai jamais vu réagir agressivement, alors je vais lui faire confiance pour qu'il ne me réduise pas en bouillie.

Il croisa les bras et attendit.

Joshua sourit quand, une minute plus tard, le cheval franchit les derniers mètres qui le séparaient d'Eli et fit tomber son chapeau pour renifler ses cheveux. Eli ne bougea pas, mais se mit à dire des paroles incompréhensibles au cheval et celui-ci pencha la tête pour heurter ses naseaux contre la poitrine d'Eli. Eli tendit doucement la main et gratta la joue du cheval.

— Fils de pute, souffla Joshua. C'est incroyable.

— Ouais, il l'est, acquiesça Tucker à côté de lui.

Joshua était tellement focalisé sur Eli qu'il n'avait pas remarqué son oncle s'approcher. Ils parlèrent tous les deux à voix basse.

— Est-ce que c'est vrai ce qu'il dit, à propos de la manière dont ils voient ?

— Ouaip. Parfois, si un cheval te charge, mets-toi bien debout et secoue tes bras et ton chapeau et il ne verra qu'un géant de la taille d'un moulin à vent et fera machine arrière. Ils ne sont pas très intelligents.

— Mais tu les adores. Et c'est aussi le cas d'Eli.

— Oh que oui !

Tucker regarda Eli faire connaissance avec ce cheval notoirement nerveux pendant quelques minutes avant de reprendre :

— Ils sont bêtes et effrayants, mais ce sont des créatures adorables.

— Effrayant ? Qu'est-ce qui est effrayant chez eux ?

— Oh, pas effrayants comme à Halloween. Je veux dire gentiment effrayants. On avait deux chiens ici. Idiots, mais de bons chiens. Rosey et Rambo. Rosey est mort de vieillesse, et Rambo a commencé à devenir embêtant avec les chevaux. Il voulait juste s'amuser, c'était le petit-fils de

Rosey et encore un chiot, mais ça faisait peur au bétail. Il était esseulé. J'ai dû lui trouver une nouvelle maison.

Tucker réfléchit quelques instants avant d'ajouter :

— Honnêtement, Eli t'aurait trouvé plus vite dans le désert si nous avions toujours Rambo. C'était en partie un chien de chasse. Je n'étais pas sûr de ce qu'était le reste, peut-être coyote, peut-être loup. Qu'importe, ils me manquent toujours. Je pensais prendre un autre duo.

— À la place, tu m'as eu moi. Je ne sais pas si ça fait une grande différence.

— Eh bien, dit Tucker pensivement, tu n'es pas très bon en poursuite. Mais au moins, tu n'effraies pas les chevaux.

Joshua lui donna une bourrade et sourit. Son oncle lui sourit à son tour.

ELI TERMINA la leçon et tourna Spot vers Jesse, en tant qu'élève le plus expérimenté, pour commencer à travailler avec lui. Voyant Joshua appuyé contre la clôture avec Tucker, il dit aux autres:

— Vous avez rencontré Tuck hier soir, mais je ne pense pas que c'a été le cas *pour* son neveu. Il vient de Chicago.

Spencer, le jeune homme du Kentucky, était poli, mais il serra la main de Josh assez longtemps pour qu'Eli se sente mal à l'aise. Le plus vieil homme, Patrick était plus courtois et intéressé par le fait de leur parler de chevaux. Eli se retrouva entraîné par Patrick et Tucker, ce qui lui allait jusqu'à ce qu'il tourne la tête et voit Joshua et Spencer les suivre, la tête de Spencer un peu trop proche de celle de Joshua. Une mauvaise sensation le traversa, une qu'il ne put directement identifier. Mais un sentiment reconnaissable, le soulagement, la remplaça quand il vit Joshua prendre poliment ses distances. Eli réalisa ce que cette sensation était.

De la jalousie.

Oh, fiston, pensa-t-il, *tu as des ennuis.*

Quand Tucker lui demanda qui il recommandait pour travailler avec Spencer, Eli faillit lui donner le nom du cheval au plus mauvais tempérament des écuries, mais son sens de l'équité prit le dessus et il suggéra l'un des autres, un qui convenait mieux aux capacités de Spencer, aussi bien physiques que mentales. Tucker acquiesça et partit avec les deux instructeurs pour qu'ils prennent connaissance de leurs nouvelles charges.

— Lequel d'entre vous leur donnera des leçons ? demanda Joshua en suivant Eli dans la petite écurie.

135

Il regarda Eli vérifier les rations de chaque box.

— Tous les deux. Tucker commencera en travaillant avec des chevaux qui ont les compétences basiques, mais qui ont été maltraités et négligés. Ces gars ont tous les deux de l'expérience, mais les voir travailler avec les chevaux les plus teigneux lui donnera une idée de leurs forces et de leurs faiblesses, lui permettra de savoir comment il devra approcher leur formation pour chacun. Tuck se charge de cette partie parce que non seulement il a plus d'expérience avec les chevaux maltraités, mais il est aussi meilleur avec les gens. Je suis meilleur pour adoucir les plus sauvages. Je reprendrai le travail quand on commencera l'entraînement des chevaux sauvages avec ceux de la dernière sélection que nous avons conduits ici. Nous avons pris une demi-douzaine de poulains de deux ou trois ans du troupeau que tu as vu hier. Ils ont été castrés, mais ils sont toujours sauvages. Ce sont ceux du corral derrière l'atelier du maréchal-ferrant. Tucker ne faisait pas les rassemblements avant, il prenait simplement les poulains pour les entraîner. Mais depuis que je suis ici, il a commencé à travailler sur les rassemblements aussi puisque je peux m'occuper de l'adoucissement. J'ai travaillé avec des poulains de mustang toute ma vie. Ramon, Thomas et Jason aussi. Ils viennent du nord où ils travaillaient plus avec les troupeaux de mustangs. Ramon vient du Montana et Jason et Tom du Wyoming. On travaille selon nos forces, c'est plus efficace comme ça.

Eli passa la tête dans la réserve et fit un inventaire rapide des conserves de bouillie et entra le nombre dans l'application de son téléphone. Ils n'avaient plus qu'une trentaine de kilos de conserves. Ils devaient en commander encore une soixantaine sinon ils seraient à court avant la prochaine livraison.

— Hum hum.

Eli jeta un coup d'œil à Joshua. Il était appuyé contre le mur du box de Rory en train de le regarder. Son expression était sombre.

Le chat apparut sur le mur de séparation entre le grand box et celui d'à côté et se dirigea vers Joshua. Eli vit le regard sombre de Joshua s'atténuer quand il caressa l'arrière des oreilles du chat.

— Qu'est-ce qu'il y a ? demanda-t-il doucement.

— Rien, répondit Joshua.

Il caressa à nouveau le chat avant de le déposer par terre.

— Va-t'en d'ici, lui dit-il.

— Je pensais que tu aimais les chats, dit Eli.

Que se passait-il dans la tête du garçon ? Joshua haussa les épaules. Il donna au chat une dernière caresse avant de se relever.

— Je suppose que je te vois au dîner.

Eli attrapa son bras quand il passa devant lui.

— Des regrets ?

Il ne répondit pas, puis dit amèrement :

— Pour quoi ?

Avant de tirer sur son bras.

Eli ne le relâcha pas.

— Fiston, je ne sais pas lire dans les pensées. Si tu as un problème avec moi, tu m'en parles, parce que je ne peux pas deviner.

Il essaya de contenir la colère de sa voix, mais une partie dut s'en échapper parce que Joshua tourna la tête et le regarda attentivement. Merde ! Il avait travaillé avec des dizaines de chevaux têtes de mules et n'avait jamais perdu patience, mais un garçon à la tête de mule...

— Je ne suis pas ton putain de fils.

— Bien, tu n'es pas mon fils. Désolé. J'ai pris l'habitude. Tue-moi. Mais dis-moi la maudite raison pour laquelle tu es en colère.

— Ça n'a rien à voir avec toi.

— Connerie. Suivante ?

— Quoi ?

— J'attends la prochaine connerie que tu vas sortir. Je sais très bien que ça a quelque chose à voir avec moi, parce que tu allais bien jusqu'à ce qu'on entre ici. Je présume que le prochain commentaire sera que tu n'es pas en colère contre moi alors que je sais aussi parfaitement que tu l'es. Je veux simplement savoir pourquoi.

— Est-ce que tu veux de moi ou pas ? dit Joshua avec irritation.

L'esprit d'Eli se vida. Il regarda Joshua les yeux écarquillés pendant une bonne quarantaine de secondes avant de dire,

— Tu penses que je ne veux pas de toi ? Seigneur, Josh ! Je suis aussi dur qu'une pierre et je pense à des scénarios de vengeance parce qu'un joli garçon s'approche un peu trop de toi. Seigneur. Autant que je le veuille, je ne peux *pas* arrêter d'avoir envie de toi.

Il scruta l'écurie et soudainement il sut ce que Joshua avait été en train de penser.

— Merde, Josh, tu as cru que j'étais venu ici en pensant te baiser à la lumière du jour alors que n'importe qui pourrait entrer ? Je *travaille* avec ces gens !

— Je. T'emmerde.

Josh retira brusquement son bras de la poigne d'Eli et se dirigea vers la porte. Eli vit rouge. Il attrapa Josh juste avant qu'il ne sorte et le tira dans le coin sombre à côté de la porte. Joshua, surpris, ouvrit grand les yeux et Eli ressentit la vague de désir la plus puissante qu'il ait jamais connue. Il poussa Josh contre le mur et l'y suivit, trouvant sa bouche au moment où son corps cognait celui de Josh. Il entendit un cri étouffé, mais après, Joshua se détendit dans ses bras. Mais ça ne dura qu'un moment. Au suivant, Eli se retrouva empoigné avec force. Joshua s'empara des pans de sa chemise, se frottant fort contre Eli. Il gémissait doucement en balançant ses hanches contre celle d'Eli.

— Putain, siffla Eli quand les dents de Joshua se refermèrent sur son épaule.

— Oui, souffla Joshua. Baise-moi. Baise-moi.

— Pas ici...

— *Ici*. Maintenant.

Joshua le repoussa et le retourna pour que le dos d'Eli soit contre le mur et se mit à genou.

— Josh, non...

Mais Josh avait déjà déboutonné son jean et baissé la tirette. Il prit le membre d'Eli au fond de sa gorge en un coup, sa langue s'enroulant autour de la longueur. Quand il le reprit dans sa bouche et le suça, il laissa Eli sentir ses dents et Eli faillit perdre la tête. Il plongea les doigts dans les cheveux de Joshua et donna des coups de reins dans sa bouche.

C'était bon, mais ce n'était apparemment pas assez pour Joshua, qui après quelques minutes recula et remplaça sa bouche par sa main, son pouce caressant la couronne et pulsant contre le membre d'Eli.

— J'ai besoin que tu me baises, dit Joshua, la voix rauque. J'en ai besoin, Eli.

— Josh...

Eli baissa les yeux vers des yeux remplis de besoin et de désir.

— Je...

Il expira quand il vit Josh prendre dans sa poche un préservatif et une petite bouteille de lubrifiant. Joshua déchira l'emballage du préservatif et le déroula sur le sexe d'Eli, puis défit son propre jean et le baissa sur ses genoux. Il tendit le lubrifiant à Eli puis se tourna et se pencha, les paumes contre le mur.

— Baise-moi, dit-il par-dessus son épaule.

138

— Seigneur !

Eli ouvrit le lubrifiant et en mit un peu sur son membre avant de tendre la main vers les fesses de Joshua, y glissant deux doigts profondément. Joshua gémit 'Mon Dieu !' alors qu'Eli l'élargissait, puis dans un brouillard de désir, de chaleur et de déchaînement inattendu, Eli s'enfonça en lui, posant ses mains sur celles de Josh sur le mur. Il se retira, donna des coups de reins forts, entendit Joshua exhaler, le sentit trembler et le fit encore et encore, ses mains retenant Joshua contre le mur. Pendant un moment, Eli pensa peut-être une éternité, il n'y eut aucun son à l'exception de leurs respirations laborieuses et du bruit de la peau moite et lubrifiée. Eli écarta les pieds de Joshua et le baisa plus profondément. Joshua lutta contre la prise de d'Eli, mais celui-ci ne le laissa pas faire. Il resserra ses doigts autour de ceux de Josh jusqu'à ce qu'ils soient immobiles.

Joshua gémit doucement quand il éjacula, envoyant des jets de semence sur le bois abîmé du mur de l'écurie malgré qu'Eli n'ait pas touché son membre. Il frissonna, mais Eli continua de bouger, l'excitant à nouveau. Il arrêta de penser à tout sauf à son besoin d'orgasme, son besoin de Joshua.

Ses dents s'enfoncèrent dans la chemise de Joshua, et il sentit un nouveau frisson parcourir Josh. L'orgasme l'atteignit de plein fouet, la sensation tellement intense qu'il en perdit la vue un moment, ses oreilles bourdonnant. Il se sentit pousser encore trois ou quatre fois avant que ses jambes cèdent et qu'il s'écroule contre Josh.

LE BOIS était chaud et dur contre la joue de Joshua et il pensa peut-être avoir une écharde dans la main. La même main qu'Eli avait plaquée contre le mur de l'écurie, tout comme l'autre, et son corps y martelant Joshua. Ce n'était pas très confortable, mais c'était bon. Joshua se sentait fort en sécurité sous le poids d'Eli, comme s'il pouvait lâcher prise et Eli prendrait soin de lui.

Cette pensée fut tellement puissante qu'il frissonna à nouveau et ressentit plus qu'entendit le léger grognement d'Eli.

— *Mijo*, fit Eli dans son oreille, tu vas finir par me tuer...

Il se retira de Joshua et s'éloigna de lui. Joshua se sentit vide et exposé. Mais après, la chaleur d'Eli revint et il embrassa l'endroit où il avait mordu l'épaule de Joshua.

— Je suis désolé, dit-il.

Désolé. Joshua se dégagea en haussant les épaules et se pencha pour récupérer son jean, le remit sur son membre humide et le reboutonna.

— Rien de grave, dit-il en passant devant Eli.

Eli attrapa son bras.

— Non, ne me la refais pas. Seigneur, Josh, reste calme et écoute-moi juste pour une minute, tu veux ? Mon Dieu, je ne sais jamais ce que je peux bien dire pour te mettre en colère. Tu es pire qu'une femme pour ce genre de conneries.

Il vit Joshua s'apprêter à répondre et il leva un doigt pour l'en empêcher.

— Non. Pas un mot. Tu t'assieds et tu écoutes.

Il pointa une botte de foin à proximité.

Ennuyé, Joshua s'affala sur la botte. Il grimaça à la piqûre du foin.

Eli ramassa le chapeau qui avait dû tomber à un moment donné durant les quelques dernières minutes et épousseta la paille qui s'était accrochée à sa cuisse. Puis il leva les yeux vers le plafond haut de l'écurie avant de les baisser vers l'allée entre les box. Puis, il soupira.

— *Mijo*, dit-il avant de se corriger. Josh...

— Tu peux m'appeler *mijo*, l'interrompit Josh.

— Quoi ? Mais tu as dit que tu n'aimais pas 'fiston' et ça veut dire la même chose.

Josh haussa les épaules.

— C'est différent, c'est tout. Continue.

— Merde ! J'en ai même oublié ce que j'allais dire.

— Tu allais me dire que je ne devrais pas refaire ça, que tu dois travailler ici et personne ne sait que tu aimes le cul, et que je devrais me concentrer sur le fait d'aller mieux et apprendre comment fonctionne le ranch comme je suis supposé le faire. Et que tu n'es pas intéressé par un merdeux inutile comme moi.

La voix de Joshua manquait de vitalité et même lui le remarqua.

Il ne se sentait même pas particulièrement ému par cette pensée, après tout, on ne pouvait pas nier la réalité, n'est-ce pas ? Eli avait vécu ici pendant des années. Il avait probablement une relation régulière avec quelqu'un dans les alentours ou peut-être à Albuquerque. Ou peut-être à Miller, à l'hôpital. Ce Dr Castellano semblait le connaître particulièrement bien. Pourquoi aurait-il besoin de quelqu'un comme Joshua pour se raccrocher à lui ? Pourquoi le voudrait-il ?

Il savait que ça avait été enfantin et stupide de sa part de se mettre en colère contre Eli et de commencer cette dispute, mais quand celui-ci avait juste continué sa routine habituelle comme si rien ne s'était passé, ça l'avait blessé. Il avait pensé que leur petit interlude avait été spécial, mais Eli avait agi comme si ce n'était rien. Juste une pause dans une journée chargée. Peut-être qu'il avait fait une erreur. Peut-être que ça avait été stupide de s'impliquer avec quelqu'un comme Eli, quelqu'un qui avait une vie. Il ne savait même pas pourquoi il avait suivi Eli dans l'écurie en premier lieu. Il n'avait simplement pas voulu laisser tomber.

— Seigneur.

Eli s'assit à côté de lui et entrelaça ses doigts avec ceux de Joshua.

— Je n'allais rien dire de la sorte, *mijo*. J'allais... Merde. J'allais juste m'excuser de t'avoir traité aussi mal et dire que tu ne devrais pas laisser les gens te traiter comme ça.

— Me traiter comment ?

— Être... dur et tout ça. Je sais que je me suis montré brutal avec toi, pressé. Je ne voulais pas l'être. Je ne voulais pas...

Il soupira.

— Je veux que la prochaine fois soit bien. Le faire correctement, pas seulement à la hâte comme avant. Comme maintenant. Comme si tu ne valais pas la peine de prendre son temps. Seigneur, si c'est comme ça que les gens te traitent, pas de doute que tu aies une aussi mauvaise image de toi-même. Putain.

Il balança la tête contre le mur derrière lui.

— Putain.

— Tu as perdu le contrôle, dit Joshua. Est-ce que tu ne réalises pas à quel point c'était excitant ? Tu as perdu le contrôle, tu m'as cloué contre ce mur et tu m'as pris parce que tu avais envie de moi. C'était génial.

Il baissa les yeux sur leurs doigts entrelacés. Ceux d'Eli étaient longs, bronzés et calleux comme l'ouvrier qu'il était. Les siens étaient minces et doux. Aussi foncés que ceux d'Eli, mais plus pâles qu'ils l'avaient été avant tous ces mois en réhabilitation. Son ascendance portoricaine s'était assurée qu'il aurait toujours un joli teint. Mais pas les mains pour travailler.

À moins qu'on ne prenne en compte le fait de tenir un revolver ou une paire de menottes. Ses mains n'étaient pas des mains de travailleur. C'étaient des mains de tueur.

Mais dans celles d'Eli, elles paraissaient différentes. Eli les porta à ses lèvres et déposa un baiser au dos des doigts de Joshua.

— Je ne sais pas ce que tu veux, Josh.

— Qu'est-ce que toi tu veux ?

— Merde.

Joshua aimait la manière dont il le disait, comme avec douceur 'Merde'.

— Je veux que tu ailles mieux. Je veux que tu te plaises tellement ici que tu décides de rester pour toujours et de ne pas retourner en ville. Je veux que tu apprennes à aimer les chevaux autant que moi. Je veux que tu sois heureux.

— Ça fait beaucoup de choses.

— Ouais, eh bien, tu envahis mon esprit ces derniers temps. Merde.

Joshua ferma les yeux et posa la tête contre le mur à côté d'Eli.

— Je veux les mêmes choses, admit-il. Je ne les mérite pas, mais je les veux.

— Tu les mérites. Tout le monde mérite d'être heureux.

— Tu ne sais pas, Eli. Et je ne peux pas te faire comprendre. Mais je les veux. Ça devra suffire.

— Pourquoi est-ce que je ne peux pas comprendre ?

Joshua se contenta de secouer la tête, pensant à une fille, à un hangar et à du sang aussi noir que de l'huile répandu sur le sol en béton. À contrecœur, il écarta ses doigts de ceux d'Eli.

— Tu ferais mieux de retourner travailler.

— Tu devrais aller faire une sieste, *mijo*. T'as l'air exténué.

— Ouais, peut-être que j'en ferai une.

Eli se leva et passa son chapeau sur sa cuisse, ce que Joshua réalisa être une habitude chez lui avant de sortir.

Il resta dans le coin sombre de l'écurie pendant un moment. La paille de la botte était dure, le chatouillait et n'était pas du tout confortable, surtout pour des fesses endolories, mais il n'avait pas l'intention de bouger. De là, il pouvait voir une grande partie de la cour du ranch et la moitié des bâtiments. Il regarda les travailleurs et les chevaux se déplacer dans leur ballet journalier. Tucker était dehors dans la petite arène, travaillant avec un petit cheval noir et blanc. Il ne semblait pas bouger beaucoup, mais le cheval dansait pratiquement en suivant une série de mouvements planifiés. Jesse, Spencer et Patrick étaient debout en groupe près de l'abreuvoir. Patrick parlait avec les mains et les deux autres l'écoutaient. Le fait que les autres instructeurs, Tuck, Eli et les gars du Wyoming et du Montana qu'Eli avait mentionné plus tôt, ne bougent pas leur main comme ça frappa Joshua. Ils étaient vraiment immobiles quand ils parlaient, laissant leurs mots faire le travail. Il se demanda si lui aussi utilisait ses mains de manière aussi visible. Ce n'était pas le genre de chose que l'on remarquait quand c'était nous qui les faisions.

Un pick-up klaxonna dans la cour et se gara près de l'écurie au nord, la plus grande du ranch. Manolo, que tout le monde appelait Manny, sortit et se mit à décharger les cartons et les grands sacs de nourriture. Jesse laissa les autres et alla aider. Joshua remarqua que Spencer et Patrick se tinrent juste près de la clôture et regardèrent. Il n'était pas surpris.

Ramon arriva sur l'un des chevaux. Il s'arrêta et laissa Manny le charger avec quelques sacs avant de chevaucher vers l'écurie avec. Thomas arriva dans la direction opposée avec une série de chevaux à sa suite et les conduisit dans le corral près de là où Patrick et Spencer se trouvaient. Ils passèrent relativement près d'eux et l'un d'entre eux décida de se soulager près des chaussures de Spencer. Joshua réprima un rire. C'était bien fait pour ce con. Puis il se rappela ce qu'Eli avait dit à propos des scénarios de revanche et d'un joli gamin s'approchant un peu trop près... Putain de merde, est-ce qu'il faisait référence à Spencer ? Il regarda le gamin avec curiosité. Sérieusement ? Eli pensait devoir être jaloux d'un fils à maman comme ça ?

C'était presque marrant. Non. Ça l'était. Joshua éclata de rire tout seul.

XVIII

LE RANCH s'était déjà endormi depuis longtemps et la pleine lune brillait haut dans le ciel. Joshua se tenait au milieu de la cour du ranch et regardait les étoiles. Il n'avait pas passé beaucoup de temps à l'extérieur, la nuit, depuis qu'il était arrivé ici; il avait été trop épuisé pour rester éveillé tard, et même si son sommeil était trop souvent interrompu par les cauchemars, ça ne lui était jamais venu à l'esprit de sortir et regarder le ciel. Il aurait dû, pensa-t-il, et il le ferait, la prochaine fois qu'il se réveillerait d'un mauvais rêve. Toute cette beauté, toute cette luminosité chasseraient sûrement les démons qui le hantaient. Un souvenir de son grand-père lui donnant des cours sur les étoiles, il y a longtemps, refit surface. Joshua était assis sur la clôture, Papi à côté de lui, sentant le tabac et le café et pointant les différentes constellations.

Joshua leva les yeux et tenta d'en retrouver une qu'il connaissait, mais la seule qu'il reconnut fut la Grande Ours. Il connaissait bien Orion, parce que c'était l'une de celles qui brillaient assez fort pour se démarquer des autres étoiles et du smog des villes dans lesquelles il avait vécu, mais c'était une constellation hivernale invisible pour le moment. Mais il la verrait quand le gel arriverait. Est-ce qu'il gelait ici au milieu du désert ? Il supposa qu'il finirait par le savoir. Ses chaussures de sport ne firent aucun bruit dans la poussière de la cour quand il la traversa vers le cottage du contremaître. Il était, comme la maison du ranch, plongé dans l'obscurité, mais la porte s'ouvrit facilement.

— Verrouille la porte derrière toi.

Au son de sa voix, douce, lente, profonde et patiente, un frisson parcourut Joshua.

— Oui, m'sieur, dit-il en s'exécutant.

Quand il entra dans la chambre, Eli avait allumé une petite lampe de chevet et il était assis les jambes croisées sur le lit, portant seulement un boxer et un tee-shirt.

— Il est plutôt tard pour une visite amicale.

— Ouais, répondit Joshua. Je suppose que je ne suis pas très poli.

Il attendit.

Eli le regarda, ses yeux bleus voilés, avant de soupirer et de bouger sur le lit.

— Viens alors. Ça ne sert à rien de rester éveillé tous les deux.

— C'était l'idée.

— Hmmm, répondit Eli.

Joshua se débarrassa du training et du tee-shirt qu'il portait et s'assit à côté d'Eli. Eli remonta le drap sur leurs genoux. Joshua attendit.

Finalement, Eli tendit la main et la posa autour de la nuque de Joshua avant de l'attirer vers lui pour un baiser.

— J'ai mis le réveil à 5h, dit Eli en reculant, afin que tu puisses rentrer avant que Sarafina ne se réveille. Pas qu'elle dirait quoi que ce soit, mais ça ne sert à rien de la mettre dans l'embarras.

— Mmm.

Eli passa sa main dans les cheveux de Joshua.

— Ça pousse, observa-t-il. Je préfère ça que le look rasé que tellement de gars de nos jours ont. Un tas de muscles, des tatouages et la boule à zéro.

— J'avais la boule à zéro. J'ai commencé à les laisser repousser dès que je suis allé en réhabilitation. J'avais plus de muscles avant. Les tatouages, eh bien, tu as vu la plupart d'entre eux.

— La plupart d'entre eux ? Tu en as que je n'ai pas vu ? Où est-ce que tu les caches ?

Joshua effleura le côté de sa tête.

— Ici, sous les cheveux. C'est en partie pour ça que je les fais repousser.

— Merde, fiston ! Ça a dû faire mal.

— Un mal de chien.

— Il représente quoi ?

— Rien. Je veux l'oublier.

Eli fit à nouveau courir ses doigts dans les cheveux de Joshua et l'attira pour un autre doux baiser.

— Alors, oublie-le.

— Eli...

Il n'eut pas à en dire plus. Eli le poussa contre les oreillers, glissant sa main le long de sa colonne vertébrale avant de descendre pour prendre ses fesses en coupe, l'attirant contre lui, bougeant les mains sur ses muscles. C'était bon, et pas seulement d'un point de vue sexuel. Cela faisait longtemps que Joshua n'était pas monté sur un cheval et ses fesses le ressentaient.

145

— Est-ce que tu as déjà baisé à dos de cheval ? murmura-t-il dans le cou d'Eli.

Eli rit doucement.

— Seigneur, Josh ! Baiser est déjà assez compliqué sans rajouter un animal de plus d'un mètre et demi. D'où t'es venue cette idée ?

— Cathy lisait souvent des nouvelles romantiques et je les piquais pour lire les parties salaces. L'une d'entre elles était un Western et le couple baisait à dos de cheval.

— Eh bien, peut-être que tu pourrais le faire avec une femme, dit Eli sans conviction, mais ce serait beaucoup plus compliqué avec un homme. Je veux dire, peut-être si le cheval est assez grand, un cheval de trait peut-être, où tu aurais assez de place pour garder l'équilibre. Mais mon dieu, Josh. J'ai le vertige rien que d'y penser.

— Ce n'est pas comme ça que je veux que tu aies le vertige, murmura Joshua.

Il tourna la tête pour trouver les lèvres d'Eli et pressa sa langue à l'intérieur avec avidité.

Eli leva les mains et empêcha Joshua de bouger, contrôlant le baiser malgré le fait que Joshua ait été celui qui l'avait initié. Ça faisait tellement de bien de laisser Eli reprendre le contrôle, de savoir qu'il le désirait assez pour prendre les rênes comme ça, que ce n'était pas à Joshua de prendre les décisions, que ce ne serait pas de sa faute si quelque chose allait mal, qu'il ne serait pas le seul responsable du tournant que prendrait les choses. Qu'il y avait quelqu'un à qui Joshua pouvait faire confiance. Et tout ce qu'il avait vu sur Eli, tout ce qu'il avait vu de la manière dont les autres le respectaient, de la manière dont Oncle Tucker comptait sur lui, Seigneur, même de la manière dont Sarafina le traitait, toutes ces choses ne faisaient que confirmer à Joshua qu'Eli était un homme à qui on pouvait faire confiance.

Un homme que Joshua aurait pu aimer s'il en avait encore été capable.

Eli dut le sentir frissonner parce qu'il arrêta de l'embrasser.

— Tu as froid ?

— Quelqu'un a marché sur ma tombe.

Joshua lui sourit faiblement.

— Pas sur ma montre, grogna Eli en l'embrassant à nouveau.

ILS FIRENT l'amour à la façon d'Eli : doucement, patiemment, intensément. Eli fit planer Joshua au bord de la limite tellement longtemps que les draps

146

furent trempés de sueur au moment où il tourna la tête, embrassa le genou de Joshua qui était pressé contre son épaule et dit,

— Viens, d'une voix rauque.

Joshua renversa la tête en arrière contre les oreillers avec un cri étouffé et obéit, son membre dans la main d'Eli envoyant de petits jets chauds et humides entre eux. Eli continua de donner des coups de reins à Joshua pendant quelques instants avant de laisser échapper un gémissement interminablement long et de laisser retomber sa tête sur son épaule.

Ils restèrent couchés là, un moment, pantelants, puis Eli leva la tête et sourit à Joshua.

— Ça va ?

— Hmmm, répondit celui-ci en essayant de hocher brièvement la tête.

Il regarda Eli se retirer, ressentant le manque de la sensation de plénitude. Eli noua le préservatif et le jeta dans la petite poubelle près du lit. Puis il posa la jambe de Joshua et se coucha à côté de lui, l'attirant dans ses bras.

— Je vais me lever et aller nous chercher quelque chose pour nous nettoyer. Mais je ne pense pas pouvoir marcher là tout de suite.

— À l'université, on gardait une boîte de lingettes pour bébé sur la table de nuit, dit Joshua contre l'épaule d'Eli.

— Hum. Eh bien, j'aurais l'air vraiment stupide en achetant des lingettes pour bébé. Lizbeth à l'épicerie pensera que j'ai perdu la raison.

Joshua sentit les lèvres d'Eli dans ses cheveux.

— Vous les types de l'université êtes tous si intelligents.

— Oncle Tuck m'a dit que tu as étudié l'agriculture animale, alors ne parle pas de 'nous les types de l'université'. Tu y as été aussi.

— J'ai juste eu un diplôme de deux ans.

— Ça reste l'université et ça reste un diplôme. Tu ne peux pas te cacher derrière ton rôle de cowboy idiot.

Joshua lécha la sueur du cou d'Eli et frissonna.

— Tu es plus intelligent que moi. Tu ne t'es jamais attiré tellement d'ennuis que tu croyais que tu n'en sortirais jamais.

— Je joue la carte de la sécurité, dit doucement Eli. Je ne prends pas de risques. Je fais attention. Parfois, je pense...

Après un moment, Joshua demanda :

— Pense quoi ?

L'épaule en dessus de Joshua se haussa légèrement.

— Je ne sais pas. Je pense que je laisse peut-être la vie me passer devant.

— Est-ce que tu aimes ce que tu fais ?

— Oh que oui !

La voix d'Eli était surprise.

— Tu sais très bien que c'est le cas !

— Y a-t-il quelque chose d'autre que tu aimerais faire ?

— Nan.

— Alors pourquoi es-tu inquiet ? Joshua leva un coude. Tu fais ce que tu aimes. Tu ne pourrais pas trouver dix hommes sur une centaine capables de dire la même chose. Tu es chanceux et tu es intelligent.

— Et je suis gay, dans une culture qui n'accepte pas trop ça, lui fit remarquer Eli. Je pense que je serais plus en sécurité dans une grande ville.

— Non, tu ne le serais pas, dit-il avec ironie. Crois-moi.

— Je suppose que tu as raison. Il y a des trous du cul partout.

Joshua sourit.

— Tu devrais t'en réjouir.

Eli cligna des yeux avant de dire :

— Pas le bon genre.

Il regarda le drap entre eux.

— Pas seulement moi... Je veux dire, si tu voulais... Je ne... Je veux dire, je peux, je serais...

— Eli, dit Joshua, es-tu en train de dire que tu serais passif pour moi ?

— Ouais.

Eli devint écarlate.

— Je n'ai jamais... Merde, quand tu t'envoies en l'air avec quelqu'un dans un bar et que tu es pressé, tu fais juste ce à quoi tu es habitué, tu sais ? Je n'ai jamais eu... Je ne sais pas. Quelqu'un.

— Moi, si. À l'université. C'était un élève en Master.

Daniel aux yeux distants et à l'obsession pour l'art de la Renaissance.

— Qu'est-ce qui s'est passé ?

— Il a eu un stage à l'étranger et j'ai eu un job dans le département de police locale. Ça s'est terminé. C'est toujours comme ça.

— Je ne sais pas.

Eli frotta son nez contre la mâchoire de Joshua et Joshua se sentit se détendre dans son étreinte.

— Je ne veux pas savoir.

Joshua était sur le point de lui demander ce qu'il voulait dire par là, mais à la place, il s'endormit.

XIX

TUCKER NE savait pas pour quelle raison il était complètement réveillé à 5 h du matin, mais comme d'habitude, il savait qu'il ne se rendormirait pas. Il se leva et descendit pour se faire une tasse de café. Malgré le fait qu'il fasse toujours noir dehors, la lumière du four était suffisante pour voir la machine à café, alors il n'eut pas besoin d'allumer les lumières.

Le café venait de commencer à s'écouler dans le récipient quand la porte de la cuisine s'ouvrit doucement et Joshua se glissa à l'intérieur.

Il se figea quand il vit Tuck assis à table.

— Oncle Tucker.

— Josh.

Que faisait-il dehors à cette heure-ci ? Tucker fronça les sourcils dans sa direction, remarquant le visage rougi et l'aspect débraillé de son neveu habituellement soigné, et une pensée lui vint à l'esprit.

— Tu visitais dehors ?

— Je... regardais simplement les étoiles.

Tucker acquiesça.

— Elles sont belles, n'est-ce pas ? Je parie que tu ne peux pas les voir aussi bien à Cincinnati ou à Chicago.

— Non. Trop d'obstacles.

— Café ?

— Non, merci.

— Alors. Comment va Eli ?

Le seul son que Tucker entendit fut celui de l'horloge de la cuisine. Puis Joshua répondit doucement,

— Il avait l'air d'aller bien hier.

Alors il allait la jouer comme ça, n'est-ce pas ? La réponse trop simple de Joshua ne réussit pas à berner Tucker. En fait, elle ne fit que confirmer ses suspicions. Merde, le gamin était bon quand même. Pas de doute qu'il ait été aussi efficace en tant qu'agent infiltré.

— Ne tourne pas autour du pot, fiston. Tu apprécies un homme qui a été bien fait, si tu vois ce que je veux dire.

— Que veux-tu que je te dise ?

149

Toute la désinvolture superficielle de Joshua disparut et il se laissa tomber sur l'une des chaises en face de Tuck.

— Il m'a dit que tu savais qu'il était gay. Comment as-tu su pour moi ?

— Je ne le savais pas. Jusqu'à ce que tu arrives ici sentant son savon et une expression de satisfaction sur le visage.

— Tu peux sentir son savon sur moi ?

— Non, mais tu viens de confirmer ma théorie.

Tucker soupira.

— Merde, fiston.

— Nous sommes tous les deux adultes.

— Vous êtes aussi tous les deux des hommes.

Tucker se leva et se servit un café, puis, après un moment d'indécision, il en servit un à Joshua aussi. Il le déposa en face de son neveu et continua.

— Je ne comprends pas tout le truc gay et tout ça, mais si ça fout en l'air mon ranch, je vais vous tuer tous les deux. Eli est le meilleur maudit contremaître que je n'ai jamais eu et tu es mon neveu. Je n'ai pas envie d'avoir à régler des querelles d'amoureux et des ruptures. Vous trouvez un moyen pour que les autres hommes ne sachent pas ce qui se passe et peut-être que je pourrais faire avec. Si ce n'est pas le cas, je te renvoie chez Hannah. En pièces.

Le visage de Joshua s'était fermé et ses traits durcis.

— Ne t'en fais pas, Tucker, dit-il d'une voix glaciale que Tucker ne lui avait jamais entendue auparavant. On ne va pas afficher le fait qu'on soit gay devant eux. Je ne suis pas stupide, putain.

Tucker soupira à nouveau.

— Merde, ce n'est pas ce pour quoi je suis inquiet. En fait, si, ça l'est, en prenant en compte les faits que nous sommes dans l'Est et que les cowboys ne sont généralement pas prêts à parader dans la Gay Pride. Il est probable que tu te fasses au moins rejeter. Ouais, tu aurais pu choisir un endroit pire que le Nouveau-Mexique, mais quand même. Merde, est-ce que tu n'as pas regardé 'Le Secret de Brokeback Mountain' ?

— Bien sûr que si. Je ne savais pas que c'était ton cas.

— J'ai emmené une fille en rendez-vous pour le regarder. Elle l'a bien aimé.

— C'était un bon film.

— Eh bien, tu as vu comment ils ont montré le gay mort dans le flashback ? Ce genre de choses arrive toujours ici. Peut-être pas aussi fréquemment, peut-être pas autant dans cet état que dans certains autres, mais Seigneur, ce gamin, Matthew n'était pas si horrible il y a longtemps. Je ne veux pas vivre une tragédie comme ça, Josh, et sûrement pas voir mon neveu impliqué.

Il leva le mug à ses lèvres et fut surpris de voir ses mains trembler.

— Et Eli est quelqu'un de bien, et il ne mérite pas d'être blessé. Alors si tu es juste en train de te foutre de lui, arrête.

— Je ne sais pas ce que je fais.

Les mains de Joshua étaient posées à plat sur la table, de chaque côté du mug. Il les fixait comme si elles détenaient les réponses de toutes les questions de la vie.

— Ce n'est pas un nouveau sentiment pour moi.

— Josh.

Son neveu leva les yeux. Ils étaient complètement sans expression. Tucker repensa au garçon enjoué et déterminé qu'il avait connu et ça lui brisa le cœur. Ce n'était pas la première fois depuis que son neveu, brisé, était arrivé. D'une voix douce, il dit,

— Sois prudent, c'est tout ce que je demande. Si Eli et toi vous rendez heureux l'un l'autre, alors merde, rendez-vous heureux. Mais soyez prudents.

— Je ne sais pas si je peux y arriver, Onc' Tuck. Je ne sais pas comment le rendre heureux. Je le veux. Mais je ne sais pas comment.

— Fiston, personne ne le sait. C'est pour ça que tu dois trouver par toi-même.

Il se sentit absurdement ravi par le surnom enfantin que Josh avait utilisé. Ça sonnait beaucoup plus doux que le « Oncle Tucker » que Joshua adulte utilisait aujourd'hui.

— Je n'ai pas exactement la meilleure expérience dans les relations, non plus. Mais Eli n'est pas un homme compliqué. Il aime travailler, dormir, manger et d'après ses voyages réguliers à Albuquerque, s'envoyer en l'air. Il est patient et il t'apprécie.

Tucker haussa les épaules.

— Alors aussi longtemps que tu n'attends pas des fleurs et du chocolat, ça va aller.

Josh rit sèchement.

— Non.

— Toi tu es compliqué. Il te faudra peut-être un peu plus de temps pour mettre tes idées au clair, mais ça va aller.

— Je ne suis pas compliqué. Je suis juste un putain de junkie n'ayant rien à part un homme gentil pour oncle.

— Tu vas devoir arrêter de te considérer comme ça, Josh. Tu es plus que ça. Je pense...

Tucker s'arrêta et sirota son café.

— Pense quoi ?

Tucker soupira.

— Je pense que tu as peut-être fait une erreur en quittant le Bureau.

— Je n'ai pas eu le choix.

— Qu'est-ce que tu veux dire ?

— Avec tout ce qui s'était passé, j'aurais sûrement fini par être éliminé. Ils parlaient déjà de me mettre derrière un bureau 'temporairement'.

Tucker entendit les guillemets sous-entendus dans la voix de Josh.

— Ça se serait prolongé jusqu'à ce qu'ils me trouvent quelque chose d'encore moins important à faire. Qui sait. Peut-être que j'aurais fini concierge. Quoi qu'il en soit, je ne serais jamais retourné sur le terrain. L'héroïne s'est assurée de ça. Seigneur, ils ne peuvent même pas m'utiliser comme témoin. Une fois... Une fois que je suis devenu accro, j'ai su que je devais faire en sorte que chaque preuve soit valable sans avoir besoin d'être vérifiée. Robinson m'a dit qu'ils me référenceraient comme informateur anonyme pour nous protéger ma famille et moi. Ma famille que je ne peux même pas défendre puisque je ne peux plus détenir d'arme légalement. Pas que j'en veuille une.

Joshua but un peu de café.

— Pourquoi est-ce que je raconte tout ça ? Je n'ai même pas parlé autant au psychologue du centre.

— Peut-être parce que tu commences enfin à te détendre.

Josh émit un grognement.

— Peut-être.

— Tu reprends un peu de poids. Tu n'erres plus comme un fantôme, comme tu le faisais quand tu es arrivé. Ça ne fait que quelques semaines, mais tu as meilleure mine depuis que tu as été à l'hôpital. Je pense que la nourriture de l'hôpital t'allait bien.

Cette fois, le grognement ressembla plus à un rire.

— La nourriture de Sarafina me va bien. Je pense que l'hôpital a économisé une fortune vu que vous m'apportiez tous mes repas. C'est différent, mais ça me rappelle en quelque sorte la cuisine d'Abuela.

— C'était des gens bien, tes grands-parents. Je les ai vus deux ou trois fois à Chicago, quand Cathy et toi étiez encore bébés. Hannah avait de la chance de les avoir.

— Ouais. J'ai passé beaucoup de temps avec eux quand j'étais petit. Bien sûr, ils m'appelaient 'José' et Cathy 'Catalina'. Ça ne me dérangeait pas, mais ça rendait Cathy folle.

— Techniquement, 'Joshua' aurait dû être 'Jesus', remarqua Tucker.

— Je sais. Mais Abuelito avait un frère qui s'appelait Jesus et qu'il ne pouvait pas supporter, alors ils m'appelaient José à la place. Je m'en foutais.

Joshua fixa l'intérieur de sa tasse.

— Ça les aurait détruits de savoir que j'ai fait partie du gang contre lequel ils s'étaient tellement battus. Ça a brisé leurs cœurs quand mon père l'a rejoint et qu'il en est mort. Ils m'ont appris à détester les gangs et lutter contre eux.

— Et tu l'as fait.

— Mais j'en ai quand même été membre. J'ai quand même...

— Quand même quoi ?

— Fais ce qu'ils m'ordonnaient.

Tucker ne sut pas quoi répondre à ça. Il prit une gorgée de café et changea de sujet.

— Est-ce que tes grands-parents savaient que tu étais gay ?

— Non, ils sont morts quand j'étais encore au collège, avant que je ne le découvre. Le truc classique, Abuela est morte, et Abuelito l'a suivi quelques semaines plus tard. J'ai entendu dire que ce n'était pas inhabituel pour les couples qui ont été ensemble pendant longtemps. Quoi qu'il en soit, Maman s'est dit qu'il n'y avait plus rien qui la retenait à Chicago et quand elle a décroché une offre d'emploi à Cincinnati quelques mois après, nous avons déménagé là-bas.

— Il y avait une émission de télé qui se déroulait à Cincinnati. Elle était plutôt marrante.

— Ouais, j'en ai entendu parler. J'ai regardé quelques rediffusions.

— Et le gang ne savait pas. Que tu étais gay.

Joshua secoua la tête.

— Il n'y avait pas de place pour des *maricones* [11] chez Los Peligros. Même si 'Chete Montenegro était un homophobe plutôt virulent, je me dis qu'il était dans le placard et majoritairement dans le déni.

_____

11 Personne homosexuelle

153

— C'est l'un de ceux que tu as mis en prison ?

— Non, il a été tué dans un raid qui a conduit la majorité du gang, enfin, au moins ceux du côté du trafic de drogue. Le gang en lui-même existe toujours et se porte bien. Ils jurent que le reste d'entre eux ne savait pas qu'un 'groupe dissident' était aussi impliqué dans le trafic. Comme s'ils ne bénéficiaient pas de l'argent qui rentrait. Mais on n'avait pas assez de preuves solides pour les poursuivre, alors tout ce qu'il nous restait à faire était de les surveiller. Le Bureau n'a pas assez de main-d'œuvre pour s'occuper de tous les gangs du pays. Ils doivent trier sur le volet ceux qu'ils peuvent gérer.

— Et grâce à toi, ils ont été en mesure de faire tomber l'un des pires. Jack Castellano était au courant pour tes tatouages de gang. Je suppose qu'ils sont en quelque sorte célèbres.

— Ce sont des tueurs au cœur de pierre, dit Joshua.

Il vida son mug et le déposa prudemment sur la table.

— Que fais-tu debout aussi tôt ?

— Insomnie. Ça arrive quand on vieillit. Je me suis dit que ça ne servait à rien de fixer le plafond, alors je suis descendu en pensant commencer à travailler sur la paperasserie sauvegardée, des trucs dont tu n'as pas besoin de t'occuper. Après le petit déjeuner, nous nous remettrons au travail. Je veux passer en revue le registre de paye avec toi.

— Est-ce que j'ai des chances de pouvoir récupérer quelques heures de sommeil ?

Tucker jeta un œil à l'horloge de la cuisine.

— Tu as quarante-cinq minutes, fiston. Profites-en.

Joshua acquiesça et se leva, déposant sa tasse dans l'évier. À la surprise de Tucker, il vint vers lui et passa un bras autour de ses épaules.

— Merci, Onc' Tuck. Pour tout.

— Il n'y a rien que je ne ferais pas pour toi, Joshy. Tu es mon garçon. Dors bien, répondit Tucker en lui tapotant la main.

— Merci.

La cuisine devint silencieuse une fois qu'il fut parti. Tucker finit son café, mais resta à table, réfléchissant un moment avant que Sarafina n'arrive pour commencer le petit-déjeuner. Puis il secoua la tête, lui embrassa la joue et alla dans son bureau.

XX

Le réveil sonna à 6 h 30. Eli balança un bras sur le bouton permettant de l'éteindre sans même regarder, avant d'ouvrir un œil et de fixer l'heure. Pourquoi avait-il pensé l'avoir réglé pour 5 h ? Il le programmait généralement pour 6 h afin d'avoir le temps de prendre une douche avant le petit-déjeuner, et il en avait vraiment besoin ce matin... Il leva la tête et vit que l'autre côté du lit était vide et que les vêtements de Joshua avaient disparu du sol. Josh avait dû reprogrammer le réveil. Josh. Eli laissa sa tête retomber sur l'oreiller. Tant pis pour le petit déjeuner, ce n'était pas sa priorité.

Son ventre gargouilla malgré tout, alors il se leva, prit une douche et s'habilla avant d'aller chercher quelque chose à se mettre sous la dent. Alors qu'il traversait la cour, Dennis, Frank et Ramon sortirent de la maison et le croisèrent.

— Salut, Eli, dit Dennis. Tu es en retard ce matin. Il doit être, seigneur, presque 7h du matin !

Les autres rirent doucement. Eli était connu pour être un lève-tôt.

— Ouais, ben, ça m'arrive aussi de dormir outre mesure parfois, répondit Eli en secouant nonchalamment la main avant de se rendre dans la cuisine.

Le reste des travailleurs était encore là. Il semblait que Jason ne venait que d'arriver et agrémentait son café. Tuck leva les yeux de sa place habituelle et salua froidement Eli. Son regard croisa le sien et l'appétit d'Eli disparut. *Merde. Il sait.*

Il prit la tasse que lui tendait Jason et s'assit à sa place au coin de la table. Sarafina déposa une assiette pleine de burritos et de pommes de terre sautées en face de lui.

— Tu es en retard, dit-il.

— Ouais, je suis en retard. Seigneur. J'ai dormi trop longtemps. Ça arrive.

— C'était juste une constatation, dit Sarafina. Je m'en fiche que tu sois en retard. Je cuisine encore.

— Désolé.

Eli passa la main sur son front.

— Je n'ai pas très bien dormi.

— Pas assez d'exercice avant de te coucher ? demanda innocemment Tucker.

Eli venait de porter sa tasse à ses lèvres et heureusement qu'il n'avait pas encore pris de gorgée.

— La routine habituelle, dit-il prudemment. Mon sommeil a juste été... interrompu. J'ai eu du mal à me rendormir.

— Tucker a eu une insomnie aussi ce matin, dit Sara. Je suis descendue et je l'ai trouvé en train de boire du café à 5h30.

Elle secoua la tête.

— Vous buvez tous les deux trop de café. Pas étonnant que vous ayez autant de mal à dormir.

Merde. Tucker a dû intercepter Joshua.

— Mouais, répondit Tucker en prenant une gorgée.

Eli plongea dans ses burritos et ses pommes de terre, évitant le regard que Tucker lui lançait certainement et essayant de ne pas tenir compte du fait que la nourriture avait un goût de papier. Jason et Tom n'avaient pas semblé remarquer les sous-entendus, mais le silence mit Eli extrêmement mal à l'aise.

Finalement, Tucker se leva, déposa son assiette dans l'évier.

— Quand Josh aura fini de manger, envoie-le dans mon bureau, dit-il à Sarafina. On va travailler sur les fiches de paye aujourd'hui. Eli, je veux que tu emmènes Spence et Pat au canyon dans lequel se trouvent les mamans et les présentent. Assure-toi qu'ils se comportent bien et soient effrayés. Les hommes, pas les mustangs. Cette jument en chef devrait les faire faire dans leur pantalon.

Le sourire de Tucker était diabolique.

— Ils sont un peu trop suffisants, à mon humble avis. Il faut les secouer un peu.

— Avec plaisir.

— Après le déjeuner, tu t'occupes à nouveau de Josh.

Est-ce que le sourire était encore plus diabolique ?

— Je veux que tu commences à travailler avec lui sur ses compétences en équitation. Mets-le dans l'arène et fais-le s'exercer. Comment est-ce qu'il s'en est sorti avec Avery ?

— Bien. Il semble se souvenir de la plupart de ce qu'il a appris.

— Bien. Alors peut-être qu'on peut lui proposer quelque chose d'un peu plus animé. Je pense que ce bai lui conviendra. Rodney lui a donné un bilan de santé positif et il semble avoir de l'esprit. Commence à travailler avec Josh et lui.

— D'accord.

— Puis après le dîner, je pense que toi et moi devrions discuter de... hum, disons de 'préoccupations personnelles'. Ça te va fiston ?

Ai-je le choix ?

— D'accord, répondit-il la voix rauque en prenant une gorgée du jus d'orange que Sarafina venait de déposer devant lui.

BIEN SÛR, la journée passa à une lenteur infinie. Emmener les deux instructeurs voir les chevaux dans le canyon fut divertissant : les mustangs étaient en colère et encore sauvages, même après deux mois de captivité et ils avaient été dérangés par la visite de Manny et Billy la veille. Ils étaient agressifs et belliqueux, et la jument dominante du troupeau ne cessait de se ruer sur eux à des moments bizarres. Eli savait qu'elle se pavanait simplement, mais les instructeurs ne le savaient pas, alors il était assez amusant de les effrayer.

Puis, il dut leur expliquer comment le ranch gérait l'adoucissement et le dressage des mustangs et ce fut moins drôle. Patrick semblait avoir beaucoup de mauvaises idées et Spencer était naïf. Au moment où Eli les laissa à Dennis pour leur montrer son atelier de maréchal-ferrant, il était épuisé. Plus mentalement que physiquement.

Il manqua Josh au déjeuner ; il mangea tard quand il rentra du canyon et alla dans l'écurie une fois qu'il eut fini. Il était en train d'inspecter un baril qui s'était érodé et fissuré et de jurer contre les graines perdues quand il entendit la voix de Joshua. Elle était empreinte de douleur.

— Je ne sais pas ce que je fais. Je ne sais pas comment ça peut marcher. Il y a tellement de choses que je ne peux pas lui donner et s'il savait, s'il suspectait seulement... Seigneur. Je ne sais pas quoi faire.

Déposant prudemment le baril sur le côté, la fissure vers le haut pour que les graines ne puissent plus s'éparpiller, il se leva et s'épousseta les mains.

— Je veux dire, merde. Je ne peux pas lui dire. Je ne peux le dire à personne.

Personne ne répondit. Fronçant les sourcils, Eli fit le tour de la porte vers la réserve.

Joshua était assis à côté d'une pile de cartons. Le chat était assis sur le carton du dessus, les yeux fermés, savourant les caresses de Joshua. Quand Eli ouvrit la bouche pour parler, Joshua murmura, la voix brisée.

— Ça me tue...

Eli s'appuya contre le mur. Merde. De quoi Joshua était-il en train de parler ? Quelque chose d'important. Quelque chose en rapport avec ses expériences en infiltration. Mais qu'est-ce qui pouvait être aussi mauvais ? Il savait déjà à propos de l'héroïne, Josh en consommait-il encore ? Mais comment pouvait-il s'en procurer si c'était le cas ? Quelqu'un à l'hôpital ? Il n'arrivait pas à y croire. En plus, il avait exploré chaque parcelle de la peau de Joshua la nuit dernière et il aurait vu n'importe quelle nouvelle marque.

Joshua murmura, presque trop doucement pour qu'Eli puisse l'entendre,

— Tout ce sang... Pourquoi est-ce que je n'arrive pas à oublier ? Pourquoi est-ce que je n'arriverais jamais à oublier ?

Merde. Eli cogna le baril sans le vouloir et dit à voix haute :

— Fils de pute !

Un instant plus tard, Josh passa la tête par la porte.

— Tu es là, Eli ? Qu'est-ce qui ne va pas ? demanda-t-il d'une voix parfaitement normale.

— Ce foutu truc s'est fissuré. On dirait qu'il s'est érodé au niveau de la jonction. Les côtés sont en aluminium, mais ils doivent avoir utilisé quelque chose d'autre pour réparer les fissures. Merde. J'espère que le grain n'est pas gâché.

— Est-ce que ça coûte cher ?

— Ouais, c'est du spécial pour les animaux secourus. Ça m'énerve. Je vais devoir trouver un autre fournisseur.

— Tu dois d'abord contacter cette entreprise, dit Josh. Voir s'ils peuvent te faire une réduction sur du nouveau grain ou même le remplacer. Parce que ça aurait pu te coûter énormément si tu ne l'avais pas découvert aussi vite. Ils doivent avoir du matériel de meilleure qualité. Ils doivent en être conscients et assumer leurs responsabilités.

— Hum, dit Eli. Bien dit. Mais je vais quand même chercher un fournisseur différent.

Joshua hocha la tête. Eli poussa le baril et s'approcha de Joshua.

— Tu vas bien, Josh. Tu dois juste réfléchir à tout ça, dit-il doucement en posant la main sur la mâchoire de Josh.

Joshua émit un bruit entre le reniflement et le grognement, mais se laissa aller contre la main d'Eli.

— Merci, Boss.

— C'est juste la vérité.

Il déposa un baiser sur la joue de Joshua. Josh se retourna et glissa ses bras autour de la taille d'Eli, posant sa joue sur son épaule.

— C'est bien, dit Eli.

— C'est toi qui est bien. Tu es trop bien pour quelqu'un comme moi.

— Eh, tu critiques ma sélectivité ?

Josh rit doucement.

— Non, je ne critique pas ta séééé-lec-tivité, Boss. Juste tes goûts.

— Idiot.

Eli donna une petite tape sur les fesses de Joshua. Josh sursauta et Eli l'embrassa, fort, avant de le relâcher.

— Allez, je dois voir quelqu'un pour un cheval.

L'HEURE DU dîner arriva trop vite au goût d'Eli. Il avait passé du temps avec Joshua et Rory et ils semblaient s'apprécier tous les deux. Après avoir mis Josh à l'épreuve dans l'arène, Eli les déclara compatibles.

Spencer et Patrick avaient observé Josh et Eli avait parlé assez fort pour qu'ils puissent l'entendre alors qu'il expliquait ce qu'ils recherchaient en assignant un cavalier à un cheval. Pour une fois, ils ne posèrent pas trop de questions stupides et quand il passa en revue la séance avec eux, ils semblaient avoir compris l'essentiel. Peut-être qu'ils n'étaient pas aussi stupides que ça, mais tout simplement... bornés. Coincés dans leurs préjugés. C'était le défaut habituel de la plupart des personnes que Tucker avait pris comme instructeurs. Il devait voir quelque chose qui méritait son temps et leur agent, mais la plupart d'entre eux avaient des idées bien ancrées, qui se devaient d'être déracinées.

Pour être franc, Eli avait eu quelque peu des préjugés. Au moins envers Spencer à cause de son intérêt apparent pour Joshua. Il n'en voulait pas au garçon. Maintenant que Josh avait l'air moins décharné et que le regard sombre dans ses yeux apparaissait de moins en moins, il devenait un homme attirant. Et il avait un beau sourire, quand il l'utilisait. Il avait encore du chemin à faire pour paraître en bonne santé, mais sa pigmentation était meilleure.

Eli le dit quand il entra dans le bureau de Tucker ce soir-là après le dîner.

— Ouais, il a meilleure allure, acquiesça Tucker. Grâce à la nourriture de Sarafina, je présume. Merci de m'avoir aidé à lui apporter de la nourriture quand il était à l'hôpital. Leur pâtée ne vaut même pas la peine d'être mangée.

— Ça ne me dérangeait pas.

Et c'était vrai. Au début, c'était un peu bizarre. Josh ne parlait pas, alors quand il lui rendait visite, Eli sortait tout ce que Sarafina lui avait envoyé et se contentait de bavarder sur ce qui se passait au ranch. Il n'évoquait pas la 'disparition' de Joshua, ni sa santé, ni rien de personnel; il parlait uniquement du ranch.

Plus tard, Eli s'était mis à penser que Joshua attendait ses visites et la nourriture qu'il apportait. À la fin de la semaine, il répondait parfois à Eli en mangeant les plats recouverts de chili. Juste une question occasionnelle et silencieuse, mais suffisante pour montrer à Eli qu'il écoutait.

— Il a l'air de mieux s'adapter.

— Ouais. Nous en avons parlé quand il était encore à l'hôpital. Je lui ai demandé de nous donner six mois, et que s'il n'avait pas envie de rester, je lui paierais son billet d'avion pour retourner à Cincinnati ou peu importe où. Mais il a dû me promettre de ne rien faire de stupide entre-temps. J'espère vraiment que ce psy qu'il voit peut l'aider à mettre ses idées au clair. C'est un gamin intelligent et très bien. Les travailleurs l'apprécient déjà. Ils étaient vraiment inquiets quand il s'est perdu.

— Ouais.

Eli ne voulait en aucun cas revivre ces heures. Quand son père était mort, ça avait été rapide et il l'avait su en moins d'une heure. Ça avait été difficile de gérer ça, mais il n'y avait pas eu ce sentiment d'ignorance qui avait rendu la disparition de Joshua aussi pénible.

— OK. Ferme la porte et assieds-toi Elian. On doit parler.

Eli obéit, mais resta debout, les bras croisés.

— Si tu as quelque chose à me dire, Tucker Chastain, vas-y. J'en ai marre d'attendre.

— Waouh, mon garçon. Doucement. Je ne vais pas te virer, si c'est ce que tu crains. Mais j'aimerais te parler de Josh. J'ai passé la journée à y penser.

— Écoute, Josh et moi sommes tous les deux adultes. Nous sommes tous les deux consentants et aucun de nous ne profite de l'autre. Je sais que

160

tu n'es pas à l'aise avec le fait que je sois gay et j'essaie de ne pas l'afficher. Josh ne veut pas non plus l'afficher. Alors il n'y aura pas de bisous à table ou autre marque d'affection en public.

— Eh bien, merde, fiston, je n'ai rien contre l'affection. Tant que vous ne vous bécotez pas dans mon salon, vous pouvez vous témoigner toute l'affection que vous souhaitez. Ne va simplement pas l'embrasser devant les autres travailleurs parce que ça pourrait devenir moche.

— C'est un peu ce que je voulais dire, Tuck.

— Oh. Ben merde.

Tucker leva les mains.

— Je ne comprends pas trop ces conneries. Je suppose que je ne regarde pas assez la télé.

— Probablement.

— Le truc, c'est que je m'en fiche que tu sois gay, que Josh le soit aussi et que tous les deux... vous fassiez qu'importe ce que les gays font ensemble, et je ne veux pas savoir, d'accord ? Je comprends ça. Mais si tu es juste en train de te foutre de Josh et que tu le blesses, je vais me mettre en colère et virer ton cul, *comprendes* ?

— *Comprendo*, Eli acquiesça.

— Je sais ce que la Bible dit, mais je ne vais pas à l'église et de ce que j'ai lu, il y a beaucoup de trucs bizarres dans la Bible de toute façon, avec la pêche aux crevettes, les seins des femmes qui ressemblent à des grenades et le fait d'avoir plusieurs femmes. Je veux dire, merde. J'aime les crevettes, je n'ai jamais vu personne ayant une poitrine ressemblant de près ou de loin à des grenades et Seigneur! Je n'ai jamais eu de patience pour aucune des femmes avec lesquelles je suis sorti, alors deux en même temps. Alors je me dis que la Bible ne peut pas avoir raison tout le temps. Et si elle a tort à propos de certaines choses, qui dit qu'elle n'a pas tort à propos de ça aussi ? J'ai entendu l'histoire de deux pingouins une fois, et certains chiens ont des rapports avec d'autres chiens alors que des chiennes les regardent, alors qui suis-je pour juger ce qui est normal et ce qui ne l'est pas ?

Eli hocha la tête, camouflant son envie d'éclater de rire.

— Là où je veux en venir, c'est que jusqu'à ce que le monde change et que ces bons à rien de travailleurs de ranch apprennent à gérer ce genre de chose, j'aimerais que vous gardiez le silence. Je n'ai pas envie de découvrir que l'un d'entre vous a été traîné derrière un pick-up sur l'I-40. Si vous voulez vous amuser en public, allez à Albuquerque, Roswell ou Santa Fe où les gens n'en auront que faire.

— Pas de problème.

— Bien. Maintenant, j'ai besoin de te demander une faveur.

Eli écarta les mains.

— Demande. Tu sais que ça ne me posera pas problème.

— Tu sais que Josh a ses rendez-vous les mardis et que je l'y emmène. Le problème c'est que dans deux semaines, je vais à El Paso au dîner d'une Association d'éleveurs de bétail. Alors je me demandais si tu pouvais emmener Josh à Albuquerque ce soir-là.

— Pas de problème, répéta Eli.

— Partez quand vous le souhaitez. Si vous voulez sortir dîner, partez un peu plus tôt. Je m'en fiche. Josh est capable de conduire seul, mais pendant les quelques premières semaines, jusqu'à ce qu'il connaisse bien les environs, je veux que quelqu'un l'accompagne. Le cabinet du psy est près de l'université et les rues sont un peu déroutantes de ce côté-là.

— Je connais la zone.

Seigneur, certains de ses bars préférés étaient dans le voisinage de l'université.

— Les routes sont déroutantes à Albuquerque en général, mais je m'y retrouverai sûrement. Encore quelques fois et il saura où il va.

— Ouais. Voici l'adresse, c'est à l'est de l'université.

Eli prit la carte de visite que lui tendit Tucker. Ouais, il connaissait particulièrement bien l'endroit. Mais d'une certaine manière, il ne pensait pas traîner dans ses endroits habituels en attendant Josh.

D'une certaine manière, ils ne l'attiraient plus autant.

XXI

— Est-ce que tu auras besoin de Joshua ce matin ?

Josh leva les yeux de son petit-déjeuner à la question d'Eli, mais celui-ci regardait Tucker.

— Probablement pas. Qu'est-ce que tu as en tête ?

— Il est temps d'aller à nouveau voir les dames du canyon. Je me disais que j'emmènerais Josh pour qu'il voie ce qui est vraiment fait. La dernière fois, Manny et Billy ont fait tout le boulot et Josh la sieste.

— Les dames du canyon ? Ça me fait penser à 'Ladies of the Canyon'. Est-ce que ce n'était pas une chanson de Joni Mitchell ? demanda Joshua.

— Fiston, tu es bien trop jeune pour te souvenir de Joni Mitchell, répondit Tucker.

— Joni Mitchell est un génie intemporel. En plus, Maman avait l'album complet. Elle l'a écouté jusqu'à ce qu'il rende l'âme avant d'acheter le CD.

— Je faisais référence, dit patiemment Eli, aux juments.

— Je sais.

Joshua lui sourit.

— Et, je pense que Onc' Tuck peut s'en sortir sans moi un matin.

— Je suppose que je peux.

— Je vais vous emballer votre déjeuner pendant que tu prends l'équipement Eli et que Joshua selle les chevaux, dit Sarafina.

— On n'a plus qu'à obéir, dit Joshua à Eli, qui se contenta de lui sourire à son tour.

Il engloutit sa dernière tranche de jambon, la mâcha et l'avala avant d'ajouter :

— On se voit devant la maison dans dix minutes ?

— Tu es pressé ?

Eli rit doucement.

— Ouais, dix minutes ça me va. Selle Milagro pour moi, d'accord ? Button a l'air d'avoir du mal avec son sabot avant droit. Je pense qu'elle a marché sur une pierre ou quelque chose comme ça. Je lui ai appliqué un peu de pommade hier, mais j'aimerais lui laisser encore un jour ou deux avant de la remettre au travail.

163

— D'accord, répondit Joshua.

Il déposa son assiette dans l'évier, sourit à Sarafina et sortit pour aller dans l'écurie.

Il avait commencé à monter Rory depuis deux jours. Le cheval avait rapidement récupéré de la négligence qu'il avait subie et s'était avéré être une créature enjouée à la démarche douce et aux bonnes manières. La veille, Joshua l'avait monté jusqu'à la boîte aux lettres avec le chat, que Tucker avait dénommé 'D.C' d'après un film Disney de son enfance, perché sur le garrot. Le chat semblait avoir trouvé sa place dans la hiérarchie des chats d'écurie et était parfaitement heureux de vivre dans le box de Rory, même s'il préférait la nourriture que les travailleurs de l'écurie lui donnaient à la chasse aux souris. Apparemment, c'était réservé aux félins de basse classe. Mais il était remarquablement amical pour un chat.

Rory était un cheval amical lui aussi, et Tucker et Eli étaient tous les deux d'accord sur le fait qu'il correspondait bien à Joshua, alors qu'il le veuille ou non, il semblait avoir hérité de ce cheval. Et de ses propres bottes, chapeau et gants du marché de Miller. Il avait taquiné Eli en lui disant qu'il se trouverait des jambières et les porterait uniquement avec les bottes, le chapeau et les gants et le regard d'Eli s'était assombri et voilé.

Ça avait été amusant.

Amusant. C'était de bizarre de sourire à nouveau autant. L'expression paressait bizarre sur son visage après avoir été sérieux aussi longtemps. Il n'y avait pas eu beaucoup de place pour les choses amusantes pendant les dernières années. Il n'avait jamais été en mesure de se détendre comme ses *compadres* de Los Peligros. Il ne buvait pas beaucoup parce qu'il avait besoin de garder les idées claires tout le temps, et avant que 'Chete ne le transforme en junkie, ne jouait pas avec la drogue non plus. Il était sur le fil d'un rasoir et le plus léger dérapage pouvait le trahir ou le faire tuer et compromettre la mission.

Le seul moment où il se détendait était tard la nuit, ou plus souvent, tôt le matin, quand il avait fini le rapport qu'il envoyait à Robinson à partir de l'ordinateur qu'il cachait derrière un faux panneau derrière son lit. Son grand-père du côté des Chastain lui avait appris les rudiments de la charpenterie lors de ses visites estivales quand il était gamin et ce fut simplement une question de découper le panneau afin de pouvoir cacher l'ordinateur. Même si les autres entraient dans sa chambre et le trouvaient, ça ne voudrait rien dire. Il effaçait l'historique aussitôt qu'il finissait son rapport et à nouveau avant de l'éteindre et de le cacher. Parce que parfois les seuls moments de détente et récréation qu'il s'autorisait c'était de se masturber devant des vidéos pornographiques gay. Et c'était aussi une chose qu'il ne voulait pas que les autres Peligros sachent.

Non, il y avait une exception. Une fois par semaine environ, plusieurs de ses 'amis' se rendaient dans un club local pour danser et rentrer avec des filles. Ou juste raconter des ragots. Joshua y allait toujours parce que les ragots étaient une excellente source de renseignements. Et il aimait bien danser la salsa et le reggaeton. Il aimait le rythme, la grâce des mouvements, le bruit et la chaleur de la musique. 'Chete utilisait parfois le club pour ses transactions alors il s'assurait de les voir traîner là-bas souvent. C'était un quartier en pleine rénovation, mais à une époque les Latin Kings, l'un des plus grands gangs nationaux, avaient établi leur quartier général de Chicago à deux pas de là.

Les Kings avaient quitté ce quartier et c'était Los Peligros qui le dirigeait maintenant, même s'ils étaient toujours présents dans la ville et que 'Chete avait des connexions avec eux. Bien sûr. Il avait des connexions partout. Joshua passa distraitement la main sur son menton. Il avait rasé son bouc et laissé ses cheveux pousser avant de quitter la réhabilitation et il espérait que ça empêcherait toutes les connexions de 'Chete de pouvoir un jour l'identifier.

Rory hennit quand Joshua entra dans l'écurie. D.C. était roulé en boule dans sa mangeoire, endormi comme d'habitude. Joshua ne comprenait pas comment les chats pouvaient dormir autant, et rester gracieux et vigoureux. Un vrai mystère. D.C. ouvrit un œil quand il souleva le loquet du box, mais le referma à nouveau quand il réalisa que Joshua n'avait pas de nourriture pour lui. Il ne fallut qu'une minute pour harnacher Rory. Pour Milagro qui résidait dans l'écurie principale, ce fut une tout autre affaire. Joshua n'avait jamais monté Milagro, qui était l'un des mustangs apprivoisés, et ne s'attendait pas à ce que ce soit le cas un jour. Il avait vu les autres instructeurs avoir affaire à lui, et à l'unanimité, ils pensaient qu'il n'était pas adoptable. Il y avait encore trop de sauvagerie en lui, même après la castration. Il n'était pas méchant, juste fougueux. Le cheval avait un sale comportement: il refusait le licol, il refusait d'être attaché à des traverses et il refusait la bride. Joshua transpirait et jurait au moment où il eut enfin fini. Une fois prêt cependant, il se calma considérablement et suivit calmement Joshua et Rory dans la cour en face de la maison.

Eli en sortait à peine. Il marcha vers Milagro et accrocha l'un des sets de sacs de selle qu'il portait au dos de sa selle et tendit l'autre à Joshua.

Pendant que Joshua les attachait, Eli vérifia la sangle de Milagro avant de la resserrer. Joshua le regarda curieusement.

— Il 'gonfle' quand on le sangle et la courroie se défait. Beaucoup de chevaux font ça. Toujours vérifier à deux fois avant de monter sinon la selle et toi pourriez-vous retrouver très rapidement à l'horizontale, dit Eli.

Joshua rit.

— Compris.

— Ton garçon n'a pas l'air d'avoir de mauvaises habitudes, remarqua Eli. Aucun de ceux secourus au Kansas n'en a. Le vieil homme a dû bien prendre soin d'eux avant sa mort. Avec beaucoup d'amour.

— Ouais, dit doucement Joshua en faisant courir ses doigts sur la nuque de Rory.

Le hongre hennit et bougea la tête comme pour acquiescer.

Quand il leva les yeux, Eli lui souriait, une douceur dans le regard qui réchauffa le cœur de Joshua et le fit se sentir en sécurité, comme si rien de son passé ne pourrait plus le hanter. Il savoura le sentiment sachant que c'était une illusion, mais voulant s'y accrocher aussi longtemps que possible. Il se sentait... heureux. Ce moment le rendait heureux. Le ranch, la belle journée d'automne, Rory, et même Milagro le rendaient heureux. Et Eli... ce regard dans ses yeux lui procura encore plus de bonheur, si c'était possible.

Il sourit à son tour à Eli avant de se tourner pour monter en selle.

ILS CHEVAUCHÈRENT dans un silence pas du tout pesant jusqu'à ce qu'ils dépassent les arbres et soient dans le désert. Là, Eli rapprocha Milagro de Rory. Les deux chevaux se touchèrent les naseaux et avancèrent côte à côte.

— Pas de raison de se précipiter, dit Eli. Il est encore tôt, il fait encore frais et nous avons toute la matinée. Je pense qu'on arrivera au canyon vers 9h30. Ça nous laissera pas mal de temps pour faire la collecte, vérifier le troupeau et même faire une sieste avant le déjeuner.

— Une sieste ? murmura Joshua.

Eli tendit la main pour attraper la bride de Rory et l'arrêta à côté de Milagro.

— Une sieste, confirma-t-il en se penchant vers l'avant de manière à ce que ses lèvres effleurent celles de Joshua. Ou quelque chose dans le genre.

— Mm hmm, acquiesça Joshua avant de poser ses lèvres sur celles d'Eli.

Eli leva la main et Joshua sentit le daim usé de son gant contre sa nuque, doux et souple.

Joshua frissonna.

— Mon dieu, ce que j'ai envie de toi, dit-il contre les lèvres d'Eli en posant les mains sur sa poitrine.

— Ouais.

La voix d'Eli était rauque.

— Merde. D'abord les chevaux puis les mamours.

Joshua rit.

— Des mamours ? J'aime bien ça. Est-ce que c'est ce qui est prévu pour le déjeuner ? De la soupe au poulet et aux mamours ?

— Ça ne m'intéresse pas le poulet aux mamours, dit Eli. OK. Arrêtons. Merde.

Il attira à nouveau Joshua vers lui pour un autre baiser avant de le relâcher.

— Le canyon. Merde. Je pense que je viens d'oublier le chemin.

Le rire de Joshua fit écho dans le silence du désert.

RORY N'AVAIT pas autant de stabilité qu'Avery. Il avançait sur la route sinueuse du canyon en ponctuant chaque pas d'une expiration nerveuse. Milagro n'avait pas ce problème. Eli dut tenir ses rênes fermement pour l'empêcher de galoper sur toute la descente. Finalement, ils arrivèrent en bas et Joshua suivit Eli et Milagro le long du sentier qui parcourait le petit lagon et la chute d'eau, à travers un défilé étroit, jusqu'à l'immense prairie entourée par les rochers rouges et jaunes du canyon.

— C'est grand, dit-il surpris.

— Pas vraiment, pas plus d'une douzaine d'acres au carré environ. Mais assez grand pour galoper, dit Eli. Oh, elles sont là, sous ces arbres.

— Eh bien, une douzaine d'acres c'est énorme.

Eli grogna.

— Josh, les infrastructures du ranch recouvrent presque cinq acres à elles seules. Je pense que le Triple C possède environ douze mille acres et ce n'est pas si grand pour un ranch. Une acre peut paraître énorme pour un gars de la ville comme toi, mais ce n'est vraiment pas beaucoup. Assez, cependant, pour permettre à ces créatures de galoper. Juste pas assez pour qu'elles puissent s'échapper.

Il fit avancer Milagro et ils se dirigèrent vers le groupe de huit ou neuf chevaux regroupés à l'ombre, leur queue chassant les mouches. Deux poulains étaient au centre du troupeau, les regardant approcher les yeux grands ouverts.

Plusieurs juments levèrent les yeux alors qu'ils avançaient, mais il n'y eut qu'un cheval qui bougea et avança pour se placer entre eux et le troupeau. Il frappa le sabot contre le sol comme un avertissement et renversa la tête.

— C'est l'étalon ? demanda doucement Joshua.

Eli rit doucement.

— Nan. On castre les étalons et on travaille avec eux avant de les mettre ici parce que ce sont eux qui posent le plus de problèmes. Ça, c'est Big Mama, la jument en chef. Quand un troupeau n'a pas d'étalon, la jument la plus forte devient leader. Ça va, Mama, nous ne sommes pas là pour vous faire du mal.

Sa voix devint apaisante.

— Ça va, Mama...

Il continua de parler de cette même voix douce jusqu'à ce qu'ils aient réussi à contourner et dépasser le troupeau.

Puis, il descendit de sa monture, tendit les rênes du mustang à Joshua et sortit des gants en silicone des sacs de selle par lesquels il remplaça ses gants en cuir. Armé d'une poignée de sacs, de cuillères et d'un marqueur indélébile, il s'enfonça dans l'herbe qui lui arrivait aux chevilles. Il collecta des échantillons d'excréments de chevaux et les mit dans les sacs avant de les marquer.

Ils se dirigèrent vers une autre zone de la prairie et réitérèrent le processus, observés de près par Big Mama.

— On va envoyer les échantillons à Rodney pour qu'il les teste, dit Eli en sortant plus de sacs et en déposant ceux qu'il avait remplis dans un sac destiné à cet effet. On fera des tests sanguins quand on déplacera ce troupeau d'ici pour l'hiver, dans quelques semaines. Mais je ne m'attends pas à ce qu'il y ait quoi que ce soit de toute manière. Ils ont l'air en bonne santé et les deux poulains qui sont nés cet été après le rassemblement vont parfaitement bien.

— Fais attention de ne pas mélanger ça avec le déjeuner, dit Joshua en le regardant.

— Apprends à ta grand-mère à cuire un œuf, *niño*, grogna Eli.

Quand il eut fini, il remonta sur Milo et ouvrit la voie pour retourner à la prairie. La jument en chef hennit triomphalement quand ils battirent en retraite et Eli rit à nouveau.

— C'est un vrai cas, celle-là. Elle va être dans une colère noire quand nous allons les emmener au ranch pour l'hiver. C'est généralement un rassemblement marrant. Ils se retrouvent dans le désert et ne savent pas quoi faire. La plupart du temps, ils tournent en rond l'air perdu. Les faire suivre la route n'est pas facile, mais si nous arrivons à faire avancer Big Mama en premier, les autres suivront.

Il lança un coup d'œil par-dessus son épaule alors qu'ils menaient leurs chevaux à travers la crevasse entre la prairie et la petite vallée.

— Ça va s'avérer plus difficile pour les deux petits poulains. Je pense que je vais dire à Tuck d'emmener une remorque pour eux et leurs mères. C'est trop loin pour qu'ils puissent galoper, même s'ils ont déjà trois mois.

— Tu les aimes vraiment, n'est-ce pas ?

Eli sourit, l'expression douce.

— Merde, ouais, Josh. Les chevaux sont les créatures les plus grandes, les plus bêtes, les plus douces et les plus adorables du monde. Ils peuvent te porter pendant des kilomètres jusqu'à ce qu'ils meurent d'épuisement. Ils peuvent se battre pour toi, te protéger. Les chevaux font partie de l'histoire du genre humain. Ça ne fait qu'une centaine d'années que nous avons trouvé des moyens de les remplacer. Ouais, parfois tu auras des bâtards auxquels tu n'oseras pas tourner le dos, mais ça arrive aussi chez les gens.

Il tapota la nuque de Milo.

— Même les bâtards comme lui. Il m'a mené directement à toi quand tu t'es perdu, comme un chien. Et il a bon cœur. C'est le cas pour la plupart d'entre eux.

Il leva les yeux vers Joshua, le même sourire sur le visage et ajouta :

— Parfois, il faut regarder au-delà du comportement extérieur pour voir, la lumière intérieure.

— Et s'il n'y a pas de lumière ? Et si tout est faussé et qu'il fait sombre ?

Eli secoua la tête.

— Il y a toujours de la lumière. Parfois, elle est simplement moins éclatante. Endommagée. Parfois, elle peut être réparée. Parfois non. Ça dépend à quel point elle est brisée.

— Qu'est-ce que tu fais quand elle est trop abîmée pour être réparée ?

— Tu essaies de trouver quelque chose qui vaut la peine de continuer. Si c'est un étalon et qu'il est bon avec les juments, tu le fais se procréer. S'il est trop sauvage pour ça, tu le castres en espérant qu'il se calme un peu. Et dans le pire des scénarios, tu es obligé de l'euthanasier.

169

Eli se tut un moment pendant qu'ils descendaient de leurs montures près de l'eau et détacha les sacs de selle contenant le déjeuner.

— Tucker déteste avoir un animal à faire euthanasier. Ça n'est arrivé que deux ou trois fois de ce que je me rappelle, et ça a toujours été là faute d'un humain. Maltraitance ou négligence. C'est pratiquement la même chose en ce qui concerne les animaux.

Il n'avait pas remis ses gants après avoir fini la collecte. Il s'était contenté de jeter ceux en latex usagés dans le sac alors quand il tendit la main et la posa sur la nuque de Joshua, ce fut une peau chaude et calleuse qui le caressa.

— Je pense que dans ton cas, il s'agit de trois ans de maltraitance, murmura-t-il, et ce n'est pas assez pour te détruire pour de bon.

— Tu ne sais..., commença Joshua, mais Eli l'interrompit.

— Ouais, c'est vrai. Ça n'a pas d'importance. Je peux voir la lumière, *mijo*, et elle est claire et éclatante. Elle est simplement un peu ombragée.

Il attira Joshua vers lui pour un long baiser, doux, lent et humide. Joshua remarqua à peine l'autre main d'Eli déboutonner sa chemise jusqu'à ce que des doigts caressent sa poitrine. Les callosités s'accrochèrent dans ses poils, mais le léger pincement ne fit que l'embraser. Les doigts étaient fermes et doux. Joshua frissonna un peu, puis tendit la main et retira le chapeau d'Eli, le jetant sur le côté pour pouvoir faire courir ses doigts à travers ses boucles blondes emmêlées.

Eli émit un son provenant du fond de sa gorge et pinça les tétons de Joshua. Celui-ci sentit ses genoux vaciller. Eli le rattrapa alors qu'il trébuchait et le coucha sur le sol, repoussant les pans de la chemise de Joshua avant de déposer une rangée de baisers sur sa poitrine. Joshua bougea de manière à ce qu'Eli soit accroupi entre ses cuisses et leva les jambes pour les passer autour de sa taille.

— Baise-moi, gémit-il, ses doigts se resserrant dans les cheveux d'Eli.

Celui-ci leva la tête et lui sourit.

— Chaque chose en son temps, *papi chulo*.

Joshua laissa sa tête retomber dans l'herbe et sentit son propre chapeau tomber. Il s'en fichait. Les mains et la bouche d'Eli le distrayaient parfaitement. Eli était aux commandes alors Joshua resta couché, les rayons du soleil jouant contre ses paupières closes alors qu'Eli explorait paresseusement chaque courbe de son corps. Il leva les hanches pour qu'Eli puisse retirer son jean et ses bottes. Quand il sentit sa bouche tracer un chemin vers la peau douce de son aine, il laissa échapper un soupir long et profond de satisfaction. Il se transforma en grognement et halètement quand Eli lécha son gland, ses dents effleurant sa verge.

— Seigneur, Eli, gémit-il.

Il ressentit, plus qu'il n'entendit Eli rire doucement. Puis sa bouche disparut et Joshua leva les yeux et le vit tendre la main vers un des sacs de selles dans lequel la nourriture était emballée. Il en sortit une boîte de préservatifs et une petite bouteille de lubrifiant.

— J'ai tout prévu, dit-il la voix grave avant que son sourire revienne, large et blanc sur son visage bronzé.

Il donna une petite tape sur la hanche dénudée de Joshua.

— Tourne-toi, *papi*.

— Je ne sais pas ce qui me fait le plus peur, se plaignit Joshua en obéissant, le fait que tu m'appelles 'papi' ou le fait que tu m'appelles 'mijo'. Les deux sont bizarres.

Il se mit sur ses genoux en croisant les bras sur le sol et en posant son front dessus.

— Tu préférerais que je t'appelle comment ? demanda Eli.

— Que dirais-tu de Joshua ?

— Joshua, dit Eli en passant la main sur les fesses de Josh.

Ses doigts déjà lubrifiés glissèrent facilement dans son entrée.

— Joshua. Mon beau Joshua. Mon sexy Joshua. Mon malin Joshua.

Il embrassa la base de sa colonne vertébrale.

— Mon bien-aimé Joshua.

Joshua commença à lever la tête pour lui demander 'Quoi ?', mais il sentit la langue d'Eli s'enfoncer en lui et les mots disparurent. Il baissa à nouveau la tête, sentant l'odeur forte de la boue et de la poussière et l'arôme de l'herbe encore plus aigu et il se vida complètement l'esprit, se laissant devenir un objet de pure sensualité. L'humidité de la langue d'Eli, ses mains sur la peau de Joshua, l'odeur de l'herbe accompagnée de celle plus poignante du lubrifiant, la pression de ses doigts le pénétrant, et l'odeur musquée des gouttes de sperme qui s'échappaient de son membre chaque fois que les doigts d'Eli caressaient son gland.

Puis le sexe d'Eli fut contre lui, s'introduisant doucement et Josh retint son souffle pendant un moment, jusqu'à être pleinement rempli.

— Ça va ? demanda Eli.

Joshua hocha la tête, reculant les hanches pour encourager Eli à donner des coups de reins. Plus rien ne fut dit après ça. En tout cas, pas sous forme de mots, mais les bruits que faisait Eli en s'enfonçant en Joshua signifiaient tout.

Apparemment, c'était réciproque pour Joshua puisqu'au moment où il commença à bouger sa main sur son propre sexe, prêt à venir, Eli posa la sienne sur elle, caressant et faisant des va-et-vient jusqu'à ce que Joshua crie en s'abandonnant, éjaculant sur l'herbe. Il entendit le grognement d'Eli une minute plus tard et le sentit s'enfoncer fort en lui deux ou trois fois avant de s'effondrer sur son dos.

Joshua roula sur le côté, faisant tomber Eli sur l'herbe et resta couché un moment, reprenant son souffle.

— Mon Dieu, dit-il finalement, la voix rauque, comme s'il avait crié pendant une heure. Mon Dieu.

— Non, c'est juste moi, dit Eli derrière lui.

Il posa la main autour de la taille de Joshua. Il avait toujours sa chemise, et en y pensant, Josh se rendit compte que c'était aussi son cas. J'ai désiré ça pendant un bon moment. Toute la journée en fait.

— Moi aussi, murmura Joshua.

Il étendit son bras et posa la tête dessus, l'odeur de l'herbe écrasée agressant son nez. Derrière lui, Eli inspira dans le cou de Joshua en effleurant du nez sa nuque et Joshua sourit en dérivant vers un sommeil confortable et sans rêve.

Il dut avoir très bien dormi parce que quand il se réveilla, un laps de temps inconnu plus tard, il était en forme et prêt à partir. Eli dormait toujours. Il avait roulé sur le dos et balancé son bras sur ses yeux. Joshua rit doucement en le voyant, le jean baissé au niveau des hanches, la chemise ouverte exposant sa poitrine imberbe, mais musclée. Il était presque doré à la lumière du jour grâce à son bronzage de fermier, mais sous la taille, il était aussi pâle que n'importe quel gringo. Joshua renifla doucement. Malgré tout ce qu'il disait à propos d'être prudent contre l'exposition au soleil, il semblait qu'Eli passait au moins un peu de temps torse nu à l'extérieur.

— Ouais, dit Eli sous son bras, tu m'as choppé. J'aime avoir un beau bronzage autant que n'importe qui. Je ne l'affiche juste pas partout comme les autres mecs. Genre les hétéros qui adorent montrer leurs pectoraux.

Joshua fit légèrement courir ses doigts sur cette ligne au niveau de sa taille.

— Mais pas sans pantalon.

Eli le fusilla du regard en baissant le bras.

— Sans pantalon ? Tu es *loco* [12] ? Je serais poursuivi jusqu'en dehors de la ville.

— Seigneur, Eli, entre toi et mon oncle, je pense avoir été confronté à tous les clichés sur les cowboys, les ploucs et le Vieux-Est jamais écrits. Est-ce que vous vous entraînez pour ça ?

Eli rit.

— Eh bien, ton oncle ne – il parle simplement de la manière dont ils le faisaient quand il a grandi. Pour ma part, eh bien, j'ai travaillé dans un ranch de loisirs pendant un moment et parler le Vieux-Est ; comme tu l'as appelé était un des services que nous les cowboys devions proposer aux clients. En plus, ils mâchent plutôt les mots au rodéo aussi. Alors j'ai pris l'habitude.

Il caressa le genou de Joshua.

— Je pense que tu aimes bien.

— C'est le cas, répondit Josh.

Il prit la main d'Eli et lécha son poignet jusqu'à son coude.

— Ne fais pas ça, dit maladroitement Eli. Je suis tout sale et recouvert de lubrifiant. Et pire.

— Pas ici, répondit Joshua en relâchant son bras. J'ai envie de piquer une tête.

— Elle est froide.

— Parfait.

Joshua se leva, retira sa chemise et courut dans le lac. Seigneur ! C'était glacial, mais ça faisait du bien après avoir eu chaud et été en sueur toute la journée. Il s'aspergea d'eau froide avant de plonger pour se rincer. Quand il ressortit, Eli était assis sur le bord, ayant retiré le reste de ses vêtements.

— Froide ? demanda Eli.

— Ouais, mais je suis robuste.

Il sortit de l'eau et s'assit à côté d'Eli.

— Tu y vas ?

— Pense pas.

— Pense que si, dit Joshua en le poussant.

Il émergea en crachant.

---

12 Fou

173

Joshua lui prit le bras, l'aida à sortir de l'eau et ils se retrouvèrent dans les bras l'un de l'autre au bord.

— Petit enfoiré, murmura Eli.

— Pas si petit que ça. Je suis plus grand que toi.

— Juste la bonne taille.

Eli tendit la main et attira Joshua vers lui pour un baiser.

Joshua passa ses bras autour de lui et se mit à fredonner l'une de ses chansons préférées pour danser, 'El Amor' de Tito El Bambino. Elle commençait doucement et romantiquement, mais évoluait vers un battement rapide, un croisement entre la salsa et le reggaeton sur lesquels il adorait danser.

ELI N'AVAIT pas réalisé que Joshua savait chanter, mais c'était le cas, lentement et doucement, même quand il se rapprocha de lui pour une danse intime. Quelque chose sur l'amour qui n'est que rêve, magie, lumière et eau. Ses mains étaient posées sur les hanches d'Eli, les balançant avec les siennes de manière à la fois sexuelle et sensuelle. Eli passa ses bras autour du cou de Joshua et le laissa mener la danse. Mais comme il n'avait jamais été un grand danseur, en riant, il recula et se laissa tomber sur le sol.

— Tu es trop bon pour moi. Où est-ce que tu as appris à danser comme ça ?

— Je suis portoricain, répondit-il, son corps continuant de bouger. Je suis né en sachant danser.

Et il continua de danser, mais plus avec les pas qu'il avait utilisés avec Eli. Il mit une main sur le côté, posa l'autre sur son ventre et dansa en chantant à voix haute. Il accéléra la cadence pour que la musique émane de lui, rapide et abondante, son corps se balançant au rythme complexe de la mélodie. Eli pouvait presque entendre le son de la batterie dans sa voix.

Joshua lança un sourire à Eli avant d'aller danser directement sous la petite chute qui s'écoulait du mur du canyon. Il chantait quelque chose à propos de l'eau, à propos de l'amour, abondant comme de l'eau, à propos d'aimer éperdument et il dansait comme si sa vie en dépendait. Il était tellement beau qu'Eli faillit en pleurer.

Il sortit de la chute en finissant la chanson et se dirigea droit vers Eli. Il le prit dans ses bras et l'embrassa fiévreusement. Eli ferma les yeux, et fondit.

XXII

— D'ACCORD, DIT Eli en ralentissant près du trottoir. Il y a un parking à deux pâtés de maisons d'ici. Je vais me garer là-bas. Il y a un café pas très loin dans cette direction…

Il pointa la direction opposée.

— Et c'est là que je serai.

— Pendant deux heures ?

Ça paraissait long pour s'asseoir et boire du café. Oncle Tuck faisait toujours les courses pendant qu'il attendait Josh. C'était comme s'il avait toujours quelque chose à acheter. Mais ça ne semblait pas être le cas d'Eli.

— Ouais. Ils ont du bon café là-bas, et des journaux et ce genre de conneries. J'y ai déjà été plusieurs fois. Prends ton temps et ne t'en fais pas pour moi.

Eli paressait détendu, alors Josh se dit qu'il savait ce qu'il faisait. Après avoir jeté un coup d'œil rapide aux alentours pour s'assurer qu'il n'y avait personne, il se pencha et embrassa rapidement Eli.

— Merci de m'avoir conduit et de m'attendre. Oncle Tuck ne pense pas que j'aurais pu le faire seul.

— Eh bien, t'aurais pu rouler jusqu'ici, dit Eli, mais tu aurais peut-être continué et tu nous aurais appelés de Flagstaff ou de n'importe quel endroit quand tu n'aurais plus eu d'argent.

Il sourit et déposa l'un de ses baisers légers sur les lèvres de Josh. Josh en avait reçu énormément pendant les dernières semaines, chaque fois qu'ils étaient certains de ne pas être observés.

— Tucker te fait plus confiance que ça. Il s'inquiète juste que tu te perdes. Maintenant, vas-y sinon on va continuer à se galocher dans ce pick-up tout le long de ton rendez-vous.

— Je préfère les galoches.

— Moi aussi.

Eli se pencha devant lui et ouvrit la porte.

— Allez.

— C'est quoi le nom du café ?

— Myrtle's. Tu ne peux pas le rater. C'est juste à quatre pâtés de maisons d'ici. Si tu finis tôt, viens et on se préparera pour la route.

— D'accord.

Josh sortit du pick-up et ferma la porte. Il secoua brièvement la main, se retourna et passa les portes vitrées du building du cabinet.

ELI FINIT sa tasse de café, refusa l'offre de la serveuse pour une autre et regarda l'heure sur son téléphone. Presque l'heure de la fin du rendez-vous de Josh. Il avait lu des journaux et feuilleté des magazines, discuté avec quelques habitués qu'il connaissait des jours où il faisait la tournée des bars (est-ce que ça ne faisait que deux ou trois mois qu'il n'était pas descendu par ici ? Peut-être, mais ça paraissait faire beaucoup plus longtemps) et il était prêt à partir. Il se dit qu'il croiserait sûrement Joshua en se dirigeant vers le Central.

Le soleil s'était couché et une brise légère s'était levée, mais le ciel était dégagé. Le festival de montgolfières pour lequel Albuquerque était célèbre était prévu pour la semaine suivante et d'après les précisions, il semblait que ce serait un beau weekend. Eli se demanda si ça intéresserait Joshua de le voir. C'était quelque chose qu'il devait lui demander. Les dernières semaines avaient été... bizarres. Extraordinaires, mais bizarres.

Tucker les avait gardés, Joshua et lui, trop occupés pour faire des bêtises et ils devaient se montrer prudents avec autant de personnes dans les alentours. Mais ils avaient réussi à s'accorder quelques moments privilégiés dans l'écurie, à l'abri des regards ou lors de leurs balades où Eli présentait le ranch à Joshua. Il avait tenu sa promesse et ramené Josh au canyon pour voir si les mustangs allaient bien et c'était l'un des souvenirs qu'il garderait dans sa mémoire jusqu'à ce qu'il soit vieux. Josh dansant la salsa sous le jet glacial de la chute, complètement nu, jusqu'à ce que le froid l'atteigne et qu'il poursuive Eli, l'attirant par terre et lui faisant l'amour à la lumière du jour.

Et puis il y avait les nuits. Pas assez. Josh s'effondrait d'habitude d'épuisement après les journées remplies qu'ils avaient puisque sa résistance n'était pas encore ce qu'elle devait être. Mais certaines nuits, Eli entendait les pas sur le porche, le craquement léger de la porte d'entrée et le bruit des pas de Josh... Ouais, ces nuits-là valaient bien toutes celles beaucoup plus calmes. Le regard dans les yeux de Josh quand il entrait dans la chambre d'Eli lui exprimait exactement quel genre de nuit ils s'apprêtaient à vivre. Un regard paresseux et amusé signifiait qu'ils feraient l'amour longtemps et doucement, Josh mordant l'oreiller pendant qu'Eli s'enfonçait en lui par-derrière. Un regard embrasé et avide signifiait qu'ils baiseraient désespérément, les jambes de Josh pratiquement autour du cou d'Eli et ses mains cramponnées aux barreaux du lit. Et parfois, ils faisaient juste l'amour... Doucement, facilement, confortablement.

Et après ça, après la baise lente, la baise ardente ou la baise qui n'était pas de la baise du tout, venait le meilleur moment, quand, humides et satisfaits, ils se débarbouillaient l'un l'autre et s'enlaçaient pour le reste de la nuit, le souffle de Josh dans l'oreille d'Eli et son corps chaud et doux à côté du sien. C'était peut-être un peu 'gnangnan' et sentimental de sa part, mais il n'avait jamais eu d'amant avant ça. En tout cas, pas un vrai, pas un qui n'était pas qu'un coup d'un soir qui, même s'ils passaient la nuit dans un hôtel quelque part, finissait toujours par partir avant le petit-déjeuner.

Pas que Josh ne s'en allait pas avant le petit-déjeuner. Mais c'était différent.

Il était tellement perdu dans ses pensées qu'il ne remarqua pas le gars s'approcher jusqu'à ce qu'il soit en face de lui. Il s'arrêta et son regard croisa le sourire amical de l'autre homme.

— Salut, dit le mec.

— Salut, répondit Eli.

Sa tête lui semblait familière.

— Tu traînais au Charlie's avant, n'est-ce pas ? Je ne t'ai pas vu depuis un moment.

Le Charlie's était l'un des bars gay pour cowboys plus bas dans la rue. Eli y avait traîné quelques fois, mais ça faisait un moment qu'il n'y était pas retourné. C'était sûrement pour ça que le gars lui semblait légèrement familier.

— Ouais, je travaille à quelques heures d'ici donc je ne viens plus aussi souvent qu'avant.

— Ouais, je me disais.

Son sourire sincère ne s'évanouit pas, mais ses yeux passèrent du visage d'Eli à un point derrière lui. Eli était sur le point de se retourner quand il sentit un coup violent atteindre son dos. Ses genoux vacillèrent, mais quand il tenta de tendre la main pour reprendre l'équilibre sur le gars en face de lui, celui-ci fit un pas en arrière et laissa Eli heurter le trottoir.

— Putain de pédé, cracha le mec, toute trace d'amabilité disparue.

— Ramène-le ici, dit une autre voix.

Eli sentit quelqu'un empoigner le col de sa chemise et le tirer, lui coupant la respiration et toute possibilité de crier. Le coup au niveau de ses reins l'avait laissé à moitié paralysé et désorienté, mais il continua à se débattre, essayant de se mettre debout, essayant de se dégager de la poigne sur son col, essayant de...

La batte de baseball qui l'avait frappé par-derrière se retrouva devant lui et l'atteignit en plein visage. L'obscurité l'emporta.

LA RÉCEPTIONNISTE était partie au moment où le rendez-vous prit fin, mais McBride afficha son agenda sur l'ordinateur et programma le prochain rendez-vous de Joshua pour la semaine suivante à la même heure. Josh n'était pas certain d'en être ravi. Chaque session semblait être plus épuisante que la précédente et il se sentait lessivé. Il n'avait pas du tout prévu de beaucoup parler, c'est-à-dire de laisser le psy prendre les rênes et lui montrer ce qu'il voulait entendre, mais d'une manière ou d'une autre, il avait réussi à faire parler Joshua et deux heures plus tard, il se sentait mis à nu et déboussolé. Mais il se sentait aussi... allégé était le meilleur moyen de le voir. C'était comme si une partie du poids qu'il transportait n'était plus nécessaire. Et même s'il lui restait encore beaucoup de choses à régler, il se dit qu'il y avait peut-être de l'espoir après tout. Qu'il ne se noierait plus dans les cauchemars. Qu'il ne se sentirait plus inutile au point de refaire une balade dans le désert. Que peut-être, *peut-être*, il pourrait un jour, *un jour*, être capable de laisser passer la mort de cette jeune fille dans ce hangar. Pas oublier. Pas se pardonner. Mais laisser passer.

Peut-être.

Il sortit du bâtiment et regarda la rue dans la direction du café qu'Eli avait mentionné. Il n'y avait aucune trace du cowboy. Josh regarda l'heure sur son portable et vit qu'il avait quelques minutes de retard. Eli n'avait probablement pas fini son café ou il s'était fait absorber par un article de journal ou quelque chose comme ça. Eli faisait les choses à son propre rythme. Joshua sourit et se mit à remonter la rue.

Pour une artère importante près de l'université, elle était plutôt calme et bien éclairée, mais il n'y avait pas beaucoup de circulation pour un début de soirée, juste après l'heure de pointe. Josh supposa qu'elle était occupée pendant la journée, mais à cette heure-ci, les magasins étaient fermés et les cafés n'avaient pas encore atteint l'heure où les gens affluaient. Et puis c'était mardi après tout, pas vraiment une soirée pour aller boire. Mais les restaurants devant lesquels il passa étaient éclairés et il y avait assez de voitures dans la rue pour qu'il ne se sente pas mal à l'aise.

Mais quand il fut à mi-chemin du café et ne vit toujours pas Eli, il commença à avoir un mauvais pressentiment. Et après des années dans la police, le Bureau et le danger, il avait appris à faire confiance à son instinct. Quelque chose n'allait pas.

Il trouva le café et l'y chercha partout, mais toujours aucune trace d'Eli. L'une des serveuses s'approcha de lui.

— Tu cherches quelqu'un, chou ?

— Ouais. Cowboy, chapeau gris, cheveux blonds, une chemise à carreaux bleue.

— Oh, Eli ? Ouais, il était ici. Marty, quand est-ce qu'Eli est parti ?

— Euh, il y a environ dix minutes, répondit l'autre serveuse de la machine à café. Il a dit qu'il devait retrouver quelqu'un. Je suppose que vous vous êtes tous les deux manqués.

— Je suppose, dit Joshua.

Un cri d'alarme retentit dans sa tête et ses mains se glacèrent.

— Merci.

— Quand tu veux. Reviens bientôt !

— Oui.

Joshua se retourna et se dirigea rapidement vers la porte. Dix minutes. Merde. Ce n'était même pas une marche de cinq minutes jusque chez le psy. Pouvait-il être retourné au pick-up ? Non, il avait dit qu'il retrouverait Joshua dans la rue ou le café. Et il n'était pas dans le café. Alors il était quelque part dans la rue. À partir d'ici. Josh se mit à marcher rapidement, scrutant la rue devant lui, le trottoir de chaque côté cherchant... quoi ? Ça. Joshua se rua de l'autre côté de la rue en évitant les feux de signalisation. S'il l'avait vu plus tôt, il l'aurait confondu avec un tas de papier journal, mais il savait ce que le vent avait emporté contre la vitrine d'un magasin. Un chapeau. Un Resistol gris avec un bandeau gris assorti. Joshua le ramassa, mais se figea quand il vit une tache sombre sur le bord. Les lumières de la rue ne brillaient pas assez fort pour distinguer sa couleur, mais Joshua savait que c'était. Dieu savait qu'il avait souvent vu ça.

Du sang.

Il resta immobile un moment, le chapeau en main, essayant de tendre l'oreille malgré le battement incessant dans sa tête. Le chapeau était devant l'entrée d'une allée. Eli pouvait être passé par la porte ou avoir été pris par un véhicule. Ou être entré dans l'une de ces ruelles. Mais laquelle ?

La brise venait de l'est. Le chapeau aurait atterri ici. Il se retourna et remonta la rue en courant vers une allée sombre entre deux bâtiments et se rua à l'intérieur.

Un bruit sourd, régulier et rythmé provenait du passage. Un bruit bien trop familier. Il dépassa une benne à ordure débordant de matériaux de construction et sans réfléchir, y prit un long morceau de métal en courant. Il était trop léger pour être une arme efficace, mais il semblait assez robuste. À un tournant, le lampadaire jaune surplombant une série de docks de chargement éclairait trois hommes entourant quelque chose sur le sol. L'un d'entre eux tenait une batte de baseball et alors que Joshua se dirigeait silencieusement vers eux, il vit la batte s'élever et descendre, et s'élever à nouveau, des traces sombres sur le bois pâle. Les autres étaient debout et le regardaient, encourageant l'homme en murmurant.

— Frappe-le encore ! Putain de pédé ! dit l'un.

Le morceau de métal siffla dans l'air et celui qui venait de parler s'envola à la force du coup de Joshua. Josh continua de bouger, tournoyant pour atteindre l'homme à la batte, mais le troisième gars lui sauta sur le dos en essayant de passer les bras autour de son cou.

Espèce de plouc stupide, pensa furieusement Josh en le renversant sur le dos et en lui donnant un coup de pied dans le plexus solaire pour que l'air quitte son corps. Le premier homme intervint dans la bagarre, ayant apparemment été simplement sonné par le morceau de fer. Il l'arracha des mains de Joshua, mais celui-ci lui donna un coup de pied qui le poussa à le lâcher et à le laisser tomber sur le côté. Josh fit suivre ce coup de pied d'un second qui fit à nouveau tomber l'homme sur le sol. L'homme à la batte s'approcha de lui avec celle-ci, mais Josh esquiva son coup sauvage et le frappa dans les tripes. Il était sur le point de le cogner à nouveau quand il entendit un cliquetis menaçant. Il connaissait ce son et la surprise perturba sa concentration pour la première depuis très longtemps. Le batteur frappa à nouveau et Josh donna un coup de pied qui envoya la batte au sol, tout comme la barre de métal, mais le gars tenta de la rattraper.

— Calme, Ben, dit le premier gars. Laisse tomber. Je m'en occupe.

Il le fit. Dans la lumière tamisée, Josh n'arriva pas à distinguer de quel calibre il s'agissait, mais il connaissait le genre. Le genre de celles qui tuaient les gens. Merde. Il recula, les mains levées, son esprit évaluant toutes les possibilités. Le deuxième gars se leva du sol, respirant toujours bruyamment et frappa Joshua au visage. Josh vit le sang arriver et se tourna de manière à ce que le coup du gars ne fasse qu'effleurer sa pommette, mais il s'écroula comme s'il l'avait reçu en plein visage.

— Tapette, dit le gars avec dégout avant de lui cracher dessus.

Sur le sol ombragé, Josh bougea et leva les jambes, comme s'il avait peur, mais se pencha en avant pour que son poids repose sur la plante de ses pieds. L'homme au revolver avança, souriant dans la lumière jaunâtre.

— Eh bien, regardez-moi ça. On dirait qu'on va avoir deux pédés pour le prix d'un.

Josh, gardant les yeux rivés sur le porteur de l'arme, était conscient que les autres arrivaient de chaque côté.

— Garde le flingue sur lui. C'est une espèce de ninja ou un truc comme ça.

C'était le gars à la batte.

— Veux pas faire trop de bruit, mais je vais sûrement m'amuser à réduire ce trou du cul en bouillie.

Il rit.

— Si tu veux crier, pauvre pédale, vas-y. Il n'y a personne dans ces bâtiments. Ils sont tous fermés pour la nuit.

— Je vous ai entendus, dit Josh en se levant brusquement, juste en face de l'homme au revolver qui s'était rapproché d'un peu trop près.

Il le poussa contre le dock et lui arracha le flingue des mains avant d'enfoncer son coude dans la gorge de l'homme. Le gars s'effondra en gargouillant.

Joshua se retourna et tira dans le genou de l'homme à la batte. Il cria et tomba sur le sol. Puis il se dirigea vers le troisième homme qui commença à reculer.

— Oh, non, dit doucement Joshua, tu ramènes tes putains de fesses ici et tu t'assois.

Il indiqua un endroit près du batteur.

— Juste là.

Tremblant, l'homme s'assit.

— Tu as un portable ? demanda Joshua en gardant la même voix douce.

Quand l'autre hocha la tête, Josh dit :

— Sors-le et compose le 911 avant de me le tendre.

Il obéit.

— Couche-toi sur le ventre, mains derrière la tête.

Joshua recula vers Eli. Il ne pouvait pas penser à Eli pour le moment. Non. Ne pas penser à Eli. Quand l'opérateur du 911 répondit, il dit :

181

— Je m'appelle Joshua Chastain. J'ai interrompu un crime de haine en cours. On a besoin de deux ambulances dans le dock derrière la Boulangerie Marino sur le Central. Je ne connais pas l'adresse.

Il garda un œil sur les trois hommes en parlant. Il n'osait pas regarder derrière lui, vers Eli.

— L'un est atteint à la gorge, l'autre au genou et je ne connais pas l'état de la victime. Et envoyez la police, s'il vous plaît. Beaucoup de policiers.

Prudemment, le revolver toujours pointé sur les hommes, il s'avança aux côtés d'Eli.

— J'espère pour vous qu'il est encore en vie, dit-il, sinon ces ambulances n'auront plus aucune utilité.

Il s'accroupit et toucha le cou d'Eli. Ses doigts devinrent humides, mais il avait toujours un pouls. Faible, mais présent.

— Eli ?

Il n'y eut aucune réponse.

— Bande d'enfoirés. Il survit ou ce ne sera pas votre cas. Et ne pensez pas qu'être en détention vous aidera. Je peux vous atteindre partout et personne n'y verra que du feu. Les *pendejos* de votre genre meurent facilement. J'ai eu beaucoup d'entraînement. Le fait est que je devrais peut-être vous descendre maintenant et épargner cette tâche à quelqu'un d'autre plus tard.

Il inclina le revolver sur le côté. La rage montait en lui.

— Ce serait facile. Vous vous en êtes pris à moi, je me suis défendu. Vous ai-je dit que je suis un ancien membre du FBI ? Ils m'ont viré parce que j'étais trop prompt à tuer.

Il se dirigea vers le gars à la trachée-artère bloquée et le poussa avec son pied afin qu'il se retrouve aussi sur le ventre. Posant son pied sur le dos du gars et s'appuyant sur lui afin que le gars se mette à pleurer, il dit :

— Tu penses être malin avec un flingue ? Tu penses être fort ? Je bouffe des *moricones* comme toi au petit déjeuner. Merde, je me suis appuyé un peu plus fort.

Il s'appuya et le gars hurla.

— Si je te brisais quelques côtes et te perforais un poumon, tu serais tout aussi mort. Seigneur, monsieur l'officier, je l'ai frappé plus fort que je le pensais. Oups.

Un petit grattement attira son attention et il se tourna vers l'homme à la rotule fracassée tentant de s'éloigner en rampant. Il rit et pour la première fois depuis des mois, sentit qu'il était là où il le devait, de retour dans la rue, haut et puissant au lieu de l'homme perdu et brisé qu'il était.

— Ne va pas trop loin, siffla-t-il. Peut-être que tu as besoin de voir pourquoi cette batte devrait être utilisée. Peut-être que tu devrais la prendre dans le cul, hein, *papi chulo* ? Peut-être que je devrais m'en servir sur toi, te montrer ce qu'est la vraie douleur.

— Josh...

Josh se figea. Les yeux toujours focalisés sur les hommes, il dit :

— Eli ?

— Ne... Ce n'est pas... pas toi.

La voix était faible et mouillée d'une certaine manière. La fureur de Josh le faisait voir rouge. Quelques mètres plus loin, l'un des hommes gémit et une odeur d'urine se répandit dans l'air de la soirée.

— C'est exactement ce que je suis, répondit Joshua durement. Ne parle pas, Eli.

Eli redevint silencieux malgré le bruit de sa respiration. Joshua se concentra sur le poids du revolver dans sa main, la chaleur émanant du sol du dock, les gémissements des deux hommes blessés. La douleur des endroits où il avait pris des coups. La fureur qui faisait vibrer le pistolet dans sa main. Tout sauf son amant meurtri à ses pieds. Il n'osa pas le regarder. N'osa pas penser à lui.

Il entendit le bruit des sirènes, mais ce ne fut que quand la première voiture s'arrêta près du dock qu'il commença à réaliser que c'était fini. Les flics sortirent de leurs voitures, pistolets dégainés. Il leva les mains, le revolver suspendu à un doigt.

— Joshua Chastain, dit-il au policier qui se dirigeait vers lui. Ancien agent du FBI. L'agent Bill Robinson du bureau de Chicago peut le confirmer. Ces hommes s'en sont pris à M. Kelly ici.

— Ce sont des conneries, se plaignit l'un des trois. On s'occupait de nos propres affaires quand son pote et lui nous ont sautés dessus. C'est un genre de ninja.

Joshua grogna.

Les flics leur passèrent les menottes à tous les quatre et les embarquèrent dans des véhicules différents. Joshua s'y attendait. Mais ils firent aussi de la place pour les ambulanciers.

La dernière chose que Joshua vit alors que la voiture de police s'éloignait du dock fut une masse sombre et inerte se faire soulever sur un brancard. *Eli.*

XXIII

ILS N'AVAIENT pas mis Joshua en cellule, mais après quelques heures dans l'une des salles d'interrogatoire – que toutes les juridictions appelaient par des euphémismes, mais qui restaient des salles d'interrogatoire pour Joshua – il voulait des réponses.

Ils l'avaient emmené, vérifié qu'il n'était pas blessé, puis ils l'avaient menotté par l'une de ses mains à la table, l'autre lui permettant d'atteindre la bouteille d'eau tiède qu'ils lui avaient rapportée, et lui avaient dit qu'ils reviendraient dans quelques minutes pour prendre sa déposition. Ils étaient revenus, avaient écouté sa version des faits sans ciller et étaient repartis. Ça s'était produit trois heures plus tôt. Il avait fini l'eau et retiré l'étiquette de la bouteille, mais il était toujours seul.

Il suspecta qu'il était observé. La pièce était fortement éclairée, mais il pouvait quand même voir des ombres derrière le miroir sans tain qui recouvrait l'un des murs. Il se demanda ce qu'ils cherchaient.

Il ne pensa pas à Eli. Il *refusait* de penser à Eli.

Mais les premiers mots qui sortirent de sa bouche quand la porte s'ouvrit enfin et qu'une paire de costumes entra furent,

— Comment va Eli ? Où est-il ? Est-ce qu'il va bien ?

— M. Kelly a été transporté au Centre Médical de l'Université. Je n'ai aucune information sur son état.

L'homme mince sourit légèrement et retira les menottes de Joshua.

— Désolé pour le retard. Nous avons reçu des messages différents à propos de vous et devions confirmer votre identité.

Joshua caressa ses poignets.

— Quels genres de messages différents ?

— Vous correspondez à la description d'un membre de Los Peligros qui est recherché par la police fédérale. Heureusement pour vous, votre supérieur à Chicago, un certain Bill Robinson, nous a fourni les informations dont nous avions besoin. Je suis l'Agent Weathersby, et voici l'Agent Greene, du bureau d'Albuquerque. Désolé que ça ait pris autant de temps. Vous savez ce que c'est.

— Oui.

Il caressa à nouveau ses poignets.

— Est-ce que je peux y aller, maintenant ? Vous avez ma déposition.

— Oui. Votre oncle vous attend à l'entrée. Il sera indiqué que vous avez tiré avec ce revolver, mais heureusement, ce n'est qu'un délit mineur. Les papiers sont prêts et votre oncle a déjà payé la caution. Et vous aviez raison, dans votre déposition. Le revolver n'était pas simplement recouvert des empreintes de Kieczerski, il lui appartenait aussi. Nous pensons que vous venez juste de livrer les auteurs d'une petite série de crimes de haine sur lesquels le département de police d'Albuquerque travaille. Vous êtes susceptible de recevoir un appel du bureau du DA.

— Bien.

Josh se leva de sa chaise.

— Est-ce que je peux y aller ? Je dois aller à l'hôpital.

— C'est vrai, votre ami.

— Mon compagnon.

Les agents levèrent les sourcils et Joshua ne leur en voulut pas. C'était surprenant pour lui aussi.

— Ah oui ? demanda le plus mince.

— Vous avez un problème avec ça ?

— Si c'était le cas, mon mari me donnerait un bon coup de pied au cul, répondit-il.

Il tendit la main.

Je m'appelle Dave Greene et voici Ray Weathersby. Votre oncle a nos cartes de visite si vous avez besoin d'entrer en contact avec l'un de nous. Et Robinson à Chicago nous a dit que nous devrions essayer de vous faire revenir au travail. Nous pourrions avoir besoin de quelqu'un comme vous dans ce bureau.

Joshua sourit faiblement.

— Non, merci. Est-ce que je peux y aller ?

Finalement, ils le laissèrent s'en aller en le raccompagnant jusqu'à la réception en passant les barrières électriques qu'un garde ouvrit pour eux. Tucker était assis sur une chaise posée contre le mur. Quand il vit Joshua, il se leva d'un bond et passa les bras autour de lui.

— Fiston, tu vas bien ?

— Oui, répondit Joshua en tapotant maladroitement Tucker dans le dos. Qu'est-ce que tu fais là ? Tu devrais être avec Eli !

— Tu es mon fichu neveu, dit Tucker. Je devais être ici. En plus, ils m'ont viré de l'hôpital.

— Quoi ? Pourquoi ?

— Oh, ils ne l'ont pas vraiment fait, mais ils emmenaient Eli en salle d'opération et puisque je ne suis pas un membre de la famille, ils ne m'auraient quand même donné aucune information.

— Ils vont me donner des informations, grogna Joshua.

Tucker lui lança un sourire.

— C'est ce que je me suis dit. Tu as des connexions.

Il hocha la tête en direction des deux agents derrière Joshua.

— En tant que compagnon de M. Kelly, vous ne devriez avoir aucun mal à obtenir les informations dont vous avez besoin, mais si vous vous heurtez à un mur, dites-leur de m'appeler, dit Weathersby. Mais vous ne devriez pas avoir à le faire. La ville est plutôt avancée à ce niveau-là. Je suis simplement désolé que vous ayez été les victimes de nos résidents les moins respectables.

Le sourire de l'homme s'élargit.

— Malheureusement pour eux, certains crimes de haine font partie de la juridiction fédérale. Et ajoutez à ça le fait d'attaquer un officier de l'État...

— Je n'en suis plus un, dit Joshua.

— Pas d'après Robinson. Il dit que vous êtes en congé maladie.

— Quoi ?

Le sourire sur le visage de Greene concorda avec celui de Weathersby.

— Le Bureau n'a pas accepté votre démission, Chastain. Juste au cas où vous changeriez d'avis.

Il tapota l'épaule de Joshua alors que l'autre agent et lui les dépassaient.

— On reste en contact.

Josh les regarda partir déconcerté.

— Il y a de la paperasse que tu dois signer avant que nous puissions aller voir Eli. Tu pourras m'expliquer en chemin ce qu'il pouvait bien entendre en t'appelant le compagnon d'Eli.

TUCKER ÉTAIT au téléphone avec le ranch, des heures plus tard, quand un docteur en blouse entra dans la salle d'attente.

— M. Chastain ?

— Oui ?

— Ouais ?

Le docteur les regarda chacun à leur tour.

— M. Joshua Chastain.

186

— C'est moi, dit Joshua. Comment va Eli ?

— Il y a une salle de réunion juste à côté, dit le docteur. Allons-y une minute.

La peur au ventre, Joshua le suivit. Tucker rangea son téléphone et vint aussi. Une fois à l'intérieur, le docteur fit signe en direction de trois chaises posées autour d'une petite table basse.

— Asseyez-vous, s'il vous plaît.

— Qu'est-ce qui ne va pas avec Eli ? demanda fermement Joshua, ignorant la demande du docteur.

Tucker tendit la main et la posa sur l'épaule de Joshua.

— Calme-toi et laisse-le parler, Josh.

— Merci.

Le docteur indiqua à nouveau les chaises et Joshua s'assit, l'attention rivée sur le docteur.

— M. Kelly est dans un état très critique. Il a eu une hémorragie interne et nous avons dû retirer sa rate et son appendice. L'un de ses poumons a été perforé par une côte cassée, mais nous l'avons vidé et réparé. Ses reins sont sévèrement meurtris, mais nous pensons qu'ils guériront correctement. Bien sûr, nous devrons le surveiller avec attention pour nous assurer qu'il n'y a rien que nous n'ayons pas remarqué. Quel genre de travail fait-il ? Il est en très bonne forme, malgré les blessures. En fait, son excellente condition physique l'a peut-être empêché d'être blessé plus gravement. Les muscles absorbent les coups mieux que n'importe quels autres tissus et ont évité qu'il ait plus de fractures.

— C'est un cavalier.

La voix de Tucker était basse et tremblante.

— Il est impossible de dire à ce stade quel est son pronostic à ce niveau-là, mais il n'y a pas de blessure au niveau de la colonne vertébrale mis à part quelques contusions, alors c'est bon signe. Il y a eu deux déchirures de ligaments, dans sa jambe droite et son genou à cause d'une luxation, pour lesquelles il aura besoin de kinésithérapie s'il veut remonter à cheval. Son bras et son poignet droits sont cassés et son épaule déboîtée, même si ces deux choses ont été soignées. Il aura aussi besoin de kinésithérapie pour ça aussi.

— Et ? demanda Joshua quand l'homme s'arrêta.

— Les blessures les plus sérieuses, mis à part celles internes, sont au niveau de sa tête. Il a une commotion sévère et une hémorragie sous-durale. Nous avons réussi à alléger la pression du saignement. Cependant, nous ne connaîtrons pas l'ampleur des dégâts jusqu'à ce qu'il soit réveillé. Superficiellement, il a une pommette fêlée et le nez cassé, mais ça a été réparé. Il a perdu deux molaires d'un côté.

— Alors qu'est-ce que ça veut dire ? demanda Joshua en écartant les mains. Qu'est-ce qui va se passer ? Est-ce qu'il va aller bien ?

— Je le pense. Ça peut ne pas sembler être le cas, mais il a eu de la chance. Nous avons eu une série de passage à tabac de personnes homosexuelles cet automne, il est le quatrième. La première victime est morte de ses blessures. La deuxième va être conduite dans un établissement de soins prolongés à cause de dommages cérébraux sévères. La troisième est toujours ici, dans un état critique, mais stable, dans le coma.

Le docteur écarta les mains.

— La rumeur dit que c'est grâce à vous que les animaux qui leur ont fait ça sont en détention.

— Ils pensent qu'il s'agit d'eux, ouais. Puis-je le voir ?

— Il est toujours inconscient.

— Je m'en fiche. J'ai juste besoin de le voir.

Joshua détesta le tremblement de sa voix.

— D'accord. Venez avec moi alors.

XXIV

APRÈS LE changement d'horaire, le nouvel infirmier entra et se présenta à Joshua avant de passer en revue tout ce que le précédent venait de dire quelques minutes plus tôt. Il se demanda distraitement pourquoi cet infirmier était différent de celui qui avait été présent les quelques nuits précédentes, puis se dit que comme c'était samedi, l'horaire avait probablement changé. En y repensant, l'infirmier de la journée était différent lui aussi. Probablement à cause du samedi alors. Il avait perdu le compte des jours. Oncle Tucker avait proposé de le remplacer, mais il avait un ranch à gérer et en plus, ce n'était pas de sa faute si Eli s'était retrouvé là. Puis Tucker lui avait offert de lui payer une chambre d'hôtel, mais Joshua l'avait simplement regardé en demandant, 'Pour quoi ?' et Tucker avait laissé tomber. Au lieu de ça, il faisait le trajet de deux heures vers la ville tous les jours pour apporter de la nourriture et des vêtements de rechange à Joshua.

Joshua ne savait pas ce que la police locale avait dit à l'équipe de l'hôpital, mais la première nuit, quand l'une des infirmières avait essayé de le faire partir à la fin des heures de visites, il lui avait juste tendu la carte de Weathersby et après ça, on l'avait laissé tranquille. Tranquille, mais pas négligé. Ils lui avaient apporté un fauteuil inclinable avec un oreiller et une couverture légère. Joshua les avait placés à côté du lit d'Eli, assez près pour pouvoir poser la main sur son bras, et avait pu s'endormir, d'un sommeil léger, prêt à se lever si Eli bougeait ou si quelqu'un entrait. Les infirmiers avaient tous regardé son aménagement d'un air suspicieux, mais aucun d'eux n'avait dit quoi que ce soit.

Ils avaient essayé de soigner Joshua la première nuit – apparemment, son visage était enflé et tuméfié à cause du coup qu'il avait reçu à la joue – mais il n'avait pas voulu. C'était superficiel, il n'avait même pas si mal que ça. Maintenant qu'il y jetait un œil dans le miroir de la salle de bain, il vit que ça s'était atténué et devenu jaunâtre. Ça n'avait pas d'importance. Il n'était pas celui qui était blessé.

Vers 9 h 30, le jeune infirmier vint pour changer l'une des poches qui pendait sur Eli. Il vit Joshua le regarder et sourit.

— Soit c'est un témoin important, soit il représente beaucoup pour vous. Les autres infirmiers disent que vous n'avez pas quitté son chevet depuis qu'il est arrivé.

— Et je ne le ferai pas.

La voix de Josh était éraillée et rauque par manque d'utilisation.

— Je ne vous le reproche pas, dit le gamin – quel était son nom ?

Son badge disait Alex.

— Il a l'air vraiment mal en point.

Quelque chose dans le ton qu'il avait employé fit que Joshua le fusilla du regard.

— 'À l'air ?'

— Ouais. Franchement ? Il a l'air beaucoup plus mal en point qu'il ne l'est. Il guérit vraiment bien, étant donné les circonstances.

Alex fronça les sourcils.

— Le docteur ne vous a pas donné de nouvelles ?

— Il parle, mais je ne comprends pas la moitié de ce qu'il dit. Il dit qu'Eli va aussi bien qu'on aurait pu l'espérer. Tout ce que je sais c'est qu'il ne veut pas se réveiller.

— Le docteur ne vous a pas dit que le coma était médical ?

Joshua fronça les sourcils.

— Ouais, mais je n'ai aucune idée de ce que ça veut dire.

— Ça veut dire qu'ils le gardent inconscient exprès.

Alex recula, de la crainte dans les yeux. Joshua réalisa qu'il s'était levé, les poings serrés.

— Waouh...! Je ne suis pas le méchant, monsieur. Et le docteur non plus. Il a probablement pensé que vous compreniez ce qu'il voulait dire, et si vous n'avez posé aucune question, il n'a pas pu le savoir.

— Pourquoi le garderaient-ils comme ça ?

— Pour plusieurs raisons. Dans le cas de M. Kelly, c'est parce qu'il a de multiples blessures, aussi bien internes que crâniennes. S'il était conscient, il bougerait beaucoup, d'autant plus qu'il aurait assez mal. Il doit rester calme pour qu'ils puissent être certains qu'il n'y ait plus de saignement, ce qui est le plus grand danger pour lui en ce moment. Mais ses scanners se sont révélés bons alors ils sont presque certains qu'il n'y aura pas de nouvelle surprise.

Joshua se rassit, le cœur battant. Eli n'était pas inconscient. Il n'était pas mourant. Il n'échappait pas un peu plus à Joshua, chaque seconde, comme il le pensait, comme il le ressentait. Tout ça était médical. Il ferma les yeux quelques instants. Une main se posa sur la sienne au bout du lit.

— Ils vous ont effrayé, n'est-ce pas ? Je suis désolé. Je suppose que tout le monde pensait que vous saviez ce qui se passait.

— Je ne connais rien à la médecine.

Joshua avait la gorge sèche.

— Je ne regarde même pas la télé.

Il ouvrit les yeux et regarda le visage sympathique. Alex semblait comprendre le fond de ses pensées.

— Eh bien, la plupart des séries télé ont souvent faux, dit Alex.

Il serra la main de Joshua de manière réconfortante, avant de se remettre à regarder les échographies.

— Je pense qu'ils vont le réveiller dans un jour ou deux. Alors si vous voulez vraiment une bonne nuit de sommeil pour une fois, je pense que vous devriez y aller. Je garderai un œil sur lui ce soir. C'est plutôt calme à cet étage. Et il est relié à un tas d'appareils qui se mettraient à hurler s'il tirait d'un coup sec dessus.

Alex sourit à nouveau.

— Je pense qu'un peu de sommeil ne vous ferait pas de mal.

Joshua secoua la tête.

— Peux pas dormir. Mauvais rêves.

— Vous voulez quelque chose pour aider ?

— Non !

Il prit une grande inspiration, puis dit à nouveau, plus raisonnablement cette fois.

— Non, non, merci. Ça va.

À nouveau, le regard sympathique.

— Pas de soucis. Eh bien, tout semble aller bien alors je vais vous laisser dormir. Nous allons essayer de ne pas vous déranger ce soir.

Joshua l'entendit à peine partir, il en prit conscience seulement dans la partie de son cerveau qui était toujours en alerte. Il se pencha en avant et posa la tête sur le côté du lit, ses doigts caressaient le bras d'Eli par-dessus le plâtre.

— Ça va aller, Eli. Tu vas t'en sortir.

Yo nunca dejaría que nadie te hiciera daño. Eli avait promis qu'il ne laisserait personne faire du mal à Joshua. Joshua avait été inconscient quand Eli lui avait parlé, mais c'était resté dans ce coin bizarre de son cerveau. Il avait cru que c'était son grand-père.

191

Eli avait promis de faire attention à Joshua. Mais Joshua n'avait pas réussi à faire de même pour lui. Son sang se glaçait, encore chaque fois qu'il pensait à quel point ça aurait été pire s'il était arrivé cinq minutes plus tard. Il se blâmait souvent d'avoir parlé juste quelques minutes de plus au psy. Oh, Seigneur, même aller chez le psy avait été une erreur aux proportions énormes. Et tout ça, c'était parce que Joshua était un vrai raté. Il devait se rendre chez le psy parce qu'il avait bêtement été se balader dans le désert. Il l'avait fait à cause de cette addiction stupide. Il était devenu accro parce qu'il avait été assez stupide pour remettre en question la décision de 'Chete.

Il rêvait de la fille morte parce qu'il n'avait pas remis en cause sa décision plus tôt, ou avec plus de conviction. Parce qu'il était supposé suivre les ordres. Était-ce stupide ? Il se massa les temps des deux mains.

Il avait tué les hommes que 'Chete avait désignés en suivant ses ordres. Ils étaient eux-mêmes loin d'être innocents et ça avait juste fait partie de son travail. La thérapie qu'il avait suivie en réhabilitation l'avait aidée à assumer. Mais la fille... C'était différent... Et Eli... Eli était différent lui aussi. Il avait presque perdu Eli à cause de ses actions. Il pencha la tête et embrassa les doigts d'Eli au bord du plâtre. Eli était trop bien pour perdre son temps avec Joshua.

Il repensa à ce que les agents du FBI avaient dit. Le Bureau voulait qu'il revienne. Il pourrait y retourner. Pas à Chicago, bien sûr, mais peut-être à Cincinnati. Ou ailleurs, n'importe où. Robinson interviendrait en sa faveur. Il pourrait retourner travailler et Eli retourner à sa vie, sans un raté pour le bousiller.

Ouais. Peut-être qu'il ferait ça. Il y penserait.

Il s'endormit en y repensant.

ELI RÊVAIT.

C'était un rêve bizarre. Il semblait durer une éternité et c'était l'un de ceux que l'on pense réels jusqu'au réveil. Non, Eli savait que c'était un rêve, mais il ne savait pas comment en sortir.

Il chevauchait dans un paysage blanc en compagnie de son père. Ce n'était pas l'hiver, parce qu'il ne faisait pas froid et les arbres avaient des feuilles, mais elles étaient blanches aussi. Tout l'était à l'exception d'Eli, son père et leurs chevaux. Il savait aussi que c'était un rêve parce qu'il chevauchait Midnight, le cheval qu'il avait eu quand il était gamin, et son père chevauchait Pete, le cheval qu'il avait dû exécuter après qu'il ait été mordu par un crotale quand Eli avait neuf ans.

— Je suis en train d'rêver, n'est-ce pas ? demanda-t-il à son père.

Celui-ci éclata de rire.

— Bien sûr, fiston. Ça fait des années que je suis mort.

Un jackalope [13] passa devant eux en bondissant, ses bois bougeant sur sa tête à chaque bond. Eli le regarda, intéressé.

— Alors comment ça se fait que tu sois là ?

— Je n'en sais rien.

— Ça aide.

Son père rit à nouveau.

— C'est ton rêve, fiston.

Ils s'arrêtèrent pour laisser passer un troupeau de buffles blancs. Eli admira les longues défenses blanches et les ailes en dentelles.

— Je ne savais pas que les buffles avaient des ailes.

— On apprend chaque jour un peu plus.

Ça avait été l'une des citations préférées de son père.

Il y eut un bip sonore et une grande mouche rouge, brillant dans le paysage blanc, arriva devant les naseaux des chevaux, mais ceux-ci ne furent pas effrayés. Ils continuèrent simplement de marcher. La mouche les suivit encore quelques instants puis s'arrêta.

— Est-ce que je suis mort ? demanda Eli.

— Je n'en sais rien.

— Ça aide.

— C'est ton rêve, fiston.

— Ouais, j'ai compris ça. Papa, est-ce que je t'ai dit que j'étais gay ?

— Pour l'amour de Dieu !

Son père tapota la nuque du cheval.

— Bien sûr que tu l'es. Tu pensais que je ne le savais pas ? Tu n'as jamais manifesté le moindre intérêt pour les filles qui se jetaient sur toi. Je l'ai découvert à tes treize ans. Ça allait. Tu as pris soin de ta mère et des gamins et je me suis dit que ça faisait de toi un homme pour les critères de n'importe qui. J'aime bien ton nouvel amoureux, au passage. Il est un peu fou, mais ça va.

— Je l'aime bien aussi.

Eli fit courir ses doigts à travers la crinière épaisse de Midnight.

— Je l'aime, Papa.

---

13 Animal imaginaire du folklore américain, mélange entre un lièvre et une antilope

— Ça va, fiston.

Ils s'arrêtèrent à nouveau, cette fois pour laisser passer la fanfare de l'université du Nouveau-Mexique. Ils avaient tous la carrure de joueurs de football, mais portaient les tenues des cheerleaders des Cowboys de Dallas. Même les garçons. Son père renifla et donna une bourrade à Eli.

— Je n'ai jamais aimé Dallas. Je parie que tu aimes voir ces mecs en short, dit-il avec un petit sourire satisfait.

— Euh... pas vraiment.

Ils n'avaient l'air de rien en short court. Ils remontaient sur les fesses et leur donnaient l'air... stupide.

Puis un tir résonna. Eli regarda frénétiquement autour de lui, mais son père posa la main sur son bras et un doigt sur ses lèvres.

— Chuut, dit-il. Laisse le garçon gérer ça...

Et ils se retrouvèrent soudainement dans un endroit sombre. Les chevaux avaient disparu et Eli et son père étaient assis sur une botte de foin regardant trois hommes battre quelqu'un. Joshua arriva vers eux sur un cheval blanc, un revolver à six coups à la main.

— Eh bien, n'est-ce pas spécial ? dit son père. Ton propre Ranger Solitaire.

— Seigneur, papa !

— Je vais tous vous tuer, dit le Josh du rêve, parce que c'est ce que je fais. Je tue les mauvais mecs.

— Seigneur, Eli. Trouve au moins un dialogue décent à ce pauvre garçon.

— Tais-toi, Papa !

Le Josh du rêve se retourna et tira, mais sur Eli, pas les autres hommes, et des flammes jaillirent de la poitrine d'Eli. Il cria sous l'effet de la douleur, mais il n'y avait personne. Il était seul dans cet endroit sombre, le corps en flammes.

IL CLIGNA des yeux. La lumière était fluorescente et trop intense. Il ferma à nouveau les yeux.

— Eli ? Est-ce que vous m'entendez ?

Il essaya de dire oui, mais sa bouche était sèche et sa gorge endolorie. Il essaya de hocher la tête à la place. Quelque chose de froid et d'humide toucha ses lèvres et il les lécha, reconnaissant.

— Unhhh... ?

— Vous êtes à l'hôpital, dit à nouveau la voix.

194

Eli était presque certain de ne pas la reconnaître.

— Vous avez été inconscient pendant un moment. C'est pour ça qu'il vous est difficile de parler. Hochez simplement la tête si vous n'arrivez pas à dire quoi que ce soit. Est-ce que vous comprenez ce que je dis ?

Hochement de tête.

— Est-ce que votre nom est Elian James Kelly ?

Hochement de tête.

— Pouvez-vous ouvrir les yeux ?

Hochement de tête. Cependant, il ne s'exécuta pas. La lumière était tellement intense qu'il pouvait voir les vaisseaux sanguins à l'intérieur de ses paupières.

— Oh. Est-ce que la lumière est trop forte ? Infirmier, baissez l'intensité de la lumière, s'il vous plaît.

L'intensité derrière ses paupières diminua. Eli ouvrit les yeux.

— Ah, c'est mieux.

La voix appartenait à un petit homme aux traits indiens et au sourire éclatant.

— C'est bon de vous rencontrer enfin, Elian Kelly. Beaucoup de personnes se sont inquiétées pour vous.

— Josh...

Sa bouche forma le mot, mais aucun son n'en sortit. Il passa la langue sur ses lèvres et essaya à nouveau.

— Josh.

— Oui, votre compagnon est resté ici tout le temps. On n'aurait pas pu l'éloigner de vous avec un pied-de-biche.

La voix de l'homme était belle, un peu chantante, comme de la musique.

— Il sera de retour dans un petit moment. Nous lui avons demandé de partir pendant que nous vous réveillions. Nous devons faire quelques tests d'abord.

Ils posèrent à Eli une série de questions puis lui firent faire quelques mouvements qui lui firent un mal de chien. Il apprit qu'il avait un bras et un poignet cassés, que son épaule le faisait souffrir parce qu'elle s'était déboîtée, que sa jambe lui faisait mal parce qu'il avait des ligaments déchirés, que c'était pareil pour sa poitrine parce qu'il avait des côtes cassées et après un moment, il en eut marre d'entendre tout ce qui n'allait pas chez lui et fit la sourde oreille. De toute façon, il ne comprenait pas la moitié de ce qui était dit. Il se dit qu'il le demanderait à Josh ou Tucker. C'étaient tous les deux des hommes intelligents, ils savaient probablement tout ça.

Les médecins lui avaient dit qu'il avait été inconscient pendant six jours. Il ne savait pas pour quelle raison, mais il savait que ce n'était pas l'hôpital de Miller, alors ce n'était probablement pas pour une blessure au ranch. Même s'il avait l'impression de s'être fait écraser par un troupeau de mustangs sauvages. Il essaya de repenser à ce qu'il était supposé être en train de faire et se demanda si Joshua s'était rendu au rendez-vous avec le psy qu'il avait la semaine précédente. Si c'était la semaine précédente et pas celle-ci. Il essaya de le deviner, mais sa tête lui fit mal et il laissa tomber.

Quand les médecins et les infirmiers partirent tous, Joshua entra dans la pièce, silencieux et paraissant épuisé, Eli se rappela du rêve, le Josh de son rêve sur un cheval blanc et les hommes battant quelqu'un.

— Hé, dit-il prudemment, la voix éraillée.

Josh s'arrêta juste après avoir passé la porte, ferma les yeux quelques instants avant de les rouvrir et de sourire.

— Hé. Comment ça va ?

— Bien. Un peu endolori.

— Ouais, je parie.

Joshua tira la chaise à l'autre bout de la pièce près du lit. Eli remarqua qu'il y avait un coussin et une couverture pliée posée sur celle-ci. Josh bougea l'oreiller et s'assit.

— Tu as dormi ici ? demanda Eli avec curiosité.

— Ouais.

— Ah.

Puis quelque chose frappa Eli.

— Pendant six jours ?

— Ne t'inquiète pas, j'ai pris des douches dans la salle de bain. J'ai juste... Je ne voulais pas te laisser seul, au cas où tu te réveillerais et ne saurais pas où tu étais, répondit sèchement Joshua.

Eli hocha la tête. Ses paupières devinrent à nouveau lourdes et il les laissa se fermer.

— Merci.

— De rien. Eli ?

— Mmm.

— Bon retour.

Eli sourit en lui-même. Il sentit les doigts de Joshua effleurer légèrement sa main droite, celle avec la perfusion et il finit par s'endormir.

XXV

Josh avait été présent la fois où Eli avait à nouveau ouvert les yeux, et la fois d'après, mais après quelques jours, alors qu'Eli commençait à peine à se sentir plus humain, il avait arrêté de venir.

La mère d'Eli était venue de Portland et Jake et Sam d'où ils avaient été, juste pour s'assurer qu'il était sur la voie de la guérison. C'était bien de les voir, mais Joshua lui manquait. Tucker, Sarafina et la plupart des gars étaient venus le voir. Leurs visites et celles de sa famille allégeaient l'ennui entre la thérapie physique douloureuse et les tests purement ennuyeux. Les médecins ne cessaient de lui poser des questions stupides comme sur une échelle de 1 à 10, où situez-vous votre douleur » comme si ça avait du sens. Il avait perdu son sang-froid une fois et crié 'Ça fait un putain mal de mal de chien, espèce d'idiot !'. Bien sûr, il s'était senti mal et s'était excusé. Il ne se rappelait même pas ce qui lui avait fait si mal cette fois-là, tout faisait mal.

L'hématome qu'il avait vu sur la joue de Joshua était apparemment la seule blessure qu'il avait eue. C'était un soulagement pour Eli. L'hématome l'avait effrayé et il s'inquiétait que Josh ait eu mal. Mais Josh avait un passé dans les forces de police et apparemment il avait désarmé à mains nues et capturé les trois gars qu'Eli ne se rappelait pas vraiment l'avoir attaqué. Eli ne se rappelait pas grand-chose de cette soirée du tout. Pour une raison qu'il ignorait, il avait l'impression que Joshua lui avait dit avoir tué beaucoup de personnes, mais il n'avait rien entendu de la sorte de la part de Tucker, alors il se dit que c'était simplement son imagination.

Les types qui avaient attaqué Eli semblaient être en lien avec une série d'autres attaques, alors Eli eut des conversations bizarres non seulement avec les policiers et le shérif, mais aussi avec des hommes en costume noir qui ressemblaient à des agents du FBI. Ils lui avaient posé toutes sortes de questions, mais Eli n'arrivait pas à se rappeler grand-chose. Il se rappelait avoir quitté le café et c'était à peu près tout. Il avait essayé de lui-même poser des questions, à propos du fait que Josh l'ait sauvé, mais ils étaient vraiment bons pour éviter les réponses directes. Il se dit que c'était quelque chose qu'ils apprenaient à l'école du FBI. Josh aussi était bon à ce jeu-là.

Quand il avait demandé à Tucker où était Josh, Tuck lui avait juste dit qu'il travaillait dur dans le bureau du ranch afin qu'il puisse, lui, reprendre les tâches d'Eli, mais qu'il lui passait le bonjour et le verrait quand il rentrerait. Tucker paraissait un peu embarrassé par tout ça alors Eli ne lui reposa pas la question. C'était peut-être vrai.

Mais d'une certaine manière, il ne pensait pas que ce soit le cas. Josh l'évitait. Facile puisqu'il était à l'hôpital, mais merde. Il avait pensé que Josh était passé outre sa nervosité, mais il semblait qu'il était toujours aussi effrayé qu'un mustang.

Jake et Sam étaient restés quelques jours, lui rendant visite jusqu'à ce qu'ils soient certains qu'il n'allait pas mourir ou quelque chose du genre, puis étaient retournés à leurs vies. Eli apprécia leur visite et c'était bon de les revoir, mais ça ne le dérangea pas spécialement qu'ils partent. Ils avaient leurs propres engagements, c'était normal. Sa mère avait décidé de rester jusqu'à ce qu'il rentre à la maison et s'était installée là-bas, ce qui signifiait qu'elle était toujours en ville quand l'hôpital l'envoya dans le centre de rééducation où il devrait rester durant quatre semaines pour soigner ses os cassés.

Son bras ne fonctionnait pas correctement et comme il avait toujours mal à la hanche, ils avaient découvert que l'os y était cassé aussi. Au train où ça allait, il ne pourrait plus jamais monter à cheval, même si les médecins et les thérapeutes lui avaient assuré qu'il irait bien. Il espérait qu'ils avaient raison. Il aurait besoin de pouvoir chevaucher à nouveau juste pour éliminer les kilos en trop qu'il avait accumulés à cause des dîners de Sarafina qu'on lui apportait. Il pensait que c'était peut-être l'une des raisons pour lesquelles sa mère restait dans les parages.

Elle lui avait donné une tape sur la tête, doucement, quand il lui avait dit ça. Mais il avait remarqué qu'elle n'avait pas nié non plus.

Le centre de réhabilitation était une évolution par rapport à l'hôpital. Personne ne venait à n'importe quelle heure pour lui retirer du sang ou le réveiller pour prendre des somnifères, et les lumières étaient éteintes la nuit. Mais Eli entra dans un nouveau monde de douleur. Il avait pensé être en bonne forme avant l'attaque, mais ils lui faisaient travailler des groupes de muscles dont il ne connaissait pas l'existence et il allait se coucher la nuit en désirant plus que tout au monde les antidouleurs qu'ils lui donnaient. Il avait reçu de la morphine à l'hôpital, mais il était passé aux pilules – qui n'étaient pas aussi efficace – en rééducation. Il s'était attendu à les prendre pendant quelques jours avant d'arrêter, mais son corps ne voyait pas les choses de la même manière. Une fois ou deux, il avait essayé de faire sans, mais après quelques heures à se tourner et retourner, incapable d'être assez à l'aise pour dormir, il avait succombé.

Le problème était qu'il n'avait pas mal à un seul endroit, il avait mal partout. Ils l'avaient bien massacré, et il était simplement surpris qu'ils n'aient pas cassé tous les os de son corps. (Joshua avait dû arriver assez vite sur son cheval pour le sauver, même s'il était presque certain qu'il n'était pas à cheval, malgré le fait qu'Eli se souvenait de ça pour une raison quelconque. Aucun cheval n'avait été mentionné dans les conversations qu'il avait eues avec le FBI et les policiers de toute façon.) Malgré tout, il lui était difficile de se reposer et il était devenu irritable. Ça ne lui ressemblait pas d'être irritable; en tout cas, il ne se rappelait pas l'avoir été avant, mais peut-être que c'était le cas ? Il n'aimait pas ça.

C'était peut-être pour ça que Joshua ne revenait pas. Peut-être qu'il avait vu la colère en lui et qu'il n'avait pas aimé ça. Seigneur, qui aimerait ?

Il demandait de temps en temps à Tucker comment allait Josh et tout ce que celui-ci répondait était qu'il allait bien, qu'il était en meilleure santé, qu'il travaillait dur pour organiser le bureau de Tuck et qu'il demandait chaque jour comment l'état d'Eli évoluait. C'était rassurant. Ce qui était tout aussi rassurant était le fait que Tuck lui dise que Josh travaillait avec les policiers pour confronter les types qui s'en étaient pris à lui. Selon Tuck, c'étaient eux qui avaient tué et blessé gravement d'autres gays en ville. Eli était chanceux. Il avait l'impression qu'il serait encore plus chanceux si Joshua était là, alors il avait demandé à Tucker de demander à Josh de venir le voir. Josh l'avait fait, finalement, lors de l'une des soirées où il avait thérapie. Il était arrivé une demi-heure avant son rendez-vous chez le psy. Eli le reconnut à peine.

Il portait un costume, pas un costume noir comme les autres fédéraux, mais un gris clair avec un pantalon plus sombre et une chemise bleu foncé. Ça lui allait bien et Eli le lui dit. Joshua répondit 'merci' et rien de plus.

Finalement, après quelques minutes, il dit :

— Tu voulais me voir ?

— Ouais.

Il avait essayé de reprocher à Josh d'avoir disparu, de ne pas avoir été là quand il avait eu besoin d'un visage amical et d'une main chaude à tenir, mais Joshua était tellement froid, tellement sombre dans ce costume gris qu'Eli ne fut capable que de dire :

— Tu me manquais.

Une ombre traversa le regard de Josh et son expression devint encore plus glaciale.

— Désolé.

— 'Désolé' ? Qu'est-ce que c'est censé vouloir dire ?

Eli était choqué et effrayé par cette nouvelle version glaçante de l'homme qu'il aimait. Qui était ce type ? Où était Josh ?

— Ça veut dire désolé. Comme dans 'Je suis désolé que tu aies été blessé. Je suis désolé de t'avoir manqué parce qu'il n'y a vraiment aucune raison pour que ce soit le cas'. Je ne suis pas venu ici parce que je ne voulais pas m'embarquer dans quelque chose avec toi tant que tu récupères. Je ne le veux toujours pas. Tout ce que nous avons à nous dire peut attendre que tu rentres à la maison et sois de nouveau sur pied.

Eli se débattit pour s'asseoir droit.

— De quoi parles-tu, Josh ? Qu'est-ce que nous avons à nous dire ? Je pensais que la seule chose que nous avions à nous dire était que tu me dises 'bienvenue à la maison' et que je te réponde 'Content d'être rentré'. Qu'est-ce qu'il peut bien y avoir d'autre à dire, merde ?

Joshua était tellement silencieux que si Eli n'avait pas été en train de le fixer, il aurait cru qu'il était parti.

— Ouais, tu as raison, dit-il finalement d'une voix basse et plate. C'est tout.

— Josh, qu'est-ce qui se passe ? Pourquoi es-tu dans ce costume ?

Joshua se regarda puis leva à nouveau les yeux vers Eli.

— J'avais une réunion.

— Avec le FBI, à propos de l'affaire ?

— Avec le FBI, oui.

Eli commença à réaliser petit à petit ce qu'il venait de dire, comme si une vague glaciale s'abattait sur lui.

— Tu y retournes. Au FBI. Tu quittes le ranch.

— J'y pense, oui.

— Pourquoi, Josh ? Ton oncle a besoin de toi...

— Le bureau est assez organisé pour que Tuck puisse gérer ce qu'il ne peut pas t'apprendre. Il va devoir passer plus de temps à l'extérieur pour compenser ton absence. Je me suis dit que tu pourrais reprendre les choses du bureau...

— Je ne travaillerai dans aucun bureau.

L'idée effrayait et mettait à la fois Eli en colère. Être enfermé dans un bureau pour le restant de sa vie ? C'était inenvisageable.

— Je continuerai à travailler avec les chevaux comme je l'ai toujours fait. Aucun putain d'os cassé ne pourra m'en empêcher. Ce n'est pas comme si j'étais un vieillard, connard.

Josh ne fit pas attention à l'insulte.

— Avec un peu de chance, tu pourras retourner en extérieur dans quelques mois. À ce moment-là, Tucker aura déjà trouvé quelqu'un pour gérer la paperasse.

Il haussa les épaules.

— Je suis sûr que Tucker, toi et moi aurons une discussion à ce propos quand tu reviendras au ranch. On trouvera une solution. Il n'y a aucune raison de s'inquiéter maintenant.

Il regarda son poignet. Il portait une montre. Eli ne se rappelait pas l'avoir déjà vu porter une montre.

— Je dois y aller. Bon courage pour le reste de ta thérapie.

— Dégage, dit Eli, la voix empreinte de rage.

Il réussissait à peine à parler à cause de la colère et de la douleur.

— Va-t'en. Je n'ai pas besoin de te revoir. Retourne à ton putain de FBI, espèce de...

Il s'arrêta. Il ne pouvait pas dire ça à Josh. Pas à Josh. Même s'il était furieux contre lui.

Josh lui sourit faiblement et sans humour.

— Tu vois ? dit-il doucement. Maintenant, tu comprends.

Il se retourna et sortit de la pièce.

— Josh ! Josh !

Eli se débattit pour se lever, mais ses jambes refusèrent de coopérer et il retomba sur le lit, la douleur dans son genou se répandant dans ses pieds.

— Josh !

Mais Josh était parti, l'avait abandonné.

XXVI

— Qu'es-tu diable en train de faire Joshua ?

Joshua leva les yeux du programme de comptabilité sur lequel il travaillait. Les données étaient disposées dans des colonnes nettes avec tous les totaux, logiques et insensibles. Les chiffres étaient des chiffres, les données des données. Ils ne faisaient pas semblant d'être autre chose.

— J'analyse la rentabilité des différents types de nourriture que vous utilisez comparés aux mêmes produits en prenant compte du transport, des coûts du volume et des réductions. Je devrais avoir fini dans quelques minutes. Tu as besoin de l'ordinateur ?

— J'ai besoin que tu me parles.

Tucker s'assit de l'autre côté du bureau en soupirant profondément.

— Fiston, tu erres comme un robot depuis l'incident avec Eli et tu ne veux pas me parler, même si je pensais que nous nous entendions plutôt bien.

— On s'entend bien, répondit Joshua sans le regarder.

— Sauvegarde le fichier, dit Tucker.

— Quoi ?

— Sauvegarde le fichier.

Joshua cligna des yeux et reporta son attention sur l'écran. Que voulait Tucker ? Il prit la souris et cliqua sur le bouton de sauvegarde.

— Fait ?

— Oui. Pourquoi...

L'écran devint noir. Tucker jeta le câble de batterie qu'il avait débranché du mur sur le bureau.

— Fiston, tu vas me dire ce qui se passe dans ton putain de cerveau parce que je n'aime vraiment pas ce que je vois ici. J'espère que tu vas me dire que je lis dans cette situation quelque chose qui n'y est pas. Parce que si ce n'est le cas, tu es une vraie déception pour moi, Joshua.

Joshua croisa les bras.

— Et si tu es en train de lire la situation correctement ?

— J'espère que non.

En silence, Joshua ramassa le crayon sur le bureau et le fit tournoyer dans sa main.

— Alors qu'est-ce que tu penses ?

— Je pense que mon neveu, que j'ai toujours pris pour quelqu'un de bien, et en train de quitter son petit-ami parce qu'il est trop estropié pour que celui-ci s'embête avec lui.

Le choc de l'accusation de son oncle frappa Josh. Il laissa tomber le crayon.

— C'est ce que tu penses ?

— Eh bien, dis-moi ce que je devrais penser.

— Je pense, dit amèrement Joshua, que tu devrais arrêter de me prendre pour quelqu'un de bien.

Son oncle ferma les yeux, comme s'il avait mal.

— Parce que je ne le suis pas. J'ai peut-être eu une carrière où j'ai pu faire de bonnes choses, mais je suis la chose la plus éloignée de quelqu'un de bien que tu puisses trouver.

— Je ne te crois pas.

— Tu ne veux pas me croire.

— Le cabinet du psy a appelé ce matin pour savoir si tu voulais ajourner le rendez-vous que tu as annulé à la dernière minute. Quand tu es parti pour la réunion avec les Fédéraux, tu as dit que tu serais rentré après le rendez-vous. Où étais-tu, Joshua ?

— Je suis allé trouver un fournisseur d'héroïne et je me suis shooté ! rétorqua Joshua. À quel autre endroit aurais-je pu aller ?

Il avait secoué son oncle, mais Tucker resta obstiné.

— Je ne te crois pas.

— D'accord. Je n'y ai pas été. Pas que je ne voulais pas.

Joshua reposa sa tête contre l'appui-tête de sa chaise.

— J'ai été voir Eli et quand j'ai eu fini, je n'avais aucune envie de discuter avec McBride alors je suis allé faire une promenade.

— Qu'a dit Eli ?

— Que penses-tu qu'il ait dit ? Il m'a dit d'aller me faire voir. Il a dit qu'il ne voulait plus me voir.

Josh laissa échapper un petit éclat de rire sans humour.

— Quel homme intelligent, cet Elian Kelly. Il sait ce qu'on ne veut pas savoir.

— Je ne peux pas croire ça. Eli ne te dirait jamais une chose pareille. Il... Je pense qu'il t'aime, Josh. Tu devrais voir son visage quand il demande de tes nouvelles.

— Il ne demandera plus de mes nouvelles.

Joshua ressentit une sorte de satisfaction malsaine à cette idée.

— Qu'est-ce qui va se passer quand il va revenir la semaine prochaine ? demanda Tucker.

Joshua haussa les épaules, même s'il ne se sentait pas le moins du monde désintéressé.

— Ça dépend de toi. Si tu veux, je serai parti avant.

— Parti où ? Seigneur, Joshua, c'est chez toi ici.

— C'était d'abord chez lui. Demande-lui ce qu'il veut et je m'y conformerai.

Joshua déposa le crayon.

— Si ça ne le dérange pas, je resterai jusqu'à ce qu'il reprenne ses marques. Je me tiendrais juste autant que possible en dehors de sa route. Je lui ai déjà suggéré de reprendre la comptabilité pendant qu'il récupère. Je suppose qu'il me supportera assez longtemps pour que je puisse l'entraîner. Mais je te préviens, il ne veut pas le faire à plein temps. Tu devras peut-être embaucher quelqu'un, au moins à mi-temps...

— Seigneur, Josh. Qu'est-ce qui cloche chez toi ? Où est-ce que tu penses aller comme ça ?

— Le Bureau m'a demandé de me faire transférer à Albuquerque, de façon permanente. Apparemment, ils disaient la vérité à propos de ma démission – Bill Robinson a dit que j'avais pris un congé maladie et n'a pas fait suivre ma lettre de démission aux chefs de service. Alors je suis techniquement toujours un agent.

— Tu as dit que tu ne voulais pas y retourner.

— J'ai changé d'avis.

— Pourquoi ?

Parce que je suis dangereux et qu'on ne peut pas compter sur moi, pensa désespérément Joshua. *Parce que j'ai mis la vie de mon amant en danger et n'ai même pas pu le protéger contre un gang de mauvais types. Parce que je suis un raté.* Mais il ne dit rien. Il n'y arriva pas. Même pas le fait qu'à cause de son addiction, il avait été relégué à simple Analyste. Il troquerait uniquement son bureau d'ici pour un nouveau en ville, mais au moins, ce serait en ville. Il n'y aurait plus les paysages, les sons et les odeurs du désert pour le hanter. Au moins en ville, il ne verrait pas son amant souffrir, frustré par son inhabilité à faire les choses qu'il aimait. Au moins dans la ville, il pourrait oublier la culpabilité. *La culpabilité.* Il devrait y être habitué maintenant. Il ne dit rien de tout ça. Au lieu de ça, il dit,

— Ils m'ont fait une très bonne offre.

Quand Tucker ne répondit pas, il leva les yeux et croisa son regard. À la place de la colère et de la frustration qu'il s'attendait à y voir, il vit de l'attente. La voix de Tucker, quand il parla, fut prudente.

— Je vois. Une bonne offre. Ouais, je vois ça. Quand commences-tu ?

— Je ne sais pas encore. Ils peaufinent encore les détails.

Tucker hocha la tête et se pencha pour rebrancher l'ordinateur.

— Tu sais, tu peux bousiller un ordinateur en faisant ça, dit Joshua.

— Je sais.

Tucker lui sourit d'un air suffisant.

— C'était juste le moniteur.

Puis il se leva et quitta le bureau.

Joshua le regarda partir, avant de rallumer le moniteur. Fixant l'écran, il posa le menton sur sa main. Que pensait son oncle ? Et est-ce que ça avait de l'importance de toute façon ? Il n'était pas sûr de devoir être nerveux ou pas.

Il secoua la tête. C'était stupide. Bien sûr qu'il n'avait pas besoin d'être nerveux.

Que pouvait faire Tucker de toute façon ?

Joshua s'était assuré d'avoir détruit toutes les illusions qu'Eli aurait pu se faire sur eux ou leur relation. Ça lui avait fait mal, Seigneur il avait eu mal, mais ça avait été nécessaire. Pour la sécurité d'Eli et pour sa propre santé mentale.

Voir Eli à l'hôpital l'avait presque rendu fou. Même après qu'ils l'aient réanimé, il avait patiemment attendu les moments où il serait réveillé. Et à ces moments, il pouvait lire la douleur qu'Eli subissait dans son regard, à un point où quand il finissait par se rendormir, c'était presque un soulagement.

Et quand Joshua lui-même réussissait à s'endormir, ce rêve lui revenait sans cesse, sauf que c'était Eli qui était étendu sur le sol recouvert d'huile.

Ça faisait peut-être de lui un trouillard, mais il ne pouvait pas supporter de voir Eli. Entre ça, la culpabilité et la réalisation qu'il n'était ni assez en forme ni en mesure d'avoir une relation avec quiconque, ça avait été facile de prendre la décision qu'il avait choisie. Facile de se rendre au Bureau et d'accepter leur proposition. Facile de commencer à chercher un appartement ou une maison où il pourrait vivre une fois qu'il aurait quitté le ranch. Comme il avait quitté sa carrière plusieurs mois auparavant. Même s'il semblait que sa carrière n'avait pas été contente de le voir partir. Dommage qu'Eli ne ressentait pas la même chose. Pas qu'il voulait que ce soit le cas.

Joshua éteignit l'ordinateur et sortit du bureau. La cuisine était vide, mais le grand thermos sur le comptoir contenait encore du café alors il se servit une tasse. Il y avait des cookies dans le pot en verre, mais il n'avait pas beaucoup d'appétit pour grignoter ces derniers jours. Il mangeait suffisamment pendant les repas. Il se demanda où était Sarafina avant de réaliser que c'était le jour où elle apportait le déjeuner à Eli. Elle était convaincue que personne ne pouvait manger de la nourriture institutionnelle et voir son état s'améliorer.

Il y avait un calendrier suspendu à l'une des armoires et il se dirigea vers celui-ci. Eli revenait mardi prochain. Mardi. Bien, il pourrait utiliser l'excuse de son rendez-vous chez le psy pour ne pas être là quand Eli arriverait. Malgré tout, il ne pourrait pas l'éviter éternellement. *Merde.* Il ne voulait pas l'éviter du tout. Il voulait retourner dans son petit cottage et se glisser dans le lit d'Eli. Mais il ne pouvait pas. C'était fini. Terminé. Eli pouvait trouver quelqu'un d'autre pour partager son lit. Peut-être que l'un des nouveaux instructeurs qui étaient attendus pour les prochaines semaines serait un autre gay, plus vieux que le petit Spencer gâté qui était là pour le moment et n'arrêtait pas de lui faire du rentre-dedans.

Il supposait que ça n'aurait pas d'importance s'il couchait avec Spencer. Ce n'était pas comme s'il trompait Eli.

Mais il ne l'avait pas fait. Parce que s'il le faisait, il le ressentirait comme s'il était infidèle à Eli. Parce que ce n'était pas grave si Eli ne pouvait plus l'aimer. Il aimait Eli. L'aimerait jusqu'au jour où il mourrait. Et c'était la véritable raison pour laquelle il ne pouvait pas rester.

XXVII

— TU ES prêt, mon chéri ?

Eli leva les yeux vers sa mère et sourit.

— Aussi prêt que je puisse l'être, je suppose.

Elle sourit et tint sa main – alors que les infirmiers amenaient un fauteuil roulant – certainement plus pour elle-même que pour lui. Il sortirait du centre de rééducation à pied, mais devait se faire conduire jusqu'à la porte en chaise par obligation. Il marchait plutôt bien, même s'il devait utiliser une béquille. Mais elle s'inquiétait pour lui, ce qui était gentil de sa part. Elle lui avait beaucoup parlé durant les dernières semaines, lui racontant les anecdotes de son enfance, de la mort de son père, le fait qu'elle n'avait pas voulu qu'il arrête le lycée, mais qu'elle n'eût pas su quoi faire d'autre, l'inquiétude qu'elle avait ressentie quand il était dans le circuit du rodéo et la joie quand il avait obtenu le travail chez Tucker Chastain. Elle resterait encore une semaine jusqu'à ce qu'il ait retrouvé ses marques au Triple C. Son nouveau mari, Doug avait pris l'avion quelques fois pour les voir durant le dernier mois, mais Eli se dit qu'il serait plus heureux de l'avoir à la maison.

Il était impatient d'être lui-même à la maison – à la maison dans son petit cottage, à la maison au ranch avec ses chevaux, ses amis et les bruits et les odeurs familiers. Et Joshua. Il devait comprendre ce qui se passait avec Joshua. Même en considérant la manière dont ils s'étaient séparés, il lui manquait toujours. Il avait toujours autant besoin de lui.

Quand il avait demandé de ses nouvelles à Tucker et Sarafina, Tucker avait juste secoué la tête et dit, 'Un imbécile ce gamin'. Sarafina elle était devenue particulièrement sérieuse et avait dit 'Il est triste, vraiment triste, Eli. Je me sens mal pour lui'. Elle n'avait pas voulu lui dire pourquoi, cependant. Elle avait simplement tapoté sa main de manière rassurante et lui avait ordonné de ne pas y penser avant de se sentir mieux. Merde, il était blessé, pas malade. Il suspectait qu'ils lui cachaient quelque chose, mais quand il avait prudemment demandé des nouvelles de Joshua à Ramon, Ray avait simplement dit qu'il travaillait dans le bureau la plupart du temps et restait réservé. Ray semblait penser que c'était bizarre, mais normal pour Josh, alors Eli n'insista pas.

Le trajet du retour fut long et Eli avait mal partout quand ils se garèrent dans la cour du ranch. Il descendit du siège passager du pick-up de Tucker et s'appuya contre la porte pour retrouver l'équilibre alors qu'il posait le pied à terre.

— Ça va ? demanda Tucker inquiet. Tu ne penses pas que tu devrais attendre un peu d'aide ?

— Je vais bien, grogna Eli. Juste un peu engourdi. Pas habitué à rester assis dans un pick-up aussi longtemps.

Sa mère se gara derrière eux dans sa voiture de location et fut à côté de lui en quelques secondes. Il refusa son aide en souriant faiblement.

— Ça va, M'man.

— Est-ce que tu veux rentrer chez toi directement ? demanda-t-elle en s'emparant de son bon bras. Sarafina m'a dit que le dîner t'attendrait si tu veux, mais je peux t'apporter quelque chose si tu veux aller au cottage à la place.

— Non.

Il la repoussa doucement, prit la béquille que Tuck lui tendait de l'intérieur de la cabine et gravit les marches en s'appuyant contre la rampe. Il se reposa un moment sur le porche, puis entra dans la maison où tout le monde était réuni pour lui souhaiter la bienvenue.

Joshua n'était pas là, bien sûr. Tucker le vit regarder et dit d'une voix basse,

— Il est à son rendez-vous chez le psy. Il a dit qu'il te verrait plus tard.

D'accord. Eli n'était pas préparé à la douleur qu'il ressentit à cause du fait que Josh n'ait pas fait l'effort d'être présent à son retour. Même après la scène dans le centre de réhabilitation, il n'arrivait toujours pas à croire que Josh allait vraiment s'en aller.

Mais pourquoi ? Ils n'avaient été ensemble que quelques semaines. Et ce n'était pas comme si Eli serait assez en forme pour faire l'amour avant quelques autres semaines. Il s'attendait à ce que Josh ait fait ses propres recherches et retrouvé les bars gay qu'il fréquentait. Et c'était ce qui lui faisait le plus mal.

Il resta aussi longtemps qu'il le put à la petite fête de bienvenue imprévue. Plusieurs travailleurs avaient amené leurs femmes ou leurs petites amies et la fête était passée du salon au patio que Tuck avait décoré avec des petites lumières. Il avait même ouvert la fontaine et ressorti les meubles en fer forgé du patio. Sa mère et Sarafina, avec laquelle sa mère avait directement accroché, passaient leur temps à servir les gens malgré le fait que Tucker leur ait demandé de s'asseoir et de profiter de la soirée.

— On profite, Merde, Tucker ! avait finalement crié Sarafina et tout le monde avait éclaté de rire.

Alors Tucker ne dit plus rien, mais un peu plus tard, Eli le vit tendre un plateau de hors-d'œuvre à Dennis et en prendre un lui-même.

Peu après ça, malgré tout, il atteint sa limite et se leva doucement, béquille à la main et retourna dans la maison comme s'il se dirigeait vers la salle de bain. Au lieu de ça, il se faufila vers sa maison par la porte de la cuisine.

IL ÉTAIT bien au-delà de deux heures du matin quand Josh rentra à la maison. Son rendez-vous s'était terminé vers 21 h, comme d'habitude, la session aussi inutile et frustrante que celles qu'ils avaient eues lors des dernières semaines. Après ça, il s'était rendu dans un bar dans les environs pour un verre. Enfin, surtout pour un verre, mais aussi pour regarder les visages des gens se demandant s'il n'y avait que ces trois types-là qui avaient été derrière les attaques envers les gays. Eli ne se rappelait pas grand-chose de l'attaque, mais il avait dit qu'il se rappelait avoir vu l'un d'entre eux dans l'un des bars gay qu'il fréquentait.

Le regard fixe de Josh et son attitude qui le rendait inapprochable empêchèrent qui que ce soit d'essayer de l'accoster, même s'il intercepta occasionnellement un coup d'œil intéressé. Avant sa mission, il les aurait ramenés chez lui pour une partie de jambes en l'air sans attache, mais il n'avait été avec personne, excepté Eli, pendant tellement longtemps que ça lui paressait bizarre de sembler intéressé. En plus, il voulait toujours Eli. Pas physiquement, mais mentalement et émotionnellement. Il voulait que les choses redeviennent comme avant l'attaque, Eli lui faisant l'amour lentement, doucement et, lui, en demandant plus. Il voulait voir Eli travailler avec les chevaux ou faire une balade avec lui dans le désert lui montrant des lieux, des choses et des créatures que Josh n'avait jamais vus auparavant. Il voulait retourner au petit canyon, danser à nouveau sous la cascade, Eli le regardant et se moquant de lui. Il voulait... Merde. Il voulait Eli.

Après deux bières, mais avant qu'il ne soit fut-ce qu'un peu ivre, il quitta le bar et roula sans but pendant un moment. Il n'y avait que deux autoroutes qui traversaient Albuquerque, l'une allant du nord au sud et l'autre de l'est à l'ouest, alors il les parcourut avant d'explorer un peu les rues de la ville. Il se gara devant San Felipe de Neri et se promena dans le petit square qui était au cœur de l'Ancienne Ville d'Albuquerque. Mais il y avait des gens dans l'ombre et il savait que ce serait facile de se procurer du H. Il ne voulait pas se laisser tenter, alors il retourna à la Forester de Sarafina et roula simplement à travers les rues étroites de l'Ancienne Ville pendant un moment avant de retourner sur la 40 et se diriger vers la maison.

Au moment où il arriva, la fête était finie et la maison, sombre et silencieuse. La lune était haute dans le ciel et presque pleine, illuminant la cour, les corrals et les bâtiments du ranch de sa lumière blanc pâle. Il gara la Forester et se dirigea vers le paddock où il s'appuya contre la clôture et observa le désert qui s'étendait vers l'est. Au loin, à trois heures de vol et une sacrée distance, les gars de Los Peligros faisaient leurs affaires. Joshua ne se faisait aucune illusion. Ils n'avaient pas détruit le gang, seulement le groupe qui s'occupait de la drogue. Les gangs étaient comme les mauvaises herbes ; on aurait beau les couper, les racines continueraient de repousser. Il comprenait en quoi ils pouvaient être attirants, surtout dans des quartiers où il y avait aussi peu d'espoir, où tout le monde avait les mêmes problèmes. Les gangs étaient un moyen de connexion, un moyen de se sentir couvert quand la société, la ville et la vie en général vous avaient raté. Ils étaient votre famille quand votre famille n'était que requêtes, besoin et manque d'espoir. Ils étaient la dignité dans un endroit où tout le monde avait perdu la sienne, où le respect était un rêve et la réputation la seule chose qui vous restait. Aussi longtemps qu'il y aurait de la pauvreté, il y aurait des gangs et Joshua l'acceptait. Il avait vu les deux côtés. Vu la manière dont les hommes apprenaient à se tenir droits, à trouver leur place en étant avec des hommes comme eux. C'était dangereux, mais ça leur donnait un sentiment d'appartenance. D'existence.

Les autres gangs n'étaient pas et ne pouvaient pas être, aussi bien que le vôtre parce que le respect que les gens avaient envers vous dépendait du statut et de la réputation de votre propre gang. Vous deviez être les meilleurs. Et si quelqu'un vous défiait vous ou votre gang, il devait être descendu rapidement avant que les autres ne se mettent en tête qu'ils pouvaient vous défier à leur tour. *Honor sobre todo*. L'honneur par-dessus tout.

Et si l'honneur nécessitait qu'un homme meure de vos mains, alors vous le tuiez pour le gang et ça rendait la chose normale.

Ce n'était pas normal, mais Joshua avait fait en sorte de rationaliser pratiquement toutes les morts auxquelles il avait pris part. Ces hommes d'autres gangs qu'il avait tués étaient des criminels, des meurtriers, et s'il avait été dans la même position en tant qu'agent, il aurait fait la même chose. Les meurtres de vengeance, eux, avaient une raison cachée et étaient simplement de la justice. C'est ce que Joshua s'était dit les premières fois. Après ça, ça n'avait plus été un problème. Il était devenu une simple machine à tuer, un simple outil entre les mains de 'Chete Montenegro, et les morts n'avaient plus d'importance. Il avait réussi à toutes les rationaliser. Toutes sauf une. Quand il parlait des autres avec le psy, c'était facile. Il y avait déjà réfléchi en thérapie et fait la paix avec les choix auxquels il avait été confronté. Il avait pensé que McBride lui aurait demandé plus de détails, mais il voulait seulement savoir ce que Joshua ressentait par rapport à tout ça. Quand Joshua avait répondu 'rien', le psy avait simplement hoché la tête et inscrit quelque chose dans son carnet avant de changer de sujet. Et dernièrement... dernièrement Joshua n'avait pas eu envie de parler du tout. La plupart des sessions se passaient dans un silence total avec uniquement le léger bruit de l'air conditionné comme bruit de fond. Il se demandait pourquoi il y allait, mais il continuait.

Un jour ou l'autre, il savait que le sujet de la jeune fille ferait surface et il ne savait pas ce qu'il ferait à ce moment-là.

Un bruit léger lui parvint de derrière lui. Ses doigts se resserrèrent autour de la barre de la clôture.

— Bienvenue à la maison, dit-il par-dessus son épaule. Tu devrais être endormi.

— Pas sommeil, dit Eli. Il claudiqua jusqu'à la barrière et s'appuya à côté de Joshua. Je pourrais en dire autant pour toi.

Joshua haussa les épaules.

— Belle nuit.

Joshua ne répondit pas et se contenta de fixer le vide du désert. Eli se baissa et croisa les bras en haut de la clôture. Le plâtre autour de son bras cassé avait été tagué par ce qui semblait être la moitié de la population d'Albuquerque.

— Est-ce que les gens font toujours ça ? demanda-t-il finalement en pointant le plâtre.

— Je suppose. Ce n'était pas mon idée.

Silence. Finalement, Joshua dit,

— Je suppose que je devrais y aller.

— Sarafina dit que tu fais à nouveau des cauchemars.

Joshua se figea en se retournant.

— Sarafina devrait s'occuper de ses putains d'affaires, cracha-t-il.

— *Mijo*, dit doucement Eli, tu n'as pas encore compris que si Tucker est le papa de ce ranch, Sarafina en est la maman ? Ce qui signifie qu'elle s'inquiète pour chacune des têtes de ce ranch.

— Comme toi.

Joshua essaya de garder une voix neutre, mais même lui pouvait entendre l'amertume dans celle-ci.

— Comme moi, reconnut Eli. Mais pour ma part, il s'agit de mon travail. Pour Tuck et Sara... merde. Il devrait simplement l'épouser et rendre les choses officielles.

— Pourquoi est-ce qu'il ne le fait pas ?

Joshua ne savait pas d'où venait cette question. Il avait prévu de simplement hocher sèchement la tête et de retourner dans la maison, mais pour une raison inconnue, il ne le fit pas.

Sa réponse fut un rire d'Eli. Seigneur, comment pouvait-il penser à le quitter ? Le gars devait être en train de souffrir, mais il était quand même venu parler à Joshua, avait quand même entretenu la conversation, rit comme s'il s'agissait d'une blague. C'était un meilleur homme que Joshua ne le serait jamais.

— Eh bien, c'est en partie parce qu'elle dit qu'elle aime son salaire et que si elle l'épouse, il s'attendra à ce qu'elle travaille gratuitement. Bien sûr, elle est déjà mariée.

— Je me rappelle.

— Je ne pense pas qu'elle l'aime beaucoup. Je suppose que c'était une sorte de truc arrangé. Elle dit que si elle veut un jour se remarier, elle divorcera, mais ne veut pas entamer la procédure pour le moment.

Eli soupira.

— Je ne m'y vois pas, mais nous sommes tous différents, je suppose.

Joshua grommela quelque chose et se retourna pour partir, mais Eli posa sa main valide sur son bras.

— Mais ça ne veut pas dire que des personnes différentes ne peuvent pas trouver un terrain d'entente, Josh. Et je ne pense pas que tu sois plus heureux que je le sois en ce moment.

Josh ferma les yeux de douleur. Eli n'allait pas lui rendre les choses faciles. Eli continua :

— Je ne sais pas à quoi tu pensais en quittant ma chambre ce jour-là, mais je suis presque certain que ce n'était pas ce que ça semblait être.

— Ce que ça semblait être ?

— Comme si je n'étais plus assez bien pour toi. Écoute, je pense que je le suis, malgré tes diplômes d'université et de l'Académie du FBI, alors ça ne peut pas être la raison. Quelque chose d'autre se passe dans ta tête et je veux savoir ce que c'est pour pouvoir te secouer et te faire revenir un peu à la raison.

— Avec quoi ? Ce bras dans le plâtre ? Ou peut-être que tu vas me courir après avec ta jambe cassée.

Joshua se dégagea de son emprise.

— C'est ce qui te dérange ? Le fait que je sois dans cet état ?

Eli secoua la tête.

— Fiston, j'ai déjà connu pire. Le rodéo...

— Ça ne s'est pas produit à un putain de rodéo, siffla Joshua. Tu t'es fait défoncer parce que tu es gay !

— Et quoi, tu te sens coupable pour ça ? Espèce d'enfoiré, c'est le cas, n'est-ce pas ?

Cette fois, la main d'Eli se referma sur la mâchoire de Joshua le fonçant à le regarder dans les yeux. Il était peut-être blessé, mais sa main était plus forte que jamais.

— Nouvelle pour toi, fiston, ça fait longtemps que je suis gay. Le fait est que j'étais au mauvais endroit au mauvais moment.

— Et c'est de ma faute ! Tu étais là parce que tu m'attendais !

Eli secoua doucement, mais fermement la mâchoire de Joshua.

— J'ai déjà été là-bas plusieurs fois auparavant, Josh. Certains des bars où j'avais l'habitude de prendre des types se situent à quelques pâtés de maisons de là. Ça aurait pu arriver à n'importe quel moment, lors de n'importe quel weekend où j'y étais. La différence c'est que cette fois une bande de trous du cul a décidé qu'il était temps de se débarrasser de moi le jour où tu étais présent. Et ça a fait toute la différence parce que tu les as arrêtés. Tu m'as sauvé la vie, Josh. Parce que tu étais là.

Les doigts devinrent plus doux, caressants.

— Tu m'as sauvé la vie.

Il lui était difficile de parler, mais Joshua y parvint,

— Tu as sauvé la mienne.

Eli rit doucement.

— Ouais, mais tu n'en étais pas ravi, n'est-ce pas ?

— Pas à ce moment-là, non.

Joshua tendit la main et prit doucement les doigts d'Eli dans les siens.

— Eli, il n'a jamais été question que tu ne sois pas assez bien pour moi. C'est l'inverse. Je ne serai jamais assez bien pour toi. Je n'aurais jamais dû venir ici. Je n'ai pas ma place ici.

— De quoi est-ce que tu parles ? Tu as ta place ici plus que n'importe qui, tu es le neveu de Tuck. Ce sont tes grands-parents qui ont construit cet endroit. Il est dans ton sang.

— Il n'y a rien dans mon sang. Il est répandu sur mes mains.

Joshua laissa tomber la main d'Eli et s'appuya contre la clôture.

— J'ai passé beaucoup de temps à réfléchir ces dernières semaines, et je pense que j'ai besoin de retourner au Bureau. Il y a des choses que je dois... pour lesquelles je dois faire amende honorable. Une sorte de repentance. J'ai besoin de retourner là où je peux faire du bien et payer en quelque sorte ma dette...

— Tu veux dire à cause des personnes que tu as tuées pendant ta mission ?

Le souffle de Joshua devint court.

— Tu es au courant ?

— J'ai juste entendu ce que tu as dit. À propos du sang sur tes mains.

La voix d'Eli était gentille.

— Tu as aussi dit quelque chose une fois où tu ne savais pas que j'étais là. Au chat. Quelque chose à propos de beaucoup de sang et de pourquoi tu n'arrivais pas à oublier.

Il fixa le visage d'Eli, doux et pâle sous le clair de lune et il eut envie de vomir.

— Tu as entendu ?

— Ouaip. Au début, je pensais que tu parlais du fait d'avoir recommencé à te droguer. Puis tu as commencé à parler du sang.

— Ce n'est pas poli d'écouter aux portes quand quelqu'un se parle à lui-même.

— Tu en parlais dans mon écurie.

Joshua prit une grande inspiration puis dit,

— Pendant les trois ans de mon infiltration, j'ai assisté et pris part à la mort de sept... Non, huit personnes, en comptant le leader du gang local qui a été tué pendant l'arrestation.

— Assisté, ça veut dire que tu étais présent ?

— Oui.

— Et participé, que tu as déclenché la gâchette.

— Oui.

Eli siffla doucement.

— Ça semble être un fardeau lourd à porter, *mijo*. Je suis désolé d'entendre ça.

— Écoute, c'est pour ça qu'on ne peut plus continuer comme ça. Je ne peux pas te demander de faire partie de ça. De moi.

Joshua passa les mains sur son visage et fut surpris quand elles devinrent humides.

— Merde.

— Est-ce que tu les regrettes ?

— Quoi ?

— Est-ce que tu les regrettes ? Parce que ça a vraiment l'air d'être le cas.

Joshua secoua la tête.

— C'était ce que j'avais à faire. Ils étaient justifiés pour la plupart. C'étaient eux-mêmes des meurtriers, condamnés à mourir de toute façon, et si je ne l'avais pas fait, quelqu'un d'autre s'en serait probablement chargé que ce soit un autre gang ou les forces de police. Et ils n'étaient pas des types bien, n'étaient pas innocents. Chacun d'entre eux avait une quantité de sang identique sur les mains. J'essayais d'y penser plus comme à une exécution. Je devais le justifier dans ma tête. J'étais constamment surveillé par Montenegro et ses hommes parce que même si j'étais le fils de mon père, j'étais toujours un étranger à leurs yeux. Ils me surveillaient. Je devais faire ce qu'ils me disaient ou j'aurais compromis la réussite de ma mission. Et j'avais besoin d'en finir. Je devais briser cette chaîne. Alors c'était justifié.

— Mais est-ce que tu regrettais ?

— Putain, oui je regrettais !

Joshua prit une inspiration douloureuse.

— Seigneur, je vois encore leurs visages, chacun d'entre eux ! J'entends encore le bruit du tir, le bruit de l'impact, le bruit du corps s'effondrant sur le sol. Les cris et les sirènes. Je vois le choc sur leurs visages. Quand ils ont fait de moi un junkie, ça a été un putain de soulagement parce que tant que j'étais défoncé, je n'avais pas à m'en préoccuper. Je n'avais pas à penser. Je n'avais pas à me souvenir.

Il essaya de calmer le tremblement de sa voix.

— Il y a eu une fois, après le deuxième ou le troisième meurtre... j'ai trouvé une église Catholique et j'y ai allumé des bougies pour leurs âmes. Je ne suis pas catholique, ma mère n'est pas croyante, mais mes grands-parents l'étaient et ils nous emmenaient parfois Cathy et moi à la Messe. Alors je savais pour les bougies et la prière. J'ai prié pour eux. Et j'ai prié

215

pour moi, pour ne pas aller en enfer si je devais continuer à faire ça. Pour pouvoir finir cette putain de mission. Et puis Lina est entrée.

Il s'arrêta ensuite, terrifié d'avoir laissé cette information lui échapper.

Mais bien sûr, Eli ne la manqua pas.

— Qui est Lina ?

— Une fille.

Le silence se fit ensuite au clair de lune, puis il y eut la voix d'Eli.

— Putain. C'était avant ou après que tu deviennes accro à l'héroïne ?

— Avant.

— Putain.

— Ouais, dit amèrement Joshua. Je ne peux pas mettre ça sur le dos de la drogue, n'est-ce pas ?

Eli ne répondit pas. Joshua lui lança un coup d'œil rapide ; il fixait le vide, la mâchoire contractée. *Ça c'est fait*, pensa-t-il, abattu. *J'aurais dû y penser avant.* Mais il n'ajouta rien. Il se contenta de s'en aller, de retourner à sa solitude, à son lit où il n'arrivait pas à trouver le sommeil, laissant Eli seul au clair de lune.

XXVIII

— Tu es certain de vouloir faire ça ?

Tucker s'appuya contre le montant de la porte de la chambre à l'étage dans laquelle il avait emménagé quand la mère d'Eli, Rachel, était arrivée, lui laissant celle des invités au rez-de-chaussée. Tucker suspectait que Josh avait déjà prévu de déménager depuis quelques semaines; il n'avait presque rien déballé. Tucker l'avait suivi à l'étage juste après le petit-déjeuner, ne désirant pas se disputer devant les travailleurs et leur invitée, et la dernière chose que Josh avait à emballer était ses affaires de toilette.

— Je ne comprends pas, fiston. Tu as toi-même dit que tu ne commencerais pas avec le Bureau avant deux autres semaines pendant qu'ils préparent tes papiers. Et je sais que tu n'as pas encore trouvé d'appartement. Où est-ce que tu vas, pour l'amour de Dieu ?

— À l'hôtel, répondit sèchement Joshua. Le Bureau s'occupe de la facture.

— Mais merde, Josh, quel est l'intérêt ? Tu peux rester ici. Personne ne te met à la porte.

— Tu m'as dit une fois que tu ne voulais qu'aucune rupture douloureuse n'affecte le ranch et que si je causais un problème de ce genre, tu me renverrais chez ma mère en pièces. Je t'épargne simplement ce dérangement.

Il fouilla dans son sac et trouva un morceau de papier qu'il tendit à Tucker.

— Voilà mon adresse e-mail. Tu as mon numéro de téléphone. Si tu as un souci avec les livrets ou les programmes, appelle-moi ou envoie-moi un e-mail pour que je puisse t'aider. Mais c'est plutôt bien organisé, ça ne devrait pas te prendre plus d'une heure par jour pour les garder à jour. Rappelle-toi simplement d'entrer les factures aussitôt que tu les reçois et le programme te rappellera quand tu devras les payer. J'imagine qu'Eli peut t'aider avec ça, même s'il s'en plaint.

— Eli. C'est à propos d'Eli.

— Bien sûr.

— Il t'aime...

— Non. Aimait. Au passé. C'est fini, Onc' Tuck. Crois-moi. Il sera content de ne plus me voir.

Il zippa son sac à bandoulière et leva les yeux vers Tucker qui pleura presque en voyant la tristesse dans son regard. Tuck ne savait pas ce qui était le pire, ça ou le regard vide qu'il avait quand il est arrivé.

— C'est vraiment mieux comme ça. Merci de me prêter Tonio.

— Je n'allais pas te laisser marcher jusqu'à Albuquerque.

— Tu aurais simplement pu lui demander de me déposer à Miller et j'aurais pris le bus.

— Non. Au moins, de cette façon je saurais que tu es arrivé à destination et que tu ne t'es pas perdu quelque part dans le désert.

— Tu es toujours en colère à propos de ça.

— Sans blague que je suis toujours en colère ! Je suis en colère à propos de beaucoup de choses !

Il vit Joshua tressaillir et baissa d'un ton.

— Désolé, fiston.

— Non, je ne devrais pas être une putain de mauviette. J'avais des tripes avant. Plus maintenant.

— Non.

Joshua se figea et le regarda dans les yeux,

— Quoi ?

— Non, tu n'as plus de tripes. Si tu en avais, tu resterais et tu arrangerais les choses avec Eli.

— Il n'y a rien à arranger. Crois-moi, Eli sera plus soulagé de me voir partir que je le suis. Demande-lui.

Josh n'avait pas l'air vexé ou en colère, juste fatigué.

— Tu sais, je pensais que ton retour au Bureau était simplement un moyen d'attirer l'attention d'Eli. Que vous aviez eu une sorte de dispute et que tu essayais de jouer à un jeu. Mais ce n'est pas le cas, n'est-ce pas ? Tu étais sérieux tout ce temps.

— On ne peut plus sérieux.

Josh lui lança un sourire minuscule que Tucker ne sut pas comment interpréter. Il se rappela qu'Eli lui avait dit que Josh était comme l'un de ces chevaux maltraités qu'on leur amenait, mais aucun cheval n'était aussi têtu et difficile que Josh.

— Je ne joue pas de jeu, Onc' Tuck.

Il passa la bandoulière autour de ses épaules, ramassa son sac à dos et sortit de la pièce.

Tucker le suivit jusqu'à l'extérieur où Tonio attendait à côté de la Silverado. Josh jeta les deux sacs à l'arrière du pick-up avant de se retourner et de tendre la main à Tucker.

— Merci pour tout, dit-il avec raideur.

— Merde, dit Tucker en l'attirant dans ses bras et en le serrant fort.

Après un moment, Josh passa les bras autour de lui et le serra à son tour, tout aussi fort, comme s'il était sa bouée de sauvetage au cours d'une tempête. Il s'accrocha à Tucker un long moment avant de le relâcher, reculant et montant dans la cabine sans regarder en arrière.

Tucker regarda le pick-up s'en aller, puis jeta un coup d'œil à Eli qui était assis sur le porche.

— Et je suis en colère contre toi aussi, dit-il avec humeur. Comment peux-tu le laisser s'éloigner de toi juste comme ça ?

— Euh, Tuck ?

— Quoi ?

— Tu devrais peut-être baisser d'un ton.

Eli secoua la main et Tuck se retourna, voyant Ray, Manny, Billy, Chico et Fred, leurs travailleurs qui vivaient au ranch, tous debout pas très loin et les regardant avec intérêt.

— Oh, ne vous inquiétez pas pour nous, dit Fred gaiement. On a découvert que vous pratiquiez tous les deux la danse à l'horizontale il y a quelques semaines. Merde, Eli, ce n'est pas comme si aucun d'entre nous ne savait que tu es pédé. Les nouvelles ont appelé ton agression 'un passage à tabac gay' alors je pense que c'est plutôt évident.

— Et vous n'avez aucun problème avec ça ? demanda curieusement Tucker.

— Eh bien, nous pensons que c'est bizarre, dit Chico, mais bon, tu n'as jamais tenté quoi que ce soit avec l'un d'entre nous, donc ça va. Manny a vu Josh se rendre chez toi une nuit et nous l'avons découvert. Nous savions même avant les nouvelles. En plus, il y a un nombre limité de femme avec lesquelles sortir à Miller, alors plus pour nous.

Manny se gratta le manteau.

— Un ou deux des locaux ont fait des commentaires, mais ils étaient surtout à la recherche d'informations. Nous leur avons dit que tu étais juste au mauvais endroit au mauvais moment. Tu attendais Josh. On n'a pas de problème.

Il secoua la main.

— Épargne-nous juste les détails, *comprendes* ?

— *Comprendo*. Eli acquiesça avant que son visage ne redevienne neutre. Ça n'a plus d'importance de toute façon. C'est fini.

— Eh bien, tant que tu ne viens pas dans le dortoir pour lui trouver un remplaçant, dit Manny.

Chico lui donna une tape à l'arrière du crâne.

— Aïe, quoi ?

— Ils ont rompu, espèce de connard ! Montre un peu de classe.

— Retournez au boulot, dit Tucker l'air fatigué. J'en ai marre de toutes ces conneries. Eli, tu viens avec moi et je vais te montrer comment travailler sur l'ordinateur. Puisque tu as fait fuir mon bureaucrate, c'est toi qui le remplaces.

— Je ne l'ai pas fait fuir. Il est parti.

— Tais-toi.

Tucker se précipita dans le bureau et alluma l'ordinateur avec plus de force que nécessaire. Une minute plus tard, Eli entra en boitant.

—Assieds-toi.

Eli obéit en mettant sa béquille de côté. Tucker se pencha sur lui et commença à lui apprendre comment utiliser le programme de comptabilité. Environ une heure plus tard, il fut à deux doigts de tuer quelqu'un.

— Seigneur, Eli, est-ce que tu ne sais pas comment utiliser un putain d'ordinateur ? Bon dieu, tu as seulement trente-trois ans, tu n'as pas grandi en sachant comment ces conneries fonctionnent ?

— Je ne pense pas t'avoir déjà entendu jurer autant, Tuck, dit Eli. Pour répondre à ta question, non, la petite école dans laquelle j'ai été n'avait pas d'ordinateur et j'ai laissé tomber le lycée avant qu'ils n'aient le temps de m'apprendre. J'ai eu mon diplôme sans en avoir besoin. Il n'y a pas vraiment besoin d'ordinateur dans le circuit du rodéo et depuis que je suis ici, tu t'en es toujours chargé. Je peux effectuer une recherche sur Google et répondre à des e-mails, mais je n'en reçois pas ces derniers temps. Si quelqu'un veut me parler, il m'appelle ou m'envoie un message. Alors non, je ne suis pas très doué avec ça.

— Merde.

Tucker se laissa tomber dans l'une des chaises et passa la main sur son front.

— Putain, j'aurais aimé que Josh ne soit pas parti comme ça. Qu'est-ce que tu as bien pu lui dire ?

— Rien.

Mais le visage d'Eli s'était fermé et Tucker savait qu'il se passait quelque chose.

— Vas-y, crache le morceau.

En guise de réponse, Eli se retourna vers l'ordinateur.

— En parlant de recherches Google, je suis venu ici hier soir pour chercher quelque chose, dit-il. Ce matin, en fait. Vers 4h. Je n'arrivais pas à dormir.

Il tapa quelque chose à une main avant de cliquer sur la souris.

— Voilà. Regarde ça.

Tucker se leva et contourna le bureau pour regarder l'article affiché à l'écran. Il concernait un meurtre dans un entrepôt de Chicago deux ans plus tôt. La femme, une certaine Lina Santiago était enceinte de cinq mois. Sa photo dans l'article semblait être une photo prise au lycée : un visage souriant, des cheveux noirs soyeux, des yeux brillants.

— Tu penses que Josh a fait ça ?

— Il l'a dit. Une femme, Tuck. Il a tué une femme enceinte.

Eli passa sa main valide sur son visage.

— Je n'arrive pas... Je n'arrive pas à justifier ça. Il a tué des hommes parce qu'il devait le faire, je suppose, comme un militaire ou quelque chose dans le genre, mais ça, c'était une femme... et un bébé. Je ne sais pas comment gérer ça.

Tucker lut l'article en silence.

Eli continua,

— Je veux dire, je suppose que c'est sexiste, mais c'est tellement plus grave quand il s'agit d'une femme, tu sais ? Mais ça... Seigneur, Tuck, à cinq mois c'était certainement visible. Ce n'est pas comme s'il l'avait tué en l'ignorant.

— L'héroïne...

— C'était avant.

— Putain.

— Ouais.

— Je n'arrive pas à y croire.

— Il l'a dit.

— Ouais, souffla Tucker. J'ai compris ça.

Il se redressa.

— Eh bien. Ça explique pourquoi il est parti. Je suppose que maintenant que tu sais, il s'est dit qu'il n'avait plus aucune raison de rester.

— Tucker...

Sa voix était empreinte de douleur.

— Ouais, dit-il.

Il posa la main sur l'épaule d'Eli.

— Ouais.

XXIX

— J'AI QUITTÉ le ranch.

— Oh ? Quand ça ?

— Mercredi.

McBride leva les sourcils.

— Je savais que vous l'aviez prévu, mais Eli n'est-il pas revenu mardi ?

— Si. C'est pour ça. Il sait la vérité à propos de moi maintenant, et ne voudra plus rien avoir à faire avec moi. Je me suis dit que partir était la meilleure solution.

Joshua étendit ses pieds devant lui, étudiant le bout de ses bottes. Depuis quand est-ce que les bottes de cowboy étaient devenues plus confortables que les baskets ?

— J'ai parlé à Greene et il m'a dit que le Bureau me paierait une semaine à l'hôtel, comme si j'étais en train de travailler en dehors de l'état. Puisque je suis toujours sous les ordres du bureau de Chicago, je suis techniquement en dehors de l'état.

— Vous aimez vivre à l'hôtel ?

Joshua haussa les épaules.

— C'est calme. Ennuyeux. Quand j'étais en réhabilitation, ils nous ont prévenus de faire attention à l'ennui. C'est presque pire que d'être fatigué ou stressé pour une rechute.

— Êtes-vous inquiet de rechuter ?

— À chaque putain de minute.

Joshua réfléchit avant de continuer.

— Ce n'était pas vraiment le cas au ranch. Les quelques semaines pendant lesquelles j'étais avec Eli... Je n'y pensais presque pas. Mais maintenant ? Si. Je suis inquiet. Je m'ennuie et me sens seul et j'ai encore tout l'argent de ma mission qui m'attend sur un compte en banque. Et toutes les villes sont pareilles, je sais exactement où je pourrais m'en procurer.

Le psychologue hocha la tête.

— J'ai été en thérapie en réhabilitation, vous savez. Chaque jour, plusieurs fois par jour. Seul à seul, en groupe, ça n'avait pas d'importance. On parlait sans cesse de tout et de rien.

— Pensez-vous que la thérapie vous ait aidée ?

— Ouais, je suppose. Ça m'a aidé à accepter les meurtres en tout cas. L'une des raisons pour lesquelles j'ai quitté le Bureau était que je ne pouvais pas supporter de penser prendre une autre vie. Je ne pouvais pas y retourner, je ne pouvais pas redevenir flic, je ne pouvais pas...

Il s'interrompit et prit une grande inspiration pour stabiliser sa voix.

— Je n'ai jamais rien désiré de plus que d'être dans les forces de police et pendant trois ans, tout ce que j'ai fait est allé à l'encontre de mes croyances, de mon entraînement et de ma morale. Je suis devenu quelqu'un d'autre, quelqu'un que je n'aimais pas, ne respectais pas. Je ne sais pas comment j'ai réussi à ne pas sombrer complètement. Toutes les nuits, après être rentré dans le trou à rat qui me servait d'appartement, je faisais mon rapport. Toutes les nuits, avant de cacher à nouveau mon ordinateur, j'effaçais l'historique, les fichiers et tout ce qui pourrait me trahir que ce soit en tant qu'agent ou en tant que gay. Alors que mes *compadres* retournaient chez eux pour dormir, je rentrais et me mettais au travail.

Il laissa échapper une plainte.

— La seule forme de sexe que j'avais était avec les sites pornos, et même après, je m'assurais d'effacer l'historique. Mon écran de veille et celui de mon bureau étaient des photos de nichons au cas où quelqu'un aurait trouvé l'endroit où je cachais mon ordinateur. C'était une existence merdique. 'Chete pensait que je ressentais quelque chose pour Lina Santiago. Bien sûr que ce n'était pas le cas, mais je l'aimais bien. C'était l'une de ses trafiquantes, mais elle était amoureuse d'un membre d'un autre gang. C'était le père de son enfant. 'Chete l'a découvert et m'a fait l'épier. J'ai découvert qu'elle donnait la drogue à son amant. Ils avaient prévu de prendre l'argent et s'enfuir. Pas assez tôt.

Il passa la main sur son visage.

— J'ai réussi à assumer pour les autres, mais je ne pardonnerai jamais pour Lina.

— Qu'est-il arrivé à son amant ?

— Quoi d'autre ? Il a poursuivi 'Chete. Je l'ai tué aussi.

— Rêvez-vous toujours ?

Joshua fronça les sourcils.

— Quoi ?

— Rêvez-vous toujours ? Vous m'avez dit avoir eu quelques mauvais rêves pendant qu'Eli était à l'hôpital, mais vous n'en avez plus parlé depuis.

— De temps en temps.

Joshua réalisa qu'il était voûté et fit l'effort de se redresser. Rester voûté était quelque chose qu'il faisait énormément au centre et les kinésithérapeutes lui avaient dit que ce n'était pas sain que ce soit physiquement ou mentalement. Il se rendait petit pour pouvoir se cacher, pour disparaître.

— Oui, j'en fais toujours. Une fois que j'aurais repris le travail, ça ira mieux. Quand je travaillais au ranch, je n'en faisais presque jamais.

— Lorsque vous travailliez

— Oui.

— Au moment où vous étiez avec Eli ?

— Oui. Oui, je suppose. Écoutez, est-ce que nous pouvons ne pas parler d'Eli ?

— Bien sûr, dit le psy. Nous pouvons parler de ce que vous voulez.

— Le truc est qu'Eli et moi, c'est fini. Il n'y a plus rien. Je ne peux plus le laisser faire partie de moi. Je dois le laisser partir.

Le psy hocha la tête.

— Le fait qu'il me manque n'a aucune importance. Que le ranch me manque. Parce que c'est fini. Il fait partie du ranch et ce n'est pas mon cas.

— Voudriez-vous que ça le soit ?

— Quoi ?

— Que vous fassiez partie du ranch ?

Joshua le fixa et à son horreur, il sentit des larmes couler sur son visage.

— Non, mentit-il en s'essuyant les yeux à l'aide de sa manche. Non. Ce n'est pas ce que je veux. Je ne suis pas fait pour le ranch. Je suis destiné à travailler pour le Bureau. Je peux être utile là-bas. D'accord, je ne serai probablement jamais plus qu'un consultant, mais ça me va. Je ne suis pas sûr de vouloir retourner sur le terrain. Je vais bien. Ça va aller.

En silence, McBride poussa la boîte de Kleenex vers lui.

— C'est tellement stupide, putain ! J'ai vécu l'enfer pendant trois ans et je n'ai jamais craqué. Pourquoi est-ce que je craque maintenant, merde ?

— Parce que vous êtes en mesure de le faire ? dit le psy. Parce que vous êtes en sécurité maintenant et que vous pouvez vous laisser aller ?

Joshua passa ses bras autour de sa tête, se voûta dans sa chaise et sanglota.

225

XXX

L'AIR PRÈS de la rivière était frais, parfumé par les odeurs des pins et d'herbe, alors que Joshua ralentissait et trottait le long du sentier du Paseo del Bosque. L'agent Greene lui avait montré la longue piste le long du Rio Grande; elle faisait pratiquement la longueur de la rivière en traversant la ville et était l'endroit où les habitants d'Albuquerque se réfugiaient le plus souvent afin d'éviter la chaleur. Mais à cette heure-ci, elle était presque déserte. Il n'y avait que quelques cyclistes et coureurs tardifs, comme lui, qui avaient décidé de braver le froid de la nuit. La chaleur de la journée n'avait pas persisté à la tombée de la nuit. Il faisait probablement dix degrés de moins maintenant.

Malgré l'obscurité près de la rivière, on ne pouvait pas voir les étoiles aussi bien qu'au ranch, même si les arbres étaient presque dénudés de leurs couleurs automnales. La lumière ambiante les bloquait, tout comme les odeurs de voitures et de béton atténuaient celle de la nature. La manière dont Joshua s'était habitué à l'odeur de la nature était bizarre après le peu de temps qu'il avait passé au ranch.

Un banc apparut et il s'y affala avec un soupir de soulagement, retirant les écouteurs de ses oreilles et éteignant le son du dernier album de Daddy Yankee. Il n'avait couru que quelques kilomètres, mais c'était plus que ce à quoi il s'était attendu après avoir cessé de courir pendant si longtemps. Ça avait été l'un des moyens de faire le vide une grande partie de sa vie. Jusqu'à son addiction, il courait même dans Darwin Park. Après... ça n'avait plus été aussi facile. Et depuis la réhabilitation, son niveau d'énergie avait été plutôt bas.

Mais il avait fait plus d'exercice au ranch, en montant à cheval et en donnant un coup de main là où il le pouvait, et il supposa que c'était probablement ce qui lui avait permis de retrouver son énergie. Au moins assez pour courir deux kilomètres. Peut-être qu'il serait en mesure de dormir cette nuit. Ces efforts n'avaient pas été très concluants, ces derniers temps. Les rêves du passé, bien sûr, qui l'avaient hanté pendant des mois, mais accompagné de rêves d'Eli battu et laissé pour mort dans ce dock, le visage figé; des rêves de la manière dont il s'était penché sur la clôture la nuit où il avait découvert ce que Joshua était. Et puis des rêves pires où tout se juxtaposait et c'était Eli qui se retrouvait mort dans le hangar, Eli battu et laissé pour mort dans le canyon où ils avaient fait l'amour et Joshua avait dansé pour lui.

'Chete était présent aussi, et la cascade devenait rouge de sang. Ça faisait presque trois semaines qu'il avait quitté le ranch. Le Bureau lui avait trouvé un appartement pas cher pas loin de leurs quartiers généraux. Même s'il n'était pas revenu à plein temps, il avait été en mesure d'aller au bureau pour la série d'entretiens d'admission et de travailler sur des projets plus petits. Travailler comme consultant, s'occuper d'un ordinateur. Pas le plus excitant des boulots, mais un qui semblait avoir été fait sur mesure pour ses compétences. Il avait déjà remarqué quelques références à côté desquelles les autres consultants étaient passés parce que sa maudite mémoire retenait des choses futiles. Le chef du bureau d'Albuquerque l'avait appelé la veille et lui avait ordonné de collecter des données qui avaient dirigé une enquête bloquée dans une direction plus prometteuse.

Et puis, il avait mentionné une enquête future sur le Quintana Cartel, un autre putain de projet en association avec la DEA [14] et demandé à Joshua de travailler sur les recherches préliminaires.

Joshua avait presque avalé sa langue. Le Quintana Cartel n'était pas une opération mexicaine. Il agissait dans les Caraïbes, acheminant de la cocaïne du Venezuela et de l'héroïne de l'Afghanistan vers le Mississippi en passant par Cuba. Il le savait parce que c'était le Quintana Cartel qui avait dirigé 'Chete Montenegro, et donc lui. Le travail de Joshua, à Chicago, avait permis de faire cesser leur opération là-bas et de leur couper l'accès au Midwest. Apparemment, ils s'étendaient maintenant vers le Southwest à la place.

Il avait passé la journée plongé dans les rapports, creusant à la recherche de traces, de confirmations, de témoignages, de ouï-dire et de tout ce qui pourrait l'aider à se faire une image de la nouvelle entreprise du cartel. Il connaissait assez bien leur mode opératoire : établir des relations avec un gang existant, recruter les hommes les plus impitoyables sur le terrain et seulement après, trouver des voies de distribution. Les Quintaneros, comme ils s'appelaient eux-mêmes, étaient des hommes d'affaires prudents. Ils s'assuraient d'avoir des fondations solides où construire et couvraient

---

14 Service de police fédéral américain chargé de la mise en application de la loi sur les stupéfiants et la lutte contre le trafic

chaque contingent. C'était ce qui avait rendu si difficile la tâche de les faire tomber à Chicago.

Aujourd'hui avait été un putain de cauchemar. Certains des rapports avaient été les siens, écrits dans l'obscurité de son appartement au milieu de la nuit, retapés sur son ordinateur alors qu'il téléchargeait les conversations, les commandes, les détails, de son cerveau – et parfois, rarement, les photos qu'il avait été en mesure de prendre rapidement avec son smartphone.

Les voir à nouveau, imprimés ou en format PDF, avait renvoyé son esprit dans cette spirale infernale. Il se rappelait les avoir écrits, chacun d'entre eux, il se souvenait de ses humeurs, ses actions du jour, ses réactions. Il se rappelait la douleur et le sentiment de déconnexion que la drogue avait provoqués.

Chaque mot le renvoyait au Joshua qu'il avait été.

La rivière murmura, et Joshua posa la tête dans ses mains, les pointes de ses paumes caressant les poches sous ses yeux, comme si elles pouvaient effacer les choses qu'il avait vues.

— Hé, ça va, mec ?

Il leva les yeux et vit un gamin mince en pull à capuche pour se protéger de la fraîcheur de la nuit.

Debout entre Joshua et la lumière réfléchie sur l'eau, c'était une silhouette noire. Joshua se tendit et jeta brièvement un coup d'œil des deux côtés, mais il n'y avait aucun signe d'autre présence que la leur.

— Hé, dit à nouveau le gamin en tendant ses mains vides. Je vais pas t'agresser. Je demandais juste. Tu as l'air dans un sale état.

— Je suis juste fatigué, merci, dit Joshua.

Pas invité, le gamin s'affala sur le banc à quelques centimètres de Joshua.

— Je comprends ça, dit-il. Longue journée si tu es dehors aussi tard pour ton jogging. Je n'ai jamais pris la peine de m'y mettre moi-même. Trop de travail.

Il remua nerveusement, ses genoux tressautant rapidement et à la lumière, Joshua vit son visage : mince, légèrement barbu, les yeux nerveux et une pomme d'Adam proéminente.

— Nerveux ? demanda doucement Joshua.

— Nan, juste excité, tu vois ?

Il sourit à Joshua.

Un couple de coureurs passa derrière eux, parlant à voix basse, le souffle court, mais le gamin ne réagit pas. Joshua se dit qu'il était probablement juste excité, pas nerveux.

— Je m'appelle Joshua.

Il tendit la main.

— Tony.

Ils se serrèrent la main puis le gamin retira sa capuche.

— Merde, fait froid.

Ça n'avait été qu'une fraîcheur plus qu'agréable pour Joshua, mais comme il venait de courir une demi-heure, c'était sûrement normal. Quelques minutes de plus sur le banc et il supposa qu'il sentirait la morsure du froid de novembre. D'un autre côté, il avait vu beaucoup de gamins comme celui-là auparavant et ils avaient toujours froid. Ça lui fit étudier Tony avec plus d'attention.

— Tu viens d'où ? Tu n'as pas l'air d'être d'ici, dit le gamin.

— De l'est. J'ai de la famille ici.

— Cool.

Tony hocha rapidement la tête.

Oui, pensa Joshua. 'Excité' voulait certainement dire la même chose que 'drogué' ou quelque chose comme ça. Pas juste excité, pas juste nerveux. Le gamin était complètement défoncé. Il regarda autour de lui comme s'il attendait quelqu'un, mais pas en direction du sentier.

— Tu attends quelqu'un ?

— Euh... Ouais. Un ami, tu sais.

Et je suis assis sur le banc où tu as rendez-vous. Avec ton dealer, sûrement.

Un frisson traversa l'échine de Joshua à cette pensée. Quelque part dans son cerveau, José Rosales trépignait d'impatience se disant, enfin, enfin, on peut se sentir mieux à nouveau. Enfin, enfin, le bonheur.

Au ranch, Joshua avait vu la manière dont les chevaux pouvaient frissonner volontairement, de minuscules muscles entre leur peau et la chair en dessous se mettant en action pour déloger des mouches ou pour ajuster la pression. Maintenant, il avait l'impression que sa propre peau faisait de même : s'agitant, essayant de redevenir le Joshua qu'il était. Il resserra sa poigne autour du câble de ses écouteurs.

Se sentir mieux ? Pour quelques heures de lassitude suivie de plus d'heures de douleur et de dépression ? Le bonheur ? Il pressa ses poings dans la peau de ses cuisses sous son short, se forçant à se rappeler l'agonie du sevrage qu'il avait ressentie à chaque putain de jour, attendant 'Chete pour lui procurer sa dose de la nuit.

Il gardait constamment José au bord de la limite, le poussant de la même manière que les autres accros, le laissant avoir la drogue uniquement lorsqu'ils avaient fini de faire ce qu'il leur avait demandé. Il leur disait que c'était parce qu'il s'inquiétait à propos de leur sécurité, qu'être défoncés endommageait leur capacité de jugement, mais c'était surtout parce que contrôler des hommes qui pouvaient le tuer sans y repenser à deux fois lui procurait la même sensation que celle que le H procurait aux drogués.

Joshua ne laisserait plus jamais personne le contrôler. Il ne laisserait plus rien le contrôler de cette façon. Il prit une grande inspiration et il ressentit José se faner dans son esprit et mourir. Il eut envie de pleurer.

— Mec ?

Il ouvrit les yeux. Il avait dû les clore vraiment fort, parce qu'ils lui firent mal.

— Ouais ?

— Euh... J'ai rendez-vous avec quelqu'un ici... Tu sais, si tu te sens pas bien, peut-être qu'il peut t'aider. Il connaît des gens.

Je n'en doute. Le fait est que moi aussi...

— Peut-être, dit Joshua.

Il se pencha en arrière sur le banc et tendit un bras par-dessus. Le tatouage de Los Peligros était pratiquement caché, mais une partie était assez visible sous son tee-shirt pour que quelqu'un qui en connaissait la forme le reconnaisse.

— Ça te dérange si je reste ?

— Ça m'va. Oh, il est là.

Un autre type avec un pull semblable à celui de Tony, mais avec la capuche baissée arriva, les mains dans les poches.

— Hé, dit-il à Tony avant de lancer un regard suspicieux à Joshua.

— Hé, Creed. J'te présente Joshua.

Creed hocha la tête prudemment, puis ses yeux se posèrent sur le tatouage. Ils s'agrandirent brièvement, puis une partie de la tension quitta son visage.

— Hé, mec. Qu'est-ce que j'peux faire pour toi ?

— Rien ce soir, mec. Ça va, répondit doucement Joshua.

Il plia les doigts de sa main tendue, sentant le bois sous ses ongles, laissant toute la tension s'échapper de son corps vers le bois.

— Je suis juste sorti pour un footing et une discussion avec mon cher Tony.

L'autre type se détendit encore plus.

— Excellent. Ça te dérange pas si Tony et moi faisons une petite affaire ?

— Faites-vous plaisir. Bonne herbe ?

— Merde, ouais.

Le visage du dealer se fendit d'un grand sourire.

— La meilleure.

— J'ai entendu, dit Joshua sur le ton de la confidence, qu'il y a une nouvelle source en ville. Tu es au courant ?

— Ouais. Où est-ce que tu penses que je me suis fourni ça ? Elle vient tout droit du Mideast.

Il souleva un poly sac. Même dans la lumière tamisée, Joshua put voir que ce qu'il contenait était d'une couleur pâle.

— C'est beau, hein ?

Beau. Seigneur, c'était beau. Une part de Joshua s'en languissait, mais il la réprima dans le trou noir d'où elle sortait et hocha simplement la tête.

— Pas mal.

— T'es sur que t'en veux pas ? Nouveau client, je te fais une promo.

— Nan, pas de cash sur moi. En plus, je n'en consomme qu'occasionnellement et j'en ai assez à la maison pour le moment. Mais j'organise une fête ce weekend. Pourquoi ne se retrouverait-on pas ici vendredi à la même heure ? Je serai là.

— Seul, d'accord ?

Creed regarda autour de lui.

— J'aime pas faire des plans aussi à l'avance, mais toi sois là et si je peux... J'viendrai. Deal ?

— Deal.

Joshua lui indiqua qu'il pouvait continuer son affaire avec Tony d'un geste de la main et se remit à contempler la rivière. Tony se leva et suivit Creed vers la rivière, parlant à voix basse. Ils pensaient peut-être que Joshua n'entendrait pas, mais le vent porta leurs voix vers lui.

Rien de très important, juste un arrangement qui disait que Tony viendrait aussi vendredi et guetterait toute forme éventuelle de danger. Joshua n'en attendait pas moins, et ne réagit pas de tout, absorbé par ce qu'ils avaient à dire.

Quand ils eurent fini, Tony passa devant le banc avec un 'à plus, mec' et un petit sourire. Creed resta un moment avant de dire à Joshua,

— À vendredi alors. Du cash uniquement. Je ne deal pas avec autre chose. Pas d'échanges, pas de services. Du cash.

— Je suis pas stupide, *chulo*.

La sécheresse de la réponse de Joshua sembla rassurer Creed. Avec un hochement de tête, il se dirigea vers le talus et disparut dans les arbres quelques mètres plus loin. Joshua le regarda, puis se leva et fit quelques étirements avant de se diriger vers chez lui en trottinant.

Le dealer le suivit pendant un moment. Joshua garda délibérément un rythme lent afin de ne pas trop s'éloigner, mais après quelques pâtés de maisons, il changea de direction. Joshua courut une autre demi-heure, puis se dirigea vers le parking où sa voiture l'attendait.

XXXI

Button s'agita anxieusement sous le siège d'Eli, faisant un pas sur le côté dans le sable de l'arène.

— Doucement, Eli dit Tucker de la clôture sur laquelle il était assis. Tu essaies trop fort. Le cheval commence à avoir peur.

— Je sais, murmura amèrement Eli en tendant à nouveau la jambe, ressentant le tiraillement du muscle.

Il s'enfonça dans la selle et Button se détendit.

— C'est mieux, dit Tuck quelques minutes plus tard quand Eli ramena Button à la clôture et descendit. Comment va ta jambe ?

— Comme si j'y avais été suspendu pendant une semaine.

— Tu n'as pas perdu ta forme, si ça peut te consoler. Une fois que tu t'es installé, ça avait l'air d'aller. Qu'est-ce que le kiné a dit ?

— Elle m'a dit que le fait de monter contracte mes muscles et que j'dois passer plus de temps à la piscine de l'hôpital pour les étirer. Comme si j'avais le temps de faire des aller-retour à Miller tous les jours. En plus, je déteste nager.

— Tu aimes bien quand il fait chaud dehors.

— Ouais, mais il ne fait plus chaud. Thanksgiving arrive bientôt, Tucker. Il a fait un froid de canard ces dernières nuits.

Il faisait un froid de canard en fait, malgré qu'on soit en plein milieu d'après-midi.

— Ça devrait être un temps idéal pour dormir.

Tucker pencha la tête en direction d'Eli qui se contenta de hausser les épaules. Tucker savait qu'il avait du mal à dormir et pourquoi. Mais il ne dit rien et ajouta simplement :

— Je pense qu'on doit retourner au canyon et ramener ces dames ici pour l'hiver, avant qu'il neige.

— On aurait dû le faire y a deux semaines.

— Il y a deux semaines, j'espérais toujours que Josh changerait d'avis et aiderait. Il aurait aimé faire partie du rassemblement, je pense. Mais je ne peux pas attendre plus longtemps. Demain matin, je prendrai

233

deux hommes et nous les ramènerons. Tu veux venir avec le van pour les poulains ? Dennis conduit.

— Bien sûr. Je ne me vois pas encore chevaucher sur une aussi longue distance.

Eli plia les doigts de sa main blessée. Il n'avait plus de plâtre, mais portait encore une attelle pour son poignet cassé.

— Je fais ce que je peux.

— J'apprécie.

Eli hocha la tête et se dirigea vers l'écurie, Button sur les talons. La thérapie aidait sa jambe, mais elle le faisait toujours souffrir après un entraînement et la douleur courait de sa hanche à son pied. Marcher un peu lui ferait du bien et de la glace l'attendait dans le bac.

Il avait été blessé par le passé durant ses deux années de rodéo et ses années au ranch, mais jamais à ce point. Parfois, il avait l'impression d'avoir mal absolument partout. Mais son état physique s'améliorait.

L'état de son cœur ? Ce serait probablement permanent.

Il attacha Button aux traverses et le nettoya, même si le cheval n'avait fait que quelques tours d'arène. Le rythme calme du brossage était un réconfort, quelque chose qu'il pouvait faire sans réfléchir. Et ça ne fit pas de mal au cheval non plus. Button laissa aller sa tête alors qu'Eli faisait courir la brosse sur ses flancs.

Son téléphone vibra et il laissa tomber la brosse en tentant de s'en emparer. Il avait probablement laissé une douzaine de messages vocaux et de textos à Joshua durant les trois dernières semaines et n'avait reçu aucune réponse, mais une lueur d'espoir l'assaillit. La déception qu'il ressentit en voyant que c'était le numéro de Jack Castellano et pas celui de Joshua fut comme un coup de poing et il considéra ne pas répondre, mais finit par le faire.

— Kelly, dit-il sèchement.

— Salut, Eli. Jack. Comment ça va ?

— Assez bien, je suppose. Quoi de neuf ?

— Je me demandais juste ce que tu faisais vendredi soir. J'aimerais essayer ce nouveau restaurant dans l'Ancienne Ville et un peu de compagnie ne me dérangerait pas.

Eli ne savait pas quoi répondre. Ouais, Jack et lui avaient passé quelques nuits ensemble, mais aucun d'entre eux n'avait été à la recherche de plus qu'un coup d'un soir. Ça, ressemblait à un rendez-vous.

— Tu me demandes de sortir avec toi, Jack ?

Le docteur rit.

— Je suppose. Tu es intéressé ?

— Je ne sais pas... Je ne suis pas sûr d'être du genre à sortir avec quelqu'un, Jack.

— Pas d'engagement, Eli. Pour être honnête, je suis genre entre deux relations et je n'ai personne d'autre avec qui je préférerais y aller. Si tu veux, ce ne sera qu'un dîner. Tu peux me dire comment se passe ta thérapie. Je n'arrête pas de vouloir passer te voir quand tu es à Miller, mais jusque-là je n'ai pas réussi. Pas de pression.

— Je suppose, dit Eli.

Il ramassa l'étrille et l'accrocha devant le box de Button.

— Quelle heure vendredi ?

— Viens à l'hôpital vers 5h. Je ferai une réservation pour 7h. Ça te va ?

— D'accord.

Après avoir raccroché, il détacha Button avant de ramener le cheval dans son box. Il marcha ensuite en direction de la source des trois criques qui alimentait le ranch, protégée par les arbres, juste derrière son cottage. Les feuilles des peupliers qui l'entouraient tombaient déjà et flottaient à la surface de l'étang. Encore quelques semaines et ils seraient gelés jusqu'à la cime; plus tard, ce serait au tour de l'eau d'être gelée jusqu'au printemps. Il avait prévu d'emmener Josh ici un jour, mais il n'avait pas eu le temps. Maintenant, il en était heureux. Cet endroit était l'un des préférés d'Eli auquel aucun souvenir de Josh n'était rattaché.

Eli s'assit sur le sol, le dos contre l'un des arbres et regarda les feuilles tourbillonner. Sa jambe le faisait souffrir, mais ce n'était pas nouveau. Ce qui le surprit était que son cœur lui faisait mal, comme si sa conversation avec Jack avait ouvert les points de suture d'une blessure en pleine guérison.

Le fait était qu'il ne pensait pas que la blessure guérirait. Joshua lui manquait comme jamais, peut-être même plus. Pas juste le sexe, même c'était génial, mais aussi les conversations. Les balades à cheval, parfois dans un silence total qui n'était pas inconfortable, mais rassurant. Le travail ensemble, Eli apprenant à Joshua à regagner les compétences à moitié oubliées pour être cavalier, Joshua s'appuyant contre la clôture et regardant Eli travailler avec un nouveau venu dans l'arène, ou alors tous les deux assis sur les barrières observant Tucker dresser un cheval à problème.

En quelques semaines, la voix de Joshua était devenue une partie de la musique du ranch, autant que le tintement des brides, le bruit des chaises ou le vent dans les arbres. Jour après jour, Eli avait appris à l'ignorer pendant qu'il travaillait, et même s'il était censé y aller doucement, il travaillait autant qu'il le pouvait, jusqu'à ce qu'il soit épuisé et s'endorme comme une masse.

Était-il prêt à passer à autre chose ? Jack était-il la bonne personne pour 'rebondir' ? Il aimait bien Jack, ça avait toujours été le cas. Mais Jack ne le regardait pas avec des yeux sombres perdus dans la tristesse, ne souriait pas de ce sourire tentant et élusif qui faisait fondre le cœur d'Eli.

Il n'avait jamais dansé sous une cascade glacée, ces yeux sombres posés sur lui. Ne s'était jamais glissé dans le lit d'Eli, la tête sur sa poitrine, comme si Eli était assez fort pour défendre quelqu'un qui avait prouvé à maintes reprises à quel point il était fort.

Oui, Joshua avait tué une fille. Il lui avait confié qu'il avait réussi à assumer les autres meurtres, mais Eli avait eu le temps d'y repenser et il savait, il était certain que ce n'était pas le cas pour la fille. Ce ne serait jamais le cas. Eli ne savait pas pourquoi il l'avait fait, mais une chose dont il était certain était que ça n'avait pas été le choix de Josh. Josh n'avait pas voulu la tuer. Ça le hantait. C'était sûrement l'objet de tous les cauchemars que Joshua faisait, parce depuis qu'il l'avait découvert, c'était l'objet des siens.

Eli n'avait pas mis longtemps à comprendre que la culpabilité et le chagrin de Joshua étaient ce qui le rendait aussi fragile. Peut-être que c'était la raison pour laquelle il avait commencé à prendre de l'héroïne, peut-être que la drogue l'empêchait de ressentir. Il se rappelait sa propre culpabilité et son chagrin quand il avait dû euthanasier un cheval blessé. Il se rappelait les cauchemars, le sentiment de se détester et tout ça par gentillesse pour un animal stupide. À quel point est-ce que ça pouvait être pire pour Joshua, qui avait été mis dans une position où il avait dû faire ça à un autre être humain, pas par gentillesse, mais pour la cruauté d'un autre homme ?

Et il s'était détourné de lui.

L'avait rejeté.

Il prit son visage entre ses mains.

— Bon endroit pour réfléchir, dit doucement Tucker.

Eli leva les yeux et le vit s'asseoir à quelques centimètres de lui sur une souche d'un arbre.

— Bon endroit pour parler aussi, si ça te dit.

— Je réfléchissais juste.

— Hmm.

Ils restèrent silencieux, chacun perdu dans ses propres pensées pendant un long moment. Puis Tucker tendit les jambes devant lui et dit,

— Tu sais, le ranch ne s'appelait pas le Triple C à l'origine. Mon grand-père l'a renommé après l'avoir racheté à l'homme qui a fait banqueroute ici. Comme c'était dans les années trente, les prix des bœufs étaient très bas. Beaucoup de ranchs ont fait faillite et ici ce n'était pas le meilleur endroit pour les bœufs. À l'origine, le ranch s'appelait le Three Creek Ranch à cause de l'importance qu'ont les trois criques. Ce sont elles qui ont rendu ces terres vivables. Quand Grand-père a acheté le ranch, il l'a étendu sur toute la longueur du Rio Galiano, jusqu'aux terres de la forêt du gouvernement, juste pour pouvoir contrôler l'eau.

Il sourit.

— Le canyon était juste un bonus, il ne savait pas qu'il était là. Mais quand il a remonté le Galiano, il a trouvé où il prenait sa source au canyon. C'est le secret le mieux gardé du Nouveau-Mexique, je parie.

— C'est un bel endroit.

Eli ferma les yeux en repensant à Joshua en train de danser.

— L'eau l'a construit. L'eau a construit cet endroit aussi. Nous ne serions pas là sans elle.

— Ouaip.

— Mais il n'y avait pas que l'eau, malgré tout.

— Qu'est-ce que tu veux dire ?

Tucker s'étira à nouveau.

— Il faut plus que de l'eau et de la terre pour construire un lieu comme le Triple C, Eli. Il faut de l'espoir et de la foi, du courage et de l'amour. Grand-père a pris un grand risque en achetant un endroit comme celui-ci pour élever des chevaux, au milieu de nulle part, à une époque où les chevaux se faisaient remplacer par les voitures et les chemins de fer. Mais il croyait en son rêve, et Grand-mère croyait en lui. De même pour mes parents. Je ne veux pas paraître trop sentimental, mais je pense qu'une grande part de l'amour est de croire en quelqu'un. Croire en quelque chose en dehors de soi-même, tu sais ?

— C'est en rapport avec Josh ?

— Bien sûr que ça l'est. Tu as erré comme un zombie ces dernières semaines. Maintenant, peut-être que je suis complètement à côté de la plaque, mais il me semble que tu n'as pas seulement mal à cause du passage à tabac, que peut-être que ce qui te fait mal, ce ne sont pas tes os.

— Putain, Tucker.

Eli reprit sa tête entre ses mains.

237

— Fiston, il n'y a aucun mal à accepter d'avoir des sentiments pour quelqu'un. Dieu sait si je connais ce sentiment.

Eli leva la tête.

— Quoi ? Toi ?

— Quoi, tu penses que je suis fait de pierre ou quoi ? J'ai des sentiments comme tout le monde. Mais personnellement, je ne suis pas très bon pour en parler. La femme dont je me soucie n'est pas disponible.

Tucker haussa les épaules.

— De toute façon, je suis trop vieux pour une romance. Mais toi, tu es encore jeune. Tu as encore du temps pour faire des erreurs. Je ne pense simplement pas que celle-ci en est une.

— Je ne sais pas quoi faire.

— Tu as essayé de l'appeler ?

— Il ne répond pas. Je lui ai envoyé des messages, des e-mails, rien. Alors j'ai arrêté.

— Maudit gamin, dit Tucker et Eli sut que ça ne lui était pas destiné. Il me répond plutôt vite. Quand est-ce que tu lui as écrit la dernière fois ?

— Y a une semaine.

— Qu'est-ce t'as dit ?

— Juste demandé de me rappeler. Je lui ai dit que je voulais lui parler.

— Bon, c'est assez direct. Maudit gamin.

— Tu as son adresse ? Je suppose que la prochaine étape est de l'attendre sur le pas de sa porte.

— Il était à l'hôtel, mais il a eu un appartement. Je n'ai pas encore son adresse. Dès que je l'ai, je te la donnerai. Je ne sais pas quoi faire d'autre que d'essayer de lui en toucher deux mots la prochaine fois que je lui parle. C'est ce que tu veux ?

— Non.

Eli secoua la tête.

— Je pense que c'est entre Josh et moi. Il n'a pas été très agréable quand tu l'as forcé à venir me voir à l'hôpital.

— Il s'éloignait déjà à ce moment-là.

Tucker se leva et s'épousseta.

— C'est bientôt l'heure du dîner. Vaudrait mieux y aller avant que Sarafina n'envoie les chiens. En parlant de chiens, après que nous soyons revenus du canyon et que nous ayons installé les juments, je vais à Miller. L'un des chiens de Paco vient d'avoir une portée et je me suis dit que j'en prendrais deux pour le ranch.

— Bonne idée, dit Eli.

Il se leva à son tour, un peu plus maladroitement que Tucker, mais pour être honnête, il était resté assis longtemps sur le sol.

— Je suppose que je devrais me doucher avant le souper.

— Je suppose aussi.

Tucker posa la main sur l'épaule d'Eli.

— Ne renonce pas à Josh, fiston. J'ai le sentiment que ce n'est pas la dernière fois qu'on le voit. Je pense que tout ce dont il a besoin c'est que tu l'acceptes, malgré ses imperfections et tout ça.

— Je n'ai jamais vu aucune imperfection, dit Eli.

Tucker lui tapota légèrement la tête.

— Tu sais ce que je veux dire. On se voit au dîner.

XXXII

Le chef du bureau d'Albuquerque, Vasquez, était en train d'examiner le rapport de Joshua quand celui-ci entra dans la pièce. Il leva les yeux, sourit brièvement et fit signe à Joshua de s'asseoir pendant qu'il remettait les feuilles dans leur dossier.

— Vous avez soumis une proposition intrigante, M. Chastain.

— Elle est justifiée. J'ai des antécédents, l'expérience et le renom. Tout ce que nous avons à faire, c'est de trouver une histoire pour expliquer le fait que je me sois retrouvé ici au lieu de la prison dans l'Ohio et je peux vous assurer que ce sera possible. C'est vrai que j'aurais besoin de quelques semaines pour m'adapter, mais je peux y arriver.

— Je ne peux pas nier que nous pourrions avoir besoin de quelqu'un avec vos... talents dans l'organisation du Quintana. Votre travail avec Los Peligros de Chicago a été exemplaire, à sa façon. Je reconnais que ma première réaction a été d'être d'accord avec vous. Cependant...

Joshua serra les poings sur les bras de la chaise.

— Vous pensez que je n'en suis pas capable, dit-il, tendu.

— Non. Après avoir lu votre rapport, j'ai contacté Bill Robinson à Chicago. Il vous a fortement recommandé, mais m'a aussi fait remarquer certaines des mêmes choses que vos deux thérapeutes d'ici et du centre de réhabilitation ont dites.

— Mon thérapeute ?

— Oui. Notre budget n'est pas assez élevé pour avoir un staff psychologique, contrairement aux plus grandes villes comme Chicago, alors nous utilisons des conseillers civils, qui subissent le même examen que n'importe quel employé du bureau. Le Dr McBride en fait partie. Vous avez signé des papiers qui nous permettent de le contacter, ce que j'ai fait cet après-midi. Son compte-rendu correspond à votre rapport médical du centre de réhabilitation. Le fait que vous souffriez encore de cauchemars et de problèmes émotionnels en rapport avec votre dernière mission vous rend inapte à accomplir celle-ci.

L'homme sourit tristement.

— Je n'aime pas être le porteur de mauvaises nouvelles. Je sais que vous étiez enthousiaste à propos de ce projet, mais je ne peux pas prendre ce risque.

— Ça va. Ce n'est pas comme si j'allais me remettre à l'héroïne. Et même s'il y avait une chance que ça arrive, je pense avoir prouvé que je peux fonctionner malgré ça.

Joshua sentit de la sueur commencer à se former sur sa nuque.

— Cette mission prouverait que je suis toujours un bon agent, que le Bureau peut compter sur moi...

— Le Bureau compte et continuera à compter sur vous, Joshua. Vous êtes un bon consultant. Le fait est que vous n'êtes pas prêt à redevenir un agent de terrain. Vos troubles de stress postromantique ne sont pas résolus. Ça fait moins d'un an que vous n'êtes plus accro à l'héroïne et vous avez admis toujours en désirer. Vous faites des cauchemars. Vous souffrez d'une énorme culpabilité pour le meurtre de cette fille. Votre santé physique s'est améliorée, mais vos temps de réponse à certains tests n'étaient pas aussi bons que ceux que vous avez eus avant la mission à Chicago. Et je ne veux pas être celui qui vous mettra dans une situation où votre santé, aussi bien physique que mentale, sera un préjudice à l'opération. D'autres agents compteront sur vous. Croyez-vous sincèrement que vous serez le seul à subir les répercussions d'un échec ?

Vasquez se pencha en avant.

— Je ne pense pas que vous devriez utiliser le Bureau comme moyen de suicide, Joshua, et si je vous envoie là-bas dans cet état, c'est exactement ce qui se passera. Vous n'êtes préparé ni mentalement ni physiquement à gérer une mission telle que la précédente. La seule raison pour laquelle Robinson ne vous a pas fait sortir de là plusieurs mois plus tôt était parce que vous y étiez profondément encastré. La sécurité d'autres agents dépendait de vous et vous teniez le coup. Il m'a avoué cet après-midi qu'il ne pensait pas que vous en sortiriez vivant.

Joshua se sentit stupide. Il fixa l'autre homme, mais il voyait Bill Robinson, le visage blanc et tendu alors qu'il menait un Joshua menotté hors de la station de police où il avait été conduit. Robinson ne s'était pas détendu jusqu'à ce qu'ils soient dans la voiture, s'éloignant. Puis il s'était mis à trembler pendant une bonne quinzaine de minutes. Ce n'est qu'après qu'il avait été capable de parler à Joshua et lui expliquer où ils allaient.

— Il ne le pensait pas.

Ce n'était pas une question.

— Non. Et il était même plutôt en colère à l'idée que vous retourniez dans une situation similaire. Nous ne sommes pas des trouillards, Joshua. Nous mettons des gens en danger tout le temps. Ça vient avec le métier. Mais nous nous assurons toujours, toujours que l'issue soit la meilleure possible, que la fin justifiera autant que possible les moyens. Oui, il serait intéressant d'avoir quelqu'un dans la position que vous suggérez. Mais vous n'êtes pas la bonne personne. Pas pour le moment. Peut-être pas pour toujours, mais certainement pas maintenant.

— Alors qu'est-ce qui se passe maintenant ?

— Nous avons toujours besoin de vous en tant que consultant. Si vous pensez ne pas pouvoir travailler avec nous, c'est votre choix. Je sais que vous n'êtes pas emballé à l'idée de travailler derrière un bureau, mais je pense que c'est là que vous pourriez nous être le plus utile. Votre mission à Chicago a été une vraie réussite, il n'y a aucun doute là-dessus. Mais des personnes qui ne le devaient pas sont mortes et les dommages que ça vous a causé...

Vasquez secoua la tête.

— Je ne sais pas quoi dire. Je ne suis pas en train de parler en tant que chef. Je parle en tant qu'être humain. Je veux que vous restiez consultant. Mais vous devez savoir que je ne vous utiliserai pas sur le terrain dans le futur à venir. Le choix vous appartient.

Joshua laissa les mots s'imprimer dans son esprit, essayant de décider de ce qu'il ressentait, mais Vasquez n'en avait pas fini. Cette fois quand il parla, sa voix était dure et sévère.

— L'autre chose que Bill Robinson m'a dite, et que McBride a confirmée, est que vous prenez des initiatives seul. C'est une bonne chose, mais si vous vous mettez en tête de faire ça par vous-même, je me chargerai personnellement de vous botter le cul jusqu'à Santa Fe. Ne vous impliquez d'aucune manière dans cette opération, ni dans le fond, ni dans la forme, en dehors de ce que à quoi je vous affecterai. *Comprendes, muchacho* ?

— *Comprendo*, Joshua acquiesça.

Ce n'était pas comme s'il n'y avait pas pensé. Même lorsque Vasquez était en train de parler, son esprit avait exploré toutes ses options. Mais le ton de Vasquez avait touché une corde sensible et il hésitait, se demandant pourquoi la voix lui paraissait si familière.

Puis il se rappela la voix d'Eli, tout aussi dure et sévère que celle-ci. '*Ne t'avise plus de t'en aller tant que je n'en ai pas fini avec toi, Josh...*'. Il réalisa que c'était ce dont il avait besoin. Cette fermeté. Le sentiment d'avoir quelqu'un pour veiller sur lui, quelqu'un sur qui il pouvait compter pour le contenir quand il en avait besoin. Vasquez n'était que son patron. Mais Eli...

Eli était *tout*.

— Nous n'allons pas négliger ceci.

Vasquez posa la main sur le dossier que Joshua avait apporté.

— C'est un bon renseignement et nous l'utiliserons. Tout ce que vous pouvez nous fournir aussi. Nous ne dédaignons pas vos compétences, Joshua. Vous êtes un membre précieux de l'équipe. Mais comme nous tous, vous avez des limites.

— Oui, monsieur.

— Retournez travailler, Josh. Et réfléchissez à ce que vous voulez faire à propos de tout ça, d'accord ?

— Monsieur. Joshua hocha la tête et se leva.

Il avait beaucoup de choses auxquelles réfléchir.

XXXIII

MÊME AVEC l'attelle autour de son bras gauche, Eli réussit à attraper au lasso l'un des poulains alors qu'il sortait du canyon en galopant. Jesse envoya une seconde corde autour de la jambe arrière du poulain et à deux, ils le hissèrent dans la remorque.

Ramon et Dennis attrapèrent le second poulain. Il se sentit mal pour eux. Ils étaient visiblement terrifiés, et leurs cris lui brisaient le cœur. Mais ils attirèrent les mères près de la remorque et quand Dennis démarra lentement, elles purent garder le rythme et le reste du troupeau les suivit. Tout ce que les autres cowboys eurent à faire fut de les suivre de près afin d'empêcher les juments de s'enfuir. Eli était dans la remorque avec Dennis. Il allait de mieux en mieux, mais avait toujours des soucis avec sa jambe quand il restait trop longtemps en selle. Ça l'irritait au plus haut point, mais son kinésithérapeute lui avait assuré que s'il continuait à faire les exercices qu'il lui avait recommandés, la douleur finirait par s'en aller.

— Ça va ? demanda Dennis.

— Ouaip.

— Tuck m'a dit que tu aurais peut-être du mal à rester assis aussi longtemps dans le pick-up.

— Tuck est une vieille femme. Bien sûr s'il mettait des ressorts sur cette créature, ce serait beaucoup plus confortable pour nous deux.

Dennis rit.

— Ouais, j'ai entendu ça. Ils sont sur la liste. Ils ne sont juste pas assez mauvais pour s'en inquiéter pour le moment.

Après quelques minutes de silence, il ajouta :

— Tu as parlé au neveu de Tuck récemment ?

— Non, répondit sèchement Eli.

Dennis, sagement, n'ajouta rien. Eli retourna à sa contemplation du rétroviseur, regardant les cavaliers alors qu'ils calmaient les juments derrière le pick-up.

C'est pourquoi il fut le premier à voir Tucker, chevauchant à côté de la remorque, glisser soudainement de sa selle.

— Arrête-toi ! cria-t-il à Dennis avant de sortir du véhicule avant qu'il soit à l'arrêt.

Il courut vers l'endroit où Tucker avait glissé et tendit la main pour prendre son bras.

— Tuck !

— Je vais bien, dit Tucker, les dents serrées, sa main libre tenant fermement la corne de selle. Ça s'est juste passé drôlement.

— Tu es complètement gris. Merde, Tuck, tu fais une crise cardiaque ?

— Non, non. Je pense que j'ai mangé quelque chose de pas très bon ce matin.

— Tu as mangé la même chose que d'habitude.

— Peut-être la chaleur.

— Il ne fait pas si chaud.

— Seigneur, Eli, tu te disputerais avec le diable lui-même si tu en avais l'occasion. Je ne me sens simplement pas bien, d'accord ? Ne m'emmerde pas putain. J'ai pas mal au cœur, j'ai pas mal au bras, je me sens simplement mal. Peut-être que j'attrape la grippe.

— Monte dans le pick-up. Je vais prendre Mary Sue. On a déjà fait plus de la moitié du chemin de toute façon...

— Je peux chevaucher...

— Tu tombes pratiquement de ce cheval, Tucker !

— Seigneur, que tu es autoritaire ! Pas étonnant que Joshua se soit enfui.

Eli fixa son boss, choqué. Est-ce que ça avait été le cas ? Est-ce qu'il avait été tellement autoritaire, tellement entêté, que Joshua avait ressenti le besoin de s'enfuir ? Tucker dut percevoir quelque chose dans son expression parce qu'il ajouta rapidement :

— Merde, je ne voulais pas dire ça. Je n'ai aucune idée de ce qui se passait dans sa tête. Merde. Je suis désolé.

Il se pencha en avant et descendit du cheval.

— Vas-y. Tu as besoin d'aide pour monter ?

— Le jour où j'aurais besoin d'aide pour monter sur un cheval, tu pourras m'envoyer à la retraite. Monte dans le putain pick-up, Tucker.

Eli enfourcha la selle alors que Tucker se dirigeait difficilement vers la cabine et montait dedans.

— Allume la climatisation et roule aussi vite que les ressorts te le permettent. On vous suivra, dit Eli à Dennis à travers la fenêtre ouverte.

— C'est quoi le problème ? demanda Dennis inquiet.

245

— Tuck est malade. Je pense qu'il est en train de faire ...

— Je ne fais pas de crise cardiaque ! s'exclama Tucker.

— C'EST CE que nous appelons un infarctus du myocarde avec sus-décalage du segment ST, dit Jack.

Tucker se tourna et fusilla Eli du regard.

— Je t'ai dit que je ne faisais pas de crise cardiaque.

— En fait, dit Jack d'une voix amusée, c'est exactement ce que vous avez eu. Une très petite, heureusement pour vous. Nous devrons quand même faire plus de tests, mais le fait que le dommage ne s'affiche pas sur l'ECG est un bon signe.

— Alors comment tu sais que c'est une infraction du myo- je ne sais pas quoi ?

— Un infarctus du myocarde avec sus-décalage du segment ST. Tes examens sanguins ont montré qu'il y avait des substances chimiques typiques de ce genre d'infarctus. Nous allons faire un échocardiogramme de ton cœur – c'est un examen de ton cœur aux ultrasons – et il devrait nous permettre de savoir où se situe le dommage et de quelle ampleur il est. Mais le fait que tu te sois senti mieux aussi rapidement après ça me laisse penser que le dommage n'était peut-être que minime. Ça ne signifie pas...

Jack fixa Tucker avec un regard sévère.

— ... que tu pourras sortir aussi facilement.

Tucker prit, avec dégout, la blouse d'hôpital qu'il portait.

— Ouais, ouais. Quand est-ce que je pourrai sortir d'ici ?

— Probablement pas avant demain au plus tôt. Nous devons encore faire des tests et je veux te garder en observation, pour m'assurer que tu ne risques pas d'en faire une autre de sitôt.

Jack regarda Eli.

— Comment as-tu fait pour emmener cette tête de mule à l'hôpital, d'abord ?

— Il a triché.

Eli sourit.

— J'ai chevauché devant et j'en ai parlé à Sarafina. Au moment où Dennis a garé le pick-up, elle avait déjà mis le moteur en marche. Tucker n'a eu aucune chance. Je l'ai suivie dans ma voiture.

— Elle m'a tanné pendant tout le trajet, marmonna Tuck.

— Elle est toujours là ?

— Non. Elle est retournée au ranch une fois qu'on lui a assuré que Tucker ne mourrait pas immédiatement. Elle n'est pas faite pour attendre, notre Sara, alors elle m'a dit de rester ici et qu'elle retournait à la maison pour faire savoir aux travailleurs ce qui se passe. Je pense qu'elle avait prévu de faire de la pâtisserie. Elle fait ça quand elle est énervée, en général.

— Eh bien, en considérant que tu devras commencer à surveiller ton régime, je suis désolé que Sarafina soit partie. Elle va devoir apprendre de nouvelles méthodes de cuisine.

— Tout va bien avec mon régime.

— Il mange du bacon et des œufs au petit déjeuner tous les jours.

— Traître !

Jack leva les yeux au ciel.

— Eh bien, ça va devoir changer.

L'infirmière entra, accompagnée d'un aide-soignant costaud.

— Ils sont prêts pour les ultrasons, dit-elle à Jack.

Ce dernier hocha la tête et conduisit Eli en dehors de la pièce pour leur laisser de la place afin de déplacer le lit de Tuck. Tuck lança un regard noir à Eli en passant devant lui.

Eli lui sourit simplement, mais aussitôt que le brancard disparut au bout du couloir, il s'affala contre le mur et passa la main sur son visage d'un geste las.

— Est-ce qu'il va vraiment aller bien ? demanda-t-il à Jack.

— Eh bien, il est en bonne forme, fait beaucoup d'exercice et n'est pas diabétique ni quoi que ce soit, alors s'il améliore son régime et évite le stress, ouais, il va aller bien. Il y aura toujours un risque, bien sûr, mais il a beaucoup de facteurs de son côté. Est-ce qu'il fume toujours ?

— Non. Il a arrêté quand Sarafina est revenue avec Jesse bébé. Il a dit qu'il ne voulait pas endommager les poumons du bébé.

— Alors ça aussi c'est de son côté. Il a été stressé dernièrement ?

— Ouais. C'est en partie ma faute, à cause de l'agression.

— Ouais, comme si tu l'avais subie expressément. Continue.

— Et il s'inquiète à propos de Joshua. Je sais qu'il travaille avec la banque pour obtenir le prêt pour racheter le reste du Rocking J aussi. L'argent l'a toujours rendu anxieux.

— Hmm. Il doit y aller doucement avec ce genre de choses. Je pensais que Joshua était censé s'occuper de tout ce qui était les affaires.

— Il a quitté le ranch il y a quelques semaines. Tuck m'a dit qu'il est retourné au FBI.

Quelque chose dans sa voix ou dans ce qu'il venait de dire attira l'attention de Jack.

— Tuck t'a dit ? Tu ne sais pas ?

Eli secoua la tête.

— Il ne répond ni à mes messages, ni à mes e-mails ni à mes appels, avoua-t-il. Je me suis dit... merde, j'ai simplement laissé tomber. S'il veut m'appeler, il a mon numéro.

— Ah, dit Jack. C'est pour ça que tu as accepté mon invitation à dîner.

— Non, je... Merde. Ouais. Je suppose. Je veux dire... Putain, Jack. Je t'apprécie vraiment. C'est juste que...

— Joshua. Ouais, dit tristement Jack. Je l'ai plus ou moins compris quand il était à l'hôpital ici.

Il posa la main sur l'épaule d'Eli et l'observa intensément.

— Dis-moi simplement, Eli, si ça ne marche vraiment pas avec Joshua, est-ce que j'aurai une chance ?

Eli soupira et recouvrit la main de Jack avec la sienne.

— Je ne sais pas, dit-il. Je ne sais vraiment pas.

— ILS L'ONT déplacé dans l'unité des soins cardiologiques, dit la femme à la réception, mais d'après l'ordinateur, il est aux ultrasons. Si vous voulez attendre dans la chambre de M. Chastain, c'est la 457. Le docteur Castellano était dans l'unité et briefait le cardiologue. Je ne l'ai pas vu retourner aux urgences alors vous devriez le trouver là-bas. L'ascenseur est juste au coin à droite.

— Merci, dit Joshua en essayant de ne pas courir alors qu'il se dirigeait vers l'ascenseur.

Il était affolé depuis qu'il avait reçu l'appel de Sarafina lui disant que Tucker était à l'hôpital. Les deux heures de route depuis Albuquerque n'avaient rien arrangé.

Il était dans son bureau, toujours perdu dans ses pensées après la conversation avec Vasquez et avait failli ne pas répondre au téléphone. Il l'avait regardé, bien sûr, s'attendant à moitié à ce que ce soit le numéro d'Eli qui s'affiche à l'écran – même si Eli avait cessé de l'appeler depuis environ une semaine – et avait été surpris de voir le numéro du ranch. Son oncle l'appelait toujours de son portable. Quand la voix de Sarafina avait répondu à son 'Bonjour' glacial, il s'était senti particulièrement mal. Quand elle lui avait dit que son oncle était à l'hôpital à cause de ce qu'ils pensaient être une crise cardiaque, son propre cœur avait semblé s'arrêter.

Vasquez n'avait pas manifesté d'opposition à son départ. En fait, il lui avait dit de prendre quelques jours pour évaluer la situation et réfléchir à ce qu'il voulait. Joshua l'avait à peine entendu. Il était sûr d'avoir brisé la barrière du son au moins une fois en roulant vers l'hôpital, mais la route avait paru toujours aussi longue.

Tout comme la montée en ascenseur.

La sonnerie du quatrième étage retentit finalement et les portes s'ouvrirent. Joshua trouva l'affiche qui indiquait dans quelle direction était la chambre 457 et se dirigea dans cette direction.

Il tourna au bout du couloir et s'arrêta.

Eli était appuyé contre le mur à quelques mètres, les yeux fermés. Jack Castellano était beaucoup trop près de lui au goût de Joshua, une main sur l'épaule d'Eli. Celle d'Eli recouvrait la sienne.

— Je ne sais vraiment pas, dit Eli, la voix rauque.

— Eli, commença Jack, avant d'apparemment apercevoir Joshua du coin de l'œil.

Il lança un sourire en coin à Joshua.

— Joshua est là.

Eli fit volte-face, le soulagement et la joie visible sur son visage faisant à nouveau s'arrêter le cœur de Joshua.

— Oh, Dieu merci, dit-il en s'éloignant de Jack et en se dirigeant vers Joshua avant de le serrer fermement dans ses bras.

Joshua regarda Jack, confus, et ce dernier lui sourit simplement en secouant la tête.

— Ça va aller pour ton oncle, dit le docteur. Je pense qu'Eli est juste stressé.

Mais Joshua avait cessé d'écouter. Il passa les bras autour d'Eli, ressentant les muscles durs et familiers de son dos, et posa la joue sur l'épaule d'Eli.

Dieu, c'était si bon. Comme retrouver son propre lit après une éternité d'errements.

— Tu tenais sa main, murmura Joshua dans l'oreille d'Eli.

Eli retint un rire qui contenait plus d'une larme.

— J'essayais de l'enlever.

Jack rit et dit :

— Je retourne aux urgences. Appelle-moi si tu as des questions, Joshua.

— D'accord, répondit Josh en inspirant une grande bouffée d'Eli.

Ils se tinrent dans les bras l'un de l'autre pendant un moment avant qu'Eli ne recule et prenne le visage de Joshua entre ses mains. Le bout de l'attelle de son poignet gauche effleura la mâchoire de Joshua.

— Pourquoi est-ce que tu n'as pas répondu à mes appels et mes messages, petit merdeux ?

— Je ne sais pas. Attends. Si.

Joshua ferma les yeux.

— J'avais peur. J'avais peur que tu dises quelque chose pour me faire revenir. J'ai supprimé les messages sans les avoir lus, et les e-mails sont toujours dans ma boîte de réception. Je n'aurais pas... Je n'aurais pas pu te dire non si tu avais demandé, alors je ne t'en ai pas laissé l'occasion.

— Je te le demande maintenant. Je veux que tu reviennes à la maison, Joshua. Tu n'aurais jamais dû partir.

— Parce que c'est de ma faute si Onc' Tuck est ici.

— Non, espèce d'idiot, parce que le ranch n'était pas le même sans toi. Je n'étais pas le même sans toi. Merde, Josh, je t'aime. Je t'aime et je veux que tu restes avec moi. Je me fiche que tu aies tué cette fille, je sais que tu étais dans une situation cauchemardesque...

— Je...

— Non, attends. Écoute-moi. Il faut que ça sorte.

Eli prit une grande inspiration.

— Je sais que tu as été forcé de le faire et si je n'avais pas été aussi choqué quand tu l'as dit, je n'aurais pas été assez bête pour penser du mal de toi. Non, tais-toi, je n'ai pas fini. J'ai besoin de finir. Quand tu es arrivé en septembre, tu avais le même regard que les animaux secourus que nous avons...

— Je ressemblais à un cheval ?

— ... et j'ai su à ce moment-là que tu avais traversé quelque chose de difficile. Mais tu es allé de mieux en mieux tellement vite que je suppose que j'ai oublié ça. Alors quand tu as lancé cette bombe, je suppose que j'ai réagi de la mauvaise manière. Mais le fait est que tu as fait ce que tu avais à faire et c'est une honte et une tragédie qu'elle se soit retrouvée en ligne de mire, mais je te connais. Je sais que tu n'aurais pas fait quelque chose comme ça si tu n'y avais pas été forcé, si tu avais eu un autre choix. Seigneur, *mijo*, je t'aime. Je n'aurais pas dû te juger comme ça, tu ne le méritais pas. Et je suis désolé. J'ai juste besoin que tu reviennes ici, que tu

250

reviennes dans ma vie. Je serai parti à ta recherche si je savais où tu habitais, mais tu n'as jamais donné ton adresse à Tuck. J'ai dû attendre que tu me répondes, mais tu ne l'as pas fait.

Sa voix était empreinte de tristesse.

— Seigneur, *mijo*. Tu ne m'as pas répondu et je devais te le dire. Je venais de décider de trouver le putain de bureau du FBI en ville et de m'asseoir dans leur lobby en attendant que tu te manifestes. J'allais le faire aussitôt que nous serions rentrés du rassemblement. Juste rester assis jusqu'à ce que tu entres et je n'allais pas te laisser partir.

— C'est bien que tu ne l'aies pas fait, dit Joshua. Ces putains de chaises sont vraiment inconfortables.

Eli cligna des yeux. Joshua sourit légèrement et embrassa Eli, juste un baiser doux et léger sur les lèvres.

— Je ne l'ai pas tuée.

Eli le fixa pendant un moment avant de dire,

— Tu as dit quoi ?

— J'ai dit que je ne l'avais pas tuée. Je l'ai manquée, je l'ai laissée mourir, mais je n'ai pas tiré sur Lina Santiago. C'est l'un des autres gorilles de 'Chete Montenegro qui s'en est chargé, un type qui s'appelait Roberto Matamoros.

— Je ne comprends pas. Quoi... pourquoi est-ce que tu étais aussi en colère à propos de ça alors ?

Joshua tendit les mains et retira doucement celles d'Eli.

— Je n'ai pas arrêté ça. C'était une fille, elle était enceinte et peut-être que j'aurais pu arrêter ça, la sauver. Mais je ne l'ai pas fait. Je n'ai pas eu les couilles d'essayer. Tout ce à quoi je pensais était que si je me faisais tuer, la mission serait un désastre. J'aurais gaspillé dix-huit mois d'infiltration. Je continuais de penser que 'Chete n'irait pas au bout, que quelqu'un l'arrêterait... Putain, Eli. J'ai vraiment été lâche.

— Mais tu es parti à cause de ça. Tu m'as quitté. Pourquoi est-ce que tu ne m'as pas simplement dit la vérité ? Josh, tu m'as quitté pour ça et ce n'était même pas vrai ?

— Je ne t'ai pas quitté à cause de ça. Je suis parti à cause de ce que ça faisait de moi. Je suis...

Joshua déglutit, essayant de faire passer les mots au travers du nœud énorme qu'il avait dans la gorge.

— Je suis un junkie, Eli, et un lâche, et même si les personnes que j'ai tuées le méritaient probablement, j'étais quand même celui qui les tuait.

Tu... Tu es un putain de saint, tu sais ? Tu es tellement bon. Tu ne mérites pas de t'encombrer de quelqu'un comme moi.

Il n'aurait pas dû être choqué, mais il le fut quand même quand Eli s'empara de sa nuque et le secoua fort.

— Tu es un véritable crétin, gronda-t-il. Je suis un homme adulte et je sais parfaitement ce que je mérite ou pas. Josh, tu as besoin de quelqu'un pour veiller sur toi. Et je suis la bonne personne pour le faire. Alors tu fais le choix maintenant de t'éloigner de la meilleure chose qui te soit arrivée ou de rester où se trouve ta place. Avec moi.

— La question ne se pose même pas, dit Joshua en posant le front sur l'épaule d'Eli.

Eli caressa l'arrière de la tête de Joshua.

— J'essaie de découvrir sur quelle planète tu penses vivre pour croire que je suis un saint. Je ne suis pas un saint. Je suis simplement assez intelligent pour connaître mes limites. Et tu sais ce que je veux. Et ce que je veux c'est toi.

Il enroula les doigts dans les cheveux de Joshua et leva sa tête pour croiser son regard.

— Tu es à moi, Joshua Chastain. Je pense te l'avoir dit déjà une fois, mais tu n'as pas écouté. Alors, écoute cette fois. Quoi que tu fasses, où que tu ailles, rappelle-toi de ça. Tu es à moi.

— Oui, dit Joshua, ressentant dans ce monosyllabe toute la sécurité et le bonheur dont il avait eu besoin pendant si longtemps.

Eli l'embrassa, doucement au début, puis avec une faim grandissante qui excita et rassura à la fois Joshua. Ses poings se resserrèrent dans la chemise d'Eli et il entendit un bouton s'ouvrir. Grommelant doucement, il tira plus fort et fut gratifié d'une ouverture assez grande pour qu'il puisse y glisser sa main et soulever le singlet d'Eli.

— Seigneur, *mijo*, Eli gémit, en s'écartant de la bouche de Joshua.

Ses lèvres étaient gonflées à cause des baisers de Joshua et son regard embrasé.

— On est dans un putain de couloir...

— Où est la chambre de Tucker ?

— Ici...

Joshua s'empara de la main d'Eli et le tira dans la pièce, refermant la porte et le poussant contre celle-ci avant de replonger dans un nouveau baiser. Il le rompit uniquement pour passer rapidement la chemise et le singlet d'Eli au-dessus de sa tête, puis glissa à nouveau ses mains sur son ventre, vers la boucle de sa ceinture.

— Waouh, dit Eli. Doucement.

— Quoi ? haleta Joshua.

Les mains d'Eli se posèrent sur les siennes, les retenant.

— C'est...

Eli sourit.

— C'est tellement bon. Mais de cette façon.

Il fit basculer Joshua et le poussa contre la porte, avançant dans son espace personnel avec un genou entre les siens et une main sur sa nuque.

— J'ai attendu pendant un long moment que tu reprennes tes esprits, et j'en ai marre d'attendre, *comprendes, chico* ? Alors...

Il s'empara des pans de la veste de Joshua et les tira vers le bas, coinçant ses bras, avant de faire de même avec sa chemise blanche. Les boutons s'envolèrent partout.

— Quand tu es descendu de ce bus à Miller, dit-il d'une voix basse qui donna des frissons à Joshua, je m'attendais à ce que tu ressembles à un agent du FBI qu'on voit à la télé, en costume et glacial. Mais tu sais ? Je pense que tu es mieux comme ça.

Il fit courir ses mains sur la poitrine de Joshua, puis se pencha en avant et murmura :

— Tout chaud pour moi. Tu aimes ça, Josh ?

— Oui, murmura Joshua à son tour.

— Bien.

Eli déboucla sa ceinture et défit le bouton et la fermeture éclair du pantalon noir de Joshua, puis le retourna pour qu'il soit face à la porte, baissant son pantalon sur ses genoux et lui retirant sa veste et sa chemise.

— Penche-toi pour moi, murmura-t-il.

Joshua obéit, se préparant en posant les mains sur la porte de la chambre.

Il faisait froid dans la pièce et le moindre courant d'air dansait sur les fesses nues de Joshua.

— Eli ? l'appela-t-il d'une voix rauque.

— Garde ta chemise, gloussa Eli, puis ses doigts furent sur son fessier, glissant habilement sur sa peau.

Joshua capta l'odeur légère du lubrifiant. La bouche d'Eli se posa, chaude et douce, sur la courbe au-dessus.

— Tu as besoin d'un autre tatouage, dit-il, les mots vibrant contre la peau de Joshua.

— C'est vrai ?

— Ouais. Juste ici. L'un de ces tatouages de filles qui dirait 'Propriété d'Eli Kelly'.

Sa langue plongea plus bas et se mit à taquiner l'entrée de Joshua. Celui-ci gémit et s'appuya contre la porte, se détendant pour Eli.

— Juste comme ça, dit Eli avec approbation, puis Joshua sentit ses doigts le caresser et glisser en lui.

Joshua soupira et frissonna de plaisir. Quand il sentit le poids du membre d'Eli presser contre son entrée, il écarta les jambes autant que possible, malgré le tissu autour de ses genoux. Eli se positionna et s'enfonça à l'aide d'un long coup de reins. Quand ses hanches atteignirent les fesses de Joshua, il laissa échapper un long soupir de bonheur auquel Joshua fit écho. Eli déposa un baiser sur l'épaule de Joshua, puis commença à bouger.

Joshua croisa les bras contre la porte et posa son front dessus. Les mains d'Eli se déplacèrent de ses hanches à sa taille, puis autour, une main caressant sa poitrine, l'autre s'enroulant autour de son sexe.

— Ne me quitte pas, Joshua, murmura Eli dans l'oreille de Joshua.

Sa voix paraissait brisée.

Joshua tendit la main pour recouvrir celle d'Eli sur sa poitrine, la tenant fermement contre son cœur.

— Plus jamais, dit-il. Plus jamais. Je suis à toi, Elian Kelly, et tu es tout autant à moi.

— J'avais peur que tu m'oublies en ville, que tu redeviennes ce que tu étais avant et m'oublie.

Joshua laissa échapper un rire.

— Je n'oublie rien. Tu ne savais pas ?

Sa voix s'adoucit.

— Et encore moins toi.

— ÇA PUE ici.

Eli rit en tendant sa chemise à Joshua.

— Ouais. Tu te sens bien ?

— Oui. Je n'arrive pas à croire que tu avais du lubrifiant et des préservatifs dans ta poche. Tu avais prévu quelque chose avec Castellano ?

Joshua passa les bras à travers les manches avant de réaliser qu'il n'y avait plus aucun bouton. Il haussa les épaules et enfila la veste par-dessus la chemise. Il la boutonna jusqu'au niveau de sa poitrine.

— Nan. Ça fait quelque temps qu'ils étaient là. J'ai porté cette veste quand on a été au canyon.

Joshua leva les yeux et vit un sourire idiot sur le visage d'Eli.

— On dirait que ça fait beaucoup plus longtemps que quelques mois.

— Hmm.

Eli ouvrit la porte, jeta un œil dans le corridor, puis l'ouvrit en grand pour laisser passer l'air. L'odeur de sperme ne dérangeait pas Joshua, mais quiconque rentrerait dans la pièce à ce moment-là saurait exactement ce qui s'était passé. Grâce à la salle de bain privée, ils avaient pu se nettoyer, mais l'odeur persistait un peu.

— Seigneur, j'en ai marre des hôpitaux, dit Eli. D'abord toi, puis moi, et maintenant Tuck. Je pensais que j'en avais fini avec eux quand j'ai quitté le rodéo.

— Avec un peu de chance, c'est la dernière fois.

— Ils disent que la troisième fois est la bonne.

Joshua se laissa tomber dans la chaise à côté du lit.

— Tu sais, s'ils avaient mis Tuck dans une de ces chambrettes d'urgence, tout ceci ne se serait pas produit.

Eli sourit.

— Bien sûr que si. Ça aurait juste été un peu plus compliqué.

— Dit le gars qui avait peur de le faire dans l'écurie parce qu'il ne voulait mettre personne au courant.

— Eh bien, ce qui est amusant c'est qu'ils paraissaient déjà tous le savoir, de toute façon.

— Et ils étaient d'accord avec ça ?

— Autant qu'un groupe d'ouvrier peut l'être. En tout cas, les travailleurs et les instructeurs qui vivent au ranch. Je ne sais pas pour les autres qui viennent de Miller. Mais tout le monde sait à propos de Jack Castellano et il n'a jamais eu de problème.

Eli s'appuya contre la porte, les bras croisés.

— C'est une bonne chose que ton oncle ait soutenu l'expansion de l'hôpital. Ils vont le traiter comme un roi.

— Il va s'en sortir, n'est-ce pas, Eli ? Castellano l'a dit, mais...

— Il va aller bien. La crise cardiaque n'est pas apparue sur le truc de l'ECG. Ils savent que c'est arrivé uniquement grâce aux examens sanguins.

Tuck devra surveiller son régime et ce genre de conneries, mais ça va aller. Et en ce qui te concerne ?

Joshua soupira longuement. Il avait l'impression qu'un gros nœud commençait doucement à se desserrer en lui.

— En ce qui me concerne ?

— Ça va aller ?

Il leva les yeux vers son amant.

— Ouais, dit-il finalement. Je pense que oui.

ÉPILOGUE

— QU'EST-CE QUE c'est que ce truc ?

Sarafina leva les yeux du four et regarda Tucker.

— Des flocons d'avoine.

— Des flocons d'avoine ? Où est mon petit déjeuner ?

— C'est ton petit déjeuner à partir de maintenant. Tais-toi et mange.

Joshua se moqua de son oncle. Tucker était rentré de l'hôpital la veille au soir après y avoir passé deux jours à passer ce qui semblait être des douzaines de tests. Son cardiologue – Joshua était ravi de voir que Castellano n'était que le médecin des urgences et ne s'occupait plus du cas de Tucker – avait assuré à Joshua et Tucker que ce dernier irait probablement bien s'il faisait quelques changements dans son mode de vie et surtout dans ses habitudes alimentaires. Il avait directement appelé Sarafina et avait eu une longue discussion avec elle. Tucker avait été enchanté quand le docteur lui avait dit qu'il aurait besoin de faire plus d'exercice plutôt que de travailler dans un bureau, bien sûr. Il avait lancé un regard tellement triomphal à Joshua que celui-ci s'était mis à rire. Mais il n'avait pas paru aussi optimiste à propos des habitudes alimentaires.

Puis Sarafina revint et déposa un bol de bouillie grisâtre devant lui et dit :

— Tout le monde mange sain, maintenant, pour que Tucker ne se sente pas mal.

Il y eut un concert de plaintes des travailleurs assis autour de la table. Eli, entrant à peine dans la cuisine, frappa son chapeau contre sa cuisse.

— Qu'est-ce qui se passe ?

— Sarafina a décidé que si Tucker doit manger sainement, c'est le cas de tout le monde, dit Dennis avec une expression dégoûtée. Alors ce sont des flocons d'avoine. Pour le petit déjeuner !

— Comment est-ce qu'un homme est supposé travailler dur en mangeant des grains d'avoine, se plaignit Ramon.

— Des flocons, pas des grains. Les grains ne sont pas bons pour toi, je sais. Les flocons sont meilleurs.

— Femme, dit Tucker de façon menaçante, je peux toujours te virer, tu sais.

— Oui, je sais. C'est pourquoi j'ai décidé de t'épouser, dit calmement Sarafina. De cette façon, tu ne peux pas me virer et je pourrai garder un œil sur toi. Je continuerai quand même de percevoir un salaire. J'ai un fils à envoyer à l'université.

La cuisine se tut subitement, tous les yeux rivés sur Tucker. Il cligna des yeux, déglutit et dit :

— Mais tu es toujours mariée.

Elle secoua la main.

— Je vais le quitter. Je ne l'ai jamais beaucoup aimé de toute façon, et il boit. C'est pour ça que je vis ici et pas là-bas.

Elle lui sourit et ajouta :

— En plus, tu m'aimes. Je le sais depuis très longtemps. J'attendais que tu t'en rendes compte, aussi, mais tu mets trop de temps. Je suis patiente, mais c'est ridicule, Tucker.

— Sara...

— Tu devras quand même léguer le ranch à Joshua. Ni Jesse ni moi n'en voulons.

— Vouloir quoi ? demanda Jesse, en passant à côté d'un Eli figé.

— Le ranch.

— Pourquoi est-ce que j'y penserais ?

— Parce que ta maman vient de dire qu'elle va épouser Tucker.

— Oh, dit Jesse en ouvrant un tiroir. Il était temps.

— Tu es sûre de vouloir m'épouser ? demanda Tucker à Sarafina.

— Qui d'autre le ferait ?

— Tu marques un point. Josh, arrête de rire. Eli, on dirait une hyène. Jésus H. Roosevelt Christ.

Ça ne fit que déclencher les rires du reste d'entre eux. Joshua le regarda à travers des yeux baignés de larmes en se levant et posa les mains sur ses hanches en fusillant Sarafina du regard. Elle imita sa position et ses yeux envoyèrent des éclairs à leur tour. Après une minute, il se mit lui aussi à rire.

Jesse leva les yeux au ciel et ferma le tiroir.

— Vous êtes tous fous, les gars. Comment est-ce que vous pourrez vous attendre à ce que je ramène un petit-ami dans cette maison de demeurés ?

Joshua cligna des yeux. Tucker parut abasourdi. Sarafina ne réagit même pas.

Eli posa la main sur sa bouche pour étouffer un rire.

Un petit-ami ?

Bibliophile impénitente, ROWAN SPEEDWELL passe la moitié de son temps à prétendre être documentaliste en droit, la moitié de son temps à prétendre être gestionnaire de base de données, la moitié de son temps à prétendre être une noble aragonaise du quinzième siècle, la moitié de son temps... attendez une minute... hmm. Eh bien, une chose qu'elle ne prétend pas être, c'est bonne en math. Elle est douée pour faire semblant, par contre.

Pendant son vaste temps libre (haha), elle fait de la couture, de la calligraphie et des enluminures et confectionne des bijoux. Elle possède un Master en histoire de l'Université de Chicago, est membre de la Société pour les Anachronismes Créatifs et vit dans une banlieue de Chicago avec le Chat d'Écrivain obligatoire et beaucoup trop de livres.

www.ingramcontent.com/pod-product-compliance
Lightning Source LLC
Chambersburg PA
CBHW021007260626
47169CB00006B/1979